유일한 순정

# 유일한 순정

1판 1쇄 찍음 2022년 3월 10일
1판 1쇄 펴냄 2022년 3월 18일

지은이 | 문수진
펴낸이 | 고운숙
펴낸곳 | 봄 미디어

기획·편집 | 박나영, 정지은
표지 디자인 | 우물

출판등록 | 2014년 08월 25일 (제387-2014-000040호)
주소 | 경기도 부천시 소향로13번길 14-11, 203호
영업부 | 070-5015-0818  편집부 | 070-5015-0817  팩스 | 032-712-2815
E-mail | bommedia@naver.com
소식창 | http://blog.naver.com/bommedia

**값 12,000원**

ISBN 979-11-6632-509-0 03810

# 유일한 순정

*The only pure love*

문수진
장편 소설

# 목
# 차

1화. 꿈속의 꿈     007

2화. 우연에 속고     025

3화. 우연에 설레어     041

4화. 열여덟, 율주     059

5화. 그런 우리     077

6화. 우리 계속 볼까요?     103

7화. 가을이 올 때까지     123

8화. 일주일     141

9화. 우리 서로 좋아하는데?     167

10화. 별이 내리는 밤     187

11화. 사라진 기억     211

12화. 세 계절의 기억     233

13화. 애매한 재회     249

14화. 걷다 보니, 늘 너였어     269

15화. 기적 같은 너     289

16화. 상사병과 우렁이 각시     313

17화. 너에게로     337

18화. 기억 속의 남자     357

19화. 가치 없는 기억     381

20화. 너 나 몰라?     403

21화. 유일한 순정     425

22화. 매일 봐도, 보고 싶고     455

엔딩. 마치 운명과도 같았다     475

외전. 윤의 이야기     495

작가 후기     511

1화

꿈속의 꿈

이건 끝이야. 아마 끝일 거야.

그러니까 이대로 끝이어도, 괜찮지 않을까?

끝도 없이 퍼지는 암흑. 발버둥은 거세지고 물살은 점점 몸을 옥죄여 왔다.

몸에서 점점 힘이 빠져나갔다. 그녀는 어둠 속으로 가라앉는 몸을 느끼며 천천히 눈을 감았다. 그렇게 물살이 저를 삼키는 순간, 귓가를 스치는 목소리에 눈이 떠졌다.

"우리 순정이. 누구 닮아서 이렇게 예뻐?"

"당연히 나 닮았지."

"어머. 당신 아니고 나 닮았지."

"무슨 소리야. 딸은 원래 아빠 닮는 거 몰라?"

"두 분 그만하시고 걔 좀 놔 주세요. 숙제 많다고 했어요."

안 돼. 죽을 수 없어. 그럼 우리 오빠는? 부모님은?

그녀가 발버둥 치기 시작했다. 이제는 희미해진 빛을 따라 점점 위로, 위로만 올라가고만 싶었다. 하지만 무리였다.

몸은 점점 축 늘어지고, 찰나지만 죽음을 선택했던 그녀에게 더 이상 신의 은총은 없었다.

어쩔 수 없는 걸까. 나 이대로, 죽는 걸까.

정신을 차리기 힘들었다. 이제 끝인가 싶었다. 하지만 그 순간, 손목을 잡아당기는 힘에 이끌려 그녀는 점점 위로 향했다. 그렇게 물 위까지는 순식간이었다.

살았다는 실감이 나기도 전에 비명이 들려왔다. 그와 동시에 찾아온 새까만 어둠, 그리고 무의식.

"하아, 하아……."

땀에 젖은 몸이 순식간에 식었다. 고요한 침실과 다르게 그녀의 귓가에는 이명과 거친 숨소리가 맴돌았다. 바스락거리는 시트를 손에 쥔 그녀가 크게 숨을 헐떡였다.

"또 꿈이야."

가끔 스트레스가 심하거나, 밤샘 촬영이 이어지다 보면 찾아오는 꿈이었다. 휴식기인 요즘 꾸는 횟수가 줄어들기에 잊고 살았었는데.

수현은 때마다 이렇게 생생한 꿈을 꾸고는 했다. 정말 물에 빠져서 죽기 직전의 경험을 가져 본 사람처럼. 오늘도 구해 준 사람의 얼굴은 보지 못했다.

"개꿈치고는 너무 자세하잖아."

식은땀을 닦아 낸 수현이 침실을 벗어나 아파트의 적막한 거실을 지나 오픈된 주방으로 향했다. 얼음을 가득 담은 컵에 물을 따라 마시자 좀 진정이 됐다. 암흑이 주던 공포도, 숨이 막히던 순간의 생생함도.

그녀가 뒤늦게 시간을 확인했다. 오전 9시, 거실 전면의 통창은 암막 커튼으로 빛 한 점 새어 들어오지 않았다. 소파에 기대앉은 뒤, 리모컨을 눌러 커튼을 걷어 냈다. 한강의 눈부신 햇빛이 그대로 쏟아짐과 동시에 깃드는 불쾌감. 이래서 이 아파트가 싫었던 건데.

도로 위를 꽉 채운 차들과 다르게 여유가 넘치는 하루를 시작하니 마치 한량 같았다.

더더군다나 아침부터 기분은 꽝. 시원하게 한번 공원이나 뛰고 올까. 생각해 보니 5일 동안 집에만 있었다. 잠깐 광합성을 즐기고 오는 것도 괜찮을 듯싶었다.

고민하다 보니 소파에서 30분을 넘게 누워 있었다. 이대로 다시 자는 것도 나쁘지 않을 것 같았다. 땀은 식었고, 어차피 오늘도 할 일은 없다. 그녀가 눈을 감으려는 찰나였다.

지이잉. 주방 식탁에 올려놓은 휴대폰의 진동 소리가 징그럽게 느껴졌다. 미간을 팍 구긴 수현은 곧장 돌아누웠다. 하지만 진동은 잠시 끊어졌다 다시 울리기 시작했다. 누군지는 불 보듯 빤했다.

"아침부터 전화하지 말라니까."

전화를 받기 무섭게 확 쏘아붙인 그녀가 다시 몸을 일으켜 앉았다.

―회사 한번 들어와. 시나리오 보여 줄 거 있으니까.

"쉰다니까."

―2년째 쉬었잖아. 저번에 화보 찍은 거 반응 괜찮아. 여기저기서 너 복귀하는 거 아니냐고, 광고며 드라마며 쏟아진다, 쏟아져.

지난 2년 동안 작품 활동도 없는데 광고 한 번을 안 찍으니 사망설이 돌기 시작했다. 사진이나 사소한 목격담도 보이는 게 없으니 결혼설과 이민설, 임신에 출산설까지 설이란 설은 모조리 섭렵했었다. 고작 2년 쉬었을 뿐인데.

때맞춰 유럽 명품 주얼리 브랜드에서 한국 여배우들을 모아 화보 촬영을 준비한다고 했다. 당연히 수현은 1순위 캐스팅이었고, 뜸한 활동 중 오랜만에 카메라 앞에 섰다. 한희의 애걸복걸한 부탁이 이유였다. 그 덕분에 차수현이 복귀 타이밍을 잡는 거냐며 기사가 쏟아졌다.

소속사에서는 제발 SNS 활동이라도 하자고 설득했지만 수현은 그것마저도 소속사에 일임했다. 히키코모리, 은둔형 외톨이. 따라붙는 말들도 나쁘지 않았다.

권태. 지금 그녀의 상태를 말하자면 딱 그랬다.

"그런데 나 고소한 거 어떻게 됐어?"

—야, 차수현.

급하게 화제를 돌리자 한희의 목소리가 낮아졌다.

"그렇게 부르니 무섭다. 순정이라 불러. 촌스럽고 좋잖아."

—순정이든 수현이든 그게 중요해? 이 시나리오 이봉환 감독님이 너한테만 주신 거야. 다른 여배우들 오디션 본다고 줄 서는 거 너한테만 주신 거라니까?

이봉환 감독이라고 하면 5년째 한 시나리오에만 매달리느라 차기작이 늦어지고 있다는 소문만 무성했다. 그런 시나리오라니 괜히 끌리기는 했다.

하지만 아직은 좀 지루한걸. 수현이 혀를 찼다. 복에 겨운 소리라고 하겠지만 어쩌겠는가.

"그래도 싫어. 안 할래."

—수현아, 이봉환 감독님이라니까? 너 이거 찍지? 무조건 비행기 타는 거야. 알아? 캐릭터 죽여. 장난 아니라고!

"알아. 그래도 안 해."

—대체 왜 안 한다는 건데. 아니, 너 복귀 언제 할 건데? 이대로 은퇴할 거야, 진짜?

"그것도 생각해 보고. 나 악플러들 고소한 거 어떻게 됐냐니까."

—복귀도 안 한다는 애가 악플은 신경 쓰이니? 법무 팀이 알아서 잘하겠지.

수현은 스피커폰으로 전환한 다음 소속사에서 관리 중인 제 SNS 계정에 들어갔다. 화보 기사와 더불어 그녀의 공식 SNS 계정에는 다시 악플러들이 날아들었다.

별일도 아니었다. 10 중에 9는 그녀를 응원하는 팬들이었고 겨우 1할 정도가 악플이었다.

언니, 영화 왜 안 찍어요! 저 이제 돈 잘 벌어요! 100번도 볼 수 있음!
수현 누나 화보 보면 제 심장 녹을까 봐 냉동실에서 보고 있어요…….

피식 소리를 내며 웃은 수현이 스크롤을 내렸다.

스폰 받으니까 살 만한가 보네. 배우가 작품을 해야 배우지 ㅉㅉ.
안 보일 때는 속이 시원했는데. 그냥 평생 안 봤으면 좋겠어요.
표정만 봐도 안다. 갑질 잘할 듯.
입으로 하는 거 XX 좋아하게 생겼어. 스폰 루머 진짜냐?
이게 예뻐? 메기같이 생겼는데?

"난 상처 안 받는다고 생각하나."
선하고, 좋은 내용들 틈에 간간이 보이는 악플에 그녀가 씁쓸히 중
얼거렸다.
─너 또 악플 보고 있어? 그거 보지 말라니까.
SNS 싫다니까 계정 만들어서 보게 만든 사람이 누군데. 그녀가 속으
로 투덜거렸다.
─걱정 마. 고소 진행 중이니까. 몇몇은 반성문 쓰고 합의했고, 오늘
경찰서에 단체로 조사받으러 나온다더라. 법무 팀에서 알아서 처리할
거야.
반듯한 미간이 구겨졌다. 합의부터 조사까지 전부 처음 듣는 얘기였
다.
"몇 명?"
─글쎄. 한 열댓 명 될걸.
"이 새끼도 와? 아이디 DEA 어쩌고."

'입으로 하는 거'와 '메기'라는 대목을 다시 눈으로 훑은 그녀가 덤덤히 물었다.

—아, 그 미친놈? 당연히 오지. 반성문 안 쓴다고 오지게 고집을 부리더라.

"경찰서 강남이지?"

—그건 왜. 설마 직접 가게?

"몇 시인지 알아내서 메시지 보내."

—야, 그걸 네가 직접 왜 가. 은둔 생활 잘만 하고 있었으면서.

"걱정 마. 어떻게 생겼는지 얼굴만 보고 올 거야."

—아니, 변호사들이 알아서 할 걸 뭐 하러 나서. 그럴 거 없다니까?

"안 알려 주면 경찰서 앞에서 죽치고 있어도 되고."

—……어우, 이걸 확. 너는 진짜 미친년이야. 알지? 아, 이런 걸 두고 사람들은 왜 좋아하는 거야.

"나는 언니 그거 좋아. 나한테 욕하는 거."

—너 이러려고 계약금 많이 가져갔어?

"달라고 한 적 없어. 알아서 많이 준 거지."

—하여튼 한 마디도 지는 법이 없어요. 너는 왜 내 전화는 잘 받아 가지고 사람 성질을 긁어!

누가 보면 그녀가 전화를 건 줄 알겠다 싶어 수현이 말했다.

"경찰 조사 몇 시인지 알아봐. 그럼 시나리오 검토할게."

—……진짜지? 너 이봉환 감독님 시나리오 검토하는 거다? 내가 퀵으로 보낸다?

"그렇다니까."

—아니다. 나도 가야지, 네가 어디서 어떻게 사고칠지 모르는데. 기다려. 시나리오도 줄 겸 데리러 갈 테니까.

전화는 끊어졌다. 수현은 다시 눈을 감고 소파 위에 드러누웠다. 나가기 전까지 잠에 들려고 노력했지만, 결국 불가능했다.

물에 빠진 개꿈과 악플, 쏟아지는 햇빛 때문에 하루의 시작은 이미 엉망이었다.

뭐가 이렇게 다 마음에 안 들고, 하기 싫을까. 무력하고, 지루했다.

눈을 뜬 그녀는 점점 가라앉기만 했던 제 모습을 다시 떠올렸다. 온몸의 감각까지 느껴질 정도로 생생한데, 분명 자신의 기억엔 그런 경험이 없어 더욱 찝찝했다.

"그럴 리가 없는데."

몸을 일으킨 그녀가 머리를 들어 올려 질끈 묶었다. 가라앉은 눈동자가 자꾸만 꿈속을 쫓았다.

허상인 걸 알고 있다. 그런데도 그 사람의 얼굴을 보고, 묻고 싶었다.

아무리 꿈이고, 가짜라지만 대체 이런 나를 왜 살렸느냐고.

물을 싫어하고, 증오해야 맞다. 하지만 윤은 언젠가부터 수영으로 하루를 시작하지 않으면 불안했다.

이상한 버릇, 말도 안 되는 습관이었다.

확실히 브레이크 타임에 하는 수영보다 아침 수영이 개운했다. 그는 젖은 머리를 털며 옷을 갈아입었다.

시계를 채우고 휴대폰을 확인하는데 마침 전화가 걸려 왔다. 이탈리아 유학 시절, 한국 관광객들을 상대로 가이드 아르바이트를 한 적이 있는데 그때 해준과 만났던 인연이 아직까지 이어졌다.

"네, 형."

─응, 통화 돼?

"말씀하세요."

─네가 부탁한 사람 말이야.

조심스레 이어지는 말투에 윤의 표정이 긴장으로 굳어졌다.

─나이도 같고 외모 얼추 비슷하고. 근데 이 사람이 맞는지 모르겠다. 이번에도 아닐 수 있어. 큰 기대하지 마. 주민 등록 번호라도 정확하면 찾겠는데.

윤은 실망하지 않았다. 찾아도 그만, 못 찾아도 그만이라는 생각은 여전했다. 생년월일도 기억나지 않을 만큼 제 삶에 없이 살았던 여자다. 그럼에도 그 여자를 찾기를 바라는 건…….

─그런데 너는 이 여자를 왜 그렇게 찾아? 누군데?

"그냥, 전해 줄 게 있어서요."

낮게 웃은 윤이 젖은 머리를 수건으로 털었다.

─사진 보내 주는 건 좀 그렇고. 아무래도 기록으로 남으니까.

"제가 가서 볼게요."

─시간 괜찮아?

"네. 도착해서 전화드리겠습니다."

윤은 서둘러 옷을 마저 갈아입었다. 머리를 대충 말리고 스포츠 센터를 나와 차에 올랐다. 시동 버튼을 누르자 부릉, 하는 배기음이 크게 퍼졌다.

긴장한 그가 탁한 숨을 뱉었다.

아파트 앞까지 데리러 온 한희는 그녀가 조수석에 올라타자마자 테이크아웃 커피를 내밀었다. 단내가 진동하는 진한 초코 프라푸치노. 그녀의 신경질을 미리 차단하겠다는 의지였다.

"안 마셔?"

"살쪄."

"활동도 안 하는데 살 좀 찌면 어때서."

"싫어. 살쪘다고 또 악플 달 거 아니야."

이 바닥에서만 10년이었다. 온갖 루머와 스캔들은 덤이었고, 그에 상응하는 악플러들의 도 넘는 얘기는 어느 정도 무시하고 넘길 수 있어야 하는 게 맞다. 하지만 그녀는 여전히 상처받고, 또 쓰라렸다.

대중의 사랑을 먹고 사는 직업을 선택했을 때부터 당연히 감수해야 하는 부분이지만, 쉽지 않았다.

"네가 말한 그 새끼는 무조건 선처 없어. 법무 팀에서 수집한 악플 보면 그 새끼 아이디가 태반이야."

"그러게, 그걸 왜 그냥 뒀어."

나른하게 내뱉은 수현이 시트에 머리를 기댔다.

"뭐, 이런 것도 다 기사화되고 시끄러워지니까……"

"이게 걔들 자료야?"

수현은 조수석 바닥에 나뒹굴고 있는 서류를 집어 들었다. 한희는 보지 말라고 말렸지만 무시하고 곧장 파일을 꺼냈다.

법무 팀에서 수집한 악플 옆으로 악플러들의 신상 정보들이 빼곡했다. 수현은 파일을 넘기며 그놈을 찾았다.

메기 어쩌고, 입으로 어쩌고 했던 그 새끼.

익숙한 악플을 발견한 수현이 미간을 찌푸렸다. 공윤, 꽤 멋스러운 이름 두 글자가 눈에 들어왔다.

이름 껍데기가 아무리 좋아도 그 속이 악플러인 건 변함없다. 그 사실을 상기하며 곧장 찝찝한 마음을 거뒀다.

"이름이 뭐 이래."

"뭐? 아, 그놈?"

운전 중인 한희가 그녀가 읽던 파일을 흘겨봤다.

"이름은 뭐 잘생긴 전교 회장 스타일인데, 그래 봤자 한낱 키보드 앞에서 입만 산 놈이지. 내가 걔는 꼭 얼굴 보고 만다. 무조건 합의 없어."

활동 중에는 이보다 더 심한 악플도 그냥 넘겼었다. 당장 코앞의 촬영 스케줄도 너무 많았고, 신경 쓸 기력도 없었으니까. 하고 싶은 일을 하는 것도 아닌데, 심지어 욕까지 먹어 가며 버텨야 한다는 억울함도 삼켜 냈다.

권태는 갑작스럽게 찾아왔다. 카메라 앞에 서는 제 자신이 너무 낯설어 참을 수 없었다. 도망가고 싶었다. 그게 어디로든. 이게 정말 내가 원하는 거였나 하는 회의감이 들었다.

불현듯 찾아온 슬럼프와 번아웃. 모든 게 허무해졌다. 그렇게 휴식기를 갖겠다 선언하고 은둔 생활에 들어갔다.

"그래도 너 좋아하는 팬들이 더 많아. 그거 모르면 안 된다?"

"알아."

쉬는 2년 동안 찍힌 사진이라고는 생일 때 소속사 앞으로 온 팬들의 조공을 인증하기 위해서 찍은 게 전부였다. 팬들의 팬레터와 생일 선물, 직접 만든 케이크와 수많은 꽃다발 앞에서 그녀는 오랜만에 환히 웃었다. 그 게시 글에는 또 수백, 수천 개의 악플이 달렸다.

그에 은둔 생활은 다시 시작됐다. 작품과 작품 사이 휴식기 2년은 그렇게 긴 편도 아니었다. 하지만 계약 중인 광고도 올 스톱, 화보 촬영과 모델 제안도 거절, 들어오는 시나리오나 대본은 확인도 하지 않고 넘겼다.

그녀는 데뷔와 동시에 유명해졌다. 뛰어난 외모는 물론, 20대 여배우 중에서 가장 돋보인다 할 정도로 섬세하고도 훌륭한 연기력을 가졌다 평가받았다.

광고 선호도 1위, 드라마 영화 캐스팅도 1위. 바르는 화장품 하나가 노출되면 전량 매진. 차수현이 쓰는 휴대폰 케이스, 차수현이 드는 가방, 차수현이 신은 신발. 그녀는 파급력 그 자체였다. 그녀가 골라 입은 옷이 그 브랜드의 시즌 대표 상품이 되는 일은 흔한 케이스에 속했다.

더 날아오를 수 있다고, 지금이 가장 중요하다고 소속사 대표인 한희는 늘 얘기했다. 그녀는 늘 못 들은 척하기 바빴다. 그래 봐야 장사 수완 좋은 한희가 저를 어떻게 팔아먹기 위해 머리를 굴리는 것뿐이니.

그렇게 조용히 살았는데, 아무것도 안 하고 그저 있었는데. 고작 인증 사진 몇 장에 다시 쏟아지는 악플에 도저히 참을 수가 없었다. 가뜩이나 매일이 위태로운데, 가만히 있으면 정말 이대로 내가 나를 잃을 것 같았다.

차창에 머리를 기댄 수현이 눈을 감았다. 해쓱해 보이는 얼굴을 보며 한희가 다시 혀를 찼다.

"그런데 왜 직접 가겠다는 거야? 만나 보지도 않을 거."

"그냥, 얼굴은 알아 놔야지."

나 상처 주는 사람들, 나 괴롭히는 사람들.

"걔들은 내 얼굴 알잖아."

무서웠다. 나를 끌어내리고 싶어 안달 난 사람들의 얼굴을 모른다는 게.

"집에서 쉴 것이지, 쓸데없이."

"걱정 마. 사고 안 쳐."

"아니, 내가 뭐 너 사고 칠까 봐 그러냐."

이어지는 말들에 대답하기 싫다는 듯 수현이 눈을 감았다.

"잠깐 여기 있어. 일단 변호사님이랑 의논 좀 하고 올게."

경찰서 앞에 도착하자마자 한희는 그녀를 못 들어오게 막아섰다. 갑자기 막아서는 한희를 보며 수현이 미간을 좁혔다.

"금방이면 돼. 안에 분위기 좀 보고 올게. 낌새 이상하면 차에 들어가 있어도 좋고."

그렇게 말한 한희는 먼저 경찰서 안으로 향했다. 혼자 서 있으려니 뻘쭘하고 민망했다. 그것도 경찰서 앞에서. 수현은 선글라스를 고쳐 쓰고 괜히 주변의 눈치를 살폈다.

다행히 그녀를 이상하게 보는 사람은 없었다. 딱 한 사람 빼고는.

"……."

정문 앞 계단을 오르던 남자가 뚫어져라 그녀를 바라봤다. 뭐지, 알아봤나? 그녀가 급하게 고개를 숙였다. 선글라스를 만지작거리다 슬그머니 다시 얼굴을 들었을 때 남자는 완전히 계단 위로 올라와 있었다.

뭐야. 왜 저렇게 봐.

다가와 차수현이냐 묻지도 않고, 가만히 선 채로 자신을 보는 남자를 보며 눈을 깜빡였다. 허공에서 시선이 맞물렸다. 뭔가 몸을 꼼짝달싹할 수 없었다.

일순간 공기의 흐름이 멈췄다. 시선에 발이 묶여 버린 듯, 그녀 역시 뚫어져라 남자를 응시했다.

어디서…… 봤나? 배우 지망생? 아니면 정말 배우? 혹시 스쳐 지나가는 상대 역할이었나, 그녀는 진지하게 생각했다.

검고 깊은 눈동자, 날카로운 눈매와 턱선, 큰 키와 일직선으로 쭉 뻗은 넓은 어깨. 시선을 끄는 외모는 덤이었다. 배우 일을 하면서 잘생긴 얼굴에는 꽤 면역이 생겼다고 생각했는데.

수현이 아랫입술을 잘근 깨물던 그때였다.

"공윤!"

그녀가 번쩍 고개를 들었다.

뭐? 공윤?

"미안, 아까 보내 놓고 다시 오라고 해서."

"아니에요."

"여기 한번 연락이나 해 보라고."

형사로 보이는 남자가 뭔가 명함 한 장을 내밀었다. 그 모습을 바라보며 수현은 이맛살을 찌푸렸다.

공윤, 저 남자가 공윤이라니. 기가 차서 웃음이 났다. 생긴 거랑 하는 짓이 영…….

"초본에 나온 주소로도 못 찾는 거면, 공권력의 한계를 벗어난 거지. 이쪽 루트가 더 빨라. 얼마 전까지 형사 밥 먹던 선배야."

"……굳이 이렇게까지는 안 해도 돼요."

"헛걸음한 게 미안해서 그러지. 이제 가 봐. 다음에 네 레스토랑 한 번 들를게. 여기 놈들이랑 매일 해장국 먹으려니 지겹다, 지겨워."

가라니. 어디를? 이제 왔잖아, 그럼 안으로 들어가야지.

수현이 선글라스에 가려진 눈에 힘을 팍 주고 형사를 쏘아봤다. 혼자 남겨진 공윤이라는 남자가 손에 쥔 명함을 만지작거렸다.

이제야 알았다. 분명 저 남자는 자신을 알아봤다. 원수는 외나무다리에서 만난다더니, 딱 그 짝이었다.

"하."

그녀가 소리를 내며 웃었다. 그러니까 뭐야, 형사랑 개인적으로 친하고 그래서 조사도 안 받고 이대로 넘어간다 이건가? 막 걸음을 떼던 남자의 시선이 자연스레 따라왔다.

기다렸다는 듯 선글라스를 벗은 그녀가 똑바로 남자를 직시했다. 남자의 무심한 표정은 변하지 않았다.

이래도 계속 봐? 그녀는 오기가 들었다. 평소라면 절대 하지 않았을 행동이, 왜인지 모르게 튀어나왔다.

"안녕하세요."

그녀는 천천히 그 앞으로 다가갔다. 공윤이라는 꽤 그럴싸한 이름과 쓸데없는 겉치레를 가진 남자의 표정이 그제야 굳어졌다.

"……저, 말입니까?"

"네. 여기 그쪽이랑 저밖에 없잖아요."

수현이 어깨를 으쓱였다.

"가시게요?"

"……그렇습니다만."

뭐 이렇게 당당해. 그녀는 숨을 몰아쉬었다. 그 잘생긴 얼굴은 왜 그렇게 써먹느냐, 요즘 악플러들 고소하는 게 얼마나 쉬운지 모르냐. 왜 남의 SNS 계정에 와서 함부로 말을 지껄이느냐. 할 말도 많고, 하고 싶은 말도 많았다.

경찰서에 오기 전까지 직접 고소한 이들과 대면할 생각은 없었다. 어쩌다 보니 상황이 이렇게 됐다. 마주치지만 않았어도, 그쪽이 날 그렇게 뚫어져라 보지만 않았어도.

"그냥 가시면 안 되죠. 나 합의 안 할 건데."

한 손을 주머니에 꽂고 있던 남자가 미간을 좁혔다. 미쳐. 잘생긴 남자가 인상까지 쓰니 더 잘생겨 보였다. 그러면 뭐 하나, 쓰레기 악플이나 다는 한심한 인생인 것을.

"뭔가 오해를 하신 것 같은데."

단정히 표정을 갈무리한 남자의 부정이 기가 차 수현은 그대로 비웃었다.

"왜요. 직접 보니 입으로 하는 거 안 좋아하게 생겼나 봐요?"

껍데기가 멀쩡할수록 쓰레기라는 말이 맞나 싶었다. 수현은 이런 놈인 줄도 모르고 얼굴에 혹했던 자신을 저주하고 싶었다.

"오해, 안 했고요. 선처도 없고요."

수현이 덤덤히 말했다. 이제 빨간 줄 긋게 된 인생에 대한 회개가 돌아올 참이었다. 하지만 남자는 아무 말 없이, 아까처럼 그녀를 빤히 보기만 했다.

이 남자가 근데, 진짜.

"왜 자꾸 그렇게 봐요?"

오해의 여지가 충분한 눈빛에 그녀가 목소리를 높였다. 그때, 낮은 저음의 목소리가 허공을 갈랐다.

"말씀드렸는데요."

"뭘요?"

"오해하신 것 같다고."

비딱하게 고개를 기울인 남자를 바라보며 그녀는 미간을 찌푸렸다.

뭐지, 이 당당함.

그녀는 제 태도가 평소와 다르다는 걸 절실히 느꼈다. 알고 있었다. 하필 다시 떠올리기도 싫은 추악한 악플을 읽었고, 그 주인공을 눈앞에 맞닥뜨렸다. 태연히 제 얼굴을 알아보고 사과는커녕 도망을 가려 하니 눈이 뒤집혔다.

바로 지금, 이 순간에.

"이름이 공윤 맞죠?"

"그런데요."

이쯤 되면 너무 당당해서 기가 막혔다. 대체 뭘 믿고 이러는 걸까. 눈부신 햇빛에 기분은 더 바닥을 쳤고, 점점 대화는 상상하지 못한 곳으로 튀었다.

"제가 찾는 공윤이 이 경찰서에 있는데, 꼭 그쪽이 아니라는 태도 같네요."

"아쉽게도 그런 것 같고요."

"……지금 말장난해요?"

그는 말이 통하지 않는 그녀가 답답한 듯 내려다보다 눈을 가늘게 좁혔다.

"야, 수현아!"

그 순간, 경찰서 안에서 한희가 나왔다.

"안에 그 미친놈, 보니까 10대 학생이더라."

윤과 대치 중이던 수현은 무슨 말인지 이해하지 못했다.

"뭐?"

"왜, 공윤이라는 그 전교회장 같은 이름. 열일곱 고등학생이고 지금 부모랑 와 있어. 겉보기에는 번듯하고 건실해 아주. 전교 1등이래, 교육감 상도 받은 인재란다."

"……고등학생?"

23

"너한테 꼭 사과하고 싶다고 하면서 지금 반성문 쓰고 있어. 제발 선처해 달래. 이대로 합의 못 하면 대학 못 간다고."

그래도 합의는 없다고 못 박고 오는 길이라며, 정말 안에 들어갈 생각이냐며 한희가 되물었다. 하지만 앵앵거리는 울림만 들릴 뿐, 정확한 워딩은 귀에 들어오지 않았다.

그럼, 이 공윤은, 누군데? 창백하다 못해 하얗게 질린 수현이 슬그머니 그를 올려다봤다. 공윤. 여기가 그 공윤이어야 하는데?

그제야 가까이 선 윤을 발견한 한희가 짧은 감탄과 함께 수현에게 속삭였다.

"누구야? 배우하고 싶대? 왜 너랑 같이 있어?"

"⋯⋯차라리 그편이 더 낫겠네."

망연자실. 당황. 어이 상실. 황당. 놀라움. 그 모든 걸 싸잡을 수 있는 부끄러움.

수현은 속으로 쥐구멍을 찾았다. 역시 사람은 안 하던 짓을 하면 안 된다. 그때 나지막한 윤의 목소리가 울렸다.

"둘이었나 봅니다. 그쪽이 찾는 공윤이."

"⋯⋯뭐, 네."

"흔한 이름은 아니죠."

건조하고, 낮은 목소리의 울림이 묵직했다. 그녀의 잘못을 찔러 대는 것처럼. 수현은 질끈 감았던 눈을 뜨며 그를 마주 올려다봤다.

눈을 씻고 찾아봐도.

"그래도 사과가 먼저일 것 같은데."

근처에 쥐구멍은 없었다.

2화

우연에 속고

수현은 마른침을 삼켰다. 후회가 됐다. 왜 나댔을까. 평소라면 그냥 무시하고 지나쳤을 거면서. 착각도 유분수다. 얼굴값 한다는 말이 딱 떠올랐다. 저 얼굴이 죄짓게 생긴 얼굴은 전혀 아닌데.

불과 10분 만에 평가가 완전히 달라졌다. 제 잘못을 깨달았을 때 사과와 인정은 빛보다 빨라야 했다. 그녀가 꾸벅 허리를 숙였다. 긴 머리카락이 땅에 얼핏 닿았다.

"죄송합니다."

공손하게 두 손을 모으고 그녀가 재차 사과했다. 한희가 그녀의 옆구리를 쿡 찌르며 속닥거렸다.

"너 설마."

"응, 그 공윤인 줄 알았어."

재빨리 대답한 수현은 사색이 되는 한희의 얼굴을 무시하고 무심한 낯빛의 윤을 올려다봤다.

"제가 오해가 깊었네요."

"네, 깊으셨네요."

"저는 정말 그쪽이 그 공윤인 줄 알고······."

"경솔하셨죠."

맞는 말이라 할 말이 없었다. 딱히 크게 잘못을 하고 산 적도 없고, 사과할 만한 일을 만든 적도 없었다. 누구 앞에서 이렇게 곤란하게 웃어 본 적도, 사과를 한 적도 손에 꼽을 일이라 이 상황이 낯설기만 했다. 무슨 변명을 해도 제 잘못인 건 변함없지만.

"정말 죄송합니다. 혹시 기분 상하셨다면……."

"그냥 오해만 깊으셨습니다."

별거 아닌 대답 같은데, 강도는 촌철살인급이었다. 그녀가 아랫입술을 질끈 깨물었다.

"제가 원래 이런 실수는 잘 안 하고 사는데, 정말 죄송해요."

벌써 세 번째 사과. 윤의 표정은 조금도 변하지 않았다. 딱딱한 분위기에 옆에 있는 한희가 어색하게 웃으며 그들 사이에 끼어들었다.

"저희 배우가 뭔가 실수를 했나 보네요. 저도 사과드리겠습니다."

계속되는 사과에 윤은 딱히 개의치 않는다는 태도로 주차장 쪽을 턱짓했다.

"이만 돌아가 봐도 될까요."

"어우, 그럼요. 바쁘실 텐데 가 보셔야죠."

한희가 두 손으로 주차장 쪽을 가리키며 말했다. 살짝 고개를 꾸벅인 그와는 다르게 한희는 계단 아래로 고꾸라질 만큼 허리를 숙였다. 계단을 내려가기 전 눈이 마주친 수현 역시 짧게 고갯짓으로 인사를 대신했다.

윤은 긴 다리로 성큼 주차장을 가로질러 금방 시야에서 사라졌다. 남자의 차가 빠져나가는 것과 동시에 한희가 살벌한 기세로 돌아봤다.

"미쳐. 사고 안 치겠다며?"

"……이름이 같았다니까. 아까 파일에서 본 이름을 딱 듣는데 당연히 동명이인인 줄 알았지."

"조심 좀 할 수 없어? 너 배우거든?"

"나는 뭐 알았어? 공윤이라는 이름이 뭐 흔한가."

"너 그러다 큰일 친다."

"알아. 나도 쪽팔려 죽겠어."

선글라스를 다시 쓴 수현은 다시 떠오른 제 실수에 한숨을 쉬었다. 더 사과를 했어야 했나 싶지만 이미 남자는 공윤이라는 이름만 남긴 채 사라진 뒤였다.

아까는 쓸데없이 멋진 이름과, 쓸데없이 멋진 겉치레라고 생각했건만.

"다행이네. 그래도 젠틀해 보여서. 뒷말은 안 할 것 같지?"

"피곤해. 그냥 갈래."

"뭐? 안에 안 들어가 보고?"

"응, 그냥 언니가 알아서 해."

힘없는 걸음으로 주차된 차 앞까지 걸어간 수현이 순간 악, 소리 나게 비명을 질렀다.

"뭐야, 왜! 또 뭔데!"

놀란 한희가 다급히 다가왔다. 수현은 탄식을 터트리며 제 머리를 쥐어뜯었다.

"왜요. 직접 보니 입으로 하는 거 안 좋아하게 생겼나 봐요?"

"아, 미친."

욕이 절로 튀어나왔다. 역시나 집 밖은 이토록 위험했다.

"오셨어요?"

브레이크 타임 30분을 남겨 두고 '오늘, 한 끼'에 도착한 윤은 곧장 앞치마를 맸다. 막내 지호는 테이블 세팅을, 병찬은 주방에서 재료 손질 중이었다.

"광어 손질은? 카르파치오 할 거야."

"끝내 놨어요. 형이 소스만 만드시면 돼요."

"전처럼 가시 발견되면 전부 너 먹일 거야."

앞치마를 동여매며 윤이 우스갯소리로 말했다. 테이블에 화병을 놓던 지호가 킥킥거렸다.

"에이, 설마요. 병찬이 형도 이제는 많이 늘었어요."

"저게 죽을라고. 너 빨리 정리하고 주방 안 들어와?"

"네네, 들어갑니다."

이태리 가정식 메뉴를 파는 작은 이태리 레스토랑. '오늘, 한 끼'에는 열 개 남짓한 테이블이 다였다. 홍콩에서 헤드 셰프로 일할 때 만난 병찬을 데려와 레스토랑을 차렸고, 꿈 많은 지호를 만났다.

매일을 열심히 살았고, 후회 없이 바쁘게 보냈다. 때로는 치열했고, 때로는 뜨거웠으며, 또 때로는 절망과 좌절도 많았다.

매일 바뀌는 오늘의 메뉴, 독특한 구성과 담백하고 깔끔한 음식, 더불어 감각 있는 인테리어 덕분에 레스토랑은 금방 입소문을 탔다. 이제 어느 정도 레스토랑도 자리를 잡아 가고, 대출금도 얼핏 바닥이 보였다.

"유정란은 준비 다 했지?"

"그럼요. 말씀하신 대로 재료 준비 완벽하게 끝내 놨습니다. 아, 디너 와인 골라 주셔야 해요."

"이미 골라 놨어."

"그런데 유정란으로 뭐 하시게요?"

"프리타타. 이탈리아식 오믈렛이야."

칠판 입간판 앞에 주저앉은 윤은 분필을 손에 들었다. 런치 메뉴를 지우고, 디너 메뉴를 새로 썼다. 간단하게 그림을 그리자 그럴싸해졌다. 윤이 씩 웃으며 손을 탁탁 털었다.

"요리하는 사람들은 그림도 잘 그리나 봐요."

구경하던 지호가 입을 헤벌린 채 감탄했다.

"SNS 보면 셰프님이 그린 입간판 그림 예쁘다고 난리잖아요. 글씨체도 멋있다고."

"별게 다."

윤은 곧장 주방으로 향했다. 오픈형으로 만든 주방은 하부 쪽에 바 테이블을 두었다. 홀에서 조리하는 모습을 볼 수 있도록 만든 이유는 신뢰감을 주기 위해서였다. 그런데 지호는 이런 주방 구조를 보며 다른 소리를 하고는 했다.

"주방 이렇게 만들기 진짜 잘했어요. 셰프님 잘생긴 얼굴 보러 구경 오는 손님들이 태반이잖아요."

"형, 쟤 월급 더 달라고 아부 부리는 것 같은데요?"

"에이, 아니라니까요. 우리 식당 공식 계정 팔로워 태반이 여자예요. 그것도 어. 린. 여. 자."

"너 솔직히 말해. 윤이 형 부러워서 그러지?"

"당연히 부럽죠. 내가 셰프님 얼굴에 피지컬이면 여자 친구 엄청 사귀었을 텐데."

"네가 여기 일하면서 김칫국이 부족했나 보다. 엄청 마시네, 아주."

지호와 병찬은 만나기만 하면 말도 많아지고, 수다도 길었다. 광어 카르파치오에 올릴 소스를 만들며 윤은 조용히 입을 다물었다.

"이름도 공윤이라니. 셰프님은 진짜 모든 게 반칙이야."

미니 거품기로 소스를 만들던 윤의 손짓이 멈칫했다. 제 이름을 감탄하는 지호의 목소리가 멀어지는 것과 동시에, 조금 전 수현을 만났던 일이 떠올랐다.


"이름이 공윤 맞죠?"


마치 처음 듣는 이름인 것처럼.

그런데도 착각했다. 날 기억하는 건 아닐까. 아닌 걸 알면서도 가슴이 철렁했다. 덧없는 희망 따위 버린 지가 언제인데.

"그래도 사과가 먼저일 것 같은데."

그럴 수도 있겠다, 네 착각과 오해를 너그럽게 넘어가지 않고 기어이 심술을 부린 건 아마 그 때문일지도 모른다. 아주 잠깐이었던 내 설렘도 응당 값을 치러야 할 테니까. 그게 네 사과여서 좀 애달프지만.
"어차피 기억 못 할 거면서."
그가 낮게 중얼거렸다.
"네? 형 뭐라고 했어요?"
애플 민트 잎을 소분하던 병찬이 귀를 쫑긋 세웠다.
"아니야. 서두르자."
고개를 저은 윤이 상념을 걷어 냈다. 곧 디너 시간이었다.

또다시 악몽으로 하루를 시작했다. 새벽에 잠을 설치고 동이 트는 것과 동시에 잠에 들었는데, 얼마 자지도 못했다. 거지 같은 꿈. 실화라고 하기에는 기억이 없고, 꿈이라고 하기에는 너무 자세하고 구체적인.
"정신과 상담을 받아야 하나."
침대 위에서 할 일 없이 뒹굴거린 수현이 중얼거렸다. 꿈의 한 장면, 한 장면을 다시 기억에 새겨 넣었다. 어둠 속 깊은 웅덩이, 하염없이 추락하던 나, 겨우 내 손을 잡고 나를 끌어 올리던 희뿌연 누군가.
그때 휴대폰이 울렸다. 덧없는 회상을 방해하려는 의도처럼.
—딱히 SNS에 올라오는 것도 없네. 갑질 여배우 어쩌고 할까 봐 식겁했는데, 진짜.

며칠 전 경찰서에서 허우대 멀쩡한 공윤을 찌질한 악플러 공윤이라 오해했던 사건. 그 때문에 한희는 며칠째 SNS를 붙잡고 있었다.

—연락처를 받아 놨어야 해. 그래야 나중에 보상 욕심나면 나한테 연락이라도 하지.

"그게 더 갑질이네요."

—아니야. 우리 되게 정중하게 사과했잖아. 경찰서 앞에서 석고대죄까지 했으니, 화 풀리셨을 거야. 그래도 SNS나 커뮤니티 팔로우는 계속 해야겠어.

다행히 일은 이렇게 넘어가는 듯했다. 수현은 이불을 걷어차며 침대에서 내려왔다. 어쩌다 생긴 흑역사에 생각하면 한숨이 터졌고, 머릿속은 노래졌지만 이미 벌어진 일인데 어찌하겠는가.

"주워 담을 수도 없고."

누군지도 모르는 남자를 찾아가 기억을 조작할 수도 없다. 그런 능력이 있는 것도 아니고. 거실로 나간 수현이 소파 위에 다시 주저앉았다.

"그런데."

그녀가 고개를 기울였다.

"분명 어디서 봤는데."

경찰서 앞에서 처음 마주쳤을 때도 잠깐 그런 생각이 들었다. 질풍노도의 10대 공윤과 일치시키는 바람에 잊었을 뿐이지, 흑역사를 되풀이하면 할수록 낯익다는 생각이 들었다.

분명 이름은 처음 들었는데, 얼굴은 상당히 낯이 익었다. 대체 왜?

"낯이 익으면 그쪽이 익어야지. 내가 배우인데."

쿠션을 무릎 위에 올린 수현이 턱을 괴었다. 하지만 아무리 생각해도 모르는 얼굴이란 결론이 나왔다. 그녀는 생각을 말자, 고개를 젓고 몸을 일으켰다.

그녀의 유일한 외출 장소는 집 근처에서 프라이빗하게 운영되는 필라테스 센터였다. 찌뿌둥한 근육을 개운하게 풀고, 집에서 내려 온 텀

블러 커피를 들고 한강 변에 차를 세웠다.

그렇게 두어 시간, 벌써 점심시간을 훌쩍 지나 낮이었다. 그녀에게는 가장 한가로울 오후 3시.

차를 출발시킨 그녀는 집 근처 꽃집으로 향했다. 흑역사나 악플 모두 잊을 겸 기분 전환할 무언가가 필요했다. 꽃을 사 볼까. 그녀는 화려한 것보다 수수한 꽃을 좋아했다. 안개나 메밀꽃 같은.

하지만 가는 날이 장날이라고 했던가, 요 며칠 그녀는 정말 운이 없었다.

꽃이 일찍 떨어져서 오늘은 마감합니다.

"그냥 기분 잡친 채로 있어야 하나."

운동으로 땀을 흘리고, 몇 시간이고 강물 흘러가는 것만 보며 차에 앉아 있어도 기분은 나아지지 않았다.

"되는 일이 없네."

근처 꽃집을 찾아볼까 싶었지만, 피곤한 건 싫었다. 배가 고픈 것도 같았고. 수현이 다시 차에 오르려 하는 순간, 옆에서 느껴지는 인기척에 그녀가 고개를 들었다.

"어?"

알고 있다. 이 잘나디잘난 얼굴을. 그런데 설마, 수현이 웃으며 고개를 기울였다. ……내가 지금 반가워하고 있는 건가?

"아, 저 진짜 차수현 팬인데. 복귀 언제 하나 몰라요. 빨리 했으면 좋겠는데."

런치 타임이 끝나고 늦은 점심 식사 중이었다. 급하게 만든 오므라

이스와 콩나물국으로 점심 한 끼를 대신했다. 지호는 점심 먹는 맛에 일한다며 남은 볶음밥을 덜어 오며 말했다. 차수현, 윤은 모르는 척 컵에 물을 따랐다. 지호의 덕질은 어제오늘 일이 아니었다.

"맞다. 너 차수현 팬이지?"

"네. 형도 아닌 척하지 말아요. 작년에 나랑 같이 영화도 보러 갔으면서."

테이블로 돌아온 지호는 남은 볶음밥을 병찬과 사이좋게 나눴다. 수현의 오랜 팬인 지호는 그녀의 드라마와 영화를 전부 섭렵했는데, 어떤 드라마는 대사까지 외울 정도였다. 덕분에 함께 있으면서 종종 수현에 대한 이야기가 나왔는데 윤은 때마다 침묵하고 여상한 태도를 유지했다.

"저 결국 그 주얼리 화보집 샀잖아요. 우리 누나가 너무 예쁘게 나와서 안 사고는 못 배기겠더라고요."

"뭐야. 인터넷에 검색하면 나오는 사진을 왜 돈 주고 사?"

"소장 가치가 있잖아요, 소장 가치. 아, 더 모을 것도 없는데 얼른 작품이나 찍었으면."

내내 수현 누나만 보고 싶은 지호에게 다른 여배우의 화보는 필요 없었다. 지호가 깊은 아쉬움을 토로하는 동안, 윤은 말없이 식사를 끝마쳤다.

며칠 전 경찰서 앞에서 수현을 맞닥뜨렸다. 대한민국 사람이라면 누구나 다 아는 여배우, 차수현. 또는 노순정.

열 걸음도 더 전에 그녀를 발견하고, 차례로 시선이 부딪쳤다. 꿈인가 싶을 정도로 허상 같고, 결국 목소리를 들었을 땐 그리움에 애가 닳았다.

그 순간 너에 미쳤던 열여덟의 그때로 돌아간 것 같았다. 무례한 줄 알면서도 너를 향한 시선을 거두지 못했다. 조금이라도 놓치면 네가 그대로 사라질까 봐. 내가 갈 수 없는 현실 속으로, 나는 없는 너의 세계로.

"빨리 영화나 드라마 찍었으면 좋겠는데."

"차수현은 예능 안 하지?"

"절대요, 네버. 토크 쇼도 나온 적 없어요."

"근데 차수현 안티팬 많지 않아? 작품마다 스캔들 꼬박꼬박 나잖아, 남자 배우랑."

악의 없는 질문에 지호가 인상을 쓰며 발끈했다.

"그게 수현 누나 잘못이겠어요? 사진 한 번 찍힌 적 없는데 무슨 스캔들. 형은 그게 문제예요. 편견이 심해."

"내가 없는 말 한 것도 아니고 사실이잖아. 예쁘면 다냐."

"예쁘면 다죠. 근데 연기까지 잘해, 결혼도 안 했어. 더 대박인 건 기부도 진짜 많이 해요. 이 미친 조화가 말이 돼요?"

"결혼 안 한 건 너랑 무슨 상관인데?"

"혹시 알아요? 이상형이 요리 잘하고 어린 남자일지."

"그래. 좋겠다, 좋겠어 이 차수현 빠돌아. 깍두기나 많이 드세요."

지호가 깍두기 한 스푼을 크게 퍼서 입으로 가져갔다. 귀여운 막내를 바라보며 병찬이 맛있냐 묻자 윤이 물컵을 따라 내밀었다.

"깍두기 많이 담갔어. 집에 가져가서 먹어."

"와, 셰프님 진짜 감동."

"밖에 정리는 내가 할게."

이미 식사를 끝낸 윤이 몸을 일으켰다. 저들과 앉아 있어 봤자 차수현의 이름이 계속 오르내리게 될 텐데, 더는 표정 관리할 자신이 없었다. 그는 창고에서 꺼낸 빗자루를 들고 레스토랑 밖으로 향했다.

수현은 이 상황에 알은척을 할지 말지 고민했다. 그는 여전히 자신을 보지 못하고 있었다. 신기함과 얼떨떨함이 섞인 표정으로 남자를 바라봤다. 이게 우연이라고? 정말? 이 넓은 서울 바닥에서? 감탄을 지나친 당황스러움이었다.

호기심 어린 시선이 남자가 나온 식당으로 향했다. 새하얀 벽에, 우드 톤의 길고 커다란 창문이 일렬로 나 있었다. 창문 앞 긴 선반에 놓인 앙증맞은 화분들로 시선이 움직였다.

일식집인가? 아니면 이태리? 얼핏 보면 SNS에서 유명한 카페처럼 보이기도 했다. '오늘, 한 끼'라 적힌 식당 이름을 바라보던 그녀가 흥미로운 시선으로 윤을 바라봤다.

진한 베이지색의 앞치마가 잘 어울리는 남자. 확실히 시선을 끌었다.

"무슨 밥집에서 일하는 사람이……."

이렇게 잘생겼어. 분명 목소리를 죽였다고 생각했는데, 꽤 컸는지 그도 자신을 발견하고 시선을 들었다. 남자와의 거리는 끽해야 열 걸음. 눈이 마주친 수현이 눈을 껌뻑껌뻑 떴다.

마스크와 모자로 중무장한 채 눈만 내보이고 있었지만, 그도 자신을 알아봤을 거란 확신이 들었다.

꽤 민망할 정도로 빤한 시선이 계속해서 그에게 머물렀다. 경찰서 앞에서 그가 저를 봤던 것처럼. 그녀는 윤의 눈을 응시하며, 그를 뜯어먹을 것처럼 뚫어져라 바라보는 자신을 자각하지 못했다.

동시에 수현은 굳었다. 뭐지? 나 속으로 중얼거린 거 아니었나? 순간 수현은 마스크를 쓴 제 입을 가렸다. 뒤늦게 그녀는 무례할 정도로 그를 보고 있었다는 걸 깨달았다.

반대로 경찰서 앞에서 그가 자신을 봤을 때는, 그렇게 기분 나빠해 놓고.

"수치가 없어, 수치가."

모자 끝을 만지작거리며 그녀가 중얼거렸다. 그 쪽팔린 일을 당해 놓고, 수치를 몰랐다. 그 순간.

"거기."

당황해서 혼자 발을 동동 구르는데 문득 남자가 말을 걸어왔다. 놀란 수현이 고개를 들었다.

"네?"

그는 물끄러미 수현을 바라봤다. 그녀는 순간 남자가 자신을 불렀다는 것에만 정신이 집중돼 아무 생각도 할 수 없었다.

뭘. 다시 사과라도 해야 하나? 반갑다고 할 수는 없잖아. 그럼 무슨 말을 하려고? 설마 인사하고 싶어, 나랑?

긴장한 그녀가 마른침을 삼키자, 남자가 차를 턱짓으로 가리켰다.

"거기 불법 주정차 구역입니다."

"……아."

맥 빠지는 말이었다. 수현은 주차한 차를 돌아봤다. 값비싼 외제 차가 선 공간은 엄연한 단속 구역이었다.

"네, 지금 뺄 거예요. 죄송합니다."

용건을 끝낸 남자는 그녀의 대답이 마음에 들었는지 다시 빗자루질에 공을 들였다.

뭐야. 나 왜 긴장한 거야. 며칠 만에 섞어 본 타인과의 오프라인 대화가 낯선 것도 잠시였다. 수현은 설마 남자가 경찰서 앞에서 제 오해로 빚어진 행동을 기억 못 하는 건가 싶었다.

하지만 곧장 의심을 거뒀다. 그게 어디 쉽게 잊혀질 일이야, 나는 아직도 밤마다 이불을 뻥뻥 차는데.

수현의 시선이 가게 앞에 세워 놓은 입간판으로 향했다. 괜히 군침이 돌았다.

먹은 거라고는 어제 저녁에 먹은 치즈 한 조각이 전부였다. 휴식기인데도 마음대로 먹지 못해 배 속은 먹을 것을 내놔라 아우성이었다. 입간판에 그려진 메뉴를 본 순간, 얕았던 허기짐은 더욱 강렬해졌다.

아, 나 원래 안 이러는데. 그녀가 입술을 조물조물 깨물며 망설였다. 이름은 알지만 차마 입 밖으로 꺼낼 수가 없었다.

"혹시요."

수현의 목소리에 남자가 고개를 들었다. 그녀는 마스크 속에서 살포시 웃으며 입간판을 가리켰다.

"지금 영업 중인가요?"

"아니요, 브레이크 타임입니다."

민망할 정도로 빠른 대답이었다. 입간판에도 정확히 브레이크 타임은 3시부터라 적혀 있었다.

"네. 알겠습니다."

어색하게 웃은 그녀가 돌아섰다. 하긴, 내가 그런 오해를 했는데 당연히 괘씸하지. 영업시간 중에 쫓겨나도 납득해야 할 판이었다.

수현은 쉽게 체념했다. 그때 꼬르륵 그녀의 배에서 천둥이 쳤다. 적게 먹는 습관을 들여 웬만하면 배에서 이런 소리가 나지는 않는데. 짧게 망설인 수현이 다시 남자를 돌아봤다.

"그런데요."

남자의 무심한 시선을 견디며 수현이 쓰게 웃었다.

"1인분도 안 될까요?"

"……."

"저 진짜 조금 먹거든요. 0.5인분도 괜찮아요."

그녀가 말을 덧붙이는 내내 윤은 말없이 수현을 바라보기만 했다.

"제가 원래 사람 많은 식당에서는 밥을 못 먹는 편이기도 하고."

여전히 대답 없는 남자의 침묵이 불안했다. 또 거절인가. 그때의 오해가 깊어서? 아니, 넌 하고 많은 식당 중에 왜 여기 앞에서 이러는 건데? 단 한 번도 이런 적 없었잖아. 수현은 제 낯선 행동을 자각하면서도 입을 열었다.

"브레이크 타임에 먹으면 조용하니까 좋긴 해서……."

지난 2년 동안 외식이라고는 가족들 혹은 한희가 함께였던 몇 번의 식사가 전부였다. 내가 왜 이러지, 하면서도 그녀는 남자에게서 긍정의 대답을 듣고 싶었다. 그런 쪽팔림과 수치라면 응당 뒤돌아서 도망가야 맞지만.

순간 대답 없는 남자의 잘생긴 얼굴을 바라보다, 아차 싶어 입술을 깨물었다. 나 또 너무 무례했나? 하긴, 브레이크 타임에 막무가내로 장사하라고 하면 그것 또한 진상이기는 했다. 경찰서 앞에서 벌였던 그 진상이 아직도 이렇게 또렷한데.

"아니다, 못 들은 걸로 해 주세요."

가게 입간판에 그린 메뉴가 너무 맛있어 보여서, 그쪽이 정한 오늘의 메뉴가 내 위를 강하게 건드린 탓이라고.

수현은 차라리 길게 설명이라도 하고 싶었다. 남자의 집요한 시선에 괜히 기가 죽기 시작했다. 괜히 밖에 나왔다가 꽃도 못 사고, 식당 사장한테 거지 취급이나 받고. 최악이었다. 그 순간 남자가 침묵을 깨트렸다.

"저희 집은 메뉴가 하나입니다. 매일 달라지고요."

굳이 설명하지 않아도 입간판에도 써 있는 얘기다. 이 순간에도 남자의 목소리가 사뭇 멋있다는 생각이 들었다. 그것만 할까, 앞치마를 두른 모습은 근사했고 새하얀 벽 앞에 서 있으니 마치 그림 같았다.

수현은 혹시라도 그의 기분이 상할까 열심히 고개를 끄덕였다.

"네, 봤어요."

"오늘 메뉴도 봤습니까?"

"네. 저기 써져 있잖아요. 조개 관자구이와 시금치 리소토."

"먹습니까?"

"……네?"

순간 남자의 질문을 이해하지 못한 수현이 되물었다. 남자는 조금 더 낮게 가라앉은 시선으로 그녀를 보다 식당 안쪽을 가리켰다.

"아닙니다, 들어오세요."

3화

우연에 설레어

"믿어져요?"

"아니."

"말이 돼요?"

"그러게."

나란히 선 지호와 병찬은 멀찌감치 서서 수현을 구경했다. 모자를 벗는 순간은 샴푸 광고를 보는 것 같았고, 마스크를 벗자 내가 시상식에 왔나 하는 착각이 일었다.

그들은 꼼짝도 않고 멍하니 눈앞에 존재하는 수현을 바라봤다. 이 와중에도 윤은 혼자 주방에서 바빴다.

"차수현이라니. 우리 방금 전까지 차수현 얘기했잖아요."

지호가 중얼거리자, 병찬도 기가 찬 듯 웃어 보였다. 여기저기 고개를 돌려 가며 레스토랑 내부 인테리어를 구경하는 수현의 눈빛이 반짝거렸다.

"예쁘면 다네, 진짜."

"……장난 아니죠, 저 아우라. 와, 내가 수현 누나 실물을 보다니. 팬미팅 티켓팅도 못 해, 팬 사인회 추첨 운도 더럽게 없어. 역시, 윤이 형이 제 복이었나 봐요."

"그러게, 얼굴 미쳤다 진짜."

네가 왜 난리 치는지 이제 알겠다고 병찬이 말을 덧붙였다.

"그럴 줄 알았어. 형도 팬클럽 가입해요."

"나 연예인 처음 봐."

"헐, 전에 형 휴가 갔을 때 저는 봤는데. 걸 그룹 올리브 알죠? 식당 왔었잖아요."

"걔들이 예쁘냐, 차수현이 예쁘냐?"

"당연히 우리 누나죠."

지호가 크게 고개를 끄덕였다.

"얼씨구, 어련하시겠어. 근데 런치 재료는 남았나?"

"조금요. 1인분 정도는 할 수 있어요."

한편 깔끔한 레스토랑 내부에 감탄하던 수현은 작은 메뉴판을 손에 들었다.

오늘, 한 끼. 식당 이름치고는 지나치게 감성적이다 싶었다. 원목과 화이트 톤으로 된 식당 외부와 다르게 안의 벽면은 은은한 아이보리 톤의 세련된 인테리어가 눈에 띄었다.

테이블과 다른 가구들은 전부 원목이었다. 한쪽 벽면을 전부 채운 와인 선반도 눈에 띄었다. 군데군데 대형 화분들도 많아 숲속에 위치한 자그마한 카페에 들어와 있다는 느낌이 강했다.

그런데 메뉴는 달랑 오늘의 메뉴 하나였고 직원은 더 없는 듯했다. 구석진 자리에 앉은 수현은 괜히 민망해 뒷목을 만지작거렸다.

"이게 무슨 민폐야."

작게 중얼거린 수현은 드러난 맨얼굴이 어색해 얼굴을 푹 숙였다. 주방 앞 바 테이블에 앉아 자신을 뚫어져라 보는 직원들이 있었지만 적당히 구경만 할 뿐, 함부로 사진을 찍지는 않았다.

"……."

탁 트인 주방에서는 그가 움직이는 모습이 전반적으로 다 보였다. 수현은 몰래몰래 그를 구경하며 음식을 기다렸다. 제대로 된 밥을 먹어 본 게 언제인지 기억도 가물가물했다.

다이어트하며 살아온 지 10년이라, 뭘 먹는다는 것 자체에 큰 감흥이 없었다. 식욕도 없었고, 먹는 재미도 몰랐다. 그런데 왜, 하필, 문 닫은 꽃집 옆의 식당 앞에서 이런 허기를 느끼게 된 건지.

수현은 테이블 위에 놓인 화병 속 튤립에 시선을 주었다. 노란색 튤립이 식당 인테리어와 절묘하게 어울렸다.

식당 안에는 금방 좋은 냄새가 퍼졌다. 벌써부터 맛있는 느낌이었다.

"분명 어디서 봤는데."

주방 쪽을 건너본 수현이 고개를 갸웃거렸다. 경찰서 앞에서도 그렇고, 그를 다시 생각했을 때도 느꼈다.

정확히 어디서 봤다고 설명할 수 없으니 더 찝찝했다. 낯설지만 어딘가 익숙한 얼굴에 궁금증이 집요해지려던 찰나, 남자가 쟁반을 들고 나타났다.

정갈하게 놓인 관자구이와 시금치 리소토 위에 올라간 방울토마토가 앙증맞았다. 생각보다 꽤 먹음직스러워 보였다. 역시 들어오길 잘했어.

"브레이크 타임인데 죄송해요."

"괜찮습니다."

"저 조용히 먹을게요, 쉬세요."

윤은 경찰서 앞에서 그랬던 것처럼, 수현을 물끄러미 바라보다 뒤로 물러섰다. 수현은 남자가 돌아선 틈을 타 살짝 헝클어진 머리를 뒤로 쓸어 넘겼다. 그러고는 머리 끈으로 머리를 높게 틀어 올려 묶었다.

이제 먹어 볼까. 입맛을 다신 수현이 숟가락을 손에 쥐었다. 그 순간 남자가 작은 접시를 손에 든 채 나타났다. 시선이 마주치고 놀란 그녀가 눈을 동그랗게 떴다.

"……이거 같이 드셔 보세요."

남자가 긴 팔을 뻗어 작은 접시를 내려놨다. 치즈가 올라간 가지 요리였다. 수현이 반가운 듯 고개를 들었다.

"저 가지 좋아해요. 감사합니다."

아무 말 없이 그가 몸을 돌려 주방으로 가려 했다. 수현은 기회라 생각하며 입을 열었다.

"그런데요."

옆으로 시선을 돌린 남자와 다시 시선이 닿았다. 말간 제 얼굴은 생각도 않고, 어디선가 본 듯이 익숙한 남자를 뚫어져라 응시했다.

"혹시 배우 지망생이었어요?"

"……아니요."

"그럼 단역 알바 같은 거 했었어요?"

"전혀요."

"드라마나 영화 스태프로도 일한 적 없고요?"

"네."

"그럼 저는 몰라요?"

질문을 뱉어 놓고 아차 싶었다. 그녀가 아랫입술을 깨무는 순간 남자가 대답했다.

"알죠. 대한민국에서 모르는 사람 없을 테니."

민망할 정도로 빠른 철벽. 보통 사람들 앞에서 철벽을 세우는 건 그녀의 몫이었다. 사과를 하는 것도, 어색함을 피하려 웃는 것도 보통 그녀는 아니었다.

"……경찰서 앞에서는 정말 죄송했어요. 본의 아니게 오해했습니다."

"괜찮습니다. 사과, 여러 번 하셨으니까요."

연이은 설명에 수현은 어색하게 웃었다. 이제야 본 용건이 떠올랐다.

"그런데 경찰서 앞 말고요. 뵌 적 없을까요?"

그녀는 집요하게 파고들어 물었다. 이쯤 되면 포기할 법한데도 자꾸만 호기심이 들었다. 언젠가 이 잘생긴 남자를 본 적이 있다는 확신 역시. 하지만.

"저는 여러 번 봤죠."

나의 착각이었던 걸까?

"식으면 맛없습니다. 맛있게 드세요."

남자는 다시 뒤돌아서 주방으로 향했다. 바 테이블에 앉아 그녀를 구경하던 직원들 역시 그를 따라 움직였다.

수현은 민망한 얼굴을 감추고 숟가락을 고쳐 쥐었다.

"뭐야. 웬 주접이야."

다행히 밥은 맛있었다. 아니, 근래 먹어 본 것 중에 최고였다. 인테리어랑 이름만 그럴싸하지, SNS에 흔히 돌아다니는 알맹이 빠진 맛집 아닐까 생각했는데 조미료 맛도 없는 담백하고 깨끗함이 인상적이었다.

그녀는 천천히, 조용히 식사를 이어 갔다. 틈틈이 주방에 선 남자의 모습을 보았지만, 윤은 갑자기 제 식당에 나타난 여배우에 대해 관심 따위 없는 모양이었다.

"조용해서 좋네."

깔끔하게 리소토를 한 숟가락 입에 넣은 다음, 가지구이를 한 입 베어 물었다.

마음에 들었다. 정갈한 메뉴와 식사도, 조용한 분위기도. 식당을 닮아 말 없는 주인도.

지호와 병찬은 아쉬운 기색으로 레스토랑을 떠났다. 하필 수산 시장에 주문을 넣은 연어가 도착했다는 연락을 받았다. 퀵으로 받는 것보다 직접 가는 게 빨랐는데, 윤은 재료 손질에 와인 셀렉까지 할 일이 많았다.

노트북에 점심 매출을 기록하고, 주방으로 간 윤은 디너 타임에 필요한 재료를 손질했다. 디너 메뉴는 제주 딱새우 파스타와 크림소스를 얹은 대구구이였다.

홀에서는 여전히 수현이 식사 중이었다. 어림잡아 30분은 지났는데, 먹는 속도가 원래 느린 건지 그녀는 일어날 생각이 없어 보였다.

딱히 상관은 없었다. 디너에 쓰일 재료 손질은 마무리됐고, 브레이크 타임도 넉넉히 남았으니까.

오픈된 공간 너머로 홀을 확인한 윤은 물끄러미, 리소토 한 숟가락을 크게 입에 넣고 오물오물 씹는 수현을 바라봤다. 휴대폰도 보지 않고, 오로지 밥에만 집중하는 모습을 바라보다 냉장고를 열었다.

곧 그녀에게 다가간 윤은 또다시 저를 빤히 바라보는 그녀의 앞으로 접시를 내려놨다.

"마지막에 드세요. 복숭아 퓌레입니다."

수현의 또렷한 눈동자가 다시 커졌다. 오늘 여러 번 보는 표정이었다.

"이것도 메뉴 구성에 있어요?"

아까 가지도 그렇고, 마치 이걸 왜 나한테 주냐는 질문. 윤은 빠르게 대답했다.

"아니요, 그냥 만들어 본 겁니다."

"아아."

이제 싫어하는 걸까. 그렇다면 다시 가져가려는데 수현이 말했다.

"저 복숭아도 좋아하는데. 잘 먹겠습니다."

환히 웃은 수현이 인사하자, 윤은 말없이 뒤돌아섰다. 그녀는 그로부터 얼마 지나지 않아 몸을 일으켰다. 퓌레를 깨끗하게 비우는 걸 틈틈이 확인한 윤은 그녀의 움직임을 따라 카운터 쪽으로 향했다.

"그런데요."

또 그런데. 그녀는 다시 만난 저를 볼 때마다 '그런데'로 시작했다.

신용 카드를 내민 그녀를 바라보며 윤은 입을 다물었다. 마스크랑 모자를 손에 쥔, 화장기 하나 없는 깨끗하고 흰 얼굴에 시선이 머물렀다.

"아무리 봐도 어디서 본 것 같아서요."

"……."

"고등학교 어디 나왔어요? 중학교도 좋고."

호기심을 억누르지 못한 수현이 물었다. 접시를 비우는 동안, 남자를 어디선가 봤다는 생각을 떨칠 수 없었다. 알아야만 할 것 같고, 또 알고 싶었다. 그는 대답 없이 그녀를 물끄러미 바라봤다.

"아, 저 이상한 의도는 없어요. 순수하게, 궁금해서요."

"……그래 보입니다."

"알려 주시면 안 돼요?"

10년을 정상에 선 배우로 살아오면서, 누군가에게 이렇게 집요하게 이름을 알려 달라 한 적이 없었다. 윤의 시선이 수현의 얇은 손목으로 옮겨 갔다. 시계로 가려진 손목에 닿았던 무례한 시선이 빠르게 멀어졌다.

"서울에서 안 다녔습니다."

"아, 나는 서울에서 다녔는데."

그녀가 중얼거렸다. 윤은 마른침을 삼켰다.

"이름은 계속 공윤이었어요?"

"……네."

"하긴, 보통은 그렇죠."

아는 사람이 아니라는 결론이 나오자 수현은 미련 없이 고개를 끄덕이고 카드를 건네받았다.

"멋있어요, 이름. 제 원래 이름은 좀 촌스럽거든요."

그 악플러의 이름을 처음 봤을 때조차 과분하다 생각했던 이름이다. 그의 대답을 들을 생각은 없었는지, 수현이 씨익 웃으며 말했다.

"잘 먹었습니다. 브레이크 타임에 실례 많았어요."

배불리 식사도 했고, 잘생긴 식당 주인에 대한 찜찜함도 거둔 채 그녀는 식당을 나섰다.

그녀는 사라졌다. 이제 제가 있을 곳으로. '안녕히 가세요', 평소라면 돌아가는 손님에게 했을 인사조차 하지 못한 윤이 짧은 숨을 터트렸다.

기억은 무겁고 쉬이 떨쳐 내기 힘들었다. 바로 지금처럼.

봄부터 가을, 우리를 그곳에 머무르게 했던 계곡의 찬기, 반딧불이가 예쁘던 밤, 작은 반찬 통에 꾸역꾸역 넣어 네게 줬던 복숭아.

그리고 언젠가 내 이름을 묻던 너의 목소리.

"이름이 뭐야?"

"이름은 왜."

"넌 내 이름 안다며. 그럼 나도 알아야지, 공평하게."

"……공윤."

"공윤? 외자네?"

"응, 외자야."

"이름 멋있다. 내 이름은 되게 촌스러운데."

전부 잊어 놓고, 그것도 새까맣게. 윤은 말없이 그녀가 앉았던 자리로 다가갔다. 남긴 것 하나 없이 깨끗하게 비워져 있었다. 초록색 나물은 죽어도 먹기 싫다던 목소리가 떠오르자 그의 눈빛에 어둠이 들어찼다.

"이제는 먹네."

그렇게 싫어하더니.

엔터테인먼트 순.

노순정의 '순'을 따라 만든 이름이었다. 촌스러운 그 이름이 싫어 예명을 썼더니, 소속사 이름에 붙일 줄이야. 절대 반대를 불러도 한희는 고집을 굽히지 않았다.

"왔어?"

거의 몇 달 만의 소속사 방문. 수현은 대표실에 들어서기 무섭게 황급히 일어나 오두방정을 떠는 한희를 무심히 바라봤다. 앉은 지 10분도 되지 않아 산더미 같은 광고 계약서들이 눈앞에 들어왔다.

"이 여행사 광고, 6개월에 10억짜리야."

딱히 감흥 없는 표정에 뚱한 얼굴로 수현이 대답했다.

"별로. 여행 가라고 등 떠미는 것 같잖아."

한희가 욕을 참았다. 원래 광고가 소비하라고 등 떠미는 거라는 설명을 꾹 참고 다른 파일을 내밀었다.

"그럼 이 화장품은? 원래 너 하던 건데, 네가 재계약 안 해서 광고료를 80%나 올려 줬던 거 기억하지?"

"하지. 그런데 내가 깠잖아."

"100%. 이번에는 광고료 100%."

두 손을 활짝 펴 열을 가리킨 한희가 말했다. 수현은 느리게 고개를 저었다.

"나 돈 많아."

"······누가 그거 모르니?"

"더 들이밀 광고 있어?"

"있어. 많아. 쌓였어, 아주!"

갑갑하다는 듯 한숨을 터트린 한희는 의욕도 없고, 욕심도 없는 수현을 빤히 바라봤다. 답답했다. 다른 이들이라면 한창 달릴 나이에 돌연 휴식기를 선택한 그녀를 이해할 수 없었다.

2년이라면 배우 입장에서 긴 시간도 아니었다. 다른 작품을 검토하면서 크랭크 인을 기다릴 수도 있고, 여유롭게 영화나 연기 공부를 해도 좋았다.

그녀도 수현이 쉬는 거라면 찬성했다. 8년을 쉼 없이 달려왔고, 때마다 정상에서 늘 함께였다. 고작 2년 쉬는 것쯤이라고 여겼다.

"나 잠깐 쉴래."

"그래. 쉬어야지. 그 전에 광고 재계약 검토부터……."

"그것도 다 쉴래."

"뭐?"

"아무것도 안 하고, 그냥 있을래. 스케줄 하나도 잡지 마. 광고, 화보, 인터뷰, 홍보 대사 아무것도 안 해."

"……뭐, 숨만 쉬겠다는 소리로 들린다?"

"아. 그것도 나쁘지 않겠다."

하지만 그녀는 정말, 아무것도 하지 않았다. 집에만 있어 흰 피부는 이제 창백하다 싶을 지경이었고, 밥도 제때 챙겨 먹지 않아 영양 상태 역시 엉망이었다.

가끔 가는 필라테스 센터와 피부과 정도가 그녀의 외출지 전부였다. 그렇다고 제대로 잠을 자는 것 같지도 않고, 딱히 생산적인 일을 하지도 않았다. 걱정이 됐다. 이대로 아무것도 하지 않는 그녀가, 이렇게 안주하며 살까 봐.

"이거 다 거절한다 치고, 설마 이봉환 감독님 영화도?"

"감독님한테는 내가 따로 전화드릴게."

답답한 한숨이 속에서부터 터져 나왔다. 한희는 날것 그대로 물었다.

"왜 그래, 진짜? 슬럼프야?"

배우의 연기에 문제가 생겼다고 하면 한희는 적극적으로 도울 생각이 있었다. 그녀의 소속사 대표로서 함께 고민하고 해결해야 할 문제였다. 당연히 그녀를 혼자 둘 수 없었다.

"슬럼프, 라고 간단하게 정의하기에는 좀."

수현이 말끝을 흐리다 고개를 저었다.

"몰라. 그냥 재미없어."

어처구니없을 정도로 간단한 결론이었다.

"왜 재미가 없어. 지금까지 잘만 했는데."

"그래서 그런 걸 수도 있지. 꼭두각시처럼, 남들이 시키는 대로 연기만 해서."

소파 쿠션을 만지작거리며 수현이 말했다. 순간순간이 미치도록 외롭고 서글플 때가 있었다. 주변을 둘러싼 많은 사람들이 있음에도 불구하고 절실히 혼자이고 싶었다. 대본을 손에 쥐어도, 카메라 앞에 서도 전혀 재미있지 않았다.

"그런데 그것보다 더 무서운 게 뭔지 알아?"

"……."

"되게 허무해."

하루하루, 이 길이 내게 맞는 걸까. 나는 이제 뭘 하고 살아야 하나. 일을 해야 할 이유를 못 느꼈다. 스물여덟이 돼서야 그런 공포에 휩싸였다.

행복과 즐거움, 기쁨, 여유, 보람과 유쾌. 그를 비롯한 긍정적인 감정의 촉수가 고장 난 것 같았다. 우울했고, 또 지루했고, 이유도 없이 답답하고 또 슬펐다. 지금 이대로 사라진다면, 그것 또한 나쁘지 않을 정도였다.

왜? 대체 뭐 때문에? 채워지지 않는 무언가가 분명 존재하는데, 그게 무엇인지 알 수 없어 찾아온 권태감. 그녀는 도망치고 싶었다. 격렬하게 소원했고, 결국 가장 높았던 자리에서 사라졌을 뿐이다.

"병원 예약할까? 상담이라도 받을래?"

스무 살 때부터 배우 일을 시작했다. 열심히만 달려온 탓에 속내를 털어놓을 친구 하나 없었고, 그녀의 곁에는 소속사 대표인 한희와 가족들뿐이었다. 가족, 그리고 엄마. 그녀가 아랫입술을 꾸욱 깨물었다.

"싫어. 지겨워."

"……너 잠은 잘 자?"

"나름."

"그럼 제대로 쉬든가."

걱정이 깃든 목소리에 수현이 옅게 웃었다.

"어떻게 해야 제대로 쉬는 건데?"

"연애나 해."

수현이 코웃음 쳤다. 지금 그녀의 입에서 나온 게 연예인 차수현에게 할 수 있는 말인가.

"소속사 대표 맞아?"

"조용히만 하면 누가 뭐래? 시끄럽지 않고, 과하지 않게. 적당한 남자 골라 만나. 시끄러운 일만 안 만들면 난 상관없어."

"그냥 쉰다니까."

"그게 쉬는 거야. 연애가 별거야? 만나면 좋고, 헤어지면 아쉽고 그런 소소한 재미나 즐기면서 보내. 그럼 집 밖에는 잘 나갈 거 아니야. 연애하면 8할이 밥 먹는 건데, 밥은 잘 먹겠지."

쿠션에 턱을 괸 수현이 입술을 비죽 내밀었다. 연애라니. 스캔들은 수도 없이 났어도, 정작 열애 인정 기사는 단 한 번도 못 내 본 그녀였다.

어찌된 일인지 작품을 할 때마다 상대 남자 배우와 스캔들이 터졌다. 덕분에 악플의 반은 '여우'와 '남자 배우 킬러'라는 내용이 주를 이뤘다. 한번 사귀어 봤으면 억울하지나 않지. 휴대폰 번호를 아는 배우들도 극히 일부에 속했는데, 이제는 소속사에서 그녀의 연애를 지향하고 있었다.

"나 잘 쉬고 있거든."

"웃기시네. 내가 보기에는 너 그냥 버티고 있는 거야."

단 한 건도 제대로 보여 주지 못한 광고 계약서를 챙긴 한희가 자리에서 일어났다. 수현은 소파에 거의 드러눕다시피 하며 천장을 바라봤다.

밥 하니까 생각나네. 그녀는 불현듯 시금치 리소토가 아주 맛있었던 작은 레스토랑을 떠올렸다. 이름만큼 예쁘고, 그 남자를 닮아 정갈했던.

"나온 김에 밥이나 먹고 가. 소속사 근처에 소고기집 예약했어."

남은 회의 때문에 한희는 30분만 기다리라 말하고 대표실을 나섰다.

혼자 남겨진 수현은 쿠션을 품에 꼭 안은 채 중얼거렸다.

"연애는 무슨."

완전히 소파에 드러누운 그녀가 눈을 감았다. 하얀 천장을 볼 때도, 눈을 감아도 이상하게 공윤, 그 남자가 떠올랐다.

늦은 밤, 레스토랑 뒷정리까지 마치고 집에 돌아오면 밤 10시가 넘었다. 요리를 하면서 질린 것인지 낮 브레이크 타임에 먹는 늦은 점심이 저녁 대신이었다.

샤워 후 젖은 머리만 간단히 말린 뒤, 윤은 소파에 한참을 누워 있었다. 이리저리 재미도 없는 TV 채널을 몇 번이나 돌렸다. 흥미는 금방 떨어졌다.

휴대폰을 손에 쥐었다. 세상 돌아가는 것 역시 그의 관심 밖이었지만, 그는 익숙한 듯 연예 면 뉴스를 확인했다. 수현의 기사는 없었다. 무미건조한 시선을 두며, 포털 사이트에 접속해 익숙한 이름을 검색했다.

노준영. 여러 인물 정보가 떴다. 뉴스 탭에 접속한 그는 수도 없이 읽었던 기사를 찾았다.

한국 대학 병원 연구소 노준영(31) 연구원의 생화학 분자 생물학에 대한 논문이 SCI 국제 학술지에 실렸습니다. 지난 국제 생물 학회 포럼에서 최연소 발표자로 선정······.

오늘도 역시나 기사를 끝까지 읽지는 못했다. 이렇게 몇 달 전, 남이 써 내린 글로나마 준영의 안부를 확인했다. 그것으로도 위안이 된 듯, 윤은 곧장 몸을 일으켜 주방으로 향했다.

냉장고 문을 열어 복숭아를 한 바구니 꺼내 퓌레를 만들 재료를 꺼냈다. 설탕과 꿀, 레몬을 차례로 테이블에 올리고 복숭아를 손질해 냄비에 넣고 푹 끓였다. 시간이 지날수록 복숭아의 단내가 점점 더 진해졌다. 윤은 무심히 그 모습을 내려다보며 생각에 잠겼다.

"와. 이거 네가 깎았어?"
"응."
"내가 좋아한다 그래서?"
"……싫으면 버리든가."
"말을 해도 꼭. 나 복숭아 진짜 좋아하거든?"

알고 있었다. 네가 복숭아를 좋아하고, 채소 중에 가지를 제일 좋아한다는 것쯤은.
나는 내내 너를 보고 있었고, 네가 좋아하는 작은 그 어떤 것도 놓치지 않으려 했다. 그 시절의 나에게는, 그렇게 너만 존재했었다.
만날 때마다 네 손을 잡고 싶었고, 탐스러운 입술을 머금고 싶었다. 몰래몰래 밤 산책을 나갈 때면, 내 손을 꼭 붙잡는 너를 그대로 끌어안아 겁 없이 순수한 욕망을 내보일 뻔했다. 네가 무서워할까 억누르고, 또 참아 내고, 그렇게 예쁜 너를 예쁘게 보듬고자 했다.
짝사랑에 미쳐 날뛰던 그때, 반딧불이가 예쁜 저녁이었다. 나는 토라졌고, 너는 내 기분을 풀어 주기 위해 노력했다.
우리는 또다시 밤에 몰래 만났다. 계곡 물소리가 졸졸 들려오는 곳까지 올라가 바위에 앉았다. 그는 예쁘게만 보이는 이 계곡 안이 얼마나 깊고 위험한지 알고 있었다.

"나 여기 좋아. 자주 오고 싶어."
"지금도 자주 오고 있잖아."
"더 자주 오고 싶어. 너랑."

"……."

"우리 추워지기 전에 여기서 텐트 치고 잘까? 어때?"

"……별로 좋지 않은 생각이야."

"너 방금 표정 되게 웃겼는데, 알아?"

싱그럽게 웃던 너와 얕은 바위에 주저앉아 복숭아를 나눠 먹었다. 껍질은 잘 벗겨지지 않았고, 뚜껑을 열어 보니 이미 색이 변해 흉해 보였다. 먹지 말자고 하려는데 너는 좋다며 복숭아를 단숨에 비웠다.

그때는 참을 수 없었다. 과즙이 그대로 묻어나는 네 촉촉한 입술을 더는 두고 볼 수 없어 키스했다. 네 입술을 함부로 열었고, 부드러운 네 살덩이를 마치 내 것처럼 유린하고 가졌다. 겁먹은 네가 뒤로 주춤 물러설 때도, 그러던 네가 다시 다가올 때도 나는 미친놈처럼 달려들었다.

우리의 첫 키스였다. 이제 너는 잊고, 나만 기억할.

다 끓은 복숭아를 꺼내다 말고 바닥에 주저앉았다. 한번 떠오르기 시작한 기억은, 점점 힘을 더해 갔다.

"하아……."

괴로운 그가 한숨을 터트렸다. 그녀가, 차수현이 아니 순정이 제가 만든 밥을 먹고 맛있다고 말했다. 잘 먹었다고, 웃으며 멀어졌다.

잡을걸 그랬나. 붙잡고 날 기억하라고 다그칠걸 그랬나.

"하아, 하."

툭, 툭. 바닥 위로 눈물이 떨어졌다. 잘 참아 왔다고 생각했다. 레스토랑을 점점 키우면서, 그렇게 내 할 일을 하면서 잘 버티고 있다 여겼다.

그런데 아니었다. 먼 세계에나 있던 너를 가까운 현실에서 맞닥뜨린 이후, 나는 계속 이 모양이다. 일상이 송두리째 망가졌다. 아무것도 모르는 얼굴로 나를 함부로 오해하고, 또 함부로 다가와 맛있다며 웃어 주던 너로 인해.

시궁창이 된 현실은 열여덟의 그때와 같았다. 가장 소중했던 이를 잃었던 열여덟. 지독했던 그 시간과 여전히 평행선이었다.

율주 서농 마을의 유일하다는 파란색 대문. 그 문을 대차게 두드리는 소리가 한동안 동네를 울렸다. 막 교복 셔츠 단추를 풀고 있던 윤이 마당을 가로질러 문을 열었다. 마을 이장님, 혹은 부녀 회장님이 마당에 난 잡초나 뽑자는 참견일 줄 알았는데, 아니었다.

하얀 피부, 가지런한 눈썹과 오뚝한 코, 붉은 기가 돌아 생기 있는 입술과 발그레한 볼, 쌍꺼풀진 커다란 눈동자. '인형인가?' 생각이 들 정도로 인상적인 외모에 시선을 빼앗겼다가 인생 참 불편하게 살겠다 싶은 생각이 들었다.

빤히 보는 시선이 이상하리만큼 오래 머물렀다. 뭐가 묻었나 싶어 손으로 목을 만지작거리는데 여자애가 그의 품에 접시를 내밀었다.

"이거, 이사 떡."

냅다 건네는 떡에, 냅다 내뱉는 반말. 줘 봤자 먹을 사람 없는데. 그는 억지로 받아 든 떡을 내려다보다 고개를 들었다. 그녀는 교복 바지 차림에 셔츠 단추가 반쯤은 풀어져 있는 윤을 위아래로 훑었다.

"……그런데 옷 좀 입을래?"

아, 빤히 보는 이유가 이거였다. 그대로 떡만 들고 윤은 그녀의 눈앞에서 사라졌다. 쾅, 하고 닫힌 파란 대문이 위협적이기까지 했다.

순정은 곧장 다섯 걸음이면 닿는 집에 돌아갔다. 옆집과 그의 집 사이를 나누는 건 고작 낮은 담장 하나. 황당한 말이 그대로 귀에 꽂혔다.

"엄마, 옆집에 변태가 살아."

4화

열여덟, 율주

서울에서 2시간 떨어진 율주.

그곳의 작은 서농 마을로 이사 온 이유는 중학교 때부터 이어진 학교 폭력 때문이었다. 밝고, 활발하고, 웃는 게 아주 예쁘기만 한 딸의 내면을 부모님은 나중에야 알았다. 딸이 다니던 고등학교에서 연락이 왔다. 아이가 계단에서 떨어졌다고. 학교 폭력의 잔혹한 결과물이었다.

부모님은 가해자와 순정을 같은 학교에 두고 싶지 않았고, 전학을 선택했다. 외할머니가 돌아가시고 빈집이 된 낡은 주택이 그들의 종착지였다.

좋았다. 작은 서농 마을이 주는 공기가, 정감이. 하지만 서농 마을과 학교는 달랐다.

"쟤야. 서울에서 온 애."

"아, 쟤 서농 마을 산다며?"

"응, 엄마가 원래 여기 사람이래."

전교생이 2백 남짓한 작은 학교. 집에서 정류장까지 걸어서 20분, 배차가 1시간에 한 대뿐인 버스를 타고 또 40분. 그렇게 힘들게 온 학교였다.

소문은 빨랐고, 좁은 동네인 만큼 한 다리 건너면 전부 아는 사이였다. 전학 첫날부터 분위기가 이상하다 싶었는데, 순정은 이틀 만에 그걸 감지했다. 중학교 때부터 익히 경험했던 것이라 인지는 빨랐다.

따돌림의 시작은 별게 아니었다. 예쁜 외모 덕분에 원래부터 주변에 친구들은 들끓었다. 공부도 그럭저럭 평범한 수준이었고, 완만한 교우 관계를 유지했다. 하지만 그게 끝이었다.

누군가 드러낸 이기심은 쉽게도 퍼져 나갔다. 우습게도 그 친구 중 한 명이 그녀를 질투했고, 시기심은 날로 커져 갔다.

그렇게 따돌림이 시작됐다. 소지품과 신발이 없어지는 건 일쑤였고, 교과서들이 쓰레기통이나 화장실 변기에서 발견됐다. 이동 수업 전달을 잘못 받아 수업에 들어가지 못하기도 하고, 계단에서 굴러 넘어진 적도, 화장실 마지막 칸에 갇혀 6시간을 버틴 적도 있었다.

때마다 무시하고, 때마다 별거 아닌 일이라 치부했다. 오히려 순정이 반응하지 않자, 강도는 더욱 심해지기만 했다.

질 나쁜 애들은 없는지, 뒤에서 수군거리기만 할 뿐 직접적인 괴롭힘은 없었다. 순정은 그것만으로도 평화로웠다.

버스 정류장에 내려서 마을까지 20분. 굽이굽이 이어지는 흙길을 걸어갈 때였다. 이어폰을 꽂고 하염없이 앞만 보고 걷던 그녀는 결국 튀어나온 돌부리에 걸려 넘어졌다.

"아아."

매번 걷는 게 이상해서 크게 다칠 거라고 오빠가 악담을 하고는 했는데 오늘이 그날인가. 순정은 주저앉은 채 다친 무릎을 세웠다. 울퉁불퉁한 땅에서 넘어진 대가로 까진 상처에서 피가 잔뜩 흐르고 있었다. 그녀는 금방 울상이 돼서 손에 잡힌 흙을 던졌다.

그 흙이 누군가의 운동화를 잔뜩 더럽힐 거라는 건 예상 못 하고.

"……"

그녀가 두 눈을 동그랗게 뜬 채 그대로 굳어 버렸다. 시골 인심이라는 게 있다며, 옆집에 남자들밖에 안 사니까 반찬 좀 나눠 주자며 이사 오고 지난 두 달 동안 반찬 심부름을 서른 번은 했다. 때마다 만났으니 모를 수 없었다. 첫인상은 노출증 변태, 그 후로는 그저 키만 큰 멀대.

"계속 그렇게 구경할 거야?"

순정이 팔을 뻗자 윤은 두 손을 주머니에 넣은 채 삐딱하게 고개를 기울였다.

"……뭐 맡겨 놨냐."

"일으켜 달라고."

"일어날 수 있을 것 같은데."

"아니야. 나 다리에 힘 하나도 없어."

피가 흐르다 못해 새하얀 무릎이 빨갛게 물들었다. 윤은 혀를 차며 가방에서 뭔가를 꺼냈다. 대박. 무슨 남자애가, 손수건을.

"헐, 꽃무늬야."

그녀가 웃었다. 그러거나 말거나 윤은 손수건을 그녀의 무릎 위로 가져가려다 맨다리를 발견했다. 멈칫한 윤은 그녀의 앞으로 손수건을 툭 던졌다.

"알아서 해."

"……야박하기는. 우리 엄마가 나눠 준 반찬이 몇 그릇인데."

그녀는 말 한번 제대로 섞어 본 적 없는 그의 앞에서 왜 투덜대고 있는지 알 수 없었다. 혼자 넘어진 것도, 피를 닦아 낼 손수건 하나 없는 것도 모두 자신인데.

학교에서는 입 안에서 곰팡이 냄새가 날 정도로 말을 아꼈다. 어차피 따돌림을 당하고 있어 말을 거는 이는 극도로 적었다.

그런데 나 지금 말 너무 잘하지 않아?

"아, 잘 안된다."

그녀는 상처 위에 손수건을 동여매려고 노력했다. 이러면 좀 덜 아플까 싶었는데 자꾸만 매듭이 풀렸다.

털썩, 소리 나게 흙바닥 위로 가방을 던진 윤이 그녀의 앞에 한쪽 무릎을 꿇고 앉았다. 그의 크고 하얀 손이 금방 매듭을 동여맸다.

"고마워. 우리 엄마한테 불고기 해 달라고 할게."

팽이버섯 잔뜩 넣고. 그녀가 말을 덧붙였다. 달아서 제 취향이 아닌 불고기가 어떻든 윤은 상관이 없었기에 아무 말도 하지 않았다.

나란히 옆집에 살기 때문에 방향은 같았다. 그녀는 절뚝거리며 천천히 걸었고, 평소 걸음대로 앞서가려던 윤은 할 수 없이 보폭을 좁혔다.

같은 버스에 타고 있었고, 서농 마을 입구 정류장에서 내렸다. 정류장에서 20분은 걸어야 나오는 마을인데 누가 정류장 이름을 저따위로 붙였는지.

흙길을 걷는 내내 비틀비틀 이리저리 걷더니 그녀는 결국 눈앞의 큰 돌부리도 보지 못하고 넘어졌다. 붙잡아 주기에는 거리가 멀었고, 모른 척하기에는 가까웠다.

"너는 여기 오래 살았어?"

침묵이 어색했던 걸까. 순정이 물었다.

"어."

"심심했겠다."

"딱히."

"여기 우리 또래는 별로 없는 것 같아. 시내에는 많던데."

"외졌으니까."

"마을에 있는 계곡, 거기 가 봤어?"

"여름에 가끔."

"아, 외동이라며? 나는 오빠 있는데. 그러고 보니까 이 교복 색 익숙해. 우리 집에도 비슷한 옷 있어. 너 우리 오빠랑 같은 학교 다니나 보다."

보통 그녀가 묻고, 그는 짧게 답했다. 무슨 말을 이리 조잘조잘 잘도 하는지. 윤은 담장 너머 들리던 그녀의 목소리가 바로 곁에서 들려오자

기분이 이상했다.

"아쉽다. 우리 학교 같이 다니면 좋을 텐데."

뭐가? 왜? 혼자 당황한 윤은 그만 질문을 거뒀다. 같이 다니다니, 애초에 말이 안 됐다.

"너 여고 다니지 않아?"

"맞아. 어떻게 알았어?"

신기하다는 듯이 순정이 웃었다. 여고를 어떻게 같이 다녀, 그는 타박도 못 하고 따라 웃었다. 그냥 어이가 없어서.

"근데 너 내 이름 알아?"

가장 먼저 했어야 할 질문을 가장 늦게 한 순정이 눈을 크게 떴다.

"알아."

"알아?"

담 너머로 매일 들려오는 이름인데 어떻게 모를 수 있을까. 윤은 대답을 삼켰다.

"넌 이름이 뭔데?"

"이름은 왜."

"넌 내 이름 안다며. 그럼 나도 알아야지, 공평하게."

논리적이지는 않지만 대답을 하지 않으면 끈질기게 물어 올 것 같아 답을 해 주었다.

"……공윤."

"공윤? 외자네?"

"응, 외자야."

"이름 멋있다. 내 이름은 되게 촌스러운데."

쳇, 부럽게. 질문이 떨어졌는지 순정도 입을 다물었다. 공기의 흐름이 조용히 변했다. 갑자기 찾아온 침묵은 어색하지 않았다. 새가 울고, 풀이 밟히고, 구름이 움직이는 소리까지 들릴 만큼 조용했다.

그렇게 마을 앞 정자를 지날 무렵이었다.

"못 걷겠어."

순정은 동구나무 아래 커다란 그늘에 멈춰 섰다. 그가 또다시 비딱하게 고개를 기울이며 그녀를 내려다봤다. 그런데, 뭐 어쩌라고. 딱 그 표정으로.

서농 마을 입구 어귀에 200년이 넘었다던 큰 동구나무는 여름이 다 가올수록 더 크고 푸르렀다. 버스 정류장에서 내려 한참은 걸어야 이 동구나무를 볼 수 있는데, 그럴 때마다 집이 가까워지는 느낌에 순정의 걸음은 항상 이때쯤 빨라지곤 했다.

그런데 오늘은 아니었다. 발을 움직일수록 상처가 벌어지는 건지 더욱 쓰라렸다. 동구나무의 그늘이 절실할 만큼 덥기도 했고.

"그늘에서 좀 쉬었다 가자."

"……내가 왜?"

그가 곧장 되물었다. 정말 순수하게, 이유를 알 수 없기에.

"혼자 있으면 심심하잖아."

이제는 당황스러울 정도였다. 우리가, 그만큼 친밀한 사이던가? 그는 눈으로 물었다. 순정은 어깨를 으쓱이며 대답했다.

"너도 지금 되게 더워 보여."

"딱히 안 그래."

"……또 혼자 다니다 넘어지면 너 신경 쓸 거고."

"별로 안 쓰이고."

냉정하고도 빠른 대답에 순정이 미간을 찌푸렸다.

"우리 엄마 불고기 진짜 맛있거든?"

뜬금없이 또 불고기 타령. 윤은 어디 더 해 볼 말 있으면 해 보라는 듯 그녀를 내려다봤다.

"꽃무늬 손수건 안 돌려주는 수가 있다?"

그녀가 손수건이 묶인 다리를 내밀었다. 겁도 없이 치마를 살짝 들며, 하얀 다리의 상처까지 강조했다. 윤은 곧장 고개를 돌려 시선을 피했다. 귀 끝이 붉어졌다. 덩치에 비해 순진한 편이신가.

"이제 같이 있어 줄 거지?"

순정이 실실 웃으며 정자로 그를 이끌었다. 논밭과 우거진 산의 풍경이 앞에 펼쳐졌다.

"실은 여기 앉아 보고 싶었어. 맨날 할머니, 할아버지들이 과일 깎아 먹고 계시길래 좋아 보였거든."

별게 다 좋아 보이네.

윤은 서농 마을에서만 18년을 살았다. 돌아오는 사람과 떠나는 사람은 있어도 새로운 사람들은 보기 힘든 동네였다. 그녀의 엄마는 돌아온 사람이었고, 그녀는 새로운 사람이었다. 좀 특이하면서, 좀 눈길이 가는.

하필 왜 내 눈앞에 넘어져서, 하필 손수건을 갖고 있어서.

그녀는 뭔가 오해하고 있는 것 같지만, 손수건은 그냥 손수건이었다. 축구하다 넘어지는 바람에 작은 상처가 났는데, 누군지도 모를 여자애가 남고 교문 안으로 뛰어 들어와 주고 간.

순정은 더운지 손바람을 일으키며 셔츠의 단추를 풀었다. 놀란 윤이 급하게 고개를 반대편까지 돌렸다. 그녀가 옆을 돌아봤다. 주절주절 혼자 떠드는데도 들려오는 대답이 없었다.

"원래 말이 없어?"

"……네가 많은 거야."

"아닌데. 나는 원래 말 없는데."

윤은 그녀의 재잘거림이 익숙했다. 고작 담 하나만 넘으면 되는 그녀의 집. 탁 트인 마당에선 더욱 목소리가 잘 들려왔다.

엄마, 나 오늘은 계란말이에 파 빼 주면 안 돼? 나 시금치 싫어, 초록색은 다 싫어. 그냥 우리 삼겹살 구워 먹자, 아빠한테 사 오라고 해서. 아니, 불고기에 냉이랑 달래를 왜 넣어? 맛 이상할 것 같아.

담을 넘어 들리는 낯선 이의 대화는 구구절절 먹는 얘기뿐이었다.

"이상하다. 나 너 되게 편해. 반찬 갖다주다 정 들었나."

나 원래 누구한테 쉽게 정 주는 편 아닌데. 정자 위로 두 손을 뻗어 몸을 지탱하고 앉은 순정이 다리를 공중에 교차시키며 말했다. 하얗고 가는 다리가 또다시 눈에 들어왔다.

윤은 아예 앞과 그녀가 앉은 쪽을 보지 않으려 돌아앉았다. 집에나 갈걸. 그가 후회하는 동안 순정은 '올해 엄청 더울 건가, 왜 벌써 덥지, 시기상으로는 지금 봄 아니야?' 라며 다시 혼잣말을 늘어났다.

덥긴 하네. 윤이 느린 숨을 내쉬며 속으로 동조했다.


"엄마! 우리 불고기 해 먹자."

그가 먼저 대문을 열고 들어갔다. 마당에서 땀을 씻어 내고, 집 안으로 들어가려는데 담 너머에서 그녀의 목소리가 들려왔다.

"시금치 무쳐 놨어. 김밥이나 말아 먹을까 했는데."

"아, 무슨 시금치야. 나 나물 싫어하는 거 알면서."

"그런 걸 먹어야 크지! 네 오빠처럼 편식하는 습관 좀 줄여 봐. 오빠 봐, 편식 안 하니까 키가 쑥쑥 크지."

"와, 또 오빠랑 비교하지. 그래서 불고기 안 해 준다고? 나 옆집에 갖다줘야 하는데?"

"옆집은 왜. 어머, 무릎은 왜 그래. 또 넘어졌어?"

목소리가 점점 멀어졌다. '또' 라니, 한두 번 넘어져 본 게 아니란 말인가. 윤은 시끌벅적한 옆집과 다르게 조용한 마루 위로 올라섰다. 작은 숨소리마저 따뜻하게 들릴 늦봄, 이른 오후. 그를 반기는 이는 아무도 없었다.

농촌의 여름은 순식간에 찾아왔으며, 동시에 지독했다. 일감은 많아지고, 풀벌레 우는 소리는 짙어졌다. 비는 때때로 내렸으며, 맑은 날은 지독하게도 푹푹 쪘다. 그녀는 정류장에서 집까지 걸어가는 것조차 힘에 부쳤다.

엄마가 옆 마을에서 중고로 사 온 자전거를 타고 등하교를 시작했는데 일주일도 안 돼서 체인이 망가졌다.

"운도 지지리 없네."

넘어지고, 망가지고. 흙바닥에 발을 굴린 그녀가 중얼거렸다.

무릎 위 상처는 결국 흉터를 남겼고, 그에게는 새것 같은 손수건도 돌려줬다. 손세탁도 하고, 아빠가 다림질도 해 줬다. 그런데 꽃무늬 손수건의 존재조차 잊고 있었던 듯, 그는 가지라고 했다.

"네 거 아니야?"

"응."

"그럼 누구 건데?"

"몰라, 어떤 여자애."

"……고백받은 손수건이야?"

"아니야, 그냥 주고 간 거야."

"그게 고백이거든."

짤막짤막한 대화들 끝에 그녀는 손수건을 다시 그의 손에 쥐여 줬다.

그날 이후 그와는 곧잘 마주쳤다. 꾸준히 이어지는 반찬 배달, 버스 정류장, 마을 어귀, 서농 마을에서 제일 고령이신 분의 구순 잔치가 벌어졌던 마을 회관, 또는 바로 집 앞까지.

—어떡하지, 아빠 퇴근하려면 한참 멀었는데. 자전거는 학교에 두고 오늘은 버스 타고 와. 주말에 아빠랑 시내 가서 고치면 되지.

주말까지 폭염 주의보라고 했는데, 그때까지 걸어 다닐 자신이 없었다. 그녀는 고장 난 자전거를 끌고 무작정 시내로 향했다.

"어쩌지, 이거 다시 사야 하는데."

청천벽력 같은 소식이었다. 자전거 수리점 아저씨는 한참 자전거를 살피더니 사망 선고를 건넸다.

"체인 이거 다시 못 써. 딱 봐도 오래 썼구먼. 타이어도 엉망이고."

"……그럴 리가 없는데."

허망한 듯 그녀가 중얼거렸다. 네 수명은 겨우 일주일이었니. 순정이 눈을 질끈 감았다 떴다.

"고쳐서는 못 타는 거예요?"

"고칠 수는 있는데 고장 난 부분이 많아서 그냥 새 자전거를 사는 게 마음 편할 거야."

새 자전거라니. 이사 와서 아빠도 급하게 자리를 잡느라 여윳돈이 있을 리 만무했다. 이렇게 되니 오빠에게만 새 자전거를 사 준 엄마에게 심술이 났다. 하지만 오빠와의 차별은 뼛속까지 자리 잡힐 정도로 익숙했다. 집에 돈이 많은 것도 아니고.

"그래도 고치면 얼마나 들까요?"

"체인에, 타이어에, 안장도 교체를 해야 할 것 같고……. 아이고, 브레이크 페달도 문제가 있네. 이런 걸 어떻게 타고 다녔대?"

견적을 내는 말이 길어질수록 그녀의 입술이 툭 앞으로 내밀어졌다. 새 자전거는 고사하고 수리도 포기할 판이다. 편하게 등교 좀 하나 했더니, 눈앞이 막막했다.

"학생이 예쁘게 생겼으니까 내가 싸게 해 줄게. 앞에 새 자전거 좀 구경해 봐요."

주인아저씨가 마치 선심을 쓰는 것처럼 말했다. 내가 예쁘게 생긴 거랑 싸게 해 주는 게 무슨 상관이냐는 반발심이 일었다.

이런 마음을 알 리 없는 주인아저씨는 맨 앞줄이 40만 원, 뒷줄까지 200만 원이라며 다양한 가격대를 설명했다. 헐, 소리가 절로 나왔다. 뭐가 그렇게 비싸냐고 그녀가 물으려던 찰나였다.

"체인만 갈아 주시면 될 것 같은데요."

뒤에서 튀어나온 목소리에 순정이 고개를 틀었다. 공윤이었다. 옆집에 살고, 조금 까탈스러우며, 집에서는 옷을 잘 입지 않고, 잘생겼으며, 꽃무늬 손수건으로 고백을 받았던.

그 손수건은 돌려줬을까? 그녀는 괜히 궁금했다.

"그렇게 해 주세요. 내일까지 되죠?"

순식간에 상황이 정리됐다. 타이어는 바람만 넣으면 되고, 안장은 이미 교체한 것 같다는 윤의 부연 설명에 주인아저씨는 탐탁지 않은 시선을 보내다 결국 견적을 새로 뽑았다. 단가가 10분의 1로 조정됐다.

나 바가지 쓸 뻔한 거야? 눈 뜨고도 코 베어 갈 세상이라더니. 기가 차면서도 내일 다시 찾으러 오라는 말에 순정은 기분이 좋아졌다.

뒤를 돌아보니 그는 자리에 없었다. 순정은 곧장 윤을 따라 밖으로 향했다. 낮은 건물들 사이로 유난히 키가 큰 윤의 뒷모습이 바로 눈에 띄었다.

"같이 가."

그는 보폭을 줄이지도, 그렇다고 빨리 걷지도 않았다. 뛸 듯이 걸어 그의 옆보다 조금 뒤에 나란히 선 순정은 배시시 웃음을 참았다. 학교에서는 엉망이었던 기분이 조금씩 나아졌다. 영문도 모르고.

"나 어떻게 봤어?"

"집에 가던 길."

"저 아저씨 알아?"

"유명해. 수리비 사기 치는 걸로."

"그럼 네가 나 도와준 거네?"

윤이 미간을 좁혔다. 도와줘서 고맙다는 말도 아니고, 도와준 거라 확인 사살하는 말투가 묘하게 이상했다. 보통 빚진 사람이 할 말은 아니었다. 그가 막 뒤를 돌았다. 하지만 순정은 옆에 없었다. 다섯 걸음 정도 떨어진 곳에서 웬 남자와 함께였다.

"율주여고 다녀? 2학년?"

키는 컸고, 얼굴은 말끔했고, 목소리는 듣기 싫었다. 한 다리 건너면 전부 다 아는 작은 동네에서 처음 보는 얼굴이 낯설어 윤은 미간을 찌푸렸다.

"나 이상한 사람 아니고, 내 사촌 여동생도 거기 다니거든. 고향이 여기라 자주 놀러 와. 사촌네도 여기고."

그래서 뭘 어쩌라고. 물어보지도 않은 말을 줄줄 내뱉는 남자를 보며 윤은 인상을 썼다. 순정은 순진무구한 눈을 동그랗게 뜨며 남자를 올려다봤다. 저 어벙한 얼굴로 뭘 상대하고 있어. 한숨이 나왔다.

"그리고 나는 근처 국립대 다녀. 내가 원래 이런 사람이 아닌데, 지나가다 네가 마음에 들어서……."

"아……."

"혹시 번호 좀 알려 줄 수 있어?"

느끼하게 웃는 얼굴을 보며 순정은 가타부타 아무런 말도 하지 않았다. 뭘 가만히 있는 거야. 이대로 있다가는 그대로 번호를 상납할 기세였다. 윤이 입술을 뗐다. 아니, 떼려고 할 때였다.

"저 남자 친구 있어요."

가방끈을 꼭 쥔 채로 순정이 말했다. 거짓말임을 알면서도 윤은 이상하게 기분이 좋지 않았다. 윤이 입 안에서 혀를 굴렸다.

"아니, 남자 친구 있어도 편하게 연락할 수 있잖아. 친구로."

개소리를 길게도 하는 재주를 선보인 남자가 한 걸음 그녀에게 다가갔다. 순정이 동시에 물러서자, 남자는 손을 뻗어 그녀의 손목을 잡았다. 윤이 빠르게 거리를 좁혔다.

"놔 주세요."

"뭘 어쩌자는 게 아니라 번호만 알려 주면……."

"저기요."

거듭되는 거절에도 포기하지 않는 남자를 보며 윤이 입을 열었다. 그제야 남자의 시선이 윤을 향했다.

"손은 놓죠."

"……"

"싫다는데."

짧은 한마디에 순정은 씨익 웃었고, 남자는 헛기침을 터트렸다. 그럴 줄 알았다는 표정의 순정을 보며 윤은 한숨을 내쉬었다. 뭔가 말린 느낌이었다.

"남자 친구야?"

"네. 되게 잘생겼죠."

짧게 대답한 순정은 가뿐히 손을 뿌리치고선 윤의 옆으로 다가왔다. 남자는 인상을 한번 쓰며 혼자 무어라 중얼거리곤 빠르게 멀어졌다. 못마땅하게 일그러지는 윤의 눈썹을 바라보며 순정은 실실 웃었다.

"또 나 도와줬네?"

윤의 예상은 적중했다. 말린 느낌이 아니라, 그냥 말려든 거였다.

그들은 어쩌다, 또 나란히 걷게 됐다. 배차 시간이 엉망인 마을에서 제시간에 버스를 타는 건 불가능했다. 정류장에 떨어져 앉아 버스만 기다리길 10여 분째. 뙤약볕 속에서 순정이 대뜸 말했다.

"그런데 나도 막 말하려고 했어. 손 놓으라고."

딱히 궁금하지도 않고, 알고 싶지도 않은 주제였다.

"그냥 어디까지 말하나 들어 본 거야. 재미있잖아, 자기가 자기보고 이상한 사람 아니라고 해명하는 게."

길에서 누군지도 모르는 사람 번호나 물어보는 놈이 뭐가 재미있어서. 윤은 정류장 벽에 등을 기대앉았다. 순정은 공중에 다리를 교차시키며 계속해서 그의 시선을 어지럽게 흩트렸다. 지난번 동구나무 아래 정자에서도 계속 저랬다. 치마를 입고, 부끄러운 것도 모르고.

"자주 있어?"

"뭐가?"

"이런 일."

그녀는 흐음, 작게 신음을 흘렸다.

"너도 이런 일이 없어 보이지는 않는데."

"⋯⋯쓸데없는 소리 한다, 또."

"그 손수건 주인은? 고백 안 했어?"

윤은 아무런 말 없이 정면을 응시했다. 순정은 알 만하다는 얼굴로 고개를 끄덕였다.

"했구나."

"돌려줬어."

"응?"

"그 손수건."

내가 이걸 왜 알려 주는 거지. 윤은 다시 미간을 찌푸렸다. 무표정한 얼굴에 고민이 깃드는 사이, 찬찬히 그의 얼굴을 오목조목 뜯어보던 그녀가 물었다.

"왜 돌려줬어? 손수건 예뻤는데."

"몰라, 알 게 뭐야."

오라는 버스는 안 오고, 쓸데없는 대화가 길어지고 있단 생각에 윤이 어깨를 주물렀다. 이상하게 피곤한 하루였다. 화장실 전구가 나갔고, 시내에 직접 들러 전구를 샀다. 그리고 우연히 고개를 돌린 옆 자전거 가게에서 순정을 봤다. 순진하게 안 생겨서는, 호구처럼 당하고 있는.

"그런데 그거 컨셉이야?"

"뭐가."

"친절한데, 불친절한 척하는 거."

그의 눈매가 가늘게 좁혀졌다. 무슨 소리냐는 뜻이었다.

"좀 비뚠 것 같은데, 은근히 친절해."

"⋯⋯."

"너는 그걸 모르는 것 같고. 어른스러운 건가?"

순정이 고개를 갸웃거렸다.

어른스럽다는 말은 그가 가장 많이 듣는 말 중 하나였다. 가난한 집 구석, 사치스러웠던 친모, 하지만 자식을 위해 밤낮없이 일을 해야 했던 아버지. 일찍 철이 들 수밖에 없었던 환경 속, 그는 이르게 어른이 돼야 했다.

또래보다 성숙했고, 말수 또한 없었다. 뭘 갖고 싶다, 먹고 싶다는 말을 해 본 적이 없었다. 어쩌면 당연한, 자연스러운 변화였다.

나 쓸데없는 말 한 건가. 순정은 아랫입술을 깨물며 그의 눈치를 봤다. 왜인지는 몰라도 순식간에 어두워진 그의 얼굴이 못내 쓸쓸해 보였다.

"버스 왜 안 오지."

한적한 도로 쪽을 가리키며 말하자, 윤의 시선도 도로를 향했다.

"떡볶이 먹을까?"

대화가 자꾸만 방향도, 도착지도 없이 날뛰었다. 윤이 그녀를 보자 순정은 입꼬리를 길게 올렸다.

"은혜 갚아야지. 떡볶이로."

"……은혜는 보통 도움 준 사람이 원하는 걸로 갚지 않아?"

반박할 수 없는 논리에 순정이 못 들은 척 주머니를 뒤졌다. 나온 돈은 만 원이 채 되지 않았다.

"나 돈 없는데."

"그렇게 갚으라는 말이 아니라……."

그는 말을 하다 고개를 저으며 말을 흐렸다. 말할수록 계속 말리고, 그녀의 의도대로 흘러가는 느낌이었다. 집에 떡과 어묵, 심지어 양배추까지 있다며 순정은 직접 떡볶이를 만들어 주겠다 했다. 그는 거절이 통하지 않으리라는 걸 알았다.

버스는 정확히 10분 후 도착했다. 배차 시간보다 20분을 넘긴 탓에 버스 안은 사람이 꽤 많았다. 빈자리가 하나임을 깨닫고 순정은 그를 올려다봤다. 그는 아무 말 없이 턱짓으로 앉으라는 신호를 보냈다.

"쟤들이 너 쳐다봐."

윤은 버스 안을 둘러보다 갈 곳이 없음을 깨닫고 그녀가 앉은 자리 앞에 버티고 섰다.

"무시해."

"왜 보는데?"

그녀가 말하는 '쟤들'이란 그와 같은 학교로, 한 학년 후배들이었다. 윤이 짧은 한숨을 터트렸다.

"······진짜 나라고 생각하는 건 아니지?"

"나도 알아. 나 예쁜 거."

어깨를 으쓱인 그녀가 킥킥 웃자, 그도 결국 짧은 웃음을 터트렸다. 고작 찰나와도 같은 순간이지만.

순정이 그의 가방을 들어 주겠다 고집을 부렸다. 그는 버티고 버티다 빼앗기듯 가방을 넘겼다. 버스가 설 때마다 사람들이 내리면서 빈자리가 생겼지만, 그는 굳이 자리를 옮기지 않았다.

마을 입구 정류장에 버스가 섰다. 하차 문이 열리고 그가 먼저 내렸다. 뒤따라 내리려던 순정은 마지막 발을 내딛다가 비틀거렸다. 발목이 만화처럼 구부려지기 직전, 그가 손을 뻗어 그녀의 얇은 팔뚝을 단단히 붙들었다.

"그건 안 고쳐지냐."

혀를 찬 윤이 물었다.

"뭘?"

"그렇게 넘어지는 거."

허리를 바로 세운 순정이 또다시 웃었다. 왜 자꾸 웃는지 모르겠다는 생각을 하는데 그녀가 말했다.

너, 방금 나 또 도와줬다고.

5화

그런 우리

윤의 아버지는 10년째 공사장 일용 노동직을 하고 있었다. 옆 도시에서 새로 올라가는 건물들 때문에 아버지는 집을 비우는 일이 많았고, 덕분에 그를 보지 못한 날이 십수 일이 넘어갔다.

어렸을 때부터 엄마 없이 자라서 주방 일에는 도가 텄다. 웬만한 반찬들과 한식은 문제없었고, 때때로 양식 메뉴도 만들기도 했다. 아버지는 의외로 그가 만든 파스타를 좋아했다. 농촌 시골에서 수십 년을 살았으면서 입맛은 꽤 젊었다.

요리를 잘하는 그도 혼자 있을 때는 대충 끼니를 때우고는 했다. 그런데 아버지가 옆집에 무슨 말을 하고 간 건지 하루가 멀다 하고 반찬들이 배달됐다.

"안 챙겨 주셔도 알아서 잘 먹어요. 괜찮습니다."
"내가 손이 커서 그래. 이거 오늘 못 먹으면 상해서 그런 거니까 먹어. 아버지도 없다고 괜히 라면 같은 걸로 끼니 때우지 말고."

괜찮다는데도 옆집 아주머니, 그러니까 순정의 어머니 화연은 늘 그의 식사를 챙겼다. 오늘도 그것 때문에 심부름을 온 건지 순정의 목소리가 대문 너머 들려왔다.

"왜 이렇게 늦게 열어. 팔 빠지는 줄 알았잖아."

짧은 반바지와 헐렁한 반소매 티셔츠를 입은 순정이 그의 곁을 스쳐 지나갔다. 공기와 섞인 살 내음이 짙게 풍겨 온다. 윤은 표정을 감추고 그녀를 따라 들어갔다.

"잡채 덜어서 접시만 줘. 설거지는 안 해 줘도 돼."

처음에는 대문 앞에서 접시만 건네주다가, 그 다음번에는 마당까지 들어왔다가, 그 다음번에는 접시를 가져가야 한다며 마루에서 그를 기다렸다.

오늘도 그럴 참인지 그녀는 마루까지 곧장 움직였다. 그런데 바로 앞 바구니를 보지 못하고 그녀가 넘어졌다. 마당은 순식간에 난리 장판이 되고, 순정은 잡채를 몽땅 뒤집어썼다. 작은 흉터가 생긴 무릎에도 다시 피가 맺혔다. 윤은 이제 놀라지도 않았다.

"너는 왜 바구니를 여기에 둬!"

"……설마 내 탓하냐?"

"당연하지. 그럼 내 잘못이야?"

"눈은 장식이야? 계속 거기 있었거든."

까칠하게 대답한 그가 손을 내밀었다. 순정이 마지못해 그의 손을 잡고 몸을 일으켰다. 그녀가 잡채를 몸에서 떼어 내는 동안, 그는 깨진 그릇을 주웠다.

"또 까졌어. 아파."

그녀의 말대로 상처 사이로 몽글몽글 피가 맺힌 무릎이 흙과 섞여 울긋불긋했다.

"아프겠지."

"진짜 아프다니까."

서럽다는 듯한 목소리에 그는 깨진 그릇을 치우다 고개를 들었다.

"많이 다쳤어?"

"응, 이것 봐."

몸을 일으킨 그녀가 다친 다리를 내밀었다. 이게 또 겁도 없이. 윤은 작은 한숨을 삼키고 그녀를 마루에 앉혔다. 옆에 있는 것만으로도 그녀는 참 손이 많이 갔다. 여러모로.

"일단 앉아 있어."

"싫어. 같이 치울래."

"됐어. 사고 치지 말고 여기 있어."

그는 마저 마당을 치우고, 깨끗한 수건에 물을 적셔 가져왔다. 무릎 위에 대 주니 그녀는 말없이 가만히 있었다.

수건 좀 알아서 잡으면 좋겠는데. 차마 뱉지 못한 말을 삼키며 시선을 돌렸다. 짧은 반소매를 입어 드러난 그녀의 팔꿈치 위쪽으로 작은 흉터가 있었다.

"여기는 또 뭐 하다 다쳤냐."

적어도 다친 지 몇 달은 돼 보이는 상처였다. 공사장에서 날카로운 물건들을 다루는 아버지에게도 이런 상처가 있었다. 그가 혀를 차는데, 순정은 듣지 못한 사람처럼 팔을 가리며 씨익 웃었다.

"저거 어떡해?"

"뭘."

"잡채. 못 먹게 됐잖아."

"안 먹어도 돼."

"내가 간 봤는데, 엄청 맛있어."

그는 아쉽지 않았다. 아버지 때문에 요리하는 버릇을 들였지, 원래 먹는 재미 따위 모르고 살았으니까.

"그냥 우리 집 가서 먹자."

"됐어. 안 먹어도 돼."

"우리 엄마 없어. 부녀회장님 댁 가서 저녁 먹는다고 나갔어."

그렇다면 더더욱 거절하고 싶었다. 윤은 대답하지 않고 마당 위에 널브러진 잡채들을 마저 치웠다. 그녀가 재차 권유했다.

"엄마가 너한테 꼭 잡채 갖다주라고 했단 말이야. 그런데 나 때문에 못 먹게 됐으니까 우리 집 가서 먹어야지."

굳이 그래야 할 이유는 없어 보이는데. 윤이 물끄러미 마루에 걸터앉은 그녀를 내려다보자 순정은 또다시 입술을 씨익 올리며 웃었다.

왜 자꾸 웃을까. 그게 불만인 듯, 윤의 눈매에 주름이 졌다.

"갈 거지? 우리 집?"

담 하나의 경계가 쉽게도 허물어졌다. 그녀의 웃음 하나에.

"아, 너구나? 공윤?"

순정은 거짓말을 하지 않았다. 엄마가 없다 했지, 오빠가 없다는 말은 안 했으니까.

준영을 맞닥뜨리게 된 윤은 꾸벅 고개를 숙였다. 학교에서도, 마을에서도 그와는 몇 번 마주친 적이 있었다.

그럴 때마다 생각했다. 남매가 이렇게 안 닮아도 되는 걸까, 하고.

"무슨 소리 나던데, 너 또 넘어진 거야?"

"응, 아파 죽겠어."

"잘한다. 너 그러다 나중에 진짜 큰일 나."

"내가 뭘. 그래도 많이 안 다쳤거든."

익숙한 일인 듯 준영은 구급상자를 가져왔다. 그녀가 알아서 연고를 꺼내고 반창고를 붙이는 동안 준영은 주방에서 밥상을 들고 왔다. 어정쩡하게 마루에 서 있던 윤은 여럿이 모인 이 순간이 굉장히 어색하고 낯설었다.

"뭐 하러 서 있어. 앉아, 밥 먹게."

"제가 뭐 챙길 거라도……."

"없어, 없어. 쟤 시키면 돼. 쟤는 좀 움직여서 운동을 시켜야 돼. 안 그러니까 맨날 넘어지지."

"아, 오빠!"

꽥 소리를 지르며 반창고를 무사히 붙이고 달려온 순정이 그들 사이에 앉았다. 산처럼 쌓인 잡채를 바라보던 윤은 얼떨결에 시끄러운 남매 속에 섞여 들었다. 준영이 잡채를 고봉밥만큼 덜어 주며 물었다.

"우리 돼지가 혹시 너 귀찮게 하는 건 아니지?"

윤은 아주 잠깐 돼지의 정체를 이해하지 못했다.

"죽을래, 진짜?"

"발끈하는 거 보니 맞나 보네."

말투와 다르게 동생 그릇에도 잡채를 덜어 주며 준영이 킥킥거렸다. 그는 다시 윤을 바라보며 그의 앞으로 온갖 반찬들을 옮겨 주었다.

"먹어. 학교에서 보면 종종 인사하자."

윤은 대답할 타이밍을 놓쳤다. 순정이 못 볼 걸 목격한 사람처럼 헐, 소리를 냈기 때문에.

"와, 오빠 엄청 젠틀한 척한다. 나한테나 좀 그러시지?"

"시끄러워. 돼지 너는 먹기나 해."

"그렇게 부르지 말라니까!"

"역시 돼지라 목청도 크다. 이장님네 축사에 네 친구들 많은데, 인사나 하고 오지 그래?"

"야! 노준영!"

옥신각신하기 바쁜 남매 앞에서 그는 잡채가 코로 들어가는지, 입으로 들어가는지 알 수 없었다. 분명한 건 가까이에 순정이 있었고, 잡채 맛은 기억나지 않았다.

수현은 또 며칠간 집 밖으로 나가지 않았다. 소속사에서 퀵으로 대본과 시나리오를 한 무더기로 보냈지만 쌓아 놓기만 했고, 전화도 곧잘 받지 않았다.

휴대폰을 손에 쥐면 저절로 제 이름이 들어간 기사와 악플, 쓸데없는 추측성 루머들이 난무하는 기사와 동영상을 보게 되니 저절로 멀리했다. 사망설 다음은 무엇일지, 기대도 안 됐다. 뭐, 죽었다고 했으니 부활설인가.

약 기운 때문인지 한낮이 돼서 침대 밖으로 비틀거리며 나온 수현은 또 거실 소파에서 한참을 누워 있었다. 이러다가는 온몸에 욕창이 생길지도 몰랐다. 손을 더듬어 리모컨을 찾아 TV를 틀었다. 약간의 소음이 더해지니 기분은 한결 괜찮았다.

그녀는 자연스레 납작한 배 위로 손을 가져갔다. 뭔가 배가 고픈 것 같기도 하고.

"맛있었는데."

오늘, 한 끼. 자연스레 며칠 전 갔었던 식당이 떠올랐다.

"사람 많겠지."

브레이크 타임에 또 밥 내놓으라고 진상을 부릴 수도 없고.

그녀는 안타까운 듯 혀를 찼다. 생각만 해도 입맛이 돌았다.

이상한 일이었다. 배우 일을 하면서 딱히 먹는 데 재미를 느끼지 못했다. 평소에 먹는 거라고는 생명을 연장할 정도만 겨우 먹는 주제에 왜인지 그날 이후부터 자꾸 허기가 졌다.

"뭐지. 나 왜 자꾸 생각나."

몸을 일으켜 앉은 그녀는 온 집 안을 돌아다녀 휴대폰을 찾아다녔다. 침실 안에 있는 화장실에서 발견한 휴대폰을 쥐고, 식당 이름을 검색했다.

"뭐, 맛있었으니까."

바쁜 합리화도 잊지 않고.

사장님이 이태리 셰프 출신인데, 백반집이라니 색달라요.
오늘의 메뉴가 마음에 들어요. 정갈하고 맛있습니다.
사장님 미친 외모. 미친 메뉴 구성 ㅎㅎ.
일주일에 다섯 번은 오는 듯. 정말 맛있어요!

식당과 관련한 SNS 게시 글을 찾아보니, 맛있다는 내용이 반, 잘생
긴 사장에 대한 찬양론이 반이었다.
"좋겠네. 악플 없어서."
변기에 주저앉은 수현이 천천히 스크롤을 내렸다.
"아 씨, 맛있겠다."
어제 저녁 메뉴는 안심 스테이크와 토마토 스튜였다. 인증 샷을 올
린 사람의 게시 글을 타고, 또 타고, 내내 식당 관련한 SNS를 들여다보
던 수현의 입에 침이 고였다.
그냥 확 갈까? 거듭 고민이 들었다. 인터넷 반응을 보니 브레이크 타
임이 아니면 사람들이 들끓을 게 분명했다. 하긴, 인테리어도 좋고 맛
도 있는데 유명하지 않을 리가.
"배고파."
사진을 찾아보니 더욱 허기가 졌다. 아직 브레이크 타임이었다. 결심
한 수현이 몸을 일으켜 드레스 룸으로 향할 때였다.
초인종이 울렸다. 한 번, 두 번, 그리고 세 번. 인터폰을 확인한 수현
은 진한 한숨을 내뱉곤 문 열림 버튼을 눌렀다.
"너는 왜 집에 있으면서 문을 늦게 열어. 기다리다 혼났네."
초인종 세 번에 무슨. 수현은 벽에 몸을 기댄 채, 들어올 때부터 잔
소리를 폭격처럼 내뱉을 기세인 화연을 바라봤다. 엄마는 오빠 준영과
함께였다.

"미안. 전화하려고 했는데."

스틱을 앞으로 내밀자 동시에 준영의 불편한 오른쪽 다리가 따라 움직였다. 미안하다는 듯 웃자, 수현은 괜찮다는 듯 고개를 저었다. 전화했다면 분명 오지 말라고 했을 걸 엄마는 이미 알고 있었다. 그동안 충분한 경험이 있었으니까.

"밥은 먹었어? 아이고, 한강이 훤히 내려다보이는 데 살면서 커튼 어두운 거 봐라. 누가 보면 아직도 반지하에 사는 줄 알겠어."

화연은 곧장 거실 통창 앞으로 다가가 커튼을 걷었다. 도심 속 한강이 훤히 내려다보이는, 고층 아파트로 이사 온 건 화연의 고집이었다.

율주에서 다시 서울로 올라온 직후, 그들은 없는 돈을 탈탈 털어 반지하 전세방에 세 들어 살았다. 갑자기 실직한 아빠, 다리가 불편해진 오빠. 그녀의 첫 드라마가 성공하기 전까지는 집에 돈이 없었다.

남자 주인공을 짝사랑하는 비련의 서브 역할을 맡은 드라마로, 사실 큰 비중이 있거나 큰 임팩트를 줄 만큼의 캐릭터도 아니었다.

하지만 운이 좋다고 해야 할지, 드라마의 시청률은 20%가 넘었고, 당대 최고 여배우라 불리던 주연보다 주목을 받았다. 캐릭터에게 서사가 쌓이면서 인기가 급증했고 동시에 비중은 늘어났다. 연기력을 보일 만한 장면들도 대폭 추가되면서 덕분에 찍은 광고가 열 개도 넘었다.

당연히 가족들은 반지하에서 탈출할 수 있었다. 화연은 누구보다 그녀의 성공을 기뻐했다. 딱히 관심도 없던 연기를 시작한 건 모두 가난 때문이었다.

환한 햇살이 거실로 쏟아짐과 동시에 화연은 반찬을 들고 주방으로 향했다.

"그냥 오빠 혼자 오지."

도착하기 무섭게 제집처럼 쏘다니는 엄마를 바라보며 수현이 중얼거렸다.

"기어이 너를 봐야겠다는데 어떡해. 말랐다?"

"그냥."

"밥 좀 잘 챙겨 먹으라니까."

"그러고 있어."

또 그 식당이 생각났다. 무뚝뚝한 주인도 더불어.

내일은 정말 가 볼까 생각 중인데, 냉장고에서 지난달에 가져다 둔 반찬 통을 확인하던 화연이 드디어 본론을 꺼냈다.

"김 대표가 나한테 전화했어. 너 또 광고며 작품 안 들어간다고 했다 며?"

김한희, 이 나쁜 년. 수현은 한숨을 참았다.

가지고 온 반찬들을 냉장고에 넣고, 안 먹고 상한 반찬들은 버리며 화연은 빠르게 말했다.

"이봉환 감독님이면 너 곧장 비행기 타는 거라던데. 왜 안 한다고 했어? 어?"

"조금 쉬고 싶다 했잖아."

"너 그렇게 쉰 지가 벌써 2년이야, 2년. 영화, 드라마도 안 해. 매체 인터뷰도 안 해. 광고도 안 찍어. 사람들이 이러다가 너 잊으면 어떡하게?"

"겨우 2년 만에 잊힐 거면 아예 은퇴하는 게 낫지."

"애가 못하는 말이 없어."

"그렇게 딸이 잊혀지는 게 싫으면 엄마가 직접 연기해. 나 엄마랑 똑같이 생겼다며. 직접 엄마 얼굴 보면 되겠네."

"차수현!"

막 김치 통에서 새로 담근 겉절이를 꺼내던 화연이 버럭 소리를 질렀다. 창가에 서 있던 준영이 모녀를 돌아봤다. 엄마가 싸 온 반찬들을 바라보던 수현은 쓰게 웃었다. 다 오빠가 좋아하는 것들, 내가 좋아하는 반찬은 이제 기억도 못 하면서.

차수현. 모두가 그녀를 그렇게 불렀고, 배우로 살면서 본명보다 더 익숙해진 예명이었다. 하지만.

"엄마는 나 왜 그렇게 불러?"

"뭐?"

"나 집에서도 차수현이야? 집에서는 그냥 노순정 하면 안 돼? 내가 엄마 앞에서도 배우야?"

"너, 그게 무슨."

당황한 화연이 그녀를 바라보며 허망한 듯 중얼거렸다.

내가 무슨 말을 했다고 세상 다 무너지는 얼굴을 하는지. 고작 이름 좀 제대로 부르라고 말한 것뿐인데.

항상 이런 식이었다. 한번 엇나가기라도 하면, 하기 싫다고 고집을 부리면 화연은 상처받은 얼굴로 제가 받은 배신감을 표현했다.

애초부터 하고 싶은 일이 아니었다. 배우도, 연기도.

예쁜 얼굴로 받았던 따돌림. 예쁜 얼굴로 벌어들인 돈. 이 끔찍한 모순에서 오는 고통은 아무도 모른다.

스무 살부터 아르바이트하던 카페에서 지금의 한희 눈에 띄었다. 쉽게 성공했고, 또 쉽게 정상의 자리까지 올라왔다.

한번은 밀려드는 회의감을 이기지 못하고 드라마 감독 미팅 날 잠수를 탔었다. 친구도 없고, 오갈 곳은 더더욱 없어 한강 둔치에 차를 세우고 혼자 멍하니 있는데 엄마가 쓰러졌다는 소식을 들었다.

물론 허풍이었다. 쓰러진 사람답지 않게 화연은 그녀를 발견하고 침대에서 번쩍 일어나 통곡하며 제 신세를 탓했다. 결국 그녀는 예정대로 미팅을 소화했다.

"내가, 내가 너 잘되라고 얼마나 기도하는데."

방금처럼 이런 가식적인 대사를 곁들여 가며.

조마조마하는 모양새가 우스웠다. 하나뿐인 돈줄이 돈 못 벌어 올까 봐. 고작 2년 쉬는 것도 꼴 보기 싫은 거지.

방법은 두 가지였다. 하나는 그냥 무시하고 넘기거나, 아니면 들이받아서 또다시 판을 키우거나.

그때 준영이 다리를 끌며 다가왔다. 오빠의 다리를 보자 순간 울컥했던 화가 가라앉았다.

"어머니, 저희 가야죠."

"어? 아, 참 그렇지."

시간을 확인한 화연이 급하게 정리를 마무리했다. 손에 묻은 김치 국물을 닦아야겠다며 그녀가 화장실로 가는 사이, 수현이 오빠를 돌아봤다. 이해한다는 듯, 네 마음은 다 알고 있다는 얼굴로 준영은 쓰게 웃었다.

"재활 치료 다시 들어간다며?"

"응."

준영은 논문을 마무리 지은 다음 몇 번이나 실패했던 재활 치료를 다시 결심했다. 꾸준한 운동은 늘 하지만, 그에게 재활 치료는 지옥이었다. 다시 걸을 수 없다는 절망. 그에게 실패란 이제 익숙한 것이 됐다.

사고 후, 좌측 편마비 진단을 받았던 그의 왼손은 5년간의 꾸준한 재활 치료 덕에 신경이 돌아왔다. 기적 같았고, 처음으로 하늘에 감사했다.

그래서 더 가족은 그의 다리를 포기할 수 없었다. 아마 재활 치료를 결심한 것도 화연의 고집 때문일 것이다.

"데려다줄게. 여기 택시 잘 안 다녀."

옷을 갈아입고, 차 키를 가지러 침실로 가는데 준영이 문득 그녀를 불렀다.

"순정아."

마치 어릴 때처럼. 지금보다 가난했을지라도 어쩌면 더 행복했을 때처럼. 옅게 웃은 수현이 그를 돌아봤다.

"힘들면 더 쉬어도 돼."

"응."

"아무도 너 쉰다고 뭐라 안 해. 충분히 고생했잖아."

"알아. 고마워."

"너 좋아하는 반찬 만드신다고 엄마 새벽 5시에 일어나셨어."

"그것도 알아. 이따 전화 따로 드릴게."

"오빠가 미안해."

준영이 작게 말했다. 아, 이런 걸 원한 건 아닌데. 수현은 오빠를 바라보며 나무라듯이 말했다.

"별소리를 다 한다. 옷 갈아입고 나올게. 엄마랑 기다려."

마치 도망치듯 침실로 향한 그녀는 겉옷만 챙겨 입고 모자를 깊게 눌러썼다. 진한 한숨이 느린 속도로 터져 나왔다.

내가 여기를.

"왜 또 왔지."

차창에 머리를 기댄 수현은 식당 밖을 나서는 많은 사람들을 눈으로 쫓았다. 준영의 운동 치료가 끝날 때까지 기다려 송도 집까지 데려다주고 돌아오니 벌써 9시가 넘었다.

저녁 먹고 가라고 화연은 또 고집을 부렸지만 그녀는 오늘 더 화연과 말을 섞다가는 일을 칠 것 같았다.

생각해 보니 오늘은 치즈 한 조각도 먹지 않았다. 배가 고팠고, 저도 모르게 차를 이곳으로 몰았다.

오늘, 한 끼. 이제 식당 안에는 아무도 없는 듯했다. 운전석에서 내린 수현은 조용히 식당의 창문 안쪽을 확인했다. 역시나 손님은 없고, 그때 본 윤은 가게를 정리 중이었다.

외자 이름에 손이 예쁘고 음식을 아주 잘하지만, 결국 아는 사람은 아닌.

오늘은 베이지색이 아닌 검은색 앞치마를 한 남자를 바라보며 수현은 혀를 찼다.

"밝은색이 더 잘 어울리네."

망설여졌다. 이대로 식당 문을 두드려 볼까, 아니면 집으로 돌아갈까. 생각하는 순간 윤이 식당 문을 열고 나왔다.

"아."

놀란 수현이 눈을 크게 떴다. 오늘도 모자를 깊게 눌러쓰고 있는 터였다. 하지만 윤은 그녀를 쉽게 알아본 듯, 또 빤히 바라봤다. 지난번처럼.

이 남자는 늘 만날 때마다 이런다. 괜히 착각하고 싶게.

"안녕하세요."

"……네."

"그럼 안녕히 계세요."

인사와 후퇴가 미친 듯이 빨랐다. 꾸벅 고개를 숙인 채 민망한 얼굴을 숨기고 뒤로 돌아서는데 그가 문득 말했다.

"밥."

그녀가 뒤돌아 그를 마주봤다. 이 질문이 나에게 던진 게 맞는지 믿기지 않아서.

"먹으러 온 겁니까?"

늘 생각하는 거지만, 이 남자는 목소리마저 사기다. 수현이 침을 삼키며 대답했다.

"네. 그런데 영업시간 끝났죠?"

입간판을 챙기러 나온 듯 윤은 아무 말 없이 그녀를 내려다봤다.

또, 또. 빤히 보는 것 봐.

모자를 만지작거리며 수현은 괜히 가게 안을 돌아봤다. 두 명의 직원들이 마저 가게를 정리하는 게 보였다. 그때 윤이 입간판을 손에 들며 말했다.

"들어오세요."

순간 당황한 그녀는 쉽게 그의 말을 이해하지 못했다. 들어오라고? 지금?

"⋯⋯그래도 될까요?"

"상관없습니다."

브레이크 타임에 침범할 때는 언제고, 이제는 영업이 끝난 시간까지. 민폐라는 건 알지만 배고픔이 더 컸기에, 아니 어쩌면 남자의 호의가 뜻밖이었기에 그녀는 거절하지 않았다.

CLOSE.

입구에 걸린 팻말을 보며 수현은 괜히 죄책감이 들었다. 아주 잠깐 돌아갈까 생각했지만 이미 윤은 주방에서 분주하게 움직이고 있었다. 모자를 벗고 부스스한 머리를 정리한 수현이 뻘쭘하게 목을 긁적였다.

그 순간 일하는 남자 직원 중 어려 보이는 남자가 다가왔다. 지호였다.

"저기 혹시 괜찮으시면 사인 좀⋯⋯."

수줍게 얼굴을 붉힌 지호가 종이와 펜을 내밀었다. 수현이 싱긋 웃었다. 영업이 끝난 시간까지 찾아와 민폐를 부리고 있는 마당에 이까짓 사인이라도 해 줄 수 있어 그나마 다행이었다.

"그럼요. 이름이?"

"아, 박지호입니다."

작게 지호의 이름을 위에 쓰고, 그녀는 종이가 꽉 차도록 사인을 했다.

"죄송해요. 영업 끝날 시간인데."

"아니, 아니요! 저희야 영광이죠. 저희 식당 좋아해 주시니까. 저 진짜, 지인짜 팬이거든요."

수현이 옅게 웃으며 그를 올려다봤다. 마치 감격한 얼굴의 지호가 두 손을 꼭 붙잡으며 말했다.

"이번에 누나가 찍은 주얼리 화보집도 샀어요. 전에 강호연이랑 찍은 영화도 영화관에서 세 번이나 재탕했어요."

"정말요?"

"당연하죠. 재작년에 TBK에서 멜로드라마 찍으신 건 대본집도 출간하자마자 샀고요."

집 안에서 두문불출하고 살아서 그런지, 수현은 오랜만에 만난 팬 덕분에 기분이 꽤 나아졌다.

"덕분에 기분 좋아지네요."

"감사합니다. 저희 셰프님 손맛 진짜 죽여요. 제가 오늘 더 맛있게 해 달라고 말씀드릴게요."

발그레한 얼굴을 숨기지 못한 지호가 사인을 받고 자리로 돌아갔다. 팔짱을 끼고 구경하고 있던 병찬이 허, 소리를 내며 웃었다.

"어쭈, 누나?"

"누나 맞죠. 나보다 다섯 살 많아요. 그런데 그렇게 안 보이죠."

"좋겠다, 좋겠어. 퇴근 안 하냐? 원래 손님 빠지면 바로 퇴근하잖아."

"오늘은 셰프님 도와서 마감까지 하죠, 뭐."

지호와 병찬이 아웅다웅하며 말을 주고받았다. 병찬은 다시 주방에 들어가 남은 식재료를 정리했고, 지호는 닦은 테이블을 또 닦으며 한참 동안 수현의 곁을 맴돌았다.

덕분에 음식을 갖고 나온 건 윤이었다.

"와."

테이블에 쟁반을 내려놓기 무섭게 수현이 감탄했다. 홍합 스튜와 루

꼴라가 잔뜩 올라간 알리오 올리오. 그녀의 눈이 반짝거렸다.

"디너 재료가 떨어져서 있는 재료로 했습니다."

겸손한 스타일인지, 냉장고를 뒤져 만든 것치고는 너무 훌륭했다. 폐를 끼쳐 죄송하고, 또다시 맛있는 음식을 먹을 수 있어 감사하다는 말을 연이어 하려던 찰나였다. 입이 멋대로 움직였다.

"바쁘신 거 아니면 앉으실래요?"

"⋯⋯."

"오늘은 혼자 먹기 싫어서요. 이 중에 제일 친한 건 아무래도 셰프님이지 싶어서."

물끄러미 닿는 시선이 불편한데도, 그녀는 깔끔하게 말을 마무리 지었다. 어디서 날 보지 않았냐, 얼굴이 낯익다 추근거림으로 오해받을 질문들을 던져 놓고 또다시 이러고 있었다. 윤에게서 대답이 없자, 그녀가 어색히 웃었다.

"불편하시면 일 보셔도 돼요."

호기심 어린 시선으로 지켜보는 지호가 히죽거리며 홀을 벗어났다. 주방에서 병찬과 주고받을 말들을 상상하며 윤은 그녀의 맞은편에 자리를 잡았다.

"잘 먹겠습니다."

권하기는 했어도, 그가 정말 앉을 거라 예상 못 했던 그녀가 웃음을 꾹 참았다. 스튜 한 숟가락을 입으로 가져간 그녀는 이곳까지 발걸음을 옮긴 이유를 조용히 깨달았다.

배가 고파서가 아니었다. 공윤, 이 남자를 다시 만나고 싶어서였다.

앞에 앉혀는 놨는데, 말도 걸고 싶었다. 이런 걸 바로 첩첩산중, 설상가상이라고 하나? 목덜미에 오르는 열감이 뭐 때문인지 생각하던 그녀는 문득 입을 열었다.

"그런데 보통 뭐라고 불러요?"

새카만 눈동자가 닿아 왔다. 질문을 했으니 보는 걸 텐데도, 수현은 그가 자신을 보는 게 괜히 떨렸다.

"셰프님이라 부르는 사람도 있는 것 같고, 사장님도 맞는 것 같고."

홍합의 살과 껍질을 분리하며 수현은 떨린 표정을 뒤로 감췄다. 실은 다른 게 묻고 싶었다. 내가 당신을 어떻게 불러야 하는지, 앞으로도 당신을 그렇게 부를 수 있는 날이 있을지, 그런. 맥박이 조금씩 빨리 뛰었다. 조용히 있던 윤이 대답했다.

"때마다 바뀝니다."

"아아."

"입에는 맞습니까?"

"네. 무척. 제가 파스타 좋아하는데 질퍽한 소스보다는 올리브 오일에 볶은 걸 좋아하거든요."

짧은 질문에 과하게 긴 대답이었다. 그녀는 포크로 파스타 면을 돌돌 말았다. 가슴이 다시 간질거린다. 애초에 혼자 있는 걸 좋아하는 그녀가 혼자 밥 먹기 싫다는 핑계로 바쁜 그를 눈앞에 붙잡아 두고 있다는 사실도 말이 되지 않았다.

그녀는 알 것 같았다. 자신이 왜 이러는지.

슬쩍 시선을 든 수현은 윤과 눈이 마주쳤다. 남자의 눈동자에 자신이 들어찬 순간 그녀는 설명해야 할 것 같았다.

"저 원래 그렇게 굶고 다니는 사람 아니에요."

"네."

"아무거나 먹지도 않고요."

"네."

"집이 가까워요."

그래서 온 거니까 섣부른 오해는 하지 말아 달라는 의미를 담아. 윤

95

의 표정에는 변화가 없었다. 마치 아무 상관없다는 얼굴로.

"안 물었습니다."

그래, 이렇게 궁금하지 않다는 얼굴로.

"……그렇죠. 안 물으셨죠."

살가운 사람이 아닌 건 진즉 알았지만.

수현은 조용히 파스타 한 그릇을 비우기 시작했다. 가끔씩 홍합 스튜로 속을 따뜻하게 데우고, 다시금 적당히 익은 파스타 면을 돌돌 말아 입 안에 넣었다. 금방 일어날 줄 알았던 윤은 왜인지 조용히 자리를 지키고 있었다.

"마늘빵이랑 같이 드셔 보세요. 저희 셰프님이 직접 구운 거예요."

지호가 친절한 미소와 함께 다시 구운 빵을 갖다줬다. 낮게 웃은 수현이 감사하다는 말과 함께 빵 조각을 손에 들었다. 최애가 웃는 모습을 직접 보게 된 지호는 얼굴을 붉히며 주춤주춤 다시 주방으로 향했다.

"원래 이태리에서 유학했다면서요?"

생각 없이 던진 질문에 윤이 시선을 들었다.

"검색하니까 나오던데. 이태리 유학파에, 홍콩에서 되게 큰 이태리 레스토랑 수석 셰프까지 하셨다고."

"……네."

역시나 남자는 짧게 대답했다. 수현은 그의 이름을 직접 검색하고, 몇 페이지를 넘겨 가며 그에 대해 공부했다는 걸 숨기지 않았다.

"레스토랑이 되게 예뻐요. 정감 있고."

"감사합니다."

"촬영 섭외도 많이 올 것 같은데."

"거절하고 있습니다."

"이태리 레스토랑 셰프라고 하면 다들 소리 빽빽 지르고 험하고 그럴 줄 알았어요."

칭찬인지, 앞담인지. 어쩌면 무례할 수도 있는 편견이 담긴 말인데도 그녀가 하니 밉지가 않았다.

윤은 물끄러미 수현을 바라봤다. 빵 조각을 오일에 푹 찍어 입에 넣고, 부스러기 하나 흘리지 않으며 깔끔하게 먹는 모습이 낯설었다. 잘라 놓은 작은 수박 조각을 먹을 때도 흰 티셔츠를 입은 그녀가 불안할 때가 있었다. 그 모습이 낯설어 윤의 표정이 점차 굳어졌다.

수현이 입 안의 것들을 전부 삼킨 후 말했다.

"그런데 원래 사람을 그렇게 빤히 보세요?"

"……."

"아니, 누가 봐도 제 팬은 아닌 것 같은데 너무 보시니까."

봐, 지금도 또. 차라리 지호처럼 팬이라며 살갑게 다가왔으면 모를까. 그는 경찰서 앞에서부터 그저 자신을 빤히 볼 때가 많았다. 연예인을 신기해할 타입은 아니고, 예쁜 여자한테 관심 둘 타입도 아니다.

그렇다면 왜? 당신도 날 어디서 본 것 같나? 하지만 그와의 접점이 없다는 건 그녀도 이미 알고 있는 사실이었다.

"시금치는."

문득 그가 꺼낸 말에 그녀가 눈을 동그랗게 떴다.

"원래 좋아합니까."

"……시금치면 제가 아는 그 시금치요?"

"네."

"저한테 궁금한 게, 고작 시금치예요?"

아무리 사망설이 나돌 정도로 2년을 쉬었기로서니. 정말 나한테 궁금한 게 그게 다라고?

믿어지지 않는 얼굴로 되묻자 윤은 고개를 끄덕였다. 무심한 표정에는 당황하는 기색조차 없었다. 수현이 하, 소리를 내며 웃고선 대답했다.

"원래 안 좋아했어요. 뭔가 초록색은 식욕을 떨어트리는 것 같아서 별로 안 먹었는데."

그녀가 말끝을 흐렸다. 뜨문뜨문, 끊어진 기억을 떠올리는 사람처럼.

"오빠가 시금치 들어간 김밥을 진짜 좋아해요. 나는 그게 싫다고 엄마한테 빼 달라고 사정사정을 했는데, 언젠가부터 그냥 먹게 됐어요."

"……."

"오빠한테 약할 수밖에 없는 이유가 있거든요."

두서없는 이야기가 얼마나 이해 못 할 것인지 알지만 수현은 말을 덧붙이지 않았다. 구태여 더 설명할 이유가 없었다.

엄마조차 편식이 심했던 그녀가 안 먹던 것들을 먹기 시작해도, 별다른 관심을 주지 않았었다. 갑자기 시금치는 왜 먹느냐고 묻지 않았다. 집의 관심은 온통 오빠와 그에게 생긴 장애에 향해 있었고, 어쩔 수 없었다.

수현은 우울해지려는 표정을 감추고 다시 윤을 바라봤다. 그러고 보니 이상했다. 같이 밥을 먹는 것도 아니고, 식사를 하는 건 자신뿐이다. 대화를 주도하는 것도 그녀였다. 그런데 뭐랄까. 불편하다거나, 당연히 있어야 하는 어색함도 없었다.

나 이 남자가 벌써 편한가. 설마?

"그런데 진짜 그게 궁금했어요? 시금치가?"

"……."

"나한테 궁금한 게 그렇게 없어요?"

이쯤 되니 좀 자신에 대해 궁금해해 달라 사정하는 분위기였다. 명색이 브라운관을 주름잡는다는 여배우가, 대체 불가능한 배우라는 수식어를 얻는 자신이.

그런 그녀의 마음을 아는지 모르는지 그가 짧게 대답했다.

"있어야 할 이유는 없죠."

맞는 말이다. 없어 보이는 건 자신이었고. 수현이 짧게 혀를 찼다.

"맞는 말인데, 되게 힘 빠지게 하는 재주 있어요. 알아요?"

"종종 듣는 말입니다."

"친절한 것 같은데, 또 되게 까칠하시고."

"……."

윤의 표정이 차게 식었다. 무릎 위 올려놓은 그의 손에 힘이 들어갔다. 그는 곧장 몸을 일으켰다.

어? 나 뭐 실수했나? 당황한 수현이 뭔가 해명하려던 찰나, 그가 먼저 말했다.

"드시고 가세요. 계산은 직원이 할 겁니다."

그는 붙잡을 새도 없이 주방 쪽으로 사라졌다. 갑작스러울 만큼 차가운 태세 전환이었다. 바빠서 그런가. 레스토랑은 계속 마감 중인 듯했고, 그녀 때문에 퇴근 시간을 늦추게 할 수는 없었다.

차가웠던 윤의 표정을 다시 되새기며 그녀는 반쯤 남긴 음식과 테이블 위의 시들어 가는 튤립 한 송이를 번갈아 봤다.

뭐지, 기분 되게 좋았는데.

차수현 기분을 왔다, 갔다. 요리 잘하는 것 말고 재주가 하나 더 있었네, 저 남자.

한숨을 내쉰 그녀가 계산을 마치고 레스토랑을 나섰다. 다시 기분이 우울해졌다.

"와, 셰프님. 차수현이랑 독대를. 무슨 얘기했어요? 설마 형한테 관심 있는 거예요? 눈치는 진짜 그렇던데."

식기세척기에서 그릇을 꺼내는 윤을 보며 지호가 눈치 없이 말했다. 식사를 마친 수현이 돌아가기 무섭게 지호는 그녀의 사인을 끌어안고 오두방정을 떨기 바빴다.

"아, 사진을 찍었어야 했는데! 근데 진짜 우리 누나 예쁘지 않아요?

그동안 운도 없다고 생각했는데 이날을 위해서 내 운이 모인 거였나 봐요. 진짜 난 내일 죽어도 여한이 없어요."

안타까운 외침과 흥분이 주방에 가득했다.

"그런데 우리 누나 왜 파스타를 반이나 남겼죠? 스튜도. 아까 되게 잘 먹는 것 같았는데."

윤은 조용히 이미 깨끗한 행주를 빨고, 또 빨았다. 깨끗한 개수대 위를 또 닦고, 이미 정리한 냉장고를 다시 정리하며 지호의 말을 모른 척 넘겼다.

병찬은 평소보다 가라앉아 보이는 윤을 힐긋 바라보며 지호의 팔을 툭 쳤다. 그제야 지호가 입을 다물었다. 윤이 그들을 바라보며 말했다.

"나머지 정리는 내가 할게. 이만 퇴근해."

"아, 그래도 될까요?"

"돼. 병찬이 네가 지호 데리고 퇴근해. 가는 길에 태워 주고."

"예, 형. 먼저 가 볼게요."

"어어? 가요? 저 이 사인 레스토랑 벽에 걸어 두고 싶은데."

다시 눈치가 없어지려는 지호를 끌고 병찬은 서둘러 퇴근했다.

조용해진 레스토랑. 윤은 후, 한숨을 내뱉고서는 마른 얼굴을 쓸어내렸다.

그럴 것까지는 없었다. 그냥 아무렇지 않은 척, 돌려보낼 수 있었다. 종일 굶은 얼굴이었는데. 그녀가 음식을 남긴 건 온전히 자신 때문이었다.

구제 불능.

아무것도 아닌 사람이 되어, 밥 한 끼 먹이는 것도 못 할 주제에.

나는 여전히 네게 가치 없는 남자라는 걸 깨닫는다. 아니, 원래도 그랬다. 그것뿐이어야 하고.

"하아."

나른한 숨을 내쉰 그의 시선이 주방 너머 그녀가 앉았던 자리로 향했다.

다시 만날 수 있을 거라 기대하지 않았다. 섣부른 기대는 좌절감을 낳는다. 매일 밤을 지새우게 하는 추억 따위 과감하게 버리고 싶었다.

하지만 노순정이다. 또 차수현이다. 내 모든 결심을 무너뜨리는 건 늘 너였다.

그게 벌써 몇 년 전인데 이렇게 또렷한지. 왜 아직도 기억 속에 남아 나를 괴롭히는 건지.

적막한 공기와는 다르게 가슴은 뜨겁게 끓어오르며 목덜미가 차분히 떨려 왔다. 참아지지 않는다. 고작 세 번의 우연이 마치 널 만져도 된다는 기회인 것 같아서.

하지만 버텨야 한다. 억눌러야 맞다. 너를 향한 욕심이든, 뭐든 과거의 기억은 미화할 수 없다.

윤은 불현듯 걸음을 옮겼다. 그녀가 앉고, 그가 만든 음식을 먹고, 또 자신에게 질문을 쏟아 내던 사랑스러운 목소리가 머물렀던 자리.

수많은 사람들이 머물다 갔던 자리는 왜인지 그녀의 채취만이 강하게 남은 듯했다.

왜, 왜 너는.


"그런데 그거 컨셉이야?"
"친절한데, 불친절한 척하는 거."


자꾸만 어느 날의 너를 떠올리게 해서.


"친절한 것 같은데, 또 되게 까칠하시고."


자꾸만 어느 날의 너를 찾게 할까.

갑작스레, 아무것도 존재하지 않았던 내 일상을 뒤흔들기로 작정한 것처럼.

자리에 앉은 그가 팔을 뻗어 테이블 위에 엎드렸다. 그녀의 온기가, 채취가, 더 가까이 느껴졌다.

화면 너머가 아닌 제 앞에서 살아 숨 쉬고, 말을 건네고, 웃는 그녀가 믿어지지 않았다. 꿈에서나 가능했던 일. 평생 네 그림자도 밟지 못할 거라 생각했다.

동시에 그날이 마지막이었으면 했다. 다시는 너를 만나지 않기를 수백 번 빌었다. 알은척할 수도 없는 사이. 그런 우리를 인정하고 싶지 않았다.

그가 다시 빌었다. 다시는 오지 마. 내 앞에 나타나지 마.

그렇게 내가 너를, 다시 욕심내게 하지 마.

감고 있던 눈을 뜨고, 몸을 일으켰다. 목덜미가 따가웠다. 어디선가 느껴지는 시선에 그는 저도 모르게 창밖으로 시선을 돌렸다.

차수현, 그녀가 있었다. 창밖 너머, 저보다 예쁠 수 없는 커다란 꽃다발을 품에 든 채.

"……."

뜨겁게 일렁이는 새카만 눈동자 속, 그녀가 가득 들어찼다. 그녀도 시선을 피하지 않았다. 손만 뻗으면 닿을 거리. 그 누구도 먼저 다가서지 못한 채 그들은 한참을 머물렀다.

창문 하나를 사이에 둔 너와 나. 그런 우리.

그의 숨이 다시금 그녀를 향했다.

6화

우리 계속 볼까요?

　레스토랑을 나온 수현은 문득 옆으로 시선을 돌렸다. 오늘은 꽃집이 늦게까지 하는 날인지 불이 켜져 있었다.

　자신이 나오기 무섭게 반쯤 조명이 꺼진 레스토랑 안을 흘겨보던 수현은 꽃집으로 향했다. 계획한 일은 아니었다. 어쩌면 오늘 하루 계획한 건 아무것도 없었다.

　엄마와 오빠가 찾아온 것도, 그 남자의 레스토랑을 찾아온 것도, 남자의 창백하리만큼 차가웠던 얼굴도.

　느긋한 중년의 주인 역시 가게를 정리하고 있었다. 역시나 늦은 시간이긴 했다.

　"어머. 어머, 어머. 웬일이야."

　꽃집 주인이 화들짝 놀라며 그녀를 반겼다. 생각해 보니 모자도, 마스크도 지금은 벗은 채였다. 수현이 옅게 웃었다.

　"안녕하세요."

　"아이고, 차수현 아니야! 차수현! 내가 얼마나 좋아하는데. 꽃 사러 왔어요? 이 시간에? 매니저도 없이?"

　"네."

"어머머, 꽃 같은 아가씨가 무슨 꽃을 사겠다고. 예쁜 거 골라 봐요. 내가 포장 아주 기가 막히게 해 줄게."

"제가 꽃은 잘 몰라서요. 골라 주시겠어요?"

주인아주머니는 진열된 꽃들 중 내일쯤이면 활짝 필 것이라며 수국을 가리켰다.

"네, 포장해 주세요."

그녀는 곧장 지갑을 꺼냈다. 주인은 꽃을 포장하는 내내 입을 쉬게 두지 않았다.

화면보다 실물이 훨씬 더 예쁘다, 드라마는 또 언제 해요, 전에 의사 역할로 나온 드라마 내가 딸이랑 너무 재미있게 봤어, 사람이 어떻게 이렇게 예쁠 수가 있어.

온통 기분 좋아지는 말투성이었다. 공백기 동안 외출도 별로 않던 그녀는 오늘 옆 레스토랑에서 밥을 먹고, 또 옆 꽃집에서 꽃을 사고 있었다. 모두 그녀답지 않은 일이었다. 얼굴을 대놓고 활보하는 것 역시.

"나 딸한테 자랑하고 싶어서 그런데……."

말끝을 흐리는 주인을 보며 수현이 웃었다.

"네, 같이 사진 찍으세요. 사인도 해 드릴까요?"

평소답지 않게 먼저 사진과 사인을 얘기한 수현은 가족들 인원수대로 사인을 해 주고 꽃을 품에 든 채 밖으로 나섰다. 옆 레스토랑은 완전히 어둑해져 있었다.

설마 벌써 간 건가? 고개를 갸웃거리며 레스토랑 안쪽을 살폈다. 다행히 주방 쪽에서 희미한 빛이 새어 나왔다.

그녀는 숨죽인 채 다시 레스토랑 쪽으로 걸음을 옮겼다. 막 창가 쪽을 지날 때였다.

"……."

창문 너머, 윤과 시선이 마주친 그녀는 꼼짝도 할 수 없었다. 강렬한 뭔가에 사로잡힌 듯 숨이 멎는 듯한 기분이었다. 심장이 철렁 내려앉고, 숨을 쉴 수가 없었다. 그녀가 아랫입술을 깨물었다.

왜? 당신이 대체, 나한테 뭐기에?

그의 눈가에 고인 눈물에 그녀도 덩달아 눈물이 터질 것 같았다. 단단해 보여 비집고 들어갈 공간 하나 보이지 않았던 남자에게서 발견한 아주 작은 틈.

가냘픈 숨을 내뱉고, 품 안에 안은 꽃다발을 힘 있게 안았다.

몽롱한 꿈속으로 빠져들고 있었다.

단 하나만은 확실했다. 공윤이라는, 잘 알지도 못하는 낯선 남자가 주인공인 꿈이었다.

고작 세 번.

오해로 시작했고, 우연히 레스토랑의 손님과 셰프로 만났고, 세 번째도 비슷했다.

이름과 직업 정도만 겨우 아는 남자일 뿐인 사람. 안다는 것보다 모른다는 전제가 더 어울리는 남자. 낯설어야 맞는 건데, 이상하게 편안한 사람. 그래서 더 알아 가고 싶은 남자.

수현은 얼굴을 붉힌 채 숨을 참았다. 레스토랑 밖으로 나온 윤이 그녀를 마주 보고 섰다.

울고 있었던 걸까? 왜?

물기 어렸던 그의 눈이 떠올랐다. 새카만 시선 속, 슬픔이 들어찬 사연은 뭘까. 문득 남자의 모든 것이 궁금해졌다. 수현은 마주 선 그의 앞으로 꽃다발을 내밀었다.

뭐라고 설명해야 할까. 크고, 단단하고, 뭐든지 엄격해 보이는 남자의 날 선 시선과는 어울리지 않는 푸른 수국이었다. 그녀가 달싹거리던 입술을 열었다.

"혹시 제가 무례를 범했다면 사과하고 싶어서요."

"……."

"아까 표정 안 좋았잖아요. 그게 마음에 걸려서."

설명해 달라는 뜻은 아니었다. 찜찜한 기분으로 레스토랑을 나섰고, 문 열린 꽃집을 발견했고, 그의 기분이 조금이라도 나아졌으면 해서 꽃을 샀다.

왜인지 알 수 없다. 왜 당신 기분이 좋아졌으면 하는 건지. 그녀는 모른 척, 물음표를 떠올렸다.

"안 받으세요?"

수줍게 내민 꽃다발은 지나치게 컸다. 주인아주머니의 엄청난 팬심과 성의가 한데 모인 결과였다.

"왜."

윤은 꽃다발을 그저 바라만 보다 입술을 뗐다. 차수현, 너는 지금 무슨 생각으로 내게 이걸 건네는 건지.

"그게 왜 마음에 걸립니까."

"……."

"다시 안 볼 사람인데 사과는 왜 합니까."

매몰차다 싶을 만큼 차가웠다. 그가 짙게 그어 버린 선은 어쩌면 당연했다.

모르는 사이. 우리는 그것뿐이니까.

하지만 그 역시 그녀가 쉼 없이 떠올리고 있던 물음표를 가지고 있었다. 왜. 대체 왜. 그 마음을 모르는 수현은 어깨를 으쓱이며 꽃다발을 다시 제 품으로 가져왔다.

쉽게 인정하지 못할 것도 없었다. 부정할 이유도 없었고.

낯설어야 분명한 이 설렘을, 심연 속처럼 어두운 눈빛에 속절없이 빠져드는 순간들을 굳이 모른 척하고 싶지 않았다.

내가 앉았던 자리에서, 울고 있던 당신의 마음이 어떻든 간에.

"다시 보고 싶은가 보죠."

"……."

"내가, 그쪽을."

가벼운 투였지만, 절대 가볍게 뱉은 말은 아니었다. 수현은 물끄러미 윤을 올려다봤다. 단 한 점의 흐트러짐도 없이 올곧게 닿는 그의 시선은 이제 꽤 견딜 만했다.

"그래서 말인데요."

눈을 마주하고 말할 용기까지는 이제 떨어졌는지, 길게 뻗은 그의 어깨에 시선을 주며 수현이 말했다.

"우리."

잠깐 숨을 몰아쉬고, 이렇게 눈을 마주 보고.

"다시 볼까요?"

그녀가 살포시 미소 지었다.

"좋은 날, 좋은 시간에, 단둘이서."

"……."

"나 이런 얘기 처음 해 봐요."

"……."

"정말로. 태어나서 처음."

그러니 진심이 아닌 것 같다, 믿어지지 않는다는 말 따위는 하지 말라고. 일생일대의 용기를 내고 있는 거라고. 그녀가 후우, 숨을 내쉬었다. 그리고 곧 다물어진 그의 입술이 열렸다.

"……처음 아닐 텐데."

"네?"

무슨 말인지 이해할 수 없어 되물을 때였다. 부릉, 큰 소리를 내며 어둑한 골목을 오토바이 한 대가 쌩하니 지나갔다. 골목에서 낼 법한 속도와 소음이 절대 아니었다. 놀란 그녀가 비틀거리자, 윤은 손을 뻗어 그녀의 허리를 잡아챘다.

단단한 팔이 얇은 허리를 당겨 안았다. 살결이 스칠 듯이 가까워지며, 숨소리가 근처에서 섞여 들었다.

"아."

당황한 시선들이 공중에서 맞물렸다. 얼음처럼 멈춘 시간이 느리게 흘러갔다. 1초, 2초, 어쩌면 10초까지. 내내 숨을 참고 있던 수현이 천천히 눈을 깜빡였다.

"숨."

긴장으로 물든 적막감과 동시에 낮은 목소리.

"쉬어요."

화들짝 놀란 그녀가 주춤하며 뒤로 물러섰다. 이미 골목길 너머로 오토바이는 사라진 뒤였다. 수현은 민망한 얼굴로 떨어트린 꽃다발을 다시 손에 쥐었다.

"아, 참고 있는지 몰랐어요."

"그래 보였습니다."

"오토바이가 너무 빨리 달리네요. 사람 간 떨어지게."

"네."

"원래 잘 넘어지기도 하고요."

"……그것도 그래 보입니다."

어색한 분위기에 쓸데없는 고해 성사를 늘어놨다. 대답을 들었어야 하는 타이밍을 깨 버린 망할 오토바이. 그녀는 다시금 닫힌 입술에 집중하며 되물었다.

"그런데 아까 뭐라고 했어요?"

듣고 싶은 대답을 기어이 듣고 말겠다는 의지. 그녀는 당당한 척 되물었지만 속으로 발을 동동 굴렀다.

"……그것보다, 괜찮은 겁니까?"

"네? 뭐가요?"

"모자."

"모자?"

"쓰지 그래요. 사람들 오는데."

그의 시선을 따라 고개를 돌렸다. 꽤 나이대가 어려 보이는 남녀가 적절하게 섞인 무리가 이쪽으로 오고 있었다. 놀란 그녀는 커다란 꽃다발을 품에 안은 채 모자를 고쳐 잡았다. 그때 손에서 놓친 모자가 바닥을 굴렀다.

"아 씨."

마음이 급해져 허둥지둥하는 모양새가 꼴사나웠다. 윤은 그녀 대신 긴 팔을 뻗어 모자를 주워 들고 그녀를 넓은 등으로 가렸다.

"아……."

이 남자가, 안 그런 것 같더니 끼를 부리나.

윤은 직접 그녀의 작은 머리 위에 모자를 씌워 줬다. 한껏 가까워진 거리에 수현은 꿀꺽, 소리 나게 침을 삼켰다. 목덜미가 뜨겁게 달아오르고 심장이 두근거렸다.

미쳤어, 미쳤어. 이건 미친 짓이야.

"야, 거기 이자카야는 너무 좁다니까."

"XX비어는 어때? 화장실 안에 있잖아."

"그래, 거기 가자. 나 거기 먹태 먹고 싶어."

무리가 지나갈 때까지 그는 비켜서지 않았다. 커다란 그의 품 안에 안기듯 가려진 채로 그녀는 무리의 대화가 멀어질 때까지 기다렸다.

따뜻했다. 지금껏 느껴 보지 못했던 온기. 그녀는 이렇게 계속 머무르고 싶었다. 가능하다면 계속.

오토바이도, 거나한 술기운을 자랑하던 무리도 이제는 시야에서 사라졌다. 방해꾼은 없었다. 수현은 물끄러미, 아까보다 더 가까이 선 채로 그를 바라보며 말했다.

"질문을 바꿀게요."

아래에서 다시금 들리는 목소리에 윤의 시선이 그녀를 향했다.

"다시 볼래요, 가 아니라."

"……."

"다시 봐요, 우리."

"……."

"같이 밥 먹어요. 맛있는 걸로."

마주 앉아 소소한 얘기들을 나누며, 당신에 대해 알아 가고 싶다는 말. 같이 밥 먹어요. 그녀는 일상의 언어가 이토록 설레는 건지 이제야 알았다.

그가 거절한다 해도 오늘 밤은 지금까지의 설렘으로 충분할 것 같았다. 수현은 괜히 모자의 앞부분을 만지작거렸다.

떨렸다. 보통은 거절을 하는 쪽이었지, 대답을 기다리는 쪽은 돼 본 적이 없어 더욱 그랬다.

윤의 손이 뻗어 나온 건 그때였다. 민망해서, 부끄러워서, 또 설레서 미치도록 달아오르는 얼굴이 밤중에도 보일 것 같아 고개를 숙이는데 문득 윤이 그녀의 손을 붙잡아 내렸다. 얼굴이 들리고, 시선이 마주 닿았다.

왜인지 남자는 다시 울 것 같은 눈으로 그녀를 바라봤다. 깊어지는 눈동자를 보고 있자니, 수현의 가슴마저 시큰거렸다.

당연히 거절당할 것이라 확신했다. 그런데.

"그럽시다."

"아……."

"먹읍시다, 밥."

다가오는 여름의 밤바람이 살랑, 맴돌 듯 기분이 좋아졌다. 씨익 입가 위로 만개하는 미소를 참지 못한 그녀는 다시 꽃다발을 내밀었다.

"내일이면 활짝 필 거래요."

파란 수국이 그를 향해 고개를 드는 것처럼 그녀의 마음도 그를 향한 올곧은 길을 만들었다.

"테이블에 튤립이 시든 것 같길래."

그는 꽃을 받고, 안으로 들어가겠느냐 물었다. 추워 보인다고. 작게 고개를 끄덕인 그녀는 그와 함께 화병에 물을 갈고, 튤립 대신 수국을 꽂았다.

설렘이, 떨림이, 마음이 자꾸만 몸집을 부풀렸다. 어쩌면 걷잡을 수도 없게.

그녀는 오랜만에 드레스 룸에서 한참 동안 나오지 못했다. 몸에 이 옷, 저 옷을 대보고, 머리를 묶었다, 풀었다를 반복했다. 처음 한 화장이 너무 진한가 싶어 씻고 다시 한 화장을 보며 그녀가 중얼거렸다.

"그래, 한 듯 안 한 듯. 쌩얼이지만, 쌩얼은 아닌 것처럼."

그와 밥을 먹기로 한 후 연락처를 교환했다. 음식점을 운영하니 어쩔 수 없이 주말 내내 바빴던지라 연락은 몇 번 나누지 못했지만, 월요일로 약속 날짜를 잡았다. 일주일의 단 하루뿐인 레스토랑 휴무. 그의 쉬는 날은 온전히 제 것이 됐다.

수현은 씨익 웃으며 향수를 손목에 뿌렸다. 그러다 왼쪽 손목을 차지한 연한 상처로 시선이 향했다. 그녀는 잠시 망설이다 드레스 룸 가운데 서랍을 열었다.

"뭘 찰까나……."

누구에게도 보여 줄 수 없는 상처 때문에 촬영 때도, 시상식 때도 시계나 팔찌로 늘 손목을 가리는 버릇이 있었다. 덕분에 그녀의 난잡한 남자관계를 비롯한 온갖 스캔들 속에서 루머가 하나씩 더 얹어지고는 했다.

영화감독한테 차여서 손목을 그었다더라. 혹은 사귀던 남자 배우가 바람을 피워서, 혹은 정신 분열증 때문에.

그녀는 이 상처가 왜 생겼는지는 모르나 언제 생겼는지는 알 수 있었다. 굳이 기억하려고 애쓰지는 않았다. 가족 모두가 그걸 원하지 않았으니까.

"일단."

시계를 채운 그녀가 낮게 중얼거렸다.

"오늘은 예쁘고 보자."

드레스 룸을 가득 채운 값비싼 명품 중 가장 평범한 옷을 골랐다. 몸에 딱 붙는 청바지와 연한 아이보리 색감의 블라우스. 명품 브랜드의 모델로 활동할 때 선물을 받은 옷이나 가방은 쳐다보지도 않았다.

그런데 밥을 어디서 먹지. 룸 식당을 예약할까.

작은 귀걸이를 착용한 그녀가 미간을 좁혔다. 그때 휴대폰이 울렸다. 한희의 전화였다.

받을까, 말까 고심하던 수현은 결국 통화 버튼을 옆으로 밀었다.

―이건 해야 해. TBK 드라마 국장님 다이렉트야. 최서린 작가 작품이고, 3년 만에 로코 드라마 들어간대. 지금 빌드 업 중이고 최근에 감독 정해졌나 봐.

"아, 작가님 거."

전화를 받자마자 대뜸 본론부터 말하는 그녀가 마음에 들지 않았지만, 이유를 알 법했다. 그도 그럴 것이, 수현은 최서린 작가의 작품에서 두 번이나 주인공을 했다. 그녀가 성공 가도를 달릴 수 있었던 이유에 최서린을 빼면 섭섭할 정도였다.

최서린의 뮤즈, 로코의 여신, 대한민국 로코를 움직이는 두 여자. 온갖 화려한 수식어들이 따라왔다.

수현은 서린의 작품이 좋았다. 인간적이고 현실적이었으며, 재벌 신데렐라 같은 흔한 스토리도 없었다. 그렇지만 딱히 하고 싶다는 욕심이나 흥미를 이끌어 내진 못했다. 연애라면 모를까.

―이 작가님 못해도 중박 이상인 거 알잖아. 로코로 딱! 복귀해서 광

고 좀 찍고, 그러다 영화 준비하면서 또 쉬면 돼. 로코는 너 잘하는 거고, 작가님이랑 합도 잘 맞고.

"글쎄."

―글쎄는 무슨 글쎄야. 지금 한다고 해도 어차피 촬영까지 4개월 넘게 남았어. 아직 빌드 업 중이라 캐스팅 정해진 배우도 없고, 작가님이 딱 너로 정해 두고 기획안 쓰셨대. 만나 볼 수는 있잖아.

뻔한 한희의 수법이었다. 막상 미팅 때 가 보면 기정사실화돼 있는 구두 계약을 맞닥뜨린 적이 셀 수도 없었다. 물론 시청률과 유행 냄새는 기가 막히게 맞는 한희라 실패한 작품은 없었다.

―이거 미팅 약속만 잡자. 일단 하기로 하면 내가 다른 일은 안 들이밀게. 약속해.

"그래, 그럼."

―진짜? 할 거야?

"한다고 한 거 아니야. 그리고 다른 스케줄 안 잡는다는 약속이 먼저고."

―당연하지. 와, 살겠다. 다른 배우한테 넘어가기 진짜 아까운 작품이었는데. 아, 그리고 악플러들 고소 건 재판 진행 중인 건 알지? 대부분 벌금형이겠지만 알고나 있으라고.

"딱히 관심 없어."

은은하게 빛나는 귀걸이가 마음에 들었는지 그녀가 씨익 웃었다.

―……왜 관심이 없는데?

"다른 데 관심이 쏠렸거든. 그것도 엄청."

―대체 어디에?

"연애하라며. 그래서 할까 하는데, 왜."

가방에 지갑과 화장품 파우치만 챙긴 수현이 가볍게 대답했다. 들려오는 대답이 없었다. 뭐지, 끊어졌나? 휴대폰을 확인하는데 한희의 비명과도 같은 목소리가 들려왔다.

―연애? 너 연애라고 했어?

"하라며. 언니가 그랬잖아."

―야, 내 말은 너무 집에만 붙어 있지 말라는 거지. 아니, 언제부터 내 말을 잘 들었다고……. 누군데, 어떤 놈인데. 설마 너 지금 그놈 만나러 가는 거야?

"응, 지금 나가는데?"

―……아니, 누굴 만나러 가는 거면 나한테 알려 주고, 좀. 우진이라도 보내 줘? 매니저 없이 가도 되겠어?

"매니저 끌고 가면 그게 데이트야?"

―데, 데이트? 아, 머리 아파. 너 갑자기 이렇게 폭탄 터트리기 있어? 어쩐지 요 며칠 잠잠하다 했더니.

화장대 위 시계를 확인한 수현이 서둘러 가방을 어깨에 멨다.

"일단 끊어. 나 나가 봐야 해."

―아니, 수현아. 아니 노순정. 너 지금 너무 외로워서, 그래서 아무나 붙잡고 그러는 모양인데 어떤 놈인지는 알려 줘야 하는 거 아니야?

현관으로 향한 수현은 흰색 스니커즈를 꺼냈다. 휴대폰을 반대쪽 귀와 어깨 사이에 갖다 대며 신발을 욱여넣고 마지막으로 전신 거울 앞에 섰다.

착장 마음에 들고, 화장 완벽하고.

"식당."

―뭐?

"식당 한다고. 된 거지? 끊을게."

―야야! 무슨 식당 하는 놈인데!

성급하다 못해 집요하기까지 했다. 후, 한숨을 내쉰 수현이 입술을 비죽였다.

"글쎄. 백반집?"

―……어? 뭔 반?

"이제 진짜 끊어. 전화하지 말고."

진동에서 무음으로 변경한 수현은 씨익 웃으며 집을 나섰다. 마음이 들떴다.

데이트라니. 직접 소리 내 본 말이 어색하고, 낯설었지만 기분은 좋았다. 엘리베이터를 기다리는 그녀의 얼굴에서 미소가 떠날 줄 몰랐다.

"너는 공부하러 가는 애가."

방문을 열고 들어온 준영이 한참 동안 거울 앞에서 머리를 만지고 있는 순정을 보며 팔짱을 꼈다. 놀란 그녀가 뒤를 돌아봤다.

"뭐. 왜 그렇게 봐."

"데이트 가나?"

"어, 어?"

"뭘 그렇게 꾸며. 옆집 가는 애가."

그녀가 꿀꺽 침을 삼켰다. 잠깐 거울만 봤을 뿐인데 벌써 10분이 지나가 있었다.

"그런 거 아니거든."

"누가 보면 데이트 가는 앤 줄 알겠어."

"아, 왜 남의 방에 들어오고 난리야."

"누가 들어오고 싶어서 들어왔냐? 돼지 주제에."

준영이 혀를 찼다. 저 얼굴이 뭐가 예쁘다고 난리인지. 그는 제 친구들을 이해할 수 없었다.

딱 한 번 서울에서 학교 다닐 때 순정이 놓고 온 숙제를 갖다주러 학교에 온 적이 있었는데, 친구들 사이에서 난리가 났다. 순전히 동생의 예쁘장한 외모 때문이었다.

"엄마가 수박 잘라 놨어. 들고 가. 윤이 수박 좋아한대."

"응, 알았어."

마당에서 넘어져 잡채를 버리게 된 사건 이후로, 윤은 반찬을 배달받는 대신 그녀의 집에서 저녁을 먹고 가곤 했다. 일주일에 한두 번이던 횟수는 점점 늘었으며, 이제 그녀는 반찬 배달을 가는 대신 그를 데리러 갔다.

시간이 쌓일수록 자연스럽게 윤에 대해 아는 것들이 점점 많아졌다. 윤에게 엄마가 없는 것도, 잘생긴 얼굴과 좋은 머리 덕분에 옆 학교에서 유명하다는 것도.

고백을 했다 까인 애들을 모으면 두 반은 된다, 오래 만난 여자 친구가 있었다, 좋아하는 애가 서울로 이사 가서 공부를 그렇게 열심히 하는 거다, 지방 촬영 온 영화감독한테 캐스팅 제의도 받았다더라, 이 동네 예쁜 어린이 출신인 거 몰랐냐.

정말 별의별 얘기들이 다 들려왔다. 그중에서도 순정의 귀를 가장 간지럽히는 건 따로 있었으니.

여자 친구? 서울로 이사? 그녀가 미간을 잔뜩 찌푸렸다.

"뭐. 왜 그렇게 봐."

시선이 느껴졌는지 옆에 앉아 책을 넘기던 윤이 그녀를 돌아봤다. 그의 집, 마당 위의 평상. 그는 열심히 공부 중이었지만 그녀는 도통 책에 집중할 수 없었다.


"윤아. 네가 그렇게 공부를 잘한다며? 우리 준영이처럼 너도 학년에서 전교 1등이라고."

"아, 네."

"그럼 너 공부할 때 혹시 우리 순정이 공부도 좀 봐주면 안 될까? 과외까지는 아니고, 집중력이 없어서 책상에 오래 붙어 있지를 못해. 제 오빠랑은 죽어도 공부 안 하려고 하고."

"아 씨, 엄마. 나 안 한다니까."

"가만히 있어, 너는! 별건 아니고 그냥 너 공부할 때 못 움직이게 딱 옆에 붙어 있게만 해 줘. 지 오빠처럼 의대 지망은 아니어도, 서울에 있는 대학 보내고 싶은데 조금 아슬아슬해."

서울에 있는 대학을 노리는데 왜 시골로 이사를 왔을까. 윤은 뭔가 이상했지만 얻어먹는 저녁밥을 만회할 기회라 생각하고 고개를 끄덕였다. 화연은 기뻐했고 그날은 소고기를 구웠다.

그때부터 시작된 과외 아닌 과외. 순정이 수박을 포크로 찍으며 그를 노려봤다.

"너 여자 친구 있었어?"

그는 대답 없이 책을 넘겼다. 평상 위에 상을 펴고, 책 대신 수박을 올려놓은 순정은 다시 입을 열었다.

"오래된 여자 친구가 너 배신하고 서울로 이사 갔어?"

궁금한 건 물어봐야 직성이 풀렸다. 그녀는 서울에서 따돌림을 당할 때조차도 솔직했다. 대놓고 물어 나를 왜 괴롭히는지 이유를 알아냈고, 그 말 같지도 않은 이유에 대놓고 비웃어 줬다. 덕분에 가해자들은 더 오기를 부려 그녀를 괴롭혀 댔지만.

윤은 물끄러미 순정을 바라봤다. 칠칠치 못한 순정은 벌써 흰 티셔츠에 수박 물을 들이고 있었다.

"그새 흘렸냐."

"어?"

"닦고 먹기나 해. 공부 안 할 거면."

그가 손에 잡히는 물티슈를 내밀었다. 뚱한 얼굴로 티셔츠를 닦으며 순정은 맞은편에 앉은 그를 물끄러미 바라봤다.

이런 시골에서 살면 까맣기라도 하는가, 피부는 왜 하얘서. 코는 누가 조각했어? 그 건방진 턱선은 뭔데. 눈은 왜 또 그렇게 생겼어? 우리 학교 여자애들이 네 눈 예쁜 거 다 알아. 어쩔 건데, 이거?

시선을 느낀 그가 고개를 들었다. 눈이 마주치고, 순정은 다시 물었다.

"말 안 해 줄 거야?"

"……뭘."

"너 서울에 전 여자 친구 있냐니까?"

무례한 줄 알면서도 궁금함과 답답함에 점철된 밤을 보내는 것보다는 나았다. 윤은 집요하게 물고 늘어지는 그녀를 보다 짧은 숨을 터트렸다.

"누가 그래."

"없어?"

"그걸 믿냐."

"……그럼 예쁜 어린이 선발 대회 나갔다는 것도 믿지 마?"

그가 팍 미간을 구겼다. 순정은 알았다고, 장난 그만 치겠다고 웃으며 긴 머리를 쓸어 넘겼다. 순간 그녀의 목 언저리와 어깨가 드러났고, 윤의 시선이 얼결에 그곳으로 향했다. 그의 표정이 짧은 시간 얼어붙었다.

"노순정."

"응?"

포크로 수박을 푸욱 찍으며 순정이 물었다. 윤은 손에서 완전히 책을 놓은 채 드러난 목의 상처를 바라봤다.

"그거 흉터야?"

"응? 아, 이거?"

"뭐냐니까."

왜 이렇게 험악하게 얼굴을 굳힐까. 사람 설레게.

"옛날에 넘어진 거야."

어깨를 으쓱인 순정은 커다란 수박 조각을 입에 넣었다. 달콤하고 시원했다. 거짓말이 필요한 지금의 상황과는 다르게.

"진짜야. 계단에서 넘어졌어. 바보 같지."

어설픈 해명에도 윤의 표정은 풀리지 않았다. 그녀는 이깟 상처 따위, 라는 생각이 들면서 기분이 좋아졌다.

까칠하기만 한 공윤이 누군가를 걱정하고 있다. 그리고 그 대상은 바로 자신이었다.

봐, 친절한 거 맞다니까.

"떡볶이 해 먹을까?"

윤은 화제를 돌리는 그녀를 물끄러미 응시했다.

"넌 꼭 그러더라."

"뭘?"

"불리할 때 말 돌리는 거."

"내가 그랬어?"

"항상 그랬어."

친절한 줄만 알았더니 눈치도 빨랐다. 순정은 대답 대신 같이 먹자 챙겨 와 놓고 저 혼자만 먹어 치운 수박을 내려다봤다.

"다음에는 복숭아 먹자. 나 복숭아 좋아해."

또 다른 소리. 책을 덮은 윤은 물끄러미 순정을 응시하다, 그녀의 팔로 시선을 내렸다.

"명은."

"응?"

"팔에 멍 들어 있었잖아. 이제 괜찮냐고."

그녀가 잠시 표정을 굳혔다가, 아무렇지 않은 척 포크를 다시 손에 쥐었다.

"변태냐. 어딜 보는 거야."

"……그것도 넘어진 거랑 비슷해?"

눈을 크게 뜬 그녀가 끔뻑거렸다. 무슨 말이냐는 뜻으로.

"말 돌리는 거, 지금 몇 번째인지 알아?"

그의 관심이 묘하게 기쁘면서도 달갑지 않았다. 순정은 모른 척 포크를 책상에 올려 두고 평상 위에서 내려왔다. 급하게 구겨 신은 슬리퍼 때문에 발등이 아팠지만 티를 내진 않았다. 그녀가 괜찮은 척하는 건 어제오늘 일이 아니니.

"떡볶이 먹자. 깻잎은 이장님 밭에서 따 오고. 우리 집에 양배추랑 떡 있어."

서늘하게 가라앉은 그의 얼굴을 바라보며 순정은 줄줄이 말했다.

"지난번에는 내가 설탕을 많이 부어서 달았던 거야. 이번에는 잘할 수 있어."

쟁반을 손에 든 그녀는 미동도 않는 그 대신 빨리 움직였다. 대문 앞에 선 여자만 아니었다면, 이미 주방 한가운데에 섰을지도 몰랐다.

"아……."

느낌으로 알았다. 사실 그녀의 얼굴을 보면 알 수밖에 없었다.

공윤을 닮은 여자. 아니, 공윤을 낳은 여자였다.

7화

# 가을이 올 때까지

순정의 시선이 조용히 그를 향했다. 대문의 턱을 너무도 쉽게 넘어오는 여자를 바라보는 그의 눈빛이 차갑게 식었다.

"윤아."

"……."

"마침 집에 있었네. 다행이야. 오래 기다려야 할 줄 알았는데."

평상 위에 과일 바구니를 내려놓은 윤의 친모, 지혜는 여전히 아름다운 미모를 유지하고 있었다. 그녀는 율주에서 나고 자랐던 여자였다. 예쁜 얼굴로 이름날 만큼 뛰어난 외모는 지혜가 가진 단 하나의 자랑이었다.

"집이 그대로네, 너는 많이 컸고. 밖에서 만났으면 못 알아볼 뻔했어, 우리 아들."

지혜는 마치 감격한 얼굴로 아들을 바라봤다. 제 얼굴을 그대로 빼닮은 아들을 보자 눈에 눈물이 고였다.

"놀랐지? 엄마가 연락도 없이 갑자기 와서."

지혜가 순정을 돌아보며 물었다.

"여자 친구니?"

"……."

"어, 나는 우리 윤이 엄만데……."

말끝을 흐린 지혜가 다시 아들을 돌아봤다. 순정은 그녀에게 인사하는 대신 한 걸음 물러나 윤에게 말했다.

"나 이만 갈게."

드디어 윤의 시선이 움직였다. 눈이 마주친 순정은 발이 묶인 듯 꼼짝도 하지 못했다.

마치 그가 말하는 것 같았다. 가지 말라고, 같이 있자고.

"왜, 엄마가 맛있는 거 해 줄게. 여자 친구도 먹고 가요. 우리 아들은 감자전을 좋아해서 해 주려고 장 좀 봐 왔거든. 여자 친구도 좋아하면……."

지혜가 순정을 붙잡고선 말했다. 순정은 낯선 그녀의 미소에서 윤을 발견하는 자신이 싫었다. 묻지 않아도 그녀가 윤에게 반갑지 않은 손님이라는 건 알 수 있었으니까.

"아니에요, 저는 가 볼게요."

"노순정."

그의 목소리가, 그의 손이 그녀를 다시 붙들었다. 순정은 윤이 붙잡은 제 손을 내려다봤다. 그가 단단한 목소리로 말했다.

"가지 마. 네가 왜 가."

"아, 나는……."

순정의 망설임을 모른 척, 윤은 그녀를 뒤로 감추고 지혜를 마주 봤다. 토악질이 밀려온다. 안타까운 듯 저를 보는 시선이 역겨워서.

정확히 10년 만이었다. 낳아 준 이를 이렇게 가까운 거리에서 마주한 건. 그리워하지도, 보고 싶지도 않았다. 고작 여덟 살에 그녀는 아들을 버렸다. 지루한 시골살이, 순박하고 착해 빠진 남편. 일상이 재미없었던 그녀를 자극한 건 도박장에서 만난 젊은 남자였다.

"가세요."

“윤아.”

“함부로.”

그의 말끝에 힘이 실렸다.

“들어오지도 마시고요.”

마치 남을 보듯 경계 어린 시선. 그는 단 한 번도 그리워한 적 없었던 존재를 맞닥뜨린 오늘이 저주스러웠다. 이 순간 혼자가 아닌 것에도. 지혜가 한 걸음 다가섰다.

“윤아. 우리 아들, 많이 놀랐지. 뻔히 가까이 사는 거 다 아는데 와보지도 않고. 그게, 엄마는⋯⋯.”

“누가.”

그는 동시에 똑같이 한 걸음 뒤로 물러서며 말했다.

“누가 엄마고, 우리 아들인데.”

“유, 윤아.”

“계속 여기 계실 거예요?”

차가운 목소리 속에 섞인 증오를 왜 모르는 척할까, 가증스럽게. 윤은 뒤에 선 순정의 손에 깍지를 끼워 잡았다.

“그럼 있어요. 아버지 올 때까지 한번 있어 봐.”

“⋯⋯.”

“당신이 망가뜨린 아버지가 어떤 꼴로 살고 있는지, 그쪽 눈으로 똑똑히 확인해 봐.”

왜 다시 나타났는지도 모를 그녀를 지나쳐 윤은 빠르게 집을 벗어났다. 물론 순정의 손은 놓지 않은 채였다. 서둘러 걷는 동안 그녀가 버둥거리며 뛸 듯이 걷고 있다는 것 또한 몰랐다.

한적한 동구나무 정자를 지나, 무심코 이어지는 흙길을 걸어갈 때였다. 갑자기 멈춰 선 윤이 그녀를 돌아봤다. 헉헉, 거친 숨을 뱉으며 따라 가던 순정은 붉어진 얼굴로 그를 올려다봤다.

“너 나 까먹었지? 뒤에 있는 거.”

한 음절 사이사이 숨을 크게 들이켠 그녀가 말했다. 윤의 낯빛이 미안함으로 물들었다.

"진짜 까먹었나 보네."

"……그게 아니라."

불현듯 둘의 시선이 아래를 향했다. 커다란 윤의 손에 가려져 있는 순정의 작은 손이 동시에 꼼지락거렸다.

"아, 미안."

그가 빠르게 손을 놓았다. 순정은 입술을 비죽 내밀었다.

"나 괜찮은데."

"……뭐?"

"괜찮다고."

그녀가 가볍게 대답하며, 다시 그의 손을 잡았다. 윤의 표정이 잔뜩 얼어붙었다. 그녀는 여유롭게 웃어 보이며 아까 윤이 그랬던 것처럼, 그의 손에 깍지를 끼웠다. 손가락 사이사이 느껴지는 따뜻한 온기와 함께 그녀가 말했다.

"우리 손잡고 있자."

심장이 빠르게 쿵, 내려앉는다.

"이렇게."

그 누구의 것인지 헤아릴 틈도 없이. 또 그럴 여유도 없이.

윤은 당장 집에 돌아가고 싶지 않은 눈치였고, 순정도 그와 함께 있고 싶어 했다. 둘은 마을 초입에서 이어지는 계곡을 찾았다. 이사 와서 계곡에 온 건 처음이라 마음이 들떴다. 하지만 그의 기분은 우울할 것이기에 그녀는 달아오르려는 기분을 억지로 누그러뜨렸다.

졸졸 흐르는 계곡물 소리가 이토록 정겨울 줄은 몰랐다. 푸르게 우거진 숲, 꽤 넓고 깊은 계곡 수풀 쪽에서 들려오는 개구리 소리, 굽이굽이 산부터 이어지는 계곡의 조용한 수면 위로 햇빛이 직선으로 꽂혔다.

"그 여자, 10년 전에 집 나갔어. 나 여덟 살 때."

바위 위에 나란히 앉은 그들 사이 대화가 시작된 건 한참 후였다. 그는 짧게 제 엄마에 대해 설명했다.

예뻤고, 결혼하기 전부터 유명했고, 가난한 남편을 견디지 못해 도박과 동시에 바람을 피웠다. 그렇게 우리를 버렸지만 여자는 멀리 가서 살지 못했다.

바람피운 남자 역시 끽해야 율주 토박이기에, 시내에서 간간이 마주칠 수밖에 없었다. 함께 사는 남자, 그리고 그 남자의 딸까지. 한때 율주의 유명한 안줏거리였다.

짤막하게 이어지는 설명들 속에 미움이나 원망은 보이지 않았다. 체념과 포기, 그렇게 굳은살이 박여 익숙해진 감정들.

"난 아버지 좋아."

"……."

"그래서 그 여자가 싫어."

그의 낮은 목소리는 흔들림 없는 제 감정에 변화는 없을 거라 단언하는 모습이었다.

생각이나 했을까. 반찬이나 전해 주러 대문을 넘나들던 우리가 이제 이런 비밀 얘기를 나눌 줄은.

"보고 싶지도 않았고, 보고 살지도 않을 거야."

"……."

"없는 사람이야, 나한테는."

짧은 단념을 하기까지 얼마나 힘들었을지 가늠하기 어려웠다. 그럼에도 그는 단단했다. 울며 악을 쓰지도 않았고, 화를 내지도 않았다. 세상이 증오스러울 텐데도 그는 차분히 받아들이고, 내쳐야 할 건 미련 없이 제 삶에서 버릴 줄 알았다.

순정은 무릎을 세운 채 정면을 바라봤다.

"괜찮아. 나도 엄마 싫을 때 많아."

"……사이 좋아 보이던데."

"오빠랑 어렸을 때부터 차별이 심했거든. 맨날 오빠가 먼저였고, 오빠가 우선이었어. 그놈의 아들이 뭐라고."

잘생기고 공부 잘하는 아들. 준영은 날 때부터 못하는 게 없었고, 부모님의 예쁨을 독차지했다. 그렇다고 그녀가 구박을 당하면서 자란 건 아니었다.

하지만 예쁜 외모 말고는 별다른 칭찬을 받은 적도 없었다. 예쁜 우리 딸, 그게 다였다. 그래서 늘 부모님은 오빠를 앞세웠고, 딸보다는 아들이 우선이었다.

"우리 오빠가 잘나긴 했지. 시골로 이사 올 이유도 없었는데."

아들을 그렇게나 아끼는 부모님이 오빠의 미래가 불안해질 게 뻔한데도 이 작은 시골 마을로 이사를 왔다. 오롯이 그녀 때문에. 딸이 학교폭력을 당했다는 사실을 몰랐다는 죄책감에 그들은 가슴이 찢어졌고 목 놓아 오열했다.

"……왜 왔어?"

그가 한층 더 조심스럽게 물었다. 순정은 대답할 수 없는 것들을 삼킨 뒤 웃으며 대답했다.

"좋은 것 같아."

"뭐가."

"나한테 궁금한 게 많아지는 네가."

말을 또 돌리네. 아직 듣고 싶은 것도 못 들었는데.

윤의 시선이 그녀의 목에 난 상처로 내려갔다. 머리를 넘길 때 살짝 보이는 상처와 동시에 자잘한 몸의 상처들이 다시금 떠올랐다. 자주 넘어진 탓에 생긴 상처라던 너의 말을 믿어야 할까.

대답을 피하는 걸 보니 다시 물어도 말을 돌릴 게 뻔했다. 윤은 그녀를 존중하기로 했다. 만약 다음번이 있다면…… 아니, 다음은 없어야 했다.

"깊을까."

계곡을 내려다보던 순정이 중얼거렸다. 몸을 일으킨 그녀가 성큼성큼 걸음을 옮겼다. 조용하던 윤의 시선이 그녀에게 향했다.

"높이 올라가지 마. 빠지면 위험해."

"왜. 너 수영 못해?"

"나는 잘하는데 너는 못할 거 아니야."

"맞아. 어떻게 알았어?"

"네가 뭔들 잘할까."

"쳇, 방금 그건 좀 건방졌다."

낮은 바위 쪽으로 내려간 순정은 계곡 아래에 발을 담갔다. 종아리의 반이 훌쩍 물에 젖었다. 으, 추워. 낮게 중얼거린 순정은 괜히 손을 담가 무릎을 적셨다.

"나중에 여기서 수박 먹으면 맛있겠다. 아, 복숭아도 까먹어야지."

또 먹을 생각만 하지. 윤은 웃음을 참았다. 같이 있는 것만으로도 바닥에 처박혔던 기분은 점점 괜찮아졌다.

섣부른 위로와 동정도 없었다. 그녀는 저를 불쌍하게 보지도 않았다. 내 상처를 드러내자, 네 상처를 보여 주며 그저 나는 보통의 사람임을 깨우쳐 주고 있었다.

노순정, 너의 해맑고도 순수한 마음이 이제는 버겁다 못해 나를 들뜨게 한다.

그는 몸을 일으켜 바위를 내려가 그녀의 곁에 앉았다. 물에 젖은 그녀의 다리가 눈에 들어오자, 곧장 시선을 돌렸다. 아무것도 모르는 말간 눈으로 순정은 다리를 교차시키며 물장구를 쳤다.

"밤에 오면 어때? 예뻐?"

"응."

"반딧불이도 있어?"

"뭐, 가끔."

"데려와 줄 거야?"

그녀가 대뜸 물었다. 윤은 고민하는 척, 고개를 갸웃거렸다.

"……공부 좀 하면."

"와, 방금은 더 건방졌어. 너 그거 즐기는 거지?"

"이만 일어나. 금방 어두워져."

"응? 가도 돼? 아직 집에 계시면 어떡해?"

윤이 미간을 좁혔다. 고작 1시간도 안 되는 시간, 그녀와 함께 있느라 지혜의 존재는 또 새까맣게 잊고 있었다.

"조금만 더 있다 가자. 만약에 그 여자 아직도 너네 집 마당에 떡하니 지키고 있으면 우리 집에 가지, 뭐."

어려울 것 없다는 듯 어깨를 으쓱인 순정이 그를 향해 웃어 보였다.

"엄마가 또 불고기 해 준다 그랬어."

"……너무 많이 하시던데."

"내가 좋아해서 그래. 너도 발 담그면 안 돼? 되게 시원한데."

석양 녘의 산뜻한 바람. 나뭇잎을 타고 나뭇결 사이를 가로지르는 소리. 시원한 나무 그늘과 평화로운 공기. 맑고 차가운 계곡물 아래의 얕은 돌멩이들.

얼굴을 한껏 앞으로 내밀어 풀 냄새를 맡던 순정이 빙그레 웃음을 지었다. 윤의 시선이 물끄러미 그녀를 향했다. 길게 뻗은 그녀의 속눈썹에서, 부드러운 뺨, 가녀린 목, 그리고 바위 위를 짚은 작은 손까지.

"……."

둘뿐이어서일까. 윤은 그녀의 손 위에 제 손을 올렸다. 따뜻한 온기 아래 차가운 계곡물에 들어가 있던 손등의 살결이 느껴졌다. 그녀는 손을 빼지도, 왜 손을 잡냐 묻지도 않았다.

입을 맞추고 싶은 충동을 꾹 참고, 모른 척 고개를 내렸다.

한참 뒤에 그녀가 물었다. 맞은편 계곡 너머 무슨 꽃밭이 있느냐고. 부끄러움을 감추기 위해 던진 질문이라는 걸 모를 수 없었다.

"메밀꽃."

"아아."

"가을에도 오자."

그가 약속하며, 그녀의 손을 꼭 쥐었다.

"아니, 가을이 올 때까지."

"……."

"계속 오자."

이렇게 둘이, 그때도 이렇게 손을 잡고.

평범하지만, 평범하지 않을 그의 고백이었다.

깊은 밤. 가로등 하나 밝히는 것만으로는 어둠이 잘 가시지 않는 마을. 그들은 종종 가족들이 잠들었을 때까지 기다려 밤 산책을 다녔다.

자주 손을 잡았고, 또 자주 함께 있었다. 한 번이 두 번, 두 번이 다섯 번으로 넘어갈 때까지. 늘 삐걱거리는 소리와 함께 대문을 열면 윤이 그녀를 기다리고 있었다. 순정은 어제도 보고, 아침에도 보고, 아까도 봤던 얼굴을 밤에도 볼 수 있어 좋았다.

아침에 눈을 뜨면, 지난밤의 비밀스러운 산책이 떠올랐다. 아지트 같은 계곡의 바위 곁에 앉아 한참을 떠들면 시간 가는 줄을 몰랐다. 요즘 왜 이렇게 졸려 하면서 비실거리냐고 준영이 잔소리하는 것도 이유가 있었다.

"졸린데 좋다."

잠에서 깬 그녀가 다시 이불에 몸을 묻으며 중얼거렸다. 하지만 요즘 아침에 일어나면 가장 먼저 하는 일이 따로 있었다.

바로 휴대폰 확인.

[일어났어?] 오전 6:00

윤에게서 온 메시지, 단 네 음절을 보며 그녀가 쿡쿡 웃음을 참았다.

오전 6:02 [응, 나 방금 일어났어.]

답장을 마친 그녀는 기지개를 켜며 벌떡 몸을 일으켰다. 밖에서는 화연이 벌써 일어났냐며, 요즘 무슨 바람이 불었느냐 말했다. 그와 함께 버스를 타려면 서둘러 준비해야 했다.

"오빠는 학교 갔지?"

"갔지. 네 오빠는 매일 30분 전에 나가는데."

학교에 일찍 가는 준영이 요즘따라 고마울 수가 없었다. 옛날에는 공부하는 티 낸다며 안 좋아했지만, 지금은 정반대였다.

서둘러 씻고 학교 갈 준비를 마친 순정은 아침도 대충 집어 먹고 서둘러 집을 나섰다. 옆집의 파란색 대문과 그녀의 집 대문 사이. 그가 등을 기대서 있었다.

그놈 참, 잘생겼다. 뿌듯한 얼굴로 윤을 보는데 왜 그렇게 보냐는 얼굴이다. 순정이 킥 웃음을 터트렸다.

"잘 잤어?"

"……어, 근데 왜 웃어?"

"그냥 뿌듯해서."

"뭐가?"

"그런 게 있어."

순정이 불쑥 손을 내밀었다. 마을 사람들이라도 나타나면 다시 놓겠지만, 지금은 아무도 없으니까. 윤은 자연스럽게 그녀의 손을 잡아 꽉

지를 끼며 마을 입구 쪽으로 방향을 틀었다.

동구나무 정자를 지나, 정류장까지 이어지는 흙길은 지난밤에 내린 소나기 때문에 축축 젖어 있었다.

"나 오늘 학교 일찍 끝나는데."

잔잔한 바람이 머리를 스쳐 지나가고 규칙적으로 움직이는 발소리 속, 그녀가 느리게 말끝을 끌었다.

"왜?"

"3학년 참관 수업 있대. 너는?"

"나는 제시간에 끝나."

대답을 마친 그는 더 말이 없었다. 바보 아닌가, 일찍 끝나니까 만나자는 소리인데. 손은 잡아 놓고 모른 척하는 걸까? 순정은 입술을 비죽 내밀다가 결국 먼저 제안했다.

"떡볶이 먹으러 갈까? 내가 너희 학교 근처에서 기다릴게."

"그래."

그들은 하교 후 약속을 잡고 함께 버스에 올랐다. 그녀가 먼저 내려 학교로 향했다. 정문을 지나는 순간, 밝았던 그녀의 얼굴이 차분히 가라앉았다.

간간이 닿는 시선과 익숙한 무관심. 그녀는 익숙한 듯 빳빳이 고개를 들고 학교로 향했다.

익숙하고도 지루한 시간은 금방 지나갔다. 그녀는 방과 후 곧장 윤에게 달려갔다.

"아, 휴대폰."

당황한 순정은 주머니를 뒤적거렸다. 책상 서랍에 두고 온 휴대폰이 뒤늦게야 떠올랐다.

어떡하지, 다시 돌아가기엔 너무 많이 와 버렸는데. 그녀는 잠깐 고민하다가, 할 수 없이 그의 학교 앞으로 향했다. 오빠라도 만나면 윤에게 메시지라도 보내 달라고 말할 참이었다.

정문과 떨어진 곳에 서서 그녀는 윤이나 준영이 나오기를 기다렸다. 은근히, 혹은 대놓고 쳐다보는 시선들이 따가웠다. 확실히 남고 앞에서 여고 교복을 입은 채 서성거리는 건 시선을 끌기 쉬웠다.

"편의점이라도 있으면 들어가 있겠는데."

보이는 거라고는 낡은 가구점과 작은 상점들뿐이었다. 공중전화라도 찾아볼까. 그녀가 따가운 눈길들을 견디지 못하고 걸음을 떼려고 할 때였다. 운동장을 가로지르는 윤이 보였다. 반가움에 미소가 번진 그녀가 크게 다리를 뻗으며 입을 열던 순간이었다.

"공윤!"

그를 부른 이는 순정이 아니었다. 걸음을 멈춘 그녀가 멍하니 윤에게 달려가는 누군가의 뒷모습을 바라봤다.

여자였다. 그것도 아주 예쁘게 웃는.

"잘 지냈어? 나 안 보고 싶었고?"

윤의 무심한 시선이 여자를 향했다. 임민아. 이제야 지혜가 갑자기 나타난 이유를 알 것 같았다.

"말도 못 하는 거 보면 엄청 놀랐나 보네. 반가워서 너부터 보러 달려왔어. 나 며칠 전부터 율주여고 다녀. 교복 봐, 예쁘지?"

민아가 그의 앞에서 교복 치마를 살랑거리며 말했다. 팔짱을 끼우려 가까이 다가가자 윤은 한 걸음 물러섰다. 마치 쓰레기장에서 처리 못 한 재활용 쓰레기를 보듯, 날카롭고 차가웠다.

"떨어져."

"……까칠한 건 여전하네. 반가워해 주면 좀 좋아?"

그럴 이유가 없었다. 윤은 귀찮은 문젯거리를 안게 된 사람처럼 미간을 굳혔다. 민아는 그런 그가 귀엽다는 듯이 웃다가 말을 덧붙였다.

"너희 엄마, 만났지?"

"그런데."

"서울 공기 별로더라. 역시 율주가 좋아서 서울 학교 때려치우고 다시 내려왔지. 어차피 공윤 너는 아직 여기 있으니까."

민아는 어깨를 으쓱이며 싱긋 웃었다. 서늘히 굳은 얼굴로 그녀를 내려다보던 윤은 그녀의 어깨 너머로 시선을 돌렸다. 시커먼 쥐색 교복들 틈에서 유난히 하얀 다리를 드러내고 막 등을 돌리고 있는 작은 여자애. 윤이 민아를 지나쳐 다가갔다.

"노순정."

큰 걸음으로 얼마 가지 않아 그녀를 붙잡을 수 있었다. 순정은 어색하게 뒤를 돌며 그를 올려다봤다. 당황한 눈꼬리가 떨렸다.

"……어디가, 또."

"그냥. 떡볶이집에."

"같이 가기로 했잖아."

"먼저 가 있는 것도 좋을 것 같아서. 누가 찾아온 것 같기도 하고."

저를 괴롭히는 학교 폭력 가해자들 앞에서조차 당당했던 순정은 자신이 낯설었다. 뭘까, 상처받은 가슴이 내려앉아 도통 일어날 생각을 안 했다.


"너 서울에 전 여자 친구 있냐니까?"

"누가 그래."

"없어?"

"그걸 믿냐."


설마 거짓말이었던 걸까. 심지어 자신과 같은 교복이다. 그녀는 머릿속이 새하얘지는 걸 느꼈다.

"누구야? 처음 보는 얼굴인데?"

그들 앞에 다가온 민아가 팔짱을 낀 채 물었다. 그녀보다 윤의 옆에 가까이 선 채로.

하지만 윤은 곧장 물러서 순정의 손을 잡았다. 민아의 시선이 날카롭게 변했다.

"소개 안 시켜 줘?"

"네가 알아서 뭐 하게."

"공윤."

"가던 길 가. 다시는 아는 척하지 말고."

"네 엄마가 너랑 밥 먹고 싶어 해. 그래서 오늘 저녁에 내가 너 데리고 간다 그랬어."

나른한 민아의 목소리가 바닥을 굴렀다. 순정은 살살 그의 눈치를 보며 그녀를 보았다. 눈이 마주치자, 민아는 고개를 갸웃거린 채 순정의 위아래를 훑었다. 마치 그녀를 검열하는, 따분한 방해꾼을 가려내기 위한 시선이었다.

그때 윤이 순정의 앞을 가로막았다. 너른 등에 가려진 순정의 시야가 갑자기 차단됐다.

"미친 소리 작작 좀 해."

"……무슨 말을 그렇게 해, 윤아. 너도 나랑 진짜 가족 되는 건 싫잖아. 나도 싫어. 그러니까 같이 가서 설득하자는 건데."

마치 정말 누나라도 되는 양, 민아는 입꼬리를 올리며 부드럽게 다가갔다. 하지만 윤은 용납하지 않았다.

"나는 상관없어."

"뭐?"

"그 여자랑 내가 이미 가족이 아닌데."

"……."

"너 같은 애랑 가족 될 일, 어차피 없단 소리야. 알아듣겠어?"

윤은 그대로 돌아섰다. 손이 붙잡힌 순정 역시 마찬가지였다.

그녀는 불안하게 뛰는 심장을 애써 잠재우며 그의 등을 바라봤다. 마치 이곳에서 벗어나기 위한 사람처럼 빠른 걸음이었다.

학교가 시야에서 거의 사라졌을 무렵, 걸음 속도는 느려졌다. 윤이 하, 소리를 내며 뒤를 돌아 그녀를 마주 봤다. '미안'이라는 말이 튀어나오자마자 그녀가 입을 열었다.

"뭐야, 찐한 첫사랑한테 너무 야박한 거 아니야?"

작은 투정을 부리자 그의 표정이 단번에 굳어졌다.

"누가 그래."

"어, 아니야? 서울 갔다던 찐한 첫사랑."

"그런 거 없다고 했잖아."

"방금 내가 본 건 뭔데."

"그 여자랑 바람난 남자 딸."

"……아? 뭐?"

당황한 순정이 눈을 크게 떴다. 그러고 보니 가족이 되네 어쩌네 이해할 수 없는 대화를 나누긴 했다. 그녀는 갑자기 하늘에서 뚝 떨어진 그의 첫사랑이라고 단단히 오해한 뒤라 대화를 들을 제정신이 아니었다.

"그쪽도 유부남이었어. 멀쩡한 가정 있는."

그가 가볍게 얘기를 시작했다. 마치 어제 본 드라마 줄거리를 얘기하는 사람처럼.

"자기 아버지 바람피우는 게 그 여자 때문이라며 집으로, 내 학교로 찾아왔었고."

"그런데?"

"몰라. 올 초에 서울 갔다던데, 왜 여기 있는지."

"……너무 관심 없는 거 아니야?"

"가질 필요 없잖아. 그러니까 너도 관심 주지 마. 상대도 하지 말고."

중간에 뭔가 대단한 게 생략돼 있었다. 분명 저와 같은 교복을 입고 있던 여자는 윤을 다른 시선으로 보고 있었다. 모를 수 없었다. 비슷한 느낌, 어쩌면 같은 기분으로 윤을 보고 있었으니까.

"아닌데."

"뭐가."

"아무리 생각해도 너 좋아하는 것 같은데. 그게 말이 되나?"

"쓸데없는 소리."

"말이 안 되는 걸 되게 하는 얼굴이긴 하지, 네가."

"노순정."

그가 그녀의 이름을 불렀다. 왜인지 굳은 표정이 분위기의 심각성을 더했다.

"나 농담하는 거 아니야. 쟤 상대하지 마."

"······응."

"행여나 무슨 일 있으면 나한테 꼭 얘기하고."

"알았어. 얘기할게."

다시 손을 꼭 붙잡은 윤이 떡볶이집으로 걸음을 돌렸다. 한 블록만 더 가면 그녀가 좋아하는 떡볶이집이 나왔다. 순정은 여전히 근처에 있는 그와 같은 학교 교복의 사람들을 둘러보며 말했다.

"애들 다 봐."

"보라 그래. 보면 더 좋아."

그의 자신감 어린 대답에 그녀가 희미하게 웃었다.

그리고 다음 날, 교실에 도착한 순정은 쓰레기가 산더미처럼 쌓인 제 책상을 발견했다.

8화

일주일

"다시 봐요, 우리."

약속 시간 30분 전. 뙤약볕이 뜨거운데도 그는 미동도 않고 서 있었다.

그녀와 그런 약속을 잡은 건 충동이었다. '다시 볼까요'가 아닌 '다시 보자'는 말에 숨기고만 살았던 마음이 조금씩 몸집을 부풀렸다.

내가 나를 어쩔 새도 없이 벌어진 일. 그때의 너는 너무 예뻤고, 또 빛났고, 그래서 더 참을 수 없었다.

네가 너인 걸, 너는 너무도 당당히 무기로 삼았다. 그런 순간마다 윤은 순정의 앞에서 사정없이 무너지고는 했다.

어제도 마찬가지였다. 다신 보지 않기로 결심한 지 10분도 되지 않았는데, 네 얼굴을 보니 마음만 부풀었다.

어쩌면 너는, 조금도 변하지 않았을까.

"윤아, 윤아. 아줌마가 정말 미안해. 그런데 우리 순정이 저대로 두자. 응?"

"우리 이사 갈 거야. 순정이 여기 못 둬. 다시 애 넘어가면, 그때 나 못 살아. 준영이도 저리됐는데, 순정이마저 놓으면 어떻게 살겠니."

"네 마음 너무 예쁘고 고맙지만, 너희는 아직 어리잖니. 응? 아직 아무것도 모르는 철부지들이라고. 아줌마 그렇게 여기면 안 될까? 아줌마한테 그래 주면 안 될까?"

오히려 그를 향해 악담을 퍼부을 수도 있는 일. 그를 원망하고, 악다구니를 쏟아부어도 윤은 할 말이 없었다.

하지만 늘 자신에게 너그러웠던 화연은 그러지 않았다. 윤에게 애걸복걸하며 그대로 순정을 잊어 달라 부탁했다. 이제 고작 열아홉을 앞둔 그에게, 어린애들 사랑 놀음이라 무시하고 치부했을 수도 있지만 화연은 그러지 않았다.

그에게 빌었고, 그는 그녀의 부탁을 거절할 수 없었다. 그게 설령 노순정, 너를 놓는 일이라 해도.

택시가 다가와 멈춰 섰다. 뒷자리에서 내려선 수현이 선글라스를 쓴 채 그에게 다가왔다.

"일찍 왔네요?"

나도 일찍 온 건데. 덧붙여지는 말이 수줍었다. 그는 언제나 제 것처럼 잡았던 그녀의 손을 덤덤히 내려 보기만 했다. 손목만큼이나 얇은 손목시계에 가려진 상처가 그려졌다.

"우리 뭐 먹을까요?"

설렘 가득한 목소리가 들뜸을 감추지 못하고 물었다. 윤은 덤덤히, 아무 말 없이 수현을 바라보았다.

그는 그녀와의 운명을 셈해 봤다. 다시 만날 수밖에 없는, 아니, 다시 만나서는 안 될.

그런데 나 여기서 뭐 하고 있는 걸까.

속으로 쓴웃음을 삼켰다.

그들의 행선지는 결국 'CLOSE' 팻말이 걸린 '오늘, 한 끼' 였다.

"밖에서 먹어도 괜찮은데."

굳이 이럴 필요 없다는데도 그는 제 레스토랑에 가서 먹기를 권했다. 오픈된 곳에서 그녀가 받는 시선을 생각한 답이 틀림없었다.

사실 편한 건 아니지만, 이상하게 그와 함께라면 나쁠 것도 없다 싶었다.

물론 일반인인 그가 받는 시선을 생각하면 지금의 결정이 합당했다. 도어 록 잠금을 풀며 그가 대답했다.

"괜찮습니다."

군인처럼 딱딱한 대답에 수현은 묘한 웃음을 흘렸다. 로드 매니저조차 그녀에게 저런 식의 대답은 하지 않았다. 여자 한정인 걸까, 나 한정인 걸까. 수현은 과거 그에게 사뭇 설레었을 여자들에게 이유 모를 질투심을 느꼈다.

"배달 시켜 먹을까요? 요즘 배달 앱이 잘돼 있어서 안 오는 게 없는데……."

'뭐가 좋으세요?' 라고 묻지 못한 입술이 달싹거렸다.

두 번 왔었던 그의 작은 레스토랑, 구석진 곳을 좋아했던 그녀가 앉았던 자리.

수국을 주기 전, 그가 앉아 있었던 곳.

음식이 차려져 있었다. 그것도 한 상 가득.

"……뭐예요?"

놀란 그녀가 물었다.

"불고기만 데우면 됩니다. 잠깐만 기다려요."

큰 그릇에 수북이 쌓인 불고기를 들고 그는 주방으로 향했다. 아니,

음식을 한 거야? 왜?

오픈된 주방은 상상했던 이미지 그대로 깔끔했다. 탈탈 털어도 먼지 한 톨 나오지 않을 주방 조리대 앞에 선 그가 불고기를 다시 팬에 넣고 볶고 있었다.

"음식을 직접 했어요? 쉬는 날인데?"

"앉아 있어요. 금방 됩니다."

아무리 그래도. 내가 맛있는 거 먹자고 했는데.

수현은 그에게 미안해 어쩔 줄 몰라 했다. 하지만 윤은 덤덤한 표정으로 불고기를 팬에 볶고, 다시 그릇에 옮겨 담았다.

"뭐 도와줄까요?"

발 벗고 나설 준비가 된 수현이 물었다. 윤은 물끄러미 그녀를 보다 자리를 턱짓으로 가리켰다.

"주방 나갈 때 조심해요. 턱 있어요."

"아⋯⋯."

들어올 때는 몰랐던 턱을 발견한 수현이 낮게 신음을 흘렸다. 넘어질까 봐 걱정해 준 건가. 동시에 그녀는 제 존재가 방해만 될 뿐이라는 걸 알았다.

자리에 가서 앉아 며칠 전에 꽂아 놓은 수국이 아직 활짝 피어 있는 것을 구경했다.

그는 곧 따뜻한 밥과 맛있게 볶은 불고기를 테이블에 내려놨다. 그 것 말고도 월남쌈, 버섯잡채와 두부조림, 열무김치까지. 이태리 가정식을 파는 '오늘, 한 끼' 와는 이질적인 메뉴였다.

"한식도 잘 만드나 봐요."

"원래 한식부터 공부했습니다."

자리에 앉은 그가 낮게 대답했다. 이 남자가 만든 한식은 어떨까. 엄마가 꽉꽉 냉장고를 채워 놓고 가도 쉽게 비우는 법이 없었다. 그 넓은 아파트에서 먹는 엄마 반찬은 왜인지 맛이 없었다.

꽤 오랜만에 먹는 제대로 된 한식이라 그녀는 기대에 들떴다.

"불고기네."

그가 고개를 들다 시선이 마주쳤다. 그녀가 젓가락을 손에 든 채 빙그레 웃었다.

"어떻게 알았어요? 나 불고기 진짜 좋아하는데."

별거 아닌 질문인데도 너에게 건넬 대답이 모두 힘겨웠다. 그가 느리게 대답했다.

"다행입니다."

너무 잘 알고 있었다는 대답 대신.

"팬들이 드라마 촬영장에 밥차 보내 줄 때, 꼭 불고기를 메뉴에 넣어 주거든요. 신기해라."

음식은 역시 기대 이상이었다. 양식뿐만 아니라 한식 셰프라 해도 믿을 정도로.

식사 내내 그녀는 소소한 것들을 묻고, 그가 답하는 식의 대화가 이어졌다. 잠깐의 침묵이 와도 어색하지 않았다. 역시나 그는 말주변이 좋거나 대화를 주도하는 타입이 아니었다. 수현이 더 말을 많이 해야 했지만, 이상하게 그것조차 좋았다.

아, 정말 어떡하지.

밥 한 공기를 깨끗하게 비워 갈 때 즈음, 수현은 숟가락을 입에 문 채 남자를 훔쳐봤다.

깔끔하게 손질된 머리, 젓가락을 쥔 하얗고 긴 손가락, 단단한 어깨와 날카로운 턱선. 훔쳐보는 것도 적당히 해야 할 텐데 자꾸만 시선이 머물렀다.

남자는 밥 먹을 때조차 군더더기 없이 단정했다. 대답을 할 때는 꼭 입 안의 음식물을 삼키고, 씹는 소리 하나 내지 않았으며, 적당량의 반찬을 덜어 가 먹는 모양이 굉장히 인상적이었다.

그 모습에 자연스럽게 지난 드라마 촬영 때 상대역이던 남자 배우가 떠올랐다. 입 안의 것들을 그대로 드러내고, 자꾸만 그녀 쪽까지 음식물을 튀겨 촬영 때마다 곤혹을 느꼈던.

"혹시 집이 종갓집이에요?"

그가 직접 만들었다는 간장 양념의 진미채로 손을 뻗으며 그녀가 물었다.

"밥 먹는 게 인상적이라서. 잘 배우고, 잘 자란 티가 난다고 할까. 나는 먹을 때 엄청 흘리거든요. 어렸을 때부터 이랬는데 버릇은 잘 안 고쳐져요."

시선이 마주치자 그녀가 설명을 덧붙였다. 과거 어느 순간을 혼자 떠돌던 윤은 표정을 감췄다.

"밥 먹고 뭐 할까요?"

이대로 밥만 먹고 헤어지기는 아쉬운 그의 휴무일. 넘쳐 나는 게 시간이고, 여유롭게 거닐 수 있는 평일 오후였다.

수현이 묻자 윤은 조용히 시선을 들었다.


"우리 현장 학습 끝나고 영화 보러 갈까?"

"글쎄, 시간이 맞으려나."

"너희 학교랑 우리 학교 같은 장소로 가니까 얼추 맞지 않을까? 아니면 일찍 끝나는 사람이 팝콘 사 놓고 기다리지 뭐."

"시골 영화관 기대하지 마. 엄청 작아."

"알았어. 기대 안 해. 상영 시간 맞는 거 있나 찾아봐야겠다. 대신."

"대신?"

"캐러멜 팝콘은 있지? 뭐야, 왜 그렇게 봐? 설마 없어?"


다시금 떠오르는 과거의 기억. 과연 노순정이 아닌 차수현은 여전히 캐러멜 팝콘을 좋아할까. 그가 낮게 말했다.

"영화 봅시다."

"아."

식사 후 영화. 데이트의 정석이라 불리는 코스. 수현이 대답을 망설이는 것처럼 보이자 윤이 말을 덧붙였다.

"아, 혹시 불편하면."

"아니요, 그런 게 아니라."

정말 데이트 같아서 방금 엄청 떨렸다, 라고 대답하기에는 뭐가 많이 없어 보였다.

그리고 뭐랄까, 머릿속으로 확 스쳐 지나가는 장면이 떠올랐다. 형체도 없고, 온통 투명하고, 간간이 배경만 설명할 수 있을 것 같은.

살면서 때때로, 이와 같은 기시감이 찾아올 때가 있었다. 물론 아주 가끔이지만, 방금 겪은 일들과 과거에 있었을지도 모를 어떤 일을 겹쳐 보고는 했다.

하지만 정확하게 설명할 수는 없었다. 과거의 한 부분을 그녀는 통째로 잊었으니까. 그것도 10년도 더 전에.

"아, 미안해요. 잠깐 다른 생각하느라."

수현은 자신이 이상해 보일까 싶어 서둘러 생각을 감추고 설명했다.

"영화관은 어두워질 때 들어가면 돼요. 보통 그렇게 해서 많이 가거든요."

"……."

"그냥 잠깐 뭐가 생각나려고 한 것 같아서."

그녀가 작게 웅얼거렸다. 하지만 윤은 단 하나도 놓치지 않았다. 굳어지려던 그녀의 표정, 작은 목소리, 또는 과거를 더듬는 그녀의 쓸쓸함.

"뭐였는지는 잘 모르겠어요. 방금 되게 기시감 같은 게 느껴졌거든요."

"……불편하면 영화관 말고."

"아니요, 갈래요. 가고 싶어요."

그녀가 옅게 웃으며 다시 숟가락을 고쳐 잡았다. 다시금 식사가 이어졌다.

아무렇지 않다는 듯. 늘 그래 왔던 것처럼.

영화관의 불이 꺼지면 광고 시간이 10분 정도 이어진다. 팝콘과 콜라를 사 들고, 때를 기다렸다.

다행히 평일 낮이라 영화관은 한산했고, 그들이 고른 영화는 개봉한 지 한 달이 넘은 영화라 보는 이들도 많지 않았다.

남은 시간은 3분 남짓.

"그런데요."

팝콘을 야금야금 먹던 그녀가 물었다.

"나랑 왜 밥 먹었어요?"

돌려 말하는 법 따위 모르는 사람처럼.

"나 첫인상 별로였잖아요."

그녀가 쉽게 시인했다. 그의 낮고 곧은 시선은 수현에게 머물렀다.

"배우 하면서 사람 오해하고, 사람한테 발끈하고 그런 거 잘 안 했거든요. 그런데 그때는 왜 그랬는지 모르겠어요."

또 사과를 하려는 걸까. 이미 숱한 사과가 있었고, 그는 잊고 있었다.

그때 네게 사과를 받겠다 심술을 부렸던 건, 날 기억하지 못하는 너에 대한 작은 투정. 더불어 너와 한 마디라도 더 섞어 보려는 내 노력이었다.

윤은 조용히 대답을 삼켰다. 할 수 있는 말이 없었다. 종알종알, 쉴 새 없이 묻는 그녀와는 다르게.

"남겼잖아요, 그때."

"······네?"

"보고 싶었습니다. 다 먹는 거."

얼떨떨한 그녀의 입술이 살며시 벌어졌다. 당황해 얼굴을 붉힌 수현은 콜라에 꽂은 스트로를 입에 물었다.

"제가 막, 뭘 먹고 싶게 생겼나 봐요?"

당황한 그녀가 웃자, 그 역시 옅게 미소를 그렸다. 엇, 웃는다. 뿌듯한 마음에 수현은 속으로 쾌재를 불렀다. 누가 알았을까, 네 번째 보는 남자가 웃는다고 내가 이렇게 좋아할 줄.

그들은 광고가 끝나는 것과 동시에 상영관 안으로 들어갔다.

"아무리 평일 낮이라지만."

자리에 앉은 수현은 생각보다 너무 썰렁한 상영관을 돌아봤다. 작은 상영관 안은 그와 단둘뿐이었다.

"사람이 너무 없다."

"불편하면 나가도 돼요."

"아니요, 괜찮아요. 오히려 좋아요."

행여나 그가 정말 나가자고 할까 봐 다급히 거절했다.

영화는 도입부부터 빵빵 터지는, B급 코미디가 진하게 풍기는 이야기가 주축이었다. 아무 생각 없이 볼 수 있는 영화를 골랐는데 꽤 마음에 들었다. 아니, 그가 옆에 있어서 더 좋았는지도 모르겠다.

생전 처음 느껴 보는 낯선 호감. 그녀는 이게 맞는 걸까, 판단하고 생각하지 않기로 했다.

그를 떠올리면 기분이 좋았고, 편안했다. 그래서 더 느끼고 싶었다. 물론 과연 그도 같은 마음인지는 아직 알 수 없다.

스크린에서 시선을 떼고, 살짝 그를 돌아봤다. 조명이 꺼져 어두운 곳인데도, 그는 눈부셨다. B급 코미디 영화를 보는데 뭘 또 이렇게 지적이고 진지해 보일까.

그녀가 웃음을 꾹 참는 순간 시선이 맞물렸고, 동시에 얼어붙었다.

꼼짝도 할 수 없어 그녀는 그대로 그를 보고 있었다.

마치, 창문 너머 내가 앉았던 자리에 앉아 울던 당신을 마주했을 때처럼.

"어……."

훔쳐보던 시선을 들킨 그녀가 뭔가 해명하려던 찰나였다.

"계속 그렇게 구경할 거야?"

"……뭐 맡겨 놨냐."

"일으켜 달라고."

"일어날 수 있을 것 같은데."

"아니야. 나 다리에 힘 하나도 없어."

낯선 기억. 하지만 눈에 익고 귀에 익은 목소리. 그녀는 멍하니 윤을 바라봤다. 의문이 깃든 눈동자가 오래도록 시선을 맞춰 왔다.

알 수 없었다. 이 남자가 왜 내 기억 속에 있는 건지.

영화가 끝나고 곧장 화장실로 달려온 수현은 100m 뜀박질이라도 한 사람처럼 숨을 몰아쉬었다. 심장이 뛰고, 얼굴이 붉게 달아올랐다. 이유는 몰랐다. 공윤을 기억해 냈는데, 말도 안 되는 일이라서.

그는 분명 자신을 모른다 했다. 출신 고등학교, 그의 이름 모두 낯설고 공통점이 없다. 낯익다고 생각한 건 얼굴뿐.

거짓말할 이유가 그에게는 없다. 그럼 내가 그를 두고 망상이라도 했다는 건데.

"미쳤어. 왜 이래."

수면제를 끊어야 하나? 점점 혼란스러움이 늘어 가니 최근에는 먹지도 않은 수면제 때문이라는 생각까지 들었다. 그래야 설명이 된다. 저 남자는 나를 모른다고 했으니까.

그래, 그럴 리가 없어. 내가 저 남자를 알 리가 없잖아. 분명 날 모른다고 했잖아.

몽롱한 기분이 전신을 덮쳐 온다. 기억하려고 애쓴 적도 없었던 과거. 모두가 아무 일도 아니라고 했던 과거. 마치 그 속에 공윤이 있는 것만 같았다.

착각이겠지? 그저 낯이 익은 당신을, 내가 내 과거에 멋대로 집어넣은 거겠지.

"진짜 별일이 다 있어."

추론 가능한 결과물은 그것뿐이었다. 그녀는 차가운 물에 손을 씻었다. 기억 같지도 않은 이 기억, 그리고 혼란까지 함께 씻겨 내려가길 바랐다.

한참이 지나서야 수현은 화장실에서 나왔다. 창백한 안색을 살피는 윤의 눈이 어둡게 가라앉았다.

"괜찮습니까?"

"아, 네. 괜찮아요."

안색은 정반대를 얘기하는데, 말은 달랐다. 윤이 걱정스레 그녀를 살폈다.

"이만 들어가죠."

"아니요!"

그녀가 손사래를 쳤다. 화장실에서 한참을 있다 나와 놓고 또 괜찮단다.

윤이 미간을 좁혔다. 영화 후반부부터 그녀는 도통 영화에 집중할 줄 몰랐다. 무슨 일인지 다른 생각에 빠진 듯했고, 당연히 걱정이 됐다. 굳이 오늘 더 일정을 고집할 이유가 없었다. 그가 재차 권유했다.

"들어갑시다. 그게 좋겠는데."

"아니, 저……."

수현이 입술을 달싹거렸다.

"저 진짜 괜찮아요. 우리 드라이브라도 갈까요? 교외 나가서 저녁 먹고……."

하지만 점점 목소리가 줄어들었다. 말끝이 흐려질수록 옅어지는 자신감이 보였다.

"아니면 뭐 다른 거 하고 싶은 거 없어요? 나랑?"

지나가는 사람 하나 없는 복도에서 그녀는 말간 얼굴로 물어 왔다. 그는 묵묵히 그녀를 내려다봤다. 이대로 헤어질까, 전전긍긍 발을 구르는 그녀를.

하고 싶은 거. 너와 하고 싶은 거.


"놀이공원도 가고 싶어! 나 바이킹 잘 타는데."

"율주에 그런 게 있을 리가."

"주말에 서울 다녀오면 되잖아. 2시간이면 가는데."

"다른 건?"

"같이 케이크 굽기. 너 요리 잘하니까, 빵도 잘 만들 것 같아."

"포인트는 내가 하는 거네?"

"아, 그리고 계곡에서 텐트 치고 밤새우기."

"……준영이 형 허락받고?"

"미쳤어? 오빠가 알면 난리 나지. 너랑 나 둘이, 몰래."

"둘이 밤새도록 뭐 하게."

"할 건 많지. 대신 공부 빼고."

"발랑 까졌네, 노순정."

"내가 이름만 순정이야. 원래 속은 시커매."

우리는 약속했던 것들이 많았다. 너는 수다가 많았고, 나는 그런 너의 목소리 듣는 걸 좋아했다. 자연스레 작은 약속들이 탑을 이루었고, 너는 매일 하나씩을 실천해 나갔다. 아주 사소한 것부터, 당돌한 것까지.

그녀는 누구보다 솔직했고, 마음을 드러내는 데 물러섬이 없었다.

옛날부터 넌 그랬다. 울퉁불퉁한 흙길에서 혼자 넘어져 놓고, 맡겨 놓은 것처럼 내 손을 가져갔다.

그렇게 아무 온기 하나 없던 일상에 들어와 마구잡이로 흐트러 놓는 널, 좋아했다.

내 온 마음 던져, 또는 치열하게.

그런 너를 조금만 더 누리고 싶다. 죄책감에 짓눌릴 너와의 시간을 우기고, 더욱 가까이에서 너를 눈 담고 싶다.

그렇다면 과연 얼마간의 시간이 허락될까. 네가 깊은 상처를 받지 않도록, 내가 더는 미련을 떨지 않도록.

딱 일주일. 더 욕심내지도 않고, 함께할 수 없는 무수한 시간 중 일주일만.

널 내게 머무르게 한 다음 보내면 되는 거 아닐까. 나 따위는 모르던 세상으로, 나 따위는 존재할 수 없는 너의 세계로.

그의 단단한 눈에 아주 잠깐 빛이 서렸다. 결정과 행동은 금방 이어졌다.

"내일 봅시다."

"아니, 저는 지금…… 네, 네? 내일이요?"

당황한 수현의 눈이 커졌다. 윤은 한 치의 흐트러짐도 없이 그녀를 마주 봤다.

너의 길, 너만이 가야 하는 길. 그곳에 내가 없기를 바라는 마음으로 살아왔다. 그 생각 하나로 지금껏 버텼고, 견뎠다.

그런데 이후는 모르겠다. 율주에서의 짧았던 시간, 너와 함께한 그 시간으로 지금껏 살아왔는데, 앞으로는 어떨지.

경찰서 앞, '오늘, 한 끼'에서의 만남들, 네가 준 푸른 수국과 오늘 이 영화관, 그리고 내내 이어지던 너의 웃음.

모든 걸 마무리할 일주일. 난 그것으로 남은 평생을 살아가려고 한다.

너 없이, 너를 보낸 후. 두 가지 마음이 공존했다.

부디 그녀가 들어줬으면 하는 마음과 또 부디 거절했으면 하는 마음.

"오늘은 이만 들어가고."

실망이 번지는 얼굴을 보며, 그가 힘 있게 말했다.

"내일 또 봅시다. 나랑."

"……나랑 또 보게요?"

기대감에 부풀어지는 그녀의 눈동자가 반짝였다. 밝은 햇빛을 받으며 나를 올려다보며 웃던 그 어느 날처럼.

"괜찮으면 모레도 봐요. 가능하면 다음 날도, 또 그다음 날도."

수현은 단번에 그의 언어를 이해하지 못했다. 다른 남자가 말하면 데이트 신청이겠거니 하겠는데 이 남자라 그런 걸까, 의구심이 들었다.

내가 제대로 이해한 게 맞나, 뭐 그런.

"……만나서 뭐 하게요?"

그녀가 조심스레 물었다. 지금껏 내내 적극적이지 않았던 남자의 달라진 태도는 충분히 그럴 만했다.

"골라 봐요. 하고 싶은 거."

"하고 싶은 거라고 해도……."

"가능하면 다 해요, 나랑."

"……."

"프랑스 요리 좋아합니까? 잘하는 레스토랑 아는데."

그가 잠시 말을 멈추고, 다시 입술을 뗐다.

"사 줄게요, 내가."

가을이 올 때까지 기다려 너와 함께 계곡 건너 메밀밭을 바라봤다. 아무것도 피어 있지 않은 겨울 역시 궁금하다는 네게, 함께 오자 말했다. 그런 겨울을, 우리는 함께하지 못했다.

"시간 어때요. 나는 괜찮은데."

말하고 싶다. 그러니 허락해 달라고.

함께하지 못한 겨울 대신 너와의 일주일을, 평생처럼 간직할 테니.

"……화장실 공사요?"

"응, 해야 할 것 같아."

통보와도 같은 공사 일정. 출근하자마자 이게 무슨 소식인가 싶었다. 병찬과 지호는 나란히 선 채 주방을 정리하는 윤을 바라봤다. 냉장고를 비우는 걸 보니, 하루짜리 공사는 아닌 듯싶었다.

"얼마나요?"

"일주일."

그것도 일주일씩이나? 병찬이 눈을 크게 떴다. 윤은 당장 쓰지 않으면 안 될 식재료들을 걸러 냈다. 지호와 병찬에게 사이좋게 나눠 주거나, 도시락을 만들 생각이었다.

누가 먹을지는 정해져 있었다.

"이렇게 갑자기 일주일씩이나 쉬어도 돼요?"

"SNS로 일주일 휴무 공지 띄웠어. 여름휴가는 따로 줄 거니까 걱정 마."

"아……."

"물론 유급 휴가니까 그것도 걱정 말고."

사장 입장에서나 손해지, 직원들 입장에서는 좋은 일이었다. 둘은 덕분에 양손 가득 비싼 식재료를 들고 출근과 동시에 퇴근했다.

오늘 소진하려고 했던 소고기와 가리비, 치즈에 바지락까지. 그리고 덩달아 얻게 된 일주일 휴가.

지호가 미간을 좁히며 CLOSE 팻말이 걸린 '오늘, 한 끼'를 돌아봤다.

"그런데 어디가 고장 났다는 거예요?"

"……윤이 형이 설명했어?"

"아니요. 그리고 보니 셰프님이 그것만 빼고 설명한 것 같아요."

이상하다. 지호가 말을 덧붙였다.

"어제까지만 해도 멀쩡했는데."

"그러니까. 괜히 수상하게."

"에이, 설마 우리 셰프님이 문 닫고 어디 놀러 가고 싶어서 그러신 걸까 봐요? 말도 안 돼, 우리 셰프님 캐릭터가 있지."

병찬도 납득이 되는 듯 고개를 끄덕거렸다. 일주일에 하루 쉬는 것도 메뉴 개발이나 하면서 보내는 윤이다.

매일 칼과 팬을 잡지 않고서는 살 수 없는 남자. 제발 쉬는 날에는 푹 쉴 수 없냐며 병찬은 잔소리를 달고 살았다.

그는 하루에 3시간씩 자며 유학 생활을 보냈다. 그 덕분에 누구보다 빨리 수석 셰프 자리에 오를 수 있었다.

신사동의 대형 레스토랑 헤드 셰프까지 마다하고 자기 레스토랑을 열었을 때는 미친놈인가 싶었다.

아니, 그 좋은 자리를 거절하고 굳이 왜 작은 레스토랑 사장님이 되려고 하는데?

병찬은 이해할 수 없었지만, 곧 '오늘, 한 끼'의 성공을 눈앞에 두고 납득했다.

그는 본인이 하고 싶은 요리를 해야 직성이 풀리는 남자였다.

물론 지금 당장 일주일 문을 닫는다고 해서 레스토랑 영업에 지장이 생기는 건 아니었다. 예약제도 아닐뿐더러, 찾아오는 손님들 대부분 SNS로 일정을 확인하고들 오니까.

하지만 아무리 그래도, 공윤이잖아. 쉴 때 뭘 하면서 쉬어야 하는지도 모르는.

그런 그가, 왜? 굳이 쉬는 날 했어도 되는 공사를 일주일씩이나 잡아? 아니, 정말 공사를 하긴 하는 거야? 병찬이 희미하게 미간을 좁혔다.

"설마 형 어디 아픈 거 아니겠지?"

"……수술받아야 해서 일주일 병원에 있고 뭐 그런 거요?"

"어, 그런 거. 형 보호자 없는데."

골목길을 걷던 둘의 시선이 다시 문 닫힌 '오늘, 한 끼'로 향했다. 지호가 피식 웃음을 터트렸다.

"에이, 설마요."

"그렇지?"

"뭐, 혹시 모르죠. 연애라도 하는 건지."

지호가 샐쭉 입꼬리를 올렸다. 말이 끝남과 동시에 병찬이 미간을 찌푸렸다.

"말이 되냐?"

"……하긴. 말도 안 되긴 해요."

기지개를 쭉 켠 지호는 아쉬운 듯 혀를 찼다. 의심은 짧았고, 더한 상상은 불가능했다.

몇 번의 데이트가 있었다. 하루는 그가 예약한 프렌치 레스토랑에서 프랑스 음식을 먹었다. 그는 유식했고, 아는 것들이 많았다. 말이 많지는 않았지만, 그녀가 대화를 주도하다가도 또 어떨 때는 그가 대화를 주도했다. 그의 작은 변화였다.

그녀는 적극적으로 제 호감을 표현했다. 그가 흔쾌히 받아들이는 것 같진 않았지만, 그래도 고무적인 결과였다. 저와 만나기 위해 레스토랑을 일주일간 문을 닫는다니. 은연중에 수현은 그의 호감을 느끼고, 깨닫고, 또 점점 알아 가고 있었다.

2년의 은둔 생활 동안 운동 외 사적 모임은 손에 꼽을 정도였는데, 그녀는 벌써 4일째 외출 중이었다.

물론 사람 많은 곳은 꿈도 못 꿨으며, 조용하고 한적한 곳을 찾아다니기 바빴다. 하지만 차 안에서 커피를 나눠 마시며 대화하는 것조차 즐거웠다.

어제는 사방이 막힌 차에서 떡볶이를 나눠 먹었다. 그 후로도 자그마치 2시간을 떠들었다. 그녀의 배우 생활, 그의 유학 이야기.

주제는 쉴 새 없이 바뀌고 말을 주고받을수록 그를 알아 가는 시간들이 너무 좋았다.

그녀가 기분 좋게 웃으며 손목에 시계를 채웠다. 희미한 상흔이 가려지고, 머리를 옷 안에서 빼낸 그녀가 거울 앞에 섰다.

"예쁘네, 오늘도."

뿌듯하게 웃은 그녀가 스스로를 향해 칭찬할 즈음 초인종이 울렸다.

"뭐야. 어디 가?"

윤과의 약속 시간을 30분 남겨 두고 나타난 훼방꾼. 수현은 달갑지 않은 얼굴로 비밀번호를 멋대로 누르고 들어온 한희를 바라봤다.

씻는 데 1시간, 머리 만지는 데만 30분, 화장하고 옷 고르면서 또 1시간.

무려 준비하는 데만 2시간 반이나 걸렸는데도 아직 30분이 남았다. 짜증이 막 치밀어 오를 참에 찾아온 한희의 용건은 차기작일 게 빤했고. 수현이 가방을 고쳐 메며 고개를 가로저었다.

"나 약속 있어."

"그래 보인다. 향수도 뿌렸어? 대체 어디 가는데?"

"데이트."

"뭐, 뭐? 데이트?"

"응, 딱 그래 보이지 않아?"

무릎 위를 살짝 올라온 베이지색의 리넨 원피스. 손에 든 선글라스를 들어 보이며 그녀가 말했다. 한희가 눈썹 사이를 찌푸렸다.

"설마 백반집 사장이랑?"

씨익 웃은 수현이 크게 고개를 끄덕였다. 생각만 해도 웃음이 절로 나왔다. 미친 게 분명하거나, 정말 미쳤거나.

"뭐 하는 놈인데. 뭐 가업으로 기사 식당 하는 집 아들내미 만나?"

"그런 건 아니고."

"그러면."

"있어. 나 나갈 건데 같이 안 나갈 거면 라면이나 끓여 먹고 가든가. 어디 뒤져 보면 하나 정도는 나올 거야."

수현이 급하게 그녀를 지나쳤다. 한숨을 삼킨 한희는 그녀의 손목을 잡아 돌려세웠다. 사뭇 심각해 보이는 얼굴이 그녀답지 않아 낯설었다. 왜 이러냐 묻는 수현의 앞으로 그녀가 손에 쥔 것을 내밀었다.

"너 이거 뭐야?"

"……이게, 왜."

물끄러미 물건을 내려다보던 수현의 시선이 거실 쪽을 향했다. 통창 아래로 내려다보이는 한강, 창을 마주 본 채 길게 늘어진 소파, 그 앞에 테이블.

자선 경매 행사에서 낙찰받은 테이블이 무려 2천만 원짜리였다. 엄마가 저 테이블의 가격을 듣고 눈을 반짝거리기는 했었지. 그런데 그게 다였던 것 같은데.

그녀는 길게 고민하지 않았다. 저 테이블 아래에 숨겨 났던 게, 어째서 한희의 손에 있는지.

"언니가 내 집 뒤졌을 리는 없고."

이태리 요리로 배를 채울 생각보다 공윤과 환한 레스토랑에 마주 보고 있을 생각을 하며 들떴던 기분이 잠시 가라앉았다. 수현이 시선을 들었다.

"엄마 만났어?"

"……차수현."

화연이 준영을 대동하고 들이닥쳤던 전날 밤. 악플러 고소가 문제인지, 그냥 내가 문제인지 잠이 오지 않았다. 그러다 결국 또 약을 삼켰다.

"그래서 엄마가 또 찾아갔어? 나 이상한 것 같으니까 병원 데려가래?"

낮고 서늘한 목소리에 한희는 손에 쥐고 있던 수면제를 다시 거실 테이블에 내려놨다. 현관으로 가는 복도에 서서 수현은 꼼짝도 하지 않았다.

"차기작이요? 뭐 여러 감독님들 작품 걸러 보고 있는데 아직 정해진 건 없어요. 왜 그러세요?"

"이것 좀 보시겠어요."

"……약이네요?"

"수현이 집에서 봤습니다. 테이블 쪽에 있더라고요. 저도 모르게 가지고 나오긴 했는데."

하루는 준영이 회사 앞으로 찾아왔다. 용건이 있다 했더니, 바로 수현의 수면제 문제가 도마 위에 올랐다.

당황스럽고 머릿속이 하얘졌다. 언제부터 수면제를 먹고 있었지? 끊지 않았었나? 나름 잘 잔다고 했었잖아. 나한테 거짓말한 거야?

배우에 대한 것들을 속속들이 다 알고 있다고 생각했는데 너무 그녀의 말만 믿고 넘긴 탓이었다. 한희는 수현의 오빠 앞에서 부끄럽기만 했었다. 하지만 준영은 그에 대한 얘기보다 앞으로의 이야기를 꺼냈다. 이전보다 더 조심스럽게.

"수현이, 조금 더 쉬어도 되는 거면 이대로 두면 안 될까요."

"아, 그건……."

"저희 어머니랑 통화하시는 거 들었습니다, 차기작 미팅 잡힐 것 같다고. 그런데 수현이가 싫다고 하면 조금 더 쉬게 하는 것도 좋을 것 같아서요."

"……."

"힘들어 보입니다. 그런데 힘들다고 말을 안 하니까."

과거를 되짚는 듯한 준영의 눈빛이 축축하리만큼 가라앉았다. 한희는 수현의 가족사에 대해 잘 알지는 못했다.

하지만 그녀가 배우 일을 시작한 계기가 가난한 집안 때문이라는 건 알았다. 그녀는 장애를 얻은 오빠 때문에 가장의 역할을 도맡아 했고, 그를 대신해 일어서려고 노력했다.

"쉬고 싶다면, 조금 더 쉬게 해 주세요. 이제 고작 2년이잖아요."

멀찌감치 떨어지게 된 거리. 한희가 그녀를 돌아봤다.

"그 약 가져온 사람, 너희 오빠야."

사실을 알게 된 수현의 낯빛이 차게 얼었다.

"뭐?"

오빠라면 얘기가 달라진다.

수현의 약점이자 늘 지고 들어가는 이유는 언젠가부터 오빠가 됐으니까.

"단순히 약 때문에 뭐라 하는 거 아니야. 이 바닥에서 이 일 오래하면서 수면제 안 붙잡고 사는 애 드물고."

"……."

"대신 제대로 진료받고 처방받아서 먹으라는 소리야. 강 박사님 연락해 보니까 박사님 처방 아니라던데? 진료 잡을 테니까 가서 처방받아. 아무 약이나 사서 먹지 말고. 부작용이 뭔 줄 알고 이걸 막 먹어?"

길어지는 잔소리에 그녀가 아랫입술을 깨물었다. 그냥 나한테 이거 뭐냐 물어보면 될 것을, 혼자 상상하다가 소속사까지 찾아갔을 준영의 마음이 떠올랐다.

아팠겠지. 무거웠겠지. 미안했겠지.

그녀는 준영의 죄책감을 원하지 않았다. 밤샘 촬영 후에 들어오는 자신을 보며 오빠는 늘 미안해했고, 일부러 힘들지 않은 척 웃었던 적이 셀 수도 없었다.

"오빠가 뭐래?"

"뭐긴 뭐래, 여동생 걱정을 지극히 하셨지."

"……엄마가 보는 게 나았을 뻔했네."

그럼 진짜 잔소리로만 끝났을지도 모르는데.

수현이 마른 얼굴을 쓸어내렸다. 마음 같아서는 당장 준영에게 가고 싶었지만, 약속이 있었다. 그것도 공윤과.

"내 말이. 수면제 들켜 걱정시킨 여동생은 남자랑 데이트한다고 소속사 대표도 나 몰라라 하는데."

약속 시간까지 대략 10분 남짓. 한희가 시간을 일깨우기 무섭게 수현이 돌아섰다. 그 틈에 한희가 목소리를 높였다.

"미팅 잡지 말까?"

최서린 작가 작품 관련한 얘기였다. 수현이 대답을 않자, 그녀가 말을 덧붙였다.

"네 오빠가 그러더라. 네가 쉬고 싶다면, 쉬게 해 주면 안 되냐고. 여동생이 수면제까지 먹을 정도로 힘들다고 생각하니 충격받으신 모양이야. 전에 먹던 건 모르시는 눈치던데."

당연히 전하지 않았다. 장애를 얻고, 준영 역시 한동안 우울증 치료를 받아 왔었다.

굳이 그녀까지 불면증 때문에 수면제를 달고 산다는 걸 알리고 싶지는 않았다.

"안 내키면 얘기해. 최서린 작가 말고도 들어오는 작품 많아. 천천히 골라도 돼."

수현은 요 며칠간의 자신을 떠올렸다. 데이트를 기다리며 밤잠에 들기 힘들었던 건 마찬가지지만, 불면은 아니었다.

그저 들뜨고, 설레서. 뭘 입어야 할까, 무슨 말을 해야 할까 떨리고 좋아서. 숱한 불안감을 안고 잠들었던 지난날과는 달랐다.

"나 요즘 잘 자. 약 없어진 거 방금 알았고. 미팅 예정대로 진행해. 대신 그쪽에 확신은 주지 마."

팔짱을 낀 한희가 의심스레 그녀를 살폈다. 샅샅이 뜯어봐서 거짓이 있는지 하나도 놓치지 않겠다는 의도가 다분했다.

"그동안 약 없이 잘 잤어, 그럼?"

"며칠이긴 한데, 그랬어. 맞다, 나 악플도 안 봤어."

"왜?"

당황한 한희가 묻고, 바람 빠지는 소리를 내며 웃었다.

"백반이 그리 맛있더냐."

쓸데없는 물음에 그녀는 대답을 삼킨 뒤 다시 뒤를 돌았다.

"오빠한테는 내가 알아서 전화할게."

"사진 안 찍히게 조심하고."

"그걸 어떻게 조심해. 찍으려면 무슨 짓을 해서든 찍을 텐데."

"……하여튼 한 마디를 안 져요, 한 마디를."

대충 알아들었다는 듯 수현이 손을 흔들었다. 현관문이 열리고, 닫히는 소리가 났다. 다시 약통을 집어 든 한희는 쓰레기통에 수면제를 탈탈 털어 넣었다.

단잠을 자게 했다면, 백반집 남자에게 조금 더 점수를 줄 생각으로.

9화

우리 서로 좋아하는데?

　―듣고 있어? 윤아, 공윤.

　해준의 목소리가 반복해서 들려왔다. 정신을 차린 윤이 고개를 들었다.

　아파트 앞에 차를 세우고, 조수석 옆에 기대선 채 그녀를 기다리길 10여 분째. 뜻밖의 소식에 윤은 아랫입술을 지그시 물었다.

　"듣고 있어요."

　―찾았어. 연락했고, 너 만나고 싶대. 만나게 해 달라고 사정을 하던데. 누가 보면 그쪽에서 널 먼저 찾고 있는 줄 알겠더라.

　그가 느리게 눈을 감았다 떴다.

　―어떡할래. 연락처 줄까?

　하필. 너와의 섣부른 일주일이 얼마 남지 않았는데.

　사고 후, 도망치듯 이사를 선택한 순정과 가족들. 그는 죽은 것처럼 살았다.

　대학에 가고, 진로를 고민하고, 그사이에 아버지가 돌아가셨다. 흔히들 일어나는 공사장 추락 사고였다.

　―주소지는 강원도야. 동거인은 확인 못 했어.

강원도. 외가가 있던 곳이다. 그가 낮은 목소리로 물었다.

"남편이나, 딸은요?"

—일단 가족 관계 등록부상 혼자야.

"……."

—어머니였어? 친어머니?

그가 대답을 삼켰다. 아버지는 사고 후 수술도 받고 오랜 기간 입원도 했다. 숨이 넘어가기 직전까지 가족을 버리고 도망간 지혜를 그리워하면서.

"윤아, 너희 엄마……. 연락 안 오겠지?"

"너무 나쁘게 생각 마. 너희 엄마도 다 사정이 있었을 거야."

"불쌍한 내 아들, 아버지가 옆에…… 옆에 오래도록 있어야 하는데."

바보 같았다. 도박과 남자에 눈이 멀어 아들과 남편마저 버린 여자를 왜.

평생 지혜를 원망하고 있었노라 생각했는데 아버지는 자신의 감정을 감췄을 뿐이었다. 죽음을 목전에 앞둔 뒤에야 그리움을 토했다. 하지만 연락 한번 해 보라던 아버지의 말도 무심히 지나쳤었다.

윤은 지혜를 찾지 않았다. 이유는 단 하나, 혹시나 아직도 임민아와 살고 있을까 봐.

다시 만난다면, 우연이라도 다시 맞닥뜨린다면 정말, 내가 죽일지도 모르니까.

"……."

그 순간 반대편에서 수현이, 아니 순정이 걸어오고 있었다. 마치 꿈처럼, 과거의 노순정이 되어, 오직 그에게로.

—윤아, 듣고 있어?

해준이 재촉했다. 윤은 한숨을 삼킨 채 그를 발견하고 다가오는 순정을 바라봤다.

"네, 어머니 맞아요."

지혜를 찾기 시작한 건 갑자기 떠오른 아버지의 유언과도 같은 말 때문이었다. 숨이 멎던 순간까지 아버지의 그리움이던 여자에게 그의 죽음을 알릴 의무는 있다고 생각했다.

먼저 초본을 확인했지만, 그녀는 그 주소지에 살고 있지 않았다. 불현듯 3개월 전 해준에게 연락했고, 지혜를 찾기 시작했다. 결국 이렇게 찾아내고 말았고.

ㅡ보고 싶어서 찾았던 거, 맞아?

"……."

ㅡ그게 아니면 굳이 만날 이유라도 있어? 나한테 부탁하긴 했어도, 너 내켜 하는 눈치는 아니었잖아.

순정의 모습이 점점 더 가까워질수록 마음이 가라앉았다. 다신 없을 거라 했던 너와의 시간을 함부로 시작했다. 희망이 되기를 바라지만, 어쩌면 지옥이 될지도 모르는.

고민했다. 이게 맞는 걸까. 잘하고 있는 걸까. 단 일주일뿐인데,

그녀에게 희망 고문일 텐데, 내 욕심으로 여기까지 와도 되는 걸까. 쓰디쓴 침이 넘어갔다.

"연락처 보내 주세요."

ㅡ괜찮겠어?

"더 고민해 볼게요. 감사드려요. 난처한 부탁이었을 텐데."

ㅡ그럴 거 없어. 그렇게 시간 빼지도 않았고.

오래전 아버지의 죽음을 얘기하기에 적절한 시기인지는 모른다. 그저 안심했다. 친모의 곁에 임민아가 없다는 것만으로도.

그런데 과연 지금껏 단 한 번도 아버지를 찾지 않았던 여자가 그의 죽음을 안타까워할까.

감사 인사는 나중에 삼겹살과 소주로 갚으라는 해준의 말에 옅게 웃

고선 전화를 끊었다. 곧 그녀가 다가와 마주 섰다.

"오래 기다렸어요?"

그가 고른 이태리 레스토랑은 교외의 한적한 곳에 있었다. 그들은 홀이 아닌 2층 야외에 마련된 테이블로 안내받았다.

테이블이 고작 하나뿐이라 루프 탑 전체를 독차지한 느낌도 들었다.

자리에 앉은 그녀가 선글라스를 벗었다. 안내하는 직원은 분명 그녀를 알아봤지만 그게 전부였다.

레스토랑 주변은 온통 숲이었다. 사방이 나무로 둘러싸인 듯한 풍경은 도심보다 눈을 즐겁게 했다. 그녀는 루프 탑 아래의 전경을 내려다보다 그를 돌아봤다.

"이런 데는 어떻게 알아요?"

"여기 헤드 셰프가 유학 동기입니다."

"아아."

어쩐지. 그래서 이런 자리를. 마음이 포근해지며, 들뜨기 시작했다. 꽤나 낭만적이고 그림 같은 식사가 될 것 같았다. 그와 함께 있는 것만으로도 계속 그랬다.

"걱정 안 해도 됩니다. 말 나가는 일 없을 거예요."

레스토랑 분위기 자체도 그럴뿐더러, 그가 미리 말을 해 둔 모양인지 자신 있게 말했다.

"저 별로 걱정 안 하는데."

그녀가 가볍게 고개를 저었다. 의외라는 듯 윤이 보자, 그녀는 혹시나 하는 마음에 물었다.

"혹시 걱정되세요? 저랑 소문날까 봐?"

"……그런 건 아니고."

윤이 느리게 말을 이었다.

"보통은, 본인이 걱정을 해야 하는 거 아닙니까?"

"그렇죠, 보통은."

그런데 왜 너는 안 하냐는 눈빛이다. 신경 써서 이런 레스토랑으로 고르고 골랐는데.

그녀는 남몰래 생각했다. 사진이라도 찍히면 공개 연애랍시고 조금 더 편하게 다닐 수 있지 않을까? 당신을 내 남자라고 세상에 선언할 수 있는 거 아닌가.

하지만 대놓고 얘기할 수는 없었다. 겨우 세 걸음 다가온 그가 열 걸음을 단번에 도망칠지도 모르니까.

우스웠다. 내 남자라니. 짧은 시간을 공유했을 뿐인데, 오래된 추억을 함께한 것처럼 편했다.

"요즘 공윤 씨 덕분에 외출이 잦아지니 좋네요. 2년 동안 거의 집에만 있었거든요."

턱을 괸 그녀가 눈을 감고, 피부 위로 닿는 공기를 마음껏 누렸다. 덕분에 그는 마음 놓고 그녀를 볼 수 있었다.

삼키고만 싶은 입술, 눈과 코, 시도 때도 없이 붉게 물드는 뺨, 목덜미, 얇은 손목, 아마 상처를 가리고 있을 시계. 손목에 닿은 그의 눈동자가 다시금 미세하게 흔들렸다.

"공기 좋다. 기분도 좋고."

그의 흔들림을 바로잡은 목소리가 나긋이 울렸다.

너와의 일주일이 끝나 간다.

언제 시작했는지도 모를 정도로 빠르게 다가와 잠깐 머물다, 영영 사라질 그 일주일.

"하고 싶은 건."

그가 입술을 뗐다. 눈을 뜬 그녀가 그와 시선을 맞추었다.

"생각해 보랬잖아요. 가능하면 나랑 다 하자고."

"천천히 생각하죠, 뭐. 어차피 나 시간 많아요. 공윤 씨 시간에 맞출 수 있어요."

미래를 얘기하는 그녀의 목소리가 들떴다. 가슴이 서걱 베이며, 소리도 없이 생채기가 났다. 윤은 굳어지려는 표정을 감추고 다시 입술을 열었다.

"별, 좋아합니까?"

과거의 너는 그러했다. 우리가 밤에 몰래 산책을 나갔던 것도 네가 별을 좋아했기 때문이니까. 그리고 내 시선은 늘, 별보다 너에게 가 있느라 바빴다.

윤의 물음에 수현이 곰곰이 생각하다 느리게 고개를 끄덕였다.

"그런 것 같아요."

"내일 보러 갈까요?"

"내일요?"

예보 보니까 비가 온다던데, 별이 보일까요. 그녀가 걱정스레 하늘을 올려다봤다. 지금은 화창하지만 밤이 되면 구름이 낄지도 몰랐다. 그녀가 소리 내어 말하자 윤은 가볍게 어깨를 으쓱였다.

"안 보이면, 안 보이는 대로 보면 되니까."

나는 별이 아닌, 너만 보면 되는 사람이니. 윤의 말에 그녀가 옅게 웃었다. 그러네요. 그녀가 수줍게 대답했다.

학교 분위기가 이상했다. 전학 온 후로는 반 친구들과 어색하니 몇 마디 주고받는 것들이 전부였다. 이미 친해진 무리에 끼어들기에는 그녀가 원하지 않았고, 또 그런 따돌림이 반복될까 무서워 먼저 움츠러들었다.

평범하다면 평범하게 지냈던 지난 시간, 지금까지 이런 무시와 찬기는 없었다. 아니, 율주에 오기 전 겪어 본 분위기였다.

그녀는 쓰레기 더미로 뒤덮인 책상을 발견한 순간 자신의 처지가 달라졌음을 깨달았다.

"……너 괜찮아?"

최서윤. 이름만 아는 짝꿍이 말을 걸어왔다. 순정은 아랫입술을 깨물며 쓰레기를 치웠다. 내게 무슨 일이 일어나고 있는지 생각하기 싫었다.

하지만 이상하게도 그 이후 커다란 일은 일어나지 않았다. 종종 제 어깨를 치고 지나가는 애들이나, 제 발밑에 쓰레기를 던지는 행위들은 가볍게 넘길 수 있었다. 뭘까. 기분 탓일까.

그 와중에 학교에서 그녀를 만났다. 윤에게 반갑게 인사하던 동갑내기 여자애. 윤의 어머니와 불륜을 저지른 남자의 딸. 복잡한 관계였다.

얼마 전에 전학을 왔단다. 같은 반인데 이사 문제 때문에 며칠째 학교를 안 나왔을 뿐이라고.

"윤이랑은 잘 지내?"

임민아는 공윤을 들먹이다 그녀의 어깨를 치고 갔다. 뭔가 이상했다. 반 애들 모두가 자신을 주시하는 느낌. 찝찝한 마음으로 학교를 나섰다. 뭘까, 왜 불안할까.

복잡한 생각으로 버스에 오르고 마을 입구 정류장에서 내렸다. 오늘따라 더 울퉁불퉁한 흙길을 오르다 말고 그녀가 대뜸 소리를 질렀다.

"아! 미쳤어!"

학교 끝나는 시간에 맞춰 윤과 약속이 있었다. 시내에 새로 생긴 독서실을 함께 가 볼 요량이었다. 심지어 오늘 윤은 그녀보다 1시간여 빨리 끝났다. 그렇다면 지금까지 자신을 기다렸다는 말인데.

놀란 그녀가 길을 되돌아갔다. 하지만 반도 가지 못하고 멈춰 섰다. 이미 윤이 저 멀리서부터 걸어오고 있었다.

너무 미안해서 사과도 나오지 않아 그녀가 입을 뻐끔거렸다. 그녀를 발견하고, 후— 소리 내어 한숨을 내쉰 그가 빠르게 다가왔다.

"휴대폰은."

아, 전화! 그녀가 뒤늦게 주머니를 뒤적거렸다. 하지만 휴대폰은 금방 나오지 않았다. 가방 깊숙한 곳에서 휴대폰을 찾은 그녀가 목소리를 죽였다.

"미안해. 전화 온 줄 몰랐어."

"……무슨 일 있는 줄 알았잖아."

있기는 했다. 너한테 말할 수가 없을 뿐. 순정이 잘근 입술을 깨물었다.

"미안해."

"어디 아팠어?"

"아니."

"아무 일도 없었어?"

"……응, 없었어."

"됐어, 그럼."

다시 한숨을 터트린 윤이 그녀를 지나쳐 갔다.

화났다, 화나게 했어. 당연하지. 약속도 잊고 전화도 안 받고 집 근처에서 마주쳤으니.

그녀가 질끈 눈을 감았다 뜨며 그의 옆에서 걸었다.

"독서실 지금이라도 가 볼까?"

"버스 기다리려면 한참이야. 괜찮아."

"……화 많이 났어?"

"아니, 괜찮아."

하지만 그는 단 한 번도 그녀를 돌아보지 않고 집으로 향했다.

매일 들르던 동구나무 정자도, 정자 옆 이장님 댁 흑염소와 돼지들도 쉼 없이 지나쳤다.

"쉬어."

그는 대문을 열고 안으로 사라졌다. 추욱 어깨를 늘어뜨리며 그녀가 제 이마를 탁 소리 나게 쳤다.

아팠다. 아주 많이.

내내 저를 기다렸던 그의 마음은 더할 텐데.

"어떡해."

늦은 밤. 씻고 나온 윤이 젖은 머리를 수건으로 털며 방으로 향했다. 아버지는 오늘도 늦으실 요량인지 연락이 없었다.

주방에 선 그가 식탁에서 복숭아를 챙겨 껍질을 깎았다. 내일 아침 순정에게 줄 생각이었다. 학교에 가서 먹으라고, 아까는 화내서 미안하다고.

"매일 붙어 다닐 수도 없고."

그러고 싶은 마음을 삼키고, 반찬 통에 예쁘게 깎은 복숭아를 욱여 넣었다. 준비를 마친 그는 방으로 향했다. 곧장 책상 위에 올려놓은 휴대폰을 집어 들었다. 이제 순정에게 연락을 할까 싶었다.

학교가 끝나고 한참 동안 그녀를 기다렸다. 무작정 기다리게 한 사실에 화가 난 게 아니었다. 어디서 그렇게 맨날 넘어지고 다치는지, 항상 상처를 만들어서 오는 그녀가 오늘은 정말 큰일이 난 게 아닐까 불안했다.

심지어 임민아가 율주로 돌아왔다. 왜인지 불안을 감출 수 없었다. 저한테 상상 이상의 집착을 보였던 임민아가, 행여나 순정에게 해를 가하지는 않을까 염려됐다.

급기야 준영에게 전화를 걸어서는 그녀에 대해 물었다. 화연의 연락처까지 얻어 순정이 집에 돌아오지 않았음을 깨닫고는 불안해 미칠 것만 같았다.

혹시나 하는 마음에 집으로 돌아오는데, 그녀를 마주쳤을 때는 심장이 녹아내리는 줄 알았다.

"……."

휴대폰을 확인한 그가 미간을 좁혔다.

[계곡에서 기다릴게. 오늘 화 풀고 자라. 응?] 오후 8:41

그는 바로 시간을 확인했다. 밤 9시. 이미 밖은 캄캄하고 어둑했다.

"이걸 진짜."

윤은 서둘러 옷을 챙겨 입고 방을 나섰다. 마루에 내려서기 직전, 냉장고에 넣어 놓은 반찬 통을 챙긴 그가 운동화에 발을 욱여넣고 뛰었다.

그녀는 정말 계곡에 있었다. 이 늦은 밤에, 아무도 없는 위험한 곳에 혼자. 거친 숨을 몰아쉰 윤이 후, 하고 탄식을 내뱉었다.

"왔어?"

활짝 웃으며 자신을 반기는 순정을 보니 마음이 다시 녹아내렸다. 하지만 짚고 넘어가야 할 건 있었다.

윤이 표정을 굳힌 채 그녀를 내려다보자, 바위에서 몸을 일으킨 순정이 그의 눈치를 살폈다.

"아직도 화났어?"

"너 지금 몇 시야."

"응? 나 얼마 안 기다렸는데."

"여기 서울 아니고 율주야. 저녁 되면 마을 사람들도 잘 안 다녀. 혼자 다닐 생각을 대체 어떻게 해?"

산책하듯이 걸어오면 15분 정도 걸리는 계곡. 여기까지 달려오는 데 고작 3분이 채 걸리지 않았다. 살면서 그가 해 본 전력 질주 중 손에 꼽을 정도였다.

"지금 나 걱정하는 거야?"

"……그걸 말이라고 해?"

"그럼 화 풀린 거네?"

그녀가 환히 웃으며 말했다. 사람 속도 모르고.

"약속해."

"뭘?"

"다시는 늦은 시간에 혼자 안 돌아다닌다고."

"알았어."

그녀가 고개를 끄덕였다. 말은 잘하지. 못마땅한 그가 말을 덧붙였다.

"여기 고라니도 가끔 내려와."

"진짜?"

"멧돼지도 많아."

"……에이, 뻥."

"진짜거든."

지친 그가 그녀가 앉았던 바위 위에 털썩 주저앉았다. 거의 일주일에 세 번은 찾아오는 곳은 이제 그들의 아지트나 다름없었다. 그녀는 이때다 싶어 그의 옆에 콕 붙어 앉았다.

"화 풀려서 다행이다."

"아직 아니야. 안심하지 마."

"그거 나 주려고 가져온 거 아니야?"

순정이 복숭아의 단내를 맡고선 한쪽에 내려놓은 반찬 통을 가리켰다. 그는 멋없이 툭, 그녀에게 복숭아를 건넸다.

"와. 이거 네가 깎았어?"

그가 퉁명스레 대답했다.

"응."

"내가 좋아한다 그래서?"

"……싫으면 버리든가."

"말을 해도 꼭. 나 복숭아 진짜 좋아하거든?"

그는 하루가 다르게 키가 크고 있었다. 처음 만났을 때만 해도 180을 넘기기 직전이었는데, 이제 180cm를 훨씬 웃돌았다.

주변을 둘러봐도 그보다 키가 큰 사람을 찾기란 힘들었다. 거구의 공윤이 좁은 주방에서 복숭아 껍질을 까는 모습을 상상한 그녀가 웃었다.

윤을 화나게 만들었다는 죄책감에 그녀는 저녁도 먹는 둥 마는 둥 했다. 화연은 어디가 아픈 거냐 물었고, 준영은 돼지가 웬일이냐고 놀렸다. 이후 퇴근한 아빠가 치킨을 사 들고 왔는데도 닭 다리 하나 뜯은 게 전부였다.

"맛있다."

복숭아를 한 입 베어 문 그녀의 입꼬리가 위로 솟았다. 기분이 좋았다. 내일 학교에 가면 다시 엉망이 될 기분이지만 상관은 없었다. 지금은 그와 함께니까.

"나한테 할 말 없어?"

그의 목소리에 그녀가 고개를 돌렸다. 벌써 복숭아의 반을 해치운 뒤였다.

"고민 있잖아."

"……무슨 고민?"

그녀가 무슨 소리냐는 듯이 되묻자, 그가 혀를 찼다.

"넋 놓고 약속 잊은 거 보면 뻔하지, 뭐."

역시, 공윤 눈은 못 속인다. 봄에 남겨진 작은 흉터들도 넘어져서 생긴 거라 해명했을 때도 이상하다는 듯이 봤던 그였다.

어떻게 내 입으로 말할까. 내가 따돌림을 당하고 있다는 사실을.

아무렇지 않은 척 그녀가 복숭아를 다시 베어 물었다. 입 안에서 과즙이 터지고, 단내가 진동했다.

"그냥."

"그냥 뭐."

그가 대답을 재촉했다. 그녀는 할 수 없이 거짓말을 골랐다. 가장 현실적이고 좀 말이 되는.

"나 모의고사 결과 나왔는데 언어 4등급 나왔어."

그는 놀라지 않았다. 그녀의 모의고사 성적은 이미 손안에 있었으니.

"한국인인 내가 어떻게 그런 성적을 받지?"

스스로 제 성적을 까발린 순정은 고개를 갸웃거렸다.

계곡의 졸졸거리는 물소리가, 멀리서 들려오는 고라니의 울음소리가, 밤이 되자 짙어지는 개구리의 노랫소리가 동시에 들려왔다.

"……네가 언제부터 그런 걸 걱정했다고."

어두운 밤중에 순정을 빤히 바라보던 윤이 대답했다. 그녀가 다시 그를 돌아보며 말했다.

"이제부터 할 거거든. 대학 가야지. 너랑 같이 서울 가려면."

너랑 같이. 윤의 심장이 쿵, 떨려 왔다. 만약 사실이라면 그런 걸 고민했다는 게 기특하고, 칭찬해 주고 싶었다.

그들은 30여 분을 더 계곡에서 시간을 보냈다. 결국 모기 한 마리가 그녀의 다리를 뜯고 갔다.

망할 모기 자식.

그녀가 짜증을 내면 그는 웃음을 터트렸다. 모기조차도 그가 아닌 순정의 피만 뚫었다.

그녀는 이곳이 좋다며, 더 자주 오고 싶다고 말했다. 텐트도 가져오자고.

절대 그것만은 안 되는데 그녀는 자꾸만 이곳에서 밤을 새울 계획을 세웠다. 아무것도 하지 않고 같이 있을 자신이 없어 그는 입을 다물었다.

"이제 가자."

"벌써?"

"늦었잖아."

"아직 30분밖에 안 됐는데."

"……아주머니한테 혼나면 어쩌려고."

"너랑 공부한다고 했어. 걱정 마, 우리 엄마 나보다 너 더 좋아하잖아."

늦은 시간인데도 그녀는 고집을 부렸다. 그는 속으로 한숨을 참았다. 타들어 가는 그의 시커먼 속을 모르는지 말간 얼굴로 더 있자고 조르는 순정은 순진했고, 대책 없었다.

"우리 오늘 얘기도 별로 못 했잖아. 응?"

요즘 들어 순정은 더 같이 있기를 원했고, 윤은 빨리 집에 돌아가기를 원하는 일들이 비일비재했다.

당연했다. 그는 그녀가 옆에 있는 것만으로도 자아와 몸이 분리된 상태였으니까.

지금 그의 신경은 온통 그녀의 입술에 가 있었다. 실은 아까부터, 정확히는 그녀가 복숭아를 먹기 시작했을 때부터. 아니, 더 정확히는 그녀를 봤을 때부터 별생각을 다 했다.

밤 산책이 계속될수록, 둘만 함께 있는 순간이 길어질수록, 계절 따라 순정의 옷이 점점 더 짧아질수록 음험한 생각은 지워지지 않았다.

"응? 안 될까?"

잘 넘어지기나 하고, 잘 흘리기나 하고. 또 입술에 잔뜩 묻혀 먹을 거면서. 그녀의 붉은 입술은 어둠 속에서도 또렷하게 빛났다.

"10분 만이야."

"쳇, 너무해."

그녀가 투정을 부렸다. 윤은 모른 척 시선을 돌렸다. 옆에서 순정은 또 종알종알 입을 열었다.

오늘 급식에 카레가 나왔는데 너무 맛없어서 엎을 뻔했다. 근현대사가 너무 어려운데 아마도 문과를 괜히 온 것 같다. 네가 해 주는 떡볶이가 먹고 싶다 등등 여러 말들이 계속됐다.

"윤아."

"왜."

"아직도 화났어?"

그의 시선이 다시 그녀를 향했다. 순정은 입술에 묻은 복숭아의 과즙을 할짝거렸다. 말랑한 혀가 언뜻 보이자 그는 미칠 것만 같았다. 그 와중에 그녀가 재차 물었다.

"왜 나 안 봐? 아직도 화 안 풀렸어?"

도톰한 입술이 애교를 부리듯 앞으로 비죽 튀어나왔다. 불리할 때 나오는 그녀의 무기였다. 자기가 예쁜 건 알아서.

"왜 그렇게 봐? 나 뭐 묻었어?"

그런데 그건 모르지. 이 밤에 나와 함께 있고, 이렇게 가까이 앉아서는, 입술에 달큰한 것들을 잔뜩 묻혀 놓고.

"윤아. 너 여기 점 있는 거 알아?"

나를 그 예쁜 얼굴로 바라보는 지금 네 행동들이 얼마나 위험한지는.

"귓불 아래에 점 있어. 되게 귀여워."

더는, 제대로 된 생각을 하기란 힘들었다. 생각이 멈추고, 마음이 앞서는 순간, 손은 그녀를 향해 뻗어 나갔다.

그는 성급히 입술을 밀어붙였다. 벌린 입술 사이에 그녀의 입술을 가두고, 미친 듯이 삼켜 들었다. 끈끈하게 엉겨 붙은 몸이 떨어질 줄 몰랐다.

벌어진 입술 사이로 말캉한 혀를 집어넣은 그는 조금 더 그녀에게 다가갔다. 순정은 잠시 움츠러들었을 뿐, 그의 반소매 깃을 잡으며 버텼다.

단단하고 넓은 가슴 안에 사로잡힌 순정의 어깨가 뒤로 주춤거렸다. 그는 그녀가 넘어지지 않도록 허리를 안고, 더 깊게 입술을 묻었다. 심장이 뜨겁게 부풀었다.

첫 키스. 모든 게 어색하고 낯설었다. 그는 성급히 몰아붙였고, 그녀는 겁먹지 않으려 노력했다.

부드러운 혀와 혀가 닿고, 어설픈 움직임이 계속됐다. 하지만 맞닿은 시간이 길어질수록 적응해 나갔다.

역시 못하는 게 없는 공윤. 순정이 그를 따라 조심스레 혀를 움직이며 그를 붙들었다.

그리고 어느 순간 거칠게 몰아붙이던 그의 입술이 점차 느려졌다. 살짝 그녀의 입술을 깨물어도 보고, 혀로 달래듯이 입술을 핥았다. 급하게 다가왔던 조금 전을 사과하듯, 느리고 또한 정중하게.

생전 처음 느껴 보는 것이었다. 누군가의 혀가 입 안으로 들어와, 이토록 움직이는데 이게 뭐라고 이렇게 좋은 걸까. 그녀의 입꼬리가 위로 향하려는 순간, 그가 급하게 몸을 뗐다.

방금 내가 무슨 짓을 한 거지, 싶은 얼굴로. 그가 두 눈을 깜빡이다 그녀를 응시했다. 어둠 속에서도 마주친 눈동자에서 빛이 났다.

"미안."

순정은 그가 사과할 것을 예상한 듯, 고개를 기울였다.

"뭐가?"

그는 오히려 말간 얼굴로 해맑게 묻는 질문에 당황해 '어?' 하고 되물었다.

"너 나 좋아하고."

"……."

"나도 너 좋아하고."

도톰하게 부어오른 입술이 예쁜 말을 뱉어 냈다. 윤의 시선이 그녀에게 깊게 빨려 들어갔다.

"그래서 키스했는데 뭐가 미안해?"

솔직하고 당당한 물음에 할 말이 없어졌다. 윤은 이럴 작정이 아니었다.

첫 키스였다. 무려 첫 키스.

적어도 허락을 받고, 아니 허락까지는 아니어도 어느 정도 분위기를 만들고 해야 했다.

방금 전은 그가 억지로 한 것이나 마찬가지였다. 물론 중간에 그녀도 그를 따라 어설프게 움직이긴 했지만, 그게 허락이라는 것 또한 알지만.

"내가 놀라게 했잖아."

"놀랐어. 그런데 좋은 게 더 커."

"……."

"네가 나보다 더 놀란 것 같은데?"

언젠가부터 연애에 있어 솔직한 그녀를 당해 내는 게 쉽지 않았다. 윤은 순간 할 말을 잃고, 키스 때문에 부푼 입술을 바라봤다. 그녀의 입술이 열렸다.

"윤아. 우리 한 번만 더 하자. 응?"

그녀가 가까이 다가와 입술을 들이밀었다.

"이번에는 천천히."

용기 있게 다가간 그녀의 입술이 그에게 닿았다. 느리게 입술을 열고, 혀를 밀어 넣고, 말캉한 혀를 톡톡 건드리는 행위가 이어졌다.

그는 망설이지 않고, 다시 그녀의 입술을 삼켰다. 천천히 하자던 약속은 지키지 못하고.

다급하게 입술 안에 혀를 밀어 넣어, 그녀의 잇새 위와 혀를 잔뜩 괴롭히는데 그녀가 숨을 참는 게 느껴졌다.

쿡, 웃은 그가 그녀의 입술에 짧게 입을 맞추며 말했다.

"숨, 쉬어."

꿈같은 밤이 지난 다음 날.

그녀는 교실에 들어서기 무섭게 누군가의 발에 걸려 넘어졌다. 가시 많은 교실 바닥에 넘어져 무릎은 엉망진창이었다.

뒤이어 머리채가 잡히고 얼굴 위로 쓰레기들이 쏟아졌다. 내용물이 비워진 쓰레기통을 던진 듯 요란한 소리가 났고, 누군가 엎어진 그녀의 얼굴을 발로 툭툭 건드렸다.

"왔어, 순정아?"

임민아였다.

10화

별이 내리는 밤

양평의 어느 산자락.

그녀의 걱정은 기우였다. 하늘 높이 떠오른 별은 아주 예쁘고, 유난히 밝게 반짝거렸다. 일기 예보를 확인하니, 오늘 온다던 비 소식도 쏙 들어간 다음이었다.

"왜 옆에 안 와요?"

SUV 트렁크 위에 앉아 나란히 별을 보기 시작한 지 벌써 30분. 그녀가 물었다.

"덮어요."

뭘 하나 했더니, 조수석에서 담요를 챙긴 모양이다. 그녀가 씩 웃으며 담요를 건네받았다. 아까도 그러더니, 지금도.

윤은 그녀가 조금이라도 살을 드러내면 못 참아 했는데, 그게 훤히 보였다. 이러면 치마를 입은 소용이 없어진다. 이렇게 깜깜한 곳에서 무드 등 하나 켜 놨을 뿐인데 잘 보이면 얼마나 잘 보인다고. 혹시 내 다리가 안 예쁜가? 아니면 숙련된 매너? 다른 여자들에게도 이랬을까? 그녀는 조용히 질투하며 담요를 펼쳤다.

"여자 많았죠?"

그는 대답 없이 그녀의 옆에 앉았다. SUV 자체는 컸지만, 키가 큰 그가 앉으니 자리가 꽉 찼다. 그녀는 어느 때보다 가까이 앉은 윤을 의식하며 흠, 소리를 냈다.

"그랬을 것 같아요. 완전 딱 여자들한테 친절해서 착각 많이 하게 만들었을 스타일."

"그런 스타일이 뭡니까, 대체."

"뭐긴요. 죄 많은 남자지."

나는 그 죄 많은 남자한테 걸려든 여자고. 그녀가 다시 하늘을 올려다봤다.

"이렇게 별 보는 게 얼마 만인지 모르겠어요."

속이 뻥 뚫리는 느낌. 여태껏 이런 것들을 바라 왔나 싶을 정도로 마음이 탁 트였다. 스무 살에 데뷔해 쉼 없이 달려오면서 제대로 여행도 다녀 보지 않았다. 촬영하면서 국내와 해외 가릴 것 없이 명소란 명소는 빠짐없이 가 본 것 같았는데도 느긋하게 즐긴 적은 단연코 없었다.

"여기는 어떻게 알았어요?"

그녀가 그를 돌아보며 물었다. 곧장 눈이 마주쳤다. 별이 아닌 자신을 보고 있었나? 부끄러워 얼굴을 붉히는데, 정작 그녀보다 더 부끄러워해야 할 당사자는 태연히 대답했다.

"검색했습니다."

"그럼 나랑 처음 온 거예요?"

그가 고개를 끄덕였다. 뭐든 정석대로, 군더더기 없이 완벽하게 움직일 것만 같은 남자. 그런 그가 초록 검색창에 '별 명소'를 검색하며 인적 드문 곳을 찾는 모습을 상상하니 웃음이 났다.

윤은 트렁크 쪽으로 손을 뻗더니 뭔가를 부스럭거렸다. 담요에 이어 뭘 또 꺼내나 싶어 흘겨보며 그녀가 중얼거렸다.

"나는 또. 여자랑 온 줄 알았지."

"일부러 그럽니까?"

"뭘요?"

"아까부터 자꾸 여자, 여자."

그가 못마땅하다는 듯이 미간을 구겼다. 뭘 그렇게 부스럭거리나 했는데 모기향을 꺼낸 윤이 트렁크 한쪽에 향을 피웠다. 이미 다리에 한방 물린 뒤라 포기하고 있던 수현이 옅게 웃었다.

"많았을 것 같았으니까 하는 소리죠. 매너도 좋고, 다정하고. 처음에는 안 그래 보였는데."

"……."

"인정할 건 해야죠. 좀 차가웠잖아요. 말도 별로 안 섞으려 했고."

"대화를 나눌 사이는 아니었죠."

아, 역시 정확한 거 좋아하는 인간. 그녀가 짧게 혀를 찼다. 경찰서 앞에서의 굴욕적인 오해가 다시금 떠올랐다.

"그렇죠. 제가 오해했었죠."

"악플은."

윤이 짧게 숨을 고르며 말을 이었다. 다시금 시선이 부딪쳤다.

"안 보는 게 좋지 않습니까."

딱딱한 말투 속에 깃든 다정한 걱정. 그녀가 빙그레 미소를 지었다.

"아무래도 정신 건강에 좋으려면."

"……."

"그런데 요즘 좋아요. 잠도 잘 자고, 밥도 잘 먹고."

덕분에. 그녀가 짧은 단어를 덧붙였다. 그녀를 돌아본 윤의 눈빛이 깊게 가라앉았다. 이미 고개를 돌린 그녀가 빳빳이 얼굴을 들어 밤하늘을 올려다보고 있었다. 어둡게 깊어지는 눈동자 속에 그녀가 가득 들어찼다. 그 순간 그녀의 입술이 다시 열렸다.

"누구 좋아하면 그런 건가 봐요."

그냥 좋고, 또 마냥 편하고.

옅게 웃던 입술이 순간 얼어붙었다. 느리게 눈을 깜빡인 수현은 얼굴을 정면에 두고선 생각했다.

뭐지, 설마 방금 나 고백한 거야? 이렇게 계획도 없이, 무작정?

헙, 소리 나게 입술을 깨문 그녀의 얼굴이 탈 듯이 달아올랐다. 미쳤다. 이건 미친 짓이다. 아니, 왜 계획에도 없는 고백을 해?

분명 어젯밤 자기 전까지만 해도 다짐했었다. 꽃 선물도, 첫 데이트 신청도, 먼저 찾아간 것도 전부 자신이었으니 고백은 그에게 듣고자 했다. 그새 그걸 못 참고.

"……와아, 별 많다."

짧게 숨을 터트린 수현은 어색하게 다시 하늘을 올려다봤다. 이미 그가 곁에 있다는 것만으로도 심장은 쿵쾅거렸고, 밤하늘의 별은 눈에 들어오지 않았다.

별똥별이라도 떨어지면 소원을 빌 텐데. 방금 내가 했던 고백만은 제발 거둬 가 달라고.

옆에서 빤히 닿는 윤의 시선이 느껴졌다. 왜 그렇게 보냐 물어, 말아. 심장이 조급하게 두근거렸다.

물끄러미 그녀를 바라보던 윤의 눈빛이 차분히 빛났다. 별보다 더 반짝거리는 여자가 앞에 있으니 별 따위는 눈에 들어오지 않았다.

그런데 너는 저 별들이 뭐라고 자꾸 하늘만 보는 걸까. 나한테는 고백을 던져 놓고.

"배 안 고픕니까."

"네."

지나치게 빠른 대답.

"졸립진 않고요?"

"네."

역시나 빠른 긍정. 그가 낮게 물었다.

"별은, 계속 예쁩니까."

"네."

"겁은 원래 그렇게 없어요?"

"네, 네?"

역시나 네. 그렇다면.

"손, 잡을까요?"

"……아니요."

수현이 시선을 맞추고 고개를 가로저었다. 좋다고 해 놓고, 거절인가. 그가 입술을 뗐다.

"그럼 키스는 어때요."

그녀의 입술이 힘없이 벌어졌다. 덤덤히 가라앉은 그의 두 눈동자 속에 그녀가 가득했다.

"싫습니까."

"……."

"입 맞추는 건."

나는 이 순간 나쁜 놈이고, 저질이고, 변태고, 파렴치한이다. 너와의 일주일을 고작해야 이틀 남겨 두고, 네게 키스하려는 그런 무자비한 놈.

애달파야 마땅한 너의 고백에 기분은 들떴고, 심장은 떨렸다. 이 순간 네 입술이 눈에 들어왔고, 너와의 일주일을 이대로 흘려보내고 싶지 않았다. 아주 작았던 충동의 파장이 크게 일렁였다.

나를 욕해도 좋아. 나를 미워해도 좋아. 훗날, 이런 기억마저 없다면 내가 살 수 없을 것 같으니.

"해 봤을 거 아는데, 나는 처음이에요."

수현이 떨림을 담아 말했다. 윤은 트렁크 위를 짚은 그녀의 손 위를 단단하고 큰 제 손으로 덮은 채 다가갔다. 숨결이 닿을 만큼, 그녀의 발그레한 뺨이 환히 보일 만큼. 그래서 네 떨림 따위 무시하고 싶을 만큼.

"늘 여자 주인공이기만 했지, 현실에서는 주인공인 적 없었거든요."

행여나 입술이 닿을까 그녀가 급하게 말을 이었다. 윤의 낮은 목소리가 보태어졌다.

"있었어."

"……네?"

"있었다고, 당신."

나만 기억하는 우리의 과거 속, 너는 늘 주인공이었다. 너 없이는 나의 10대가 완성되지 않고, 나의 첫사랑이 완성되지 않는다.

네가 질투하는 누군가는 바로 너였다. 오직, 너. 오직, 노순정.

"그냥, 당신이 모르고 있을 뿐이지."

내겐 늘 주인공이었다는 걸 너만 모를 뿐. 과거에도, 어쩌면 지금까지도.

입술이 닿았다. 수줍게 떨리는 입술에 안착한 그의 입술이 보드라운 그녀의 입술을 머금었다. 비스듬히 고개가 기울여졌다. 높은 콧날끼리 부딪히며, 입술이 더 벌어졌다. 소리 나게 타액이 섞이고 혀가 엉켜들었다. 이미 별 따위는 중요하지 않았다.

후회하겠지만, 또 미치도록 나를 저주하겠지만.

윤은 그녀의 뺨을 감싸고, 연약한 목을 부드럽게 어루만졌다. 더 깊게 입술을 묻고, 물어뜯듯 입술을 삼켰다. 얕게 내쉬는 숨과 그녀의 숨결이 뜨겁게 뒤엉켰다. 진동하는 그녀의 체향에 머리가 돌 지경이었다.

후회한다. 다시 만나는 게 아니었다. 레스토랑 앞에서 만난 널 무시했어야 했다. 경찰서 앞에서 만난 널, 끝까지 모른 척했어야 맞다. 네 인생에 나 같은 놈 따위 다시 들어가지 않는 게 좋았을 텐데.

너는 참 바보 같아. 지나칠 만큼 솔직해서, 또 이렇게 내 다짐을 쉽게 꺾어 버려.

나 때문에 무슨 일을 당했는지도 모르고, 또 날 쉽게 좋아해 버려.

끝없는 후회와 그녀를 향한 욕망이 뒤섞였다. 윤은 갈급한 속내를 한껏 드러내며 그녀의 입술을 벌려 무자비하게 굴었다. 혀를 섞고, 머리가 어질할 정도로 혀를 비벼 대며, 그녀의 타액을 넘겨 마셨다. 멈춰야 한다고 생각하지만 몸은, 머리는 이미 제정신이 아니었다.

수현은 몸에서 반응하는 낯선 느낌에 어깨를 떨었다. 미치도록 야한 키스였다. 여기서, 이런 키스가 가능하기나 한 걸까?

얼마나 그러고 있었는지 모르겠다. 한참이 지나서야 깨달았다. 내가 억지로 숨을 참고 있었다는 걸.

"숨."

그가 입술을 뗐다.

"쉬어요."

젖은 입술 위를 그의 엄지손가락이 훑었다. 나긋한 목소리. 그 안에 깃든 단정한 욕망이 피어올랐다. 행여나 그가 멀어질까 그녀는 단단히 그의 팔을 붙들었다. 이마가 부딪치고 다시금 콧날이 스쳤다. 하지만 그는 선뜻 다시 다가오지 않았다. 뭘 망설이는 걸까.

"전에도 이런 적 있는데."

숨, 쉬라고. 그녀가 말을 덧붙였다. 뜨거웠던 그의 눈동자가 크게 일렁이다, 곧 제자리를 찾았다. 순간 착각했다. 열여덟, 너와 나누던 숙맥 같던 우리의 첫 키스. 숨 쉬라던 내 말에 부끄러움을 감추지 못하던 얼굴. 난 그런 네 얼굴을 붙잡고, 또 열렬히 키스했었다.

"오토바이. 기억 안 나요?"

"……납니다."

벌써 헝클어진 그녀의 머리칼을 손에 쥐고, 그가 금방이라도 눈물을 흘릴 듯한 얼굴로 대답했다.

"나요, 기억."

그녀는 걱정스레 그를 보았다. 방금 전까지 뜨거운 입맞춤을 나눈 사이답지 않게, 그는 불안한 모습을 보였다. 마치 어디론가 떠날 사람처럼, 금방이라도 사라질 사람처럼.

"왜 그래요?"

불안해서 묻는데, 그가 답했다.

"그냥."

다시 입술이 다가왔다. 자연스레 벌어진 입술 사이로 그가 들어왔다.

"좋아서."

윤은 더 망설이지 않았다. 시간이 줄어들고 있었다. 그녀와 함께할 수 있는, 그녀와 함께여서는 안 되는.

뜨겁고, 황홀했다. 다신 없을 순간이라 생각하니 더욱 그랬다. 그녀의 뒷덜미를 부드럽게 감싸고, 입김이 닿았다. 엉켜든 혀가 더욱 뜨겁게, 미치도록 달아올랐다. 그는 조급한 성미를 한껏 드러내며 그녀의 입술을 탐하고, 또 탐했다.

날 저주해도 좋아. 날 원망해도 좋아. 내 욕심이 지나쳐서 미안해. 내 마음이 너를 그대로 두지 못해 미안해. 내 그리움이 널 집어삼켜 미안해.

소리 없이 절규했고, 또 조용히 오열하는 그의 심장이 타들어 갔다. 상상도 못 할 고통과 통증으로 변한 그리움은 사그라들지 못하고 점점 몸집을 키웠다. 그는 빌었다. 부디, 너는 너의 세계로 돌아가기를.

지난밤 엄청난 사건이 벌어졌는데 일상은 꽤 조용하게 흘러갔다. 소파에 앉은 수현이 심각한 얼굴로 휴대폰을 노려봤다. 늦은 새벽에 헤어졌기 때문에 오늘은 이른 저녁에 만나기로 약속했다.

지금쯤 일어났겠지? 연락해 볼까? 아니, 왜 먼저 연락이 안 오는 거지? 이제 우리…….

"사귀는 거 아니야?"

평생 첫 연애의 성립 시기가 언제인지 몰라 그녀가 고심했다. 에휴, 이런 것도 연애를 해 봤어야 알지. 촬영 때 했던 첫 키스를 제외하면, 무려 어제가 그녀의 첫 키스였다. 첫 키스를 촬영 중에, 배우와 했다는 처량한 과거도 문제되지 않을 만큼 좋았던 밤. 그렇게 역사적인 날을 보냈으면, 눈 뜨자마자 나한테 연락하는 게 당연한 거 아니야?

"진짜 없어 보인다, 차수현."

한숨을 내쉰 수현이 소파 위에 드러누웠다. 그 순간 초인종 소리가 났다. 삑, 삐익, 삑, 삑. 이미 1시간 전에 출발한다는 한희의 메시지를 확인했던 수현을 하품을 늘어뜨렸다.

"뭐야. 왜 그러고 있어?"

"피곤해서."

새벽 3시가 넘어서야 집에 들어온 사실을 함구했다. 당연했다. 그녀의 귀가 시간을 알게 되면 제2의 엄마처럼 구는 한희가 닦달을 할지도 모르니.

"그건 뭐야?"

"도시락. 밥 안 먹었을 거 아니야."

요즘 그녀의 끼니는 늘 윤과 함께였다. 며칠째 하루 종일 붙어 있었으니 당연했다. 윤과 함께일 때 그는 다양하게 메뉴를 고르고 신중하게 식당을 찾았다. 사람이 적고, 가능하면 룸이고, 조용하고 한적해서 시끄러운 소란이 일어나지 않을 곳.

"나는 사진 좀 찍혔으면 좋겠는데."

그래야 내 남자라고 도장을 찍지. 조용히 투덜거리는 수현을 힐긋 보며 한희는 도시락 포장을 풀었다. 바닥에 앉아 소파에 등을 기댄 그녀는 미간을 좁혔다.

"살쪘어? 얼굴에 살 좀 올랐다?"

뭐? 최근 들어 한 번도 들어 보지 못한 말에 수현이 급하게 거울을 확인했다. 하긴, 요즘 매 끼니를 꼬박꼬박 챙겨 먹으며 위장을 늘리고 있으니 그럴 만도 했다.

"빼야 하나."

"왜, 백반집 남자 음식 솜씨가 장난이 아닌가 봐?"

"그것도 그런데."

한희의 옆에 자리를 차지하고 앉은 수현이 젓가락을 들었다. 정갈하고, 맛깔나 보이는 반찬 구성이 꽤 흡족했지만 식욕은 없었다.

이제는 공윤, 그 남자와 함께가 아니면 입맛이 돌지 않았다. 아니, 애초에 은둔형 외톨이처럼 집에 처박혀 살 때도 그랬다. 그녀의 허기에 불을 지피고, 채워 주는 게 오직 공윤뿐이란 말이다.

대체 어느 틈에 이렇게 돼 버린 건지. 알게 된 지 고작 한 달도 안 된 남자 때문에. 그녀가 젓가락을 양쪽으로 두 동강 내며 말했다.

"사귀자고 안 해."

"뭐?"

육전을 집어 든 수현이 입 안에 넣고 천천히 씹었다. 고무를 씹는 것처럼 표정은 썩어 갔다.

"사귀자는 말을 안 한다고."

"……설마 할 거 다 했는데 안 한다는 소리야? 너 설마 벌써 백반이랑 잤냐!"

수현이 확 미간을 구겼다. 한심한 모태 솔로를 바라보는 사람처럼 한희가 눈썹을 찌푸렸다.

"안 잤어?"

"언니 연애는 그런 식이니?"

"아니, 내 얘기가 아니라 무슨 벌써 사귀네 마네 소리가 나오니까 그러지."

급하게 이어지는 변명도 소용없었다. 못마땅한 기색으로 그녀를 흘겨본 수현은 젓가락으로 반찬을 뒤적거렸다.

"더 만나 봐야 알겠다는 걸까? 거의 일주일째 계속 보고 있는데?"

"……10억짜리 광고 배우가 그게 할 말이니. 너 광고 선호도 1위를 5년 연속 먹은 배우야."

"그런 거 아무 소용없어, 그 남자한테는."

"너 지금 휴식기라고 못 박았는데도 대본에, 시나리오에 섭외가 얼마나 들어오는지는 알아? 그리고 지금 네 SNS 계정 팔로워 수가 몇인데. 그런데 뭐? 사귀자는 말을 안 해?"

제 배우가 갑이 아닌 을의 입장이라는 말에 한희가 눈을 부릅떴다. 이 모태 솔로! 내가 일낼 줄 알았지.

그녀는 당장이라도 백반집 남자를 불러다 앉혀 놓고 따지고 싶었다. 내 배우가 뭐가 모자라서 사귀자는 말을 안 하냐고. 감히 차수현을 어장에 넣어 놓고 유린 중이냐고.

"혹시 걔 고자냐."

"아, 진짜."

수현이 확 인상을 쓰자 주춤한 한희가 헛기침을 내뱉었다. 이제 한심하다는 눈길은 그녀가 받고 있었다.

이상한 일이었다. 공윤의 앞에서는 차수현이 아니라 노순정이 되는 기분이었다. 그의 앞에서는 가식 없이 굴게 되고, 있는 그대로 솔직해졌다.

생전 처음 가져 보는 감정. 태어나 처음 느껴 보는 설렘.

그녀는 입맛 없는 얼굴로 젓가락을 움직였다. 그 남자 앞에서는 내가 을이고, 내가 약자인데. 수현이 코웃음을 치며 젓가락을 뻗었다. 이번에는 불고기였다.

"속 터져. 지금 네 꼬락서니 보면 팬들 기함하겠다."

불고기를 씹는 그녀의 표정이 구겨졌다. 윤기가 흐르던 모습과 달리 맛은 별로였다. 그 남자가 만든 게 훨씬 맛있었는데.

"그래도 너 절대 먼저 고백하지 마. 알겠지?"

수현은 질긴 고무를 삼키려는 사람처럼 아무 표정 없이 음식물을 씹어 넘기기만 했다.


"누구 좋아하면 그런 건가 봐요."

이미 한차례 늦었다는 건, 굳이 짚어 주지 않고.

"최서린 작가님이랑 감독님 미팅 날짜 잡혔어. 내일."

결국 반도 비우지 못하고 젓가락을 내려놓는데 한희가 용건을 꺼냈다.

"내일?"

"응. 너 뭐 할 거 없잖아."

곧이라는 건 알았지만 이렇게 급하게 진행될 줄은 몰랐다.

레스토랑은 화장실 공사로 일주일 동안 문을 닫는다고 했다. 무슨 화장실 공사를 일주일이나 하냐고 묻지 않았다. 그가 레스토랑 문을 닫은 이유가 저 때문이라는 걸 알았으니까.

안 되는데. 그때까지는 매일 보고 싶은데.

"나 아직 한다고 안 했는데. 미팅 약속만 잡으면 다른 스케줄 안 잡겠다고 해서 한 거야."

수현이 뚱한 얼굴로 말을 덧붙였다.

"어차피 할 거잖아. 대본 죽여, 미쳐. 너 이거 끝나면 다시 전성기 오는 거야."

"나 전성기 끝났어?"

"……2년이나 작품 쉬어 놓고 그런 말이 나와 지금?"

물론 준영의 부탁이 있었지만, 한희는 기회를 놓치지 않았다. 수현이 심드렁히 고개를 끄덕였다.

이제 다시 해 볼까. 아니, 나 정말 괜찮은 걸까? 무력하기만 했던 공백기. 그 마지막을 채워 줄 것만 같은 남자와의 시간이 기다려졌다.

저녁은 조용한 오마카세 전문점이었다. 손님이라고는 그와 둘뿐이었는데, 입도 눈도 즐거운 시간이었다. 저녁을 먹은 그들은 한가롭게 커피를 들고 차에서 시간을 보냈다.

시간이 더디게 흘러가길 바라는 건 그녀만이 아닌지, 그도 종종 시간을 확인했다.

"모레부터는 레스토랑 문 열겠네요?"

"아마도."

"바빠지겠어요."

그럼 얼굴 볼 시간도 줄어드는 거 아닌가. 그녀는 우리 언제부터 사귀냐는, 혹시 사귀고 있는 거냐는 물음을 뒤로하고 말았다. 그들은 또 늦은 시간까지 함께 있었다. 차 안에서 보내는 시간이 이토록 설레고, 즐거운지 처음 알았다.

"아. 나 내일 스케줄 잡혔어요."

어둠이 내려앉은 강변, 수현이 미안하다는 얼굴로 말했다.

"작가님 미팅이요. 아직 확정은 아닌데 할까 싶기도 해요. 오래 쉬기도 했고, 사실 나 그 작가님 작품 때문에 떴거든요."

"……."

"미안해요. 갑자기 잡힌 스케줄이라."

하루로 거르지 않고 6일째 만나는 중이었다. 윤은 물끄러미 그녀를 바라보다 괜찮다며 웃었다. 왜인지 괜찮은 것 같지 않은 표정이지만 수현은 넘어갔다.

"사람 별로 없는데 걸을까요?"

늦은 시간이 되니 강변은 한적해졌다. 그녀가 제안하고, 그는 고개를 끄덕였다.

걷는 내내 그는 별로 말이 없었다. 화젯거리를 던지며 계속 종알거리는 그녀와는 다르게 생각이 많은 듯했다.

무슨 일이 있는 걸까? 어제의 키스에 대해, 더 할 말은 없는 걸까?

그녀는 서운했지만 애써 감정을 억눌렀다. 그는 바르고 곧은 남자였다. 그를 안 지 얼마 되지 않았지만 알 수 있었다. 흔들리는 마음을 다잡은 그녀는 먼저 용기를 내 그의 손을 잡았다.

흔들리는 시선이 마주 닿고 그녀가 빙그레 웃었다.

"어제 못 잡았잖아요."

"손, 잡을까요?"

"……아니요."

"그럼 키스는 어때요."

수줍게 묻고, 성급하게 다가왔던 어제의 그를 떠올리게 하는 말이었다. 윤은 물끄러미 그녀를 내려 보다 수현이 잡은 작은 손을 고쳐 잡았다. 깍지를 끼워 단단히 손을 잡고 마주 보았다.

"아까부터 왜 그렇게 봅니까."

불안해하는 마음이 여실히 느껴졌다. 알고 싶은 거겠지, 지금 우리가 무슨 사이인지. 내가 무슨 결심을 해야 하는지도 모르고.

"공윤 씨."

그녀가 그의 이름을 불렀다. 처음이었다. 만나는 내내, 불러 보고 싶었던 이름을 소리 내 본 건.

"아니면 셰프님?"

고개를 갸웃거리며 호칭을 고친 수현의 입술이 쿡 소리를 내며 웃었지만 그는 따라 웃지 못했다. 너무 아프고, 애달파서. 들끓는 마음이 점점 부풀어 오르기만 해서.

"다음에는 뭐라 부르면 좋을지 생각 중이었어요."

"……."

"맞다. 몇 살이에요?"

그러고 보니 나이도 몰라. 그녀가 말을 덧붙였다. 어떻게 나이를 안 물어봤을까 싶을 정도로 그에게 푹 빠져 있었다. 어처구니가 없었다.

"서른입니다."

"진짜요? 나랑 동갑이었네."

단조로운 대답에 그녀의 입꼬리가 위로 치솟았다. 반가워하고, 또 따라 웃고, 설레어하는 감정이 그대로 보였다. 차수현이 아닌, 노순정이 눈앞에 있는 것 같았다.

"그럼 윤아, 하고 불러도 되나?"

그녀가 고개를 기울이며 물었다. 예쁘게도 웃는 얼굴의 싱그러움이 사라지지 않는다.

"윤아, 하고 부르니까 이름 더 예쁘다. 아, 내 본명 알아요? 내 본명 되게 촌스러운데."

천천히 그와 말을 놓기로 혼자 결심한 수현이 말했다. 아무도 불러 주지 않는 이름을 그가 불러 주었으면 했다. 그렇다면 나는 내 이름을 조금 더 좋아할 수 있지 않을까.

"내 본명이 뭐냐 하면……."

"노순정."

당황한 그녀의 눈동자가 커졌다. 윤은 그녀와 잡은 손에 힘을 주며 말했다.

"알고 있어. 네 이름."

평생 잊어 본 적 없을, 앞으로도 평생 잊지 못할.

"노순정."

강변의 바람이 살랑, 어딘가를 스쳐 지나갔다. 그게 당신과 나의 사이인지, 마음인지 그것까진 알 수 없었다.

두 눈을 크게 뜬 그녀의 눈빛이 차분하게 변하고, 입술이 기울어졌다.

"혹시 내 팬이에요?"

몰랐는데. 붉게 물들어 가는 뺨이 밤중에도 환히 보였다. 윤은 부정도, 긍정도 하지 않았다. 밤은 끝나 가고, 시간도 점점 짧아져 간다.

"이상하다. 내 본명 별로 안 유명해서 골수팬 아니면 잘 모르는데."

그녀가 신기하다는 듯이 말했다. 사실이었다. 매스컴에 유명한 본명도 아닐뿐더러, 예능 출연이 전무하기에 그녀의 본명을 아는 사람들은 극히 드물었다.

팬 미팅 때 한 번 공개한 본명이 팬들 사이에 알음알음 알려졌지만, 깊게 관심을 가지지 않는 사람들은 모를 이름이었다.

"나 만나기 전에 검색했어요?"

별 명소도 검색해서 알아낸 사람이니, 그럴 수 있지 않을까?

윤은 의아함이 담긴 그녀의 모습을 모두 눈에 담았다. 웃을 때마다 휘어지는 예쁜 눈, 동그란 이마, 높고 동그란 콧날, 도톰한 입술, 키스할 때마다 내내 느껴지던 너의 숨결, 향기로운 너의 체향.

기억하기 위한 사람처럼 그녀의 모든 것을 더듬던 윤이 말했다.

"노순정."

"……막 부르네요. 그래도 될 남자라 봐주겠지만."

낮아질 대로 낮아진 목소리에 불안함을 느낀 걸까. 수현이 애써 웃으며 말했다. 하지만 윤의 차가운 음성 끝에 곧 그는 그녀의 잡은 손을 놓았다.

그녀의 표정이 동시에 얼어붙었다. 이상했다. 고작 손을 놓은 것뿐인데, 심장이 베이는 느낌이었다. 그리고…….

"잘 있어."

"……."

"잘 지내고, 밥 잘 먹고, 더 마르지는 말고."

세상의 소리가 꺼졌다. 서늘하게 일렁이는 눈동자를 올려다보며 그녀는 적당히 할 말을 찾아 나섰다.

혼란스러웠다. 아니, 왜지? 왜? 뭐가 문제인데?

"나 그 대사 아는데."

황망한 얼굴로 그녀가 중얼거렸다. 명치끝을 세게 얻어맞은 사람처럼 머릿속이 하얘졌다. 그야말로 암전. 의도를 이해할 수 없는 말이 메아리처럼 귓가를 울렸다.

"드라마에서 한 적 있어요. 남자 주인공이랑 헤어질 때."

그러니 설명하라고. 잘못 말했다고, 그런 뜻이 아니라 변명하라고.

하지만 그는 입을 다물었다. 나를 욕심내는 얼굴로 보고, 내 입술에 키스하고, 그렇게 뜨거운 숨을 쏟아 내 놓고.

"여기까지만."

그런데.

"하자는 얘기입니다."

이렇게 이별이라고.

이 사람은 자신이 알던 공윤이 아니다. 다정한 배려도 없고, 얼굴도 모르는 여자를 질투하게 만드는 매너도 없다. 수줍게 손을 잡고, 그녀가 먹는 모습을 사랑스럽다는 듯이 바라보며, 내일 약속을 얘기하지도 않는다.

나한테 키스했으면서. 손도 잡았으면서. 내내, 당신 생각을 하게 만들었으면서.

"뭘 여기까지만 해요?"

모른 척 그녀가 물었다. 알아들었으면서도 끝내 인정하기 싫은 마음으로.

"그만 만납시다."

"……공윤 씨."

"그럴 때도 됐죠, 이제."

시리도록 서늘한 음성이 그의 것 같지 않았다. 수현은 차가운 눈동자를 올려다봤다.

낯설었다. 낯익다고 생각했던 얼굴은 이제 전혀 모르는 사람이 되어 그녀를 내려다봤다. 감정 하나 깃들지 않는 건조한 시선. 그녀는 아랫입술을 피가 날 듯이 깨물었다.

"왜요?"

"……."

"대답해요. 갑자기 왜 이러는지."

잇새로 내뱉은 음성 끝이 떨렸다. 설레기만 했던 시간들이, 들떠 있는 것만으로 부족해 결국 마음까지 줘 버린 순간들이 스쳐 지나갔다.

마른침을 삼킨 수현은 참을성 있게 대답을 기다렸다. 하지만 그 믿음이 깨지듯 그의 입에서 나오는 말들은 모두 날카로운 유리같이 아팠다.

"잘 모르나 본데, 원래 마음이란 게 그런 겁니다."

높낮이 없는 목소리가 싸늘했다. 아니야, 이 사람은 내가 아는 사람이 아니야. 수현은 부지런히 부정했다.

"가볍고, 줏대 없고, 나약하고."

"……."

"그렇게 왔다, 이렇게 사라질 수도 있는 겁니다."

하지만 눈앞의 남자는 공윤이 맞았다. 다정한 웃음을 얼마나 보여 줬다고, 끝내 이별을 얘기하는. 고작 이렇게 사라질 마음이었으니 너무 상처받지도 말라는 걸까.

"지금 무슨 소리를……. 아니 왜."

하. 그녀가 소리를 내며 웃었다.

"이렇게 끝내려고 나랑 밥 먹고, 영화 봤어요?"

구차했다. 이런 말을 하는 순간조차.

"이렇게 끝낼 거면서 내 손 잡고, 키스도 했어요?"

어제의 키스에 내가 얼마나 설레었는데.

뭐가 문제였을까. 어제의 내 고백이? 아니면 오늘의 만남이? 그런 생각이 자꾸만 들었다. 화가 나면서도, 이게 잘못됐다는 걸 알면서도 그를 붙잡고 싶었다.

수현이 고개를 저었다. 믿고 싶지 않았다. 믿어지지 않을 만큼 제 안에 깊게 들어온 남자. 그녀는 그를 붙잡을 이유가 충분했다.

"내가 별로였어요? 오늘 하루, 아니면 어제? 그것도 아니면 언제부터?"

자존심 따위. 그녀는 굳게 입술을 다문 그를 바라보며 매달리듯이 말했다.

"너무 불편했어요? 데이트가 너무 한정적이라……."

"차수현 씨."

그녀는 계속 매달릴 작정이었다. 그가 받아 준다면 충분히 자존심이고 뭐고 버릴 용의가 있었다. 그가 이토록 차가운 얼굴로, 서늘한 음성으로, 낯설게 저를 부르지만 않았어도.

"가진 사람이면, 가진 사람답게 굴면 됩니다."

"……."

"초라하게 굴지 말고."

"……아, 내가 초라했구나."

끝이구나. 그냥 끝인 거구나. 비죽 치솟는 감정이 치열하게 싸워 댔다. 분했고, 억울했고, 또 그런 자신이 가여웠다. 화가 났고, 서러웠고, 또 슬펐다.

뭐가 슬퍼, 뭘 제대로 시작이나 했다고. 고작 밤 몇 번, 키스 한 번 한 사이에 뭘 슬프기까지 해.

그녀가 느리게 눈을 감았다 떴다. 단정하고, 곧은 자세로 허리를 세운 채 그는 여전히 수현을 바라보고 있었다.

이상했다. 불과 바로 조금 전만 해도, 당신이 볼 때마다 나는 떨렸는데 이제는 가슴이 철렁인다. 끝을 얘기하는 것 같아서.

"진심이에요?"

그녀가 물었다. 그는 답하지 않았다.

"후회, 안 해요?"

마지막 기회라는 듯이 물어도 그는 꿈쩍도 하지 않았다.

이거였구나. 끝이라는 게. 기가 찬 웃음이 터져 나왔다. 왜 몰랐을까. 누구에게나 다 오는 끝일 텐데. 기껏해야 열 번 본 남자, 뭘 알고 믿었을까. 영원할 거라고.

"나 혼자 예쁜 꿈 꾼 거네요."

착각했었다. 처음 만났을 때부터 자꾸만 자신을 보기에, 다시 만나자는 말에 거절하지 않기에. 아파 보이는 자신을 일찍 들여보내기 위해 내일도 모레도 만나자는 말을 서슴없이 하는 남자. 얼마나 설레고 떨렸는지 모른다.

"작정한 사람 같아요. 나쁘게 굴어서, 떨궈 내고 싶은 것처럼."

그녀가 숨을 몰아쉬었다. 얕은 숨결이 아프도록 새어 나왔지만, 이제 저를 걱정하는 듯한 그의 얼굴은 없었다. 마치 표정을 지운 사람처럼, 다른 사람이 된 윤은 아무 말이 없었다.

"고르고 고른 말로 상처 준 거라면 성공했어요."

"……."

"나, 방금 상처받았거든."

인정하고, 받아들이는 단계까지는 아직 무리였다. 하지만 그녀는 깨달았다. 자신이 돌아서야 하는 이유.

그는 자신과 같은 마음이 아니다. 그랬던 적조차 없었을 것이다. 그랬다면 이렇게 쉽게 포기하고, 쉽게 놓을 이유도 없었을 테니.

"그래요. 내가 구차할 이유는 없지."

한숨처럼 내뱉은 그녀가 그를 올려다봤다. 쏘아보는 시선에도 흔들림 하나 없다. 작정한 사람처럼.

"당신이 뭐라고 내가 초라해져."

상처받은 문장 그대로 되갚아 주며, 그녀는 등을 돌렸다. 매일 밤마다 집 앞으로 데려다주던 그의 다정함도, 차 안에서 나누던 소박한 이야깃거리도, 밤잠을 설치게 했던 두근거림도.

이렇게 끝이었다.

멍하니 그녀가 사라지는 뒷모습을 지켜봤다. 자리에 서서, 작은 점이 되어 사라질 때까지.

그녀가 떠났다. 동시에 그의 세상도 끝났다. 빌어먹을 세상은 그에게 단 일주일도 허락하지 않았다.

덤덤한 얼굴로 그 자리에 1시간을 내리 꼼짝없이 서 있던 윤은 걸음을 뗐다. 차로 돌아가 시동을 걸고, 무작정 길을 빠져나왔다.

어디로 향해야 하는지 알 수 없었다. 집, 혹은 '오늘, 한 끼'. 그가 갈 수 있는 곳이 없었다.

잠깐 머물게 하다, 잔인하게 보냈다. 그런데 벌써 후회가 들었다. 수현의 존재는 결코 잠깐이 아니었다.

집으로 돌아온 윤은 현관에 그대로 선 채 꼼짝도 하지 못했다. 멍했다. 이대로 어디론가 사라진다 해도 미련 따위 남기지 않을 자신이 있었다. 그녀가 없는 세상 따위, 그에게 무슨 미련이 남아 있을까.

"하."

힘없이 주저앉은 윤이 현관문에 머리를 기댔다. 아팠다. 전신이 고통에, 통증에 쓰라렸다. 어디가 아프다고 똑바로 설명할 수 없을 만큼, 엄청난 고통이었다.

아파. 아파 죽을 것 같다고. 내가 왜 아파야 해. 나는 언제까지, 어디까지 이렇게 혼자 삭여야만 해.


"고르고 고른 말로 상처 준 거라면 성공했어요."

"……."

"나, 방금 상처받았거든."


결국 너를 상처 입혔다. 내 이기심으로 아주 잠깐 동안 너를 갖고, 또 영원히 너를 버렸다.

끝을 정해 놓은 만남, 나만 준비했던 우리의 이별. 아무것도 모른 채 설레었다가, 배신당한 감정일 너의 미움이 나를 찌른다.

결국 내가 이기적이었다. 네게, 나라는 독을 삼키게 만들었다.

그는 두 손으로 얼굴을 가린 채 긴 호흡을 내쉬었다. 잘 버티고 있다 생각했는데, 막상 끝을 내고 난 지금 눈물이 터졌다. 쉼 없이 그의 입술이 벌벌 떨려 왔고, 결국 눈물을 토한 그는 현관 바닥에 주저앉았다.

누구보다 너를 사랑했지만. 누구보다 널 위해 떠났다. 얼마나 비겁한 말인지, 얼마나 치사스러운 변명인지.

꾸역꾸역 삼켜 낸 그리움을 밖으로 토하지 못하고, 혼자 절규했다. 며칠 만에 맞는 그녀와 함께가 아닌 밤. 그 밤이 새도록 속삭이고 싶었다.

보고 싶었다고, 너를 잊었다 생각했는데 아니었다고, 우리 이제는 함께 사랑하자고. 그러니 나를 기억해 달라고. 하지만.

"기억하지 마."

그가 조용히 속삭였다. 그녀가 들을 수 없는, 그만의 바람.

"절대."

나를 기억하지 마.

증오가, 괴로움이, 견딜 수 없는 무력감이 그녀를 덮쳤을 때 결국 그녀가 했던 선택을 잊지 못한다. 네가 스스로 너를 놓아 버린 순간, 동시에 나는 죽어 버렸다.

멈춰야 한다. 핑계는 이제 필요 없다. 미화된 기억은 집어치울 차례였다. 그녀가 마지막으로 보인 모습이 얼마나 끔찍했는지 핏빛 기억만을 떠올렸다.

벌써부터 그리움은 짙게 색을 바래 왔고, 밤은 저물어 갔다.

이제 순정은 없었다.

11화

사라진 기억

"노순정."

등을 돌린 순정의 미간이 좁혀졌다. 말을 거의 섞어 본 적 없던 최서윤이 주변의 눈치를 보며 다가오고 있었다. 윤의 학교로 가는 길. 인구가 적은 율주에서 가장 사람이 많이 오고 간다는 시내지만, 골목의 인적은 드물었다.

"왜?"

서윤이 뜬금없이 말했다.

"……너 걔 조심해야 해."

이맛살을 찌푸린 순정이 서윤을 내려다봤다. 168cm가 넘는 그녀보다 서윤은 한참 아래에 있었다.

"무슨 뜻이야?"

"임민아."

"……걔가 왜?"

"걔 위험한 애야. 나는 알아. 걔가 어디 있다 갑자기 나타났는지."

뜻 모를 얘기였다. 내내 말없이, 조용하고 공부만 하던 짝꿍이 임민아를 어떻게 안다고. 순정이 미간을 좁혔다.

"조심하라고. 걔 진짜 상상 이상으로 또라이니까."

"……그런 말을 왜 나한테 해?"

"임민아가 갑자기 왜 전학 왔는지 알아? 걔 소년원에 있다 얼마 전에 나온 거야."

순정의 표정이 얼었다.

"임민아가 같은 학교 다니던 여자애를 심하게 구타했어. 병원에 입원할 정도로 큰일이었고."

분명 임민아는 서울에 있었다고 했다. 그리고 윤도 그렇게 알고 있었다. 그런데 그녀가 소년원에 있었다고?

"한 세 달 들어갔다 나왔어. 당연히 학교는 퇴학당했겠지. 아무리 율주에 학교가 얼마 없다지만, 이렇게 다시 볼 줄은 상상도 못 했어."

"……"

"재판 받은 건 하나지만, 그게 전부는 아니야. 계단에서 동급생 하나 밀어 넘어뜨리는 바람에 그 애가 두 달간 입원했던 적도 있었고. 그건 합의금으로 무마했대. 네가 지금 당하는 거, 걔한테 아무것도 아니야."

"그런데."

"임민아가 너 벼르는 거 알잖아. 알려 줘야 할 것 같았어."


"왔어, 순정아?"


발을 걸어 넘어뜨리고, 쓰레기를 부어 한곳에 구르게 한 것이 마음에 들었는지 임민아는 오래도록 웃었다. 그 소름 끼치도록 웃던 얼굴이 밤마다 떠오르곤 했다. 순정은 덤덤한 얼굴로 서윤을 내려다봤다.

"어떻게 그렇게 잘 알아?"

"내 친구야."

"뭐?"

"임민아한테 맞아서 병원에 입원한 애, 내 친구라고."

"……"

"나도 걔 무서워. 진짜 미친 애가 맞아, 어울리는 애들도 다 그래 보이고. 내 친구가 왜 그렇게 맞았는지 알아? 어떤 남자애한테 고백했는데 그게 임민아 남자 친구였다나 뭐라나."

"……윤이, 얘기하는 거야?"

"이름은 몰라. 너도 아는 애야? 너 설마 그 남자애 때문에 괴롭힘 당하는 거야?"

마치 자기 친구처럼 될까, 두려운 얼굴로 서윤이 물었다. 순정은 마른침을 삼켜 넘겼다.

"아무튼 조심하라고. 임민아, 우리 같은 평범한 애들이랑 생각하는 것부터 달라. 진짜, 진짜 쓰레기야."

겁을 먹은 듯 서윤은 벌벌 입술을 떨다가 멀어져 갔다. 멍하니 그 자리에 서 있던 순정은 그대로 등을 돌려 윤의 학교로 향했다. 정문 근처에서 기다리는데 윤보다 먼저 나온 준영이 다가왔다.

"너는 무슨 여자애 무릎이."

어제 교실에서 임민아 발에 걸려 넘어져 무릎을 다쳤다. 어쩔 수 없이 갖고 있는 반창고를 무식하게 붙여 귀가했다. 버스 정류장에서 넘어졌다는 어설픈 거짓말을 그들은 또 믿었다.

준영은 또 넘어졌냐 나무랐고, 윤은 한숨을 내쉬다 제대로 상처를 치료해 줬다.

"뭐. 그냥 지나가."

"……남고 앞에서 참 용기가 가상하다. 그 얼굴로."

"내 얼굴이 왜?"

"거울 안 보고 사냐?"

"봐. 이 얼굴로 거울 안 보고 살면 손해지. 안 그래?"

지겹게 듣는 얘기라 순정은 가볍게 어깨를 으쓱였다. 가방을 한쪽 어깨에 걸친 준영이 허, 웃음을 터트렸다.

"윤이 기다려?"

"응."

"사귀냐?"

매일 밤마다 기어 나가는 걸 모른 척해 줬더니 기어이.

"엄마한테 말할 거야?"

"내가 말 안 해도 알고 계시겠지. 맨날 공윤 먹이겠다고 불고기 해 달라 그러는데."

"나 성적 오른 거 윤이 때문이야. 감사한 줄 알아야지."

"5등급에서 4등급이 올랐다고 할 수 있는 성적이냐?"

"아, 진짜. 그냥 지나갈 것이지 왜 시비를 털어."

싸울 기세로 순정이 쏘아붙였다. 그의 뒤에서 윤이 이쪽으로 다가오는 게 보여 표정은 금방 풀렸다. 어쭈, 웃어? 뒤를 확인한 준영이 기가 차다는 듯이 웃었다.

"표정 참."

"왜. 뭐."

"아니다. 공윤만 불쌍하지. 저 멀쩡한 애가 어쩌다."

"아 씨. 노준영!"

"윤아, 고생해. 떡볶이는 그만 먹이고. 쟤 뱃살이 이만큼이야."

다가온 윤의 어깨를 토닥이더니 준영은 그대로 멀어졌다. 두 남매가 또 학교 앞에서 말싸움이라도 한 건지, 순정의 입술이 비죽 튀어나왔다.

"오래 기다렸어?"

"나 뱃살 있어?"

"배 안 고파?"

"나 뱃살 있냐니까?"

그녀가 눈을 부릅뜨며 따져 물었다. 지나가는 시선들이 꽤 많아졌다. 남고 앞에 서 있는 여고생. 충분히 주목받을 만했다. 그것도 순정의 외모라면. 그도 처음 봤을 때, 참 인생 피곤하겠다 싶은 얼굴이라 생각했었다.

"귀여워."

"……있냐고 물어봤는데 귀엽다는 건 무슨 뜻이야?"

"별 뜻 없는데?"

"거짓말도 못하면서 왜 거짓말해?"

"떡볶이 먹을까?"

"싫어. 안 먹어."

준영이 갔던 길 반대로 걸으며 순정은 쌩하니 뒤돌아섰다. 혹해서 순정을 보다가, 함께 있는 윤의 얼굴을 보고 납득하는 시선들 속에서 점점 멀어졌다. 윤은 단숨에 그녀를 따라잡고서는 뱃살 같은 거 없다, 무슨 소리냐, 모른 체했다.

한편 건너편 도롯가에서 그들을 보고 있던 민아는 손톱을 물어뜯었다.

"짜증 나네."

뜯은 손톱 자리에서 피가 새어 나왔다. 날카로운 눈이 번쩍 뜨이고, 머리가 터지도록 화가 치솟았다.

"진짜 짜증 나."

학교에 가기 싫었다. 이런 적은 처음이었다. 밟힐수록 꿈틀하는 게 그녀였는데, 이번만큼은 달랐다. 하루하루 기묘하게 달라지는 따돌림. 몇 년을 겪어 왔기에 익숙하다 생각했는데, 갑자기 분위기는 급변했다.

전학생 임민아. 그녀는 아주 무식하고, 더러운 방법을 고르고 골랐다. 최서윤의 경고는 대부분 적중했다.

쓰레기 더미에 파묻힌 책상은 작은 애교에 불과했다. 온갖 교과서에 쓰레기, 미친년 등 입에 담을 수도 없는 낙서가 난무했다. 책상과 의자 역시 마찬가지였다.

하지만 이런 시골 학교에 새 책상과 의자가 있을 리가. 그녀는 강제로 욕설이 가득한 책상을 쓸 수밖에 없었다.

불 꺼진 화장실에서 1시간 동안 갇혀 있었던 적은 부지기수, 임민아는 무리를 만들어 폭행도 서슴지 않았다.

이미 배에는 그녀가 만든 멍이 한가득이었다. 교복을 입은 상태에서 보이지 않는 부위만 고르고 골랐다. 지난번에는 어디서 구했는지도 모를 불씨가 튀어 허벅지 안쪽에 화상을 입기도 했다.

끔찍했다. 운동화로 맞고, 가방으로 맞고, 신고 있던 슬리퍼를 던져 이마에 상처가 나기도 했다. 서윤은 모든 것을 알고 있음에도 모른 척했다. 그녀도 친절이나 걱정을 원하지 않았다. 무시와 방관은 이제 익숙한 일이다.

윤은 또 무슨 상처냐 물었고, 졸다가 책상에 찧었다고 거짓말했다. 넘어져서, 졸아서, 방심해서. 자꾸만 거짓말이 늘어 갔다.

"윤아! 여기는 웬일이야? 아, 순정이 만나러 왔어?"

하루는 학교 근처에서 자신을 기다리는 윤에게 다가가 태연히 인사를 건넸다. 끔찍하다는 듯이 바라보면 임민아는 활짝 웃으며 순정의 팔에 팔짱을 꼈다.

"나 순정이랑 같은 반이야. 얘기 못 들었어?"
"……노순정. 이리 와."

그는 임민아를 경계했고, 멀리하라고 부지런히 경고했다.

"혹시 학교에서 임민아랑 무슨 일 있어?"
"응? 없는데?"

"……나중에라도 생기면 꼭 얘기해."

"왜 그래. 얘기도 안 하고 지내."

"그냥 불안해서 그래. 불안해서."

이미 돌아가기엔, 피하기엔 너무 많은 길을 끌려가 버렸는데. 그가 율주에서 아는 여자애라고는 그녀와 임민아뿐이었고, 순정의 얘기가 다른 사람을 통해 윤의 귀에 흘러 들어가는 건 불가능했다.

그 후로도 몇 번이나 윤과 함께 있을 때 임민아와 마주쳤다. 윤은 그녀를 무시했고, 함께 있는 순정 역시 마찬가지였다. 다음 날이 되면, 임민아의 광기는 미친 듯이 타올라서 순정에게 돌아왔다.

그 와중에도 간간이 반 애들이 그녀를 불쌍히 여기는 듯도 했지만 쉽게 나서는 사람은 없었다. 모두가 임민아를 무서워하고, 두려워했다.

간혹 임민아가 없을 때 저런 애를 학교에서는 왜 받아 줬는지 모르겠다고 떠들었지만, 그때뿐이었다. 어차피 기대한 적도 없었다.

전교생 모두가 임민아의 눈치를 보고 있었다. 임민아의 학교 폭력은 시간이 지날수록 사람을 무력하고 지치게 만들었다.

오늘은 머리카락이 잘렸다. 배가 아파 엎드려 있다 잠이 들었는데, 일어나 보니 책상 위와 바닥에 머리카락이 한가득이었다.

"……너 괜찮아?"

놀란 서윤이 걱정스레 물었다. 그 애의 시선이 임민아 쪽을 향했다. 알려 주려는 행위가 아닌, 그저 눈치를 보는 게 전부였다.

그녀가 차게 웃었다. 오른쪽 머리칼이 고작 어깨 밑을 웃돌고 있었다.

한계점이었다. 밟는다고 조용히 밟혀 줬더니. 기껏 참아 줬더니.

그녀는 제정신이 아니었다. 머리가 돌 지경이었다. 내가 왜 이런 짓까지 당해야 해. 나는 아무런 잘못도 안 했는데.

순정은 곧장 머리카락을 손에 쥔 채 가방을 뒤졌다. 원하는 것을 찾아낸 순정은 곧장 민아에게로 향했다. 반대편 끝자리에 앉아 제가 만든 무리들과 낄낄거리며 웃고 있는 임민아가 보였다. 그녀는 그 얼굴 위로 머리카락을 던졌다.

"미친. 뭐 하는 거야."

"네 짓이지."

"……아, 답답해 보이길래. 왜. 마음에 안 들어?"

임민아의 입꼬리가 기분 나쁘게 위로 솟았다. 순정은 그녀를 비웃었다. 아니라고 해도 다 보였다.

공윤. 내가 공윤의 여자 친구이기 때문에. 네 앞에서 공윤이 내 손을 잡고 사라졌기 때문에. 그녀는 확신했다. 임민아의 비뚤어진 집착이 그 아이를 향해 있다는 것을.

"유치하다고 생각 안 해?"

"나는 무슨 소리 하는지 모르겠는데."

"그렇게 기분 나빠? 공윤이 날 좋아해서?"

"아, 얘 뭐래니."

"그럼 나처럼 돼야지. 공윤이 좋아하는 게 난데."

등 뒤로 숨기고 있던 가위를 든 그녀가 민아를 밀친 채 그녀의 머리카락을 단숨에 쥐었다.

"야, 야! 미친년, 뭐 하는 거야!"

"야! 가위 뺏어!"

"너 이거 안 치워?"

임민아의 무리가 달려들어 그녀의 양팔을 잡았다. 순식간에 몸싸움으로 번지며 아수라장이 된 것도 잠시, 가위가 바닥에 떨어지고 그녀는 숨을 씩씩거리며 임민아를 노려봤다. 이리저리 뒤엉킨 머리칼을 정리한 임민아가 죽일 듯이 순정을 바라봤다.

"미친년. 네가 진짜 죽고 싶지?"

"아니, 너 죽이고 싶어. 내가 뭘 잘못했는데, 네가 뭔데 나한테 이래!"

순정이 악을 쓰며 소리를 질렀다. 반 애들이 웅성거리는 사이 누군가 교실을 뛰쳐나갔다. '선생님 올 것 같아, 민아야'. 무리 중 누군가가 민아의 귀에 속삭였다.

임민아는 조용히 순정에게 다가와 그녀의 머리칼을 억세게 잡아챘다. 뒤로 당겨진 머리카락이 아플 만한데도 순정은 표정 하나 찡그리지 않았다.

"민아야, 선생님 와!"

"이년이 지금 나 가위로 찌를 뻔했어! 못 봤어?"

그래서 지금 너는 정당하다는 건가. 순정이 차게 비웃자, 민아는 높게 손을 올렸다. 화가 나 발갛게 물든 그녀의 얼굴이 경멸스러웠다.

순정은 눈 하나 깜짝하지 않으며 민아를 노려봤다. 두 팔이 붙잡혀 있어 이대로 맞는다면, 맞는 수밖에 없었다.

"너희 뭐 하는 거야!"

그리고 그다음 주. 임민아에 대한 학폭위가 열렸다.

집이 발칵 뒤집어졌다. 병원에서 진단서를 떼고, 온몸에 가득한 상처들을 사진으로 찍어 증거로 제출했다. 조사 과정 중 임민아의 전과가 드러났고, 학교 폭력으로 징계를 받은 이력까지 알게 됐다. 서윤의 경고가 전부 사실이었다.

바로 얼마 전까지 소년원에 있었던 임민아는 보호 관찰 대상이었다. 마치 정해진 수순처럼 학폭위뿐만 아니라, 임민아에 대한 경찰 고소까지 빠르게 진행됐다. 이대로 넘어가면 안 된다는 오빠의 주장이 강했고, 부모님 역시 생각을 굽히지 않았다.

따돌림당하는 딸을 위해 일부러 시골로 이사 왔는데, 이곳에서조차 비슷한 일을 당했다니 순정의 부모님은 억장이 무너지는 듯했다. 아버지 철운은 회사도 그만두고 딸의 일에 매달렸다. 상처 가득한 딸의 몸을 카메라에 담으며 화연은 몇 번이나 무너졌었다. 분명 불효인 걸 아는데, 왜인지 속은 후련했다.

매일같이 변호사를 찾아가고, 경찰서에 출석했다. 엄마도 마찬가지였다. 가족들 모두가 순정을 위해 움직이고 행동했다.

학폭위에서는 당연히 임민아를 퇴학시켰다. 징계로 넘어갈 수도 있는 문제였지만, 이미 형사 고소까지 진행 중인 학생을 보호할 만큼 그녀의 뒷배는 강하지 않았다.

따돌림의 강도가 본인들이 생각하기에도 심하다 생각했는지 같은 반 애들은 너 나 할 것 없이 임민아가 한 짓들에 대해 증언했다. 그중 서윤이 가장 먼저 나서서 이번 사건에 대해 자세하게 서술했다고 들었다.

그녀는 며칠째 학교를 나가지 않았다. 병결 처리를 하겠다고 아버지가 미리 통보한 상태였다. 부모님은 고소 건 때문에 변호사를 만나러 옆 도시에 갔다.

"언제 와, 공윤."

임민아가 퇴학한 시점 이후로 그녀는 윤을 보지 못했다. 단 한 번도. 작정이나 한 사람처럼 그는 새벽부터 나가 밤늦게 들어왔다.

그는 자신을 보지 않으려 했다. 모든 사실을 알게 된 윤은 혼자 동굴 속으로 들어가 나오지 않았다. 그는 화가 나 있는 상태였다. 어떠한 사실도 말하지 않은 그녀에게, 아무것도 몰랐던 자신에게.

"……."

아무도 없는 그의 집 대문을 열고 들어와 평상에서 기다리기를 2시간. 그는 역시나 늦은 시간에 돌아왔다. 지쳐 보이는 표정. 벌떡 몸을 일으킨 순정의 시야에 그가 가득 들어찼다.

임민아가 집으로 찾아온 건, 엄마가 집을 나간 지 수년이 지나서였다. 그와 임민아가 열여섯이던 2년 전, 낯선 교복을 입고 서농 마을 입구를 지나 집에 들어왔는데 임민아가 평상 위에 앉아 있었다.

"너야?"
"누구세요."
"네가 그 여자 아들이야?"
"……."
"나 이제 네 엄마랑 못 살겠으니까 데려가. 여우 같은 네 엄마 데려와서 다시 살아. 못 알아들어? 네 엄마, 거지 같은 그년 다시 데려가라고!"

임민아는 갑자기 나타나 마당에 있는 모든 물건들을 던지며 패악을 부렸다. 여덟 살에 집을 나간 엄마가 바람피웠던 도박꾼 집에 들어가 살림을 차렸다는 건 율주에서 모르는 사람이 없었다. 그 집에 딸이 있다는 것 또한 알았다.

윤은 아무 표정 없이 임민아가 하는 행동을 내버려 뒀다. 바구니가 뒹굴고, 항아리가 깨졌다. 마을 이장님 댁에서 갖다준 마른 고추가 엎어지고, 아버지가 아끼는 오토바이가 옆으로 넘어졌다.

"너 때문이야! 너 때문이라고! 네 아빠가 모자라서! 네가 모자라서 그 여자가 우리 집에 들어온 거라고! 다시 데려가. 나는 못 살겠으니까 데려가!"

그 뒤로 임민아는 시도 때도 없이 찾아왔다. 어떤 날은 가만히 있다가, 어떤 날은 마당을 엉망으로 만들다가, 또 어떤 날은 그에게 한바탕 욕지거리를 쏟고 돌아갔다. 임민아를 데려가라며, 엄마라는 여자에게 전화를 걸기도, 목소리를 듣고 싶지도 않아 그냥 참았다.

일 때문에 바쁜 아버지는 지방 공사 현장에 있어 주말이나 돼서야 집에 왔다. 그러니 당연히 임민아를 마주칠 일은 없었다. 마을에서는 그를 걱정했으며, 결국 아버지도 사실을 알게 됐다.

직접 친모의 연락처를 수소문해 데려가라며 아버지가 난리를 쳤다. 처음 봤다. 친모에게 화를 내는 아버지의 분노한 얼굴. 이혼하자는 아내를 잡지도 못하고 무력하게만 있었던 아버지가 보여 준 의외의 모습이었다.

제 친모와 바람난 도박꾼, 임민아의 친부. 그들이 파란 대문 앞에 나타나 임민아를 질질 끌고 갔다. 너 때문에 또 맞을 거라며 임민아는 비명을 질러 댔다. 윤은 항상 무시했다. 그녀의 존재 자체를.

"나 아빠한테 맞았어, 맞았다고. 여기만 맞은 줄 알아? 다리에 멍 안 보여? 그럴 때 네 엄마는 뭐 했는지 알아? 거실에서 과일 깎아 먹으면서 웃더라. 남의 집에서, 우리 엄마가 있던 자리에서!"

"⋯⋯돌아가. 그런 건 경찰에나 신고하고."

"너희 엄마잖아! 왜 무시해? 무시하면 안 되는 거 아니야? 네 엄마도 나를 이렇게 무시하는데! 나 그 집에서 못 살겠어. 못 살겠다고."

"나보고 어쩌라는 거야. 그게 나랑 상관이나 있어?"

"왜 없어. 너랑 나랑 같은 처지잖아. 네 엄마도 바람났고, 내 아빠도 바람났어. 우리 같은 처지잖아."

1년 뒤, 열일곱이 됐다. 임민아의 집착은 말도 안 되는 쪽으로 변했다. 그를 향한 잘못된 애정과 애증으로.

"우리 그냥 사귀자."

"돌았어?"

"나랑 사귀어. 나는 너 마음에 들어. 진짜야. 우리 둘이 사귀면 그 둘, 혼인 신고고 뭐고 아무것도 못 해."

"미안한데 나는 너한테 관심 없어."

"……뭐?"

"네 집에 사는 그 여자한테도 관심 없고."

임민아의 얼굴이 사정없이 일그러졌다. 얼어붙은 그녀의 눈동자 속 증오가 피어올랐지만 무시했다.

"그러니까 꺼져. 다시는 여기 오지 마."

"내가 어떻게 나한테 이래? 너는 다 알잖아. 내가 어떤 마음인지, 어떻게 사는지. 너도 그런 마음으로 살고 있잖아. 머저리처럼 맞고 사는 내가 불쌍 하지도 않아?"

"너랑 내가 뭐라고."

"……공윤."

"맞았으면 경찰에 신고하고, 집이 싫으면 나가 살아."

"죽어 버릴 거야. 내가 나 안 받아 주면 나 진짜 죽어 버릴 거야. 못 할 것 같아?"

그렇게 임민아의 스토커 행동이 시작됐다. 어딜 가도 임민아가 눈앞 에 보였다. 소름이 끼쳤다. 주변 사람들 대부분이 임민아의 존재를 눈 치챌 만큼 그의 생활은 제한됐다.

일부러 학교에 있는 시간을 늘렸고, 아버지는 평생 살아온 마을에서 이사를 갈까 고민했다. 하지만 이사 갈 곳은 마땅치 않았고, 아버지는 장기 공사 현장에 취직이 된 상태였다. 그는 아버지의 걱정을 덜어 드 리기 위해 괜찮은 척 연기했다. 하지만.

"나 받아 줘, 윤아. 나 너 진짜 좋아해."

"……너랑 나랑 사귄다고 말하고 다닌 거, 네 짓이야?"

"네가 워낙 눈에 띄잖아. 그냥 친구들한테 자랑하고 싶었어. 그리고 내가 너 좋아하는 거, 진심이야. 소문나게 한 건 미안해. 정말, 내가 너 정말 좋아해서……."

애걸하는 임민아의 눈물을, 매달리는 임민아의 진심을 조금도 믿지 않았다. 제 아빠의 사실혼 관계를 망가뜨리고 싶다는 열망. 윤을 제 옆에 둬 아버지의 폭력으로부터 보호받고, 아버지의 내연녀에게 끔찍한 기억을 안겨 주고 싶은. 겨우 그런 복수심.
윤은 그런 증오 어린 욕망에 휘말린 사람, 그뿐이었다.

"세상에서 너를 제일 이해할 수 있는 게 나야. 그리고 너도 그래. 그런 우리가, 어떻게 서로 안 좋아해?"
"내가 네 생각을 조금도 안 하니까."
"……."
"다시는 찾아오지 마. 다음번에는 네 아버지가 아니라 경찰한테 끌려가게 될 테니까."

그리고 임민아는 정말 거짓말처럼 모습을 감췄다. 서울로 전학을 했다는 소문이 들렸는데, 귀를 닫고 눈을 감고 살았다.
숨통이 트였다. 임민아가 사라진 율주에서 순정을 만났을 때는 묘한 설렘을 느꼈다. 비정상적인 집착 대신 가진 포근한 감정이 비로소 애정이라는 걸 알았다.
임민아가 왜 율주를 떠났는지 궁금하지도 않았다. 애초에 그런 관심을 줄 상대도 아니었다. 다만 그렇게 갑자기 떠났으니 자신을 향한 집착 역시 끊어진 것이라 여겼다.
다시 돌아와서도 전과 다른 임민아의 태도에 오히려 다행이다 싶었다. 순정과 같은 학교라는 게 내심 불안했지만, 임민아는 제게 분명 달라진 모습을 보였다. 함부로 집을 찾아오지도, 학교 앞을 서성이지도, 남들에게 제 여자 친구라 소문을 내는 일도 없었다.

사실혼 관계인 자신의 엄마와 제 아빠를 엮으면서 불결하다, 역겹다 소리치며 제 앞에서 울부짖는 일 또한 없었다. 그렇게, 그는 순정의 옆에서 눈뜬장님으로 살았다. 바로 얼마 전까지.

서울로 전학 갔다던 임민아는 사실 소년원에 있었다고 한다. 그것도 바로 얼마 전까지. 같은 학교에 다니는 여자애에 가한 끔찍한 폭력 때문이었다. 폭력의 수위가 정도를 지나쳤고, 잔혹성이 없다 판단할 수 없어 재판까지 진행됐다.

순정에게 한 짓을 알았을 때, 떠오른 기억. 임민아가 자취를 감추었을 무렵, 고백 받은 기억이 있다. 시내에 하나뿐인 독서실에 같이 다녔던 여자애. 서울로 전학 가기 전 임민아와 같은 남녀 공학 교복을 입었었다.

물론 거절했고, 그 뒤로 만난 적은 없었다. 독서실은 학생이 줄어 없어졌고, 얘기를 들은 기억도 없다. 만약 소년원에 갔던 이유가 그 여자애라면, 자기 때문에 벌어진 일이었다.

얼굴도, 이름도 잘 기억나지 않는 상대가 자신을 원망하고 살지도 모른다는 생각에 당장 다가온 현실은 끔찍했다. 이번 일 역시 크게 다르지 않았다.

순정이 다쳤다. 나로 인해. 너 역시 나를 원망할까? 그는 무심한 얼굴로 그녀를 지나쳤다.

"얘기 좀 해."

"할 말 없어."

"윤아."

순정이 다급히 그를 붙들었다. 싸늘한 시선이 다가왔다. 그가 자신을 이렇게 본 적이 있었나? 아니, 결단코 없었다. 이 대문을 넘나들기 전에도 그는 저를 무심하게는 대했어도 차갑게는 굴지 않았었다.

"윤아."

다시 한번 그를 부르자, 윤이 걸음을 멈추고 그녀를 돌아봤다. 긴장된 한숨을 느리게 내뱉는데 그는 급하게 다가와 그녀의 팔을 붙잡았다. 뭘 하나 싶었는데 얇은 카디건의 소매를 들추고 있었다.

"뭐, 뭐 하는 거야."

"가만히 있어."

피하려 하자 그는 단단한 힘으로 그녀를 붙들었다. 소매가 어깨까지 들춰지고, 그녀는 숨을 들이켰다. 보라색으로 물든 멍이 이제는 푸르고 옅게 변하고 있었다. 2주 전에 생긴 멍이었고, 임민아가 화장실 벽에 밀쳐 생긴 것이었다.

"윤아, 윤아. 너 뭐 하는……."

그는 거기서 더 멈추지 않았다. 잘게 떨리는 손으로 카디건 속 티셔츠를 살짝 들춰 기어이 배 정면에 크게 자리 잡은 커다란 멍을 확인했다. 병원에서 화연과 함께 사진을 찍을 때는 이렇게 수치스럽지는 않았던 것 같은데.

얼어붙은 그의 눈동자에 그녀는 심장이 쓰라렸다. 무릎 위 상처를 본 그가 차갑게 일렁이는 눈빛으로 순정을 내려다봤다.

"이게 나야?"

"윤아."

"보여 줘. 아니면 내가 벗겨?"

"그만해."

"뭘 그만해!"

그가 소리쳤다. 가족들이 모두 집을 비워 다행이었다. 그게 아니라면 작은 담을 넘어 다 들렸을 테니. 그대로 굳어 버린 순정은 멍하니 윤을 올려다봤다. 핏발이 그대로 선 윤의 분노가 고스란히 느껴졌다.

"나는 네 몸에 있는 상처 반의반도 못 봤는데 뭘 그만해."

"……."

"등신같이 나는 몰랐고, 아무것도 안 했고!"

"……윤아."

"결국 네가 이렇게 다쳤는데 내가 뭘 그만해. 뭘 했다고 그만해!"

몰랐다는 사실에, 혼자 내버려 뒀다는 생각에. 그녀의 입술이 파르르 떨렸다. 그는 자책하고 있다. 결국, 그는 그러고 있다.

이렇게 될까 봐, 네가 이럴까 봐 그랬던 건데. 그녀가 밭은 숨을 내뱉으며 그에게 한 걸음 다가갔다.

"내가 다 얘기할게."

"더 일찍 얘기했어야지."

그가 차갑게 말했다.

"한 달이라며. 한 달을 꾹 참았으면서 무슨 얘기."

"……곧 방학이니까, 방학 시작되면 잠잠해질 테니까."

자신감 없는 목소리가 허공을 배회했다. 똑바로 닿는 윤의 눈길이 이제는 매서울 지경이었다.

"그냥 그렇게 생각했어. 미안해."

"네가 뭐가 미안해."

그를 생각했던 행동들이 더 아프게 했음을 알기에, 이 마음이 닿지 않을 것을 알기에 급하게 말을 마무리 지었다. 하지만 윤은 서늘히 되물었다.

"말해 봐. 뭐가 미안하냐고."

"……."

"나 때문인데 네가 뭐가 미안해. 다 나 때문인데, 나만 없었어도!"

너를 학교 앞으로 오게 해서 임민아와 맞닥뜨리게 했고, 몇 번이나 임민아 앞에서 네 손을 잡으며 그 애를 자극했다. 비열하고 못난 그 마음에 불을 지피는 게 얼마나 쉬웠을까. 결국 임민아를 자극한 건 자신이었다.

순정이 병원에 있을 때, 윤은 준영을 찾아갔다. 모든 사실을 전해 듣는 동안, 그의 하늘은 처참히 무너졌다. 가족을 버린 엄마가 시내에서 도박장을 운영하는 남자와 살림을 차렸다는 걸 알았을 때도 이런 기분을 느끼지는 못했다. 어두컴컴한 하늘 아래, 혼자인 기분.

그는 준영에게 순정이 얼마나 다쳤느냐 물었고, 사진을 보여 달라고 했다. 준영은 한참을 망설이다가 곧 사진첩을 열어 내게 건넸다. 끔찍했고, 처참했다. 그녀의 가족이 울분을 토하는 게 이해됐다. 나조차도 이런데.

"윤아. 윤아, 제발."

그녀가 그의 소매 끝을 붙들었다. 간절하다는 듯, 그러지 말라는 듯 고개를 저었다.

"너 때문 아니야."

죄책감이 사라지지 않는다. 나만 아니었다면. 나만 없었다면.

"걔가 나빴어. 걔가 그랬어. 그게 어떻게 너 때문이야."

괴로움이 짙어지는 얼굴을 보며 그녀가 말했다. 덤덤한 시선 끝에, 순정은 윤의 손을 잡아 이끌었다.

"여기는 전학 오기 전에 계단에 떨어져서 생긴 거. 네 바늘인가 꿰맸어. 머리카락도 안 자라."

전에 그가 물었던 목의 흉터. 긴 머리를 잔뜩 들어 올려 목덜미를 드러낸 순정이 말했다.

"중학교 때부터였어. 가해자 중에 한 명이 밀었는데 학폭위까지는 안 갔고, 내가 전학을 왔지. 여기로."

윤의 방에 들어선 순정은 다짜고짜 목의 상처를 내보였다. 윤은 미동도 않고 그녀를 지켜봤다.

눈이 마주치고 순정은 짧은 숨을 터트렸다. 카디건을 벗고 티셔츠를 차례대로, 또 느리게 벗었다. 면으로 된 끈 나시 차림이지만, 훤히 드러난 팔이 괜히 부끄러웠다. 하지만 아무런 동요 없는 윤의 차가운 시선이 그녀의 상처들을 훑어 내렸다. 조금 전 마당에서 그가 확인한 것들은 그저 일부에 지나지 않았다.

너는 이렇게 아팠는데. 너는 이렇게 견디고 있었는데.

"나 싫어하는 애들은 줄곧 있었어. 이유도, 명분도 없었어."

건조하고 마른 목소리. 단념까지 섞인 말투에 윤은 숨쉬기가 버거웠다.

"그중 하나가 임민아였을 뿐이야."

그러니까 네가 잘못한 건 하나도 없다고.

순정은 매달리듯이 그의 앞으로 다가갔다. 그의 손을 꼭 붙잡고, 나를 봐 달라 애원하면서.

"화내지 마. 너 화내면 무서워."

"……어떻게 나 때문이 아니야."

"누구도 그렇게 얘기 안 하잖아."

또다시 시작되려는 죄책감에 그녀가 힘주어 말했다.

"우리 부모님, 합의 문제 때문에 임민아 부모님 만났어. 걔 새엄마가 네 어머니라는 것도 다 알게 되셨고. 그런데도 너 때문이라는 생각 안 하셔. 오히려 너 안타까워하셔. 당연하잖아. 너 때문이 아닌데."

"……"

"그런데도 네 잘못이야?"

아무리 그래도, 네가 그렇게 말한다 해도 나를 향한 원망이 단 한 톨도 없다는 게 사실일까?

인정하기 힘들었다. 나라면 못 그럴 것 같아서. 오랜 시간 괴롭힘을 당했다는 것도 몰랐다. 율주에 와서도 임민아와 이런 일들이 있는 줄도 몰랐다. 몰랐던 것도 많은 등신 같은 주제에, 하필 임민아 눈에 너를 들게 했다.

"나 추워."

순정이 맨살의 팔을 교차시키며 위아래로 쓸며 열을 냈다. 윤이 시선을 들어 그녀를 바라봤다.

"이제 나 좀 안아 주라."

그의 흐트러진 숨이 허공에 뿌려졌다. 이런 내가, 이런 나도 너를 안아도 되는 걸까.

결국 다가온 한 걸음을 이기지 못하고 그녀의 품이 으스러지도록 껴안았다. 몇 번이나 미안하다고, 잘못했다고, 모두 내 잘못이라고 그가 쉼 없이 속삭이면 그녀는 네 잘못이 아니라며 조용히 그의 등을 쓸어내렸다.

검찰 조정 위원회에서 전화가 왔다. 합의를 하겠느냐고. 철운과 화연은 난리를 치며 합의는 없다는 의견을 강력히 전했다. 재판이 열리기 바로 직전, 임민아의 친부와 윤의 친모는 함께 야반도주하듯 율주를 떠났다.

임민아에 대한 재판은 싱겁게 끝났다. 소년원 보호 처분 6개월.

하지만 임민아는 만 4개월 만에 소년원에서 나왔다.

12화

세 계절의 기억

　2학기 중간고사가 끝났다. 시간이 흐르면서 임민아의 이름도 차차 흐려졌고, 그녀는 공부에만 집중했다. 윤의 과외 덕분인지 성적도 수직 상승 중이었고, 오빠는 9월 모의고사에서 전국 상위 1%에 들었다. 다행히 임민아로 상처 입은 가족들의 마음도 아물어 가고 있었다.

　하지만 그렇다고 해서 학교에 친구가 생기는 건 아니었다. 그녀 역시 그런 상황을 바라지는 않았다. 가끔 최서윤과 눈이 마주칠 때면 '괜찮니?' 하고 말을 걸었고, 매점이라도 다녀올 때면 '너 이거 먹든지' 하고 빵을 품에 안겨 줬다. 어색했고 불편했다.

　운동장을 가로지르던 순정은 교문 앞에 서 있는 윤을 발견하고 헛웃음을 내뱉었다. 몰래몰래 윤을 훔쳐보는 시선들을 물리치고 당당히 그의 앞에 서자, 영어 단어장을 보던 윤이 고개를 들었다.

　"어제는 오빠고, 오늘은 너야?"

　"응, 교대."

　"여고 앞에서 둘 다 겁도 없이. 함부로 번호 따이면 어떡하려고."

　임민아의 임시 퇴원을 알게 된 지 2주. 형사에게 소식을 전해 들은 이후로 두 남자는 번갈아 그녀의 하교를 도왔다. 보통은 윤이 나섰고,

그가 바쁠 때면 고3인 준영이 교문 앞을 지켰다.

"안 주면 되지, 그 번호."

"뭐 들었어. 또 사고 치면 소년부 아니고 형사부로 넘어갈 거라잖아. 그래서 쉽게 사고도 못 칠 거라고."

"그냥 보고 싶어서 왔어."

간지러운 말에 그녀가 입꼬리를 씨익 올렸다. 쏟아지는 시선을 무시하고 그들은 손을 맞잡았다. 버스 정류장으로 향하는 내내, 그들은 동구나무 정자 아래에서 시원한 바람을 맞으며 공부할 계획을 세웠다.

때때로 함께할 미래를 얘기하기도 했다. 어느 대학에 갈지, 어느 과에 지원할지. 그와 같은 대학에 간다면 소원이 없겠지만 그녀의 성적으로는 어림도 없었다.

대학 가지 말고 공무원 시험이나 볼까, 그녀가 장난스럽게 얘기하면 그는 너 하고 싶은 대로 하라며, 언제든 옆에 있을 거라며 얘기했다.

"아이고, 윤이 밥 좀 더 줘야겠다. 좀 모자랐지?"

"아니요, 괜찮아요."

"괜찮기는. 더 먹어야지. 항상 우리 순정이 때문에 고생 많은데."

겨우 반 그릇을 해치운 윤의 밥그릇이 다시 화연의 손에 들렸다. 철운이 호탕하게 웃으며 말을 이었다.

"그러게. 준영아, 순정이 9월 모의고사 성적표 봤어? 아빠 깜짝 놀랐다. 이러다 우리 딸내미 서울대 가는 거 아니야?"

"아무리 좋은 선생님한테 받는 공짜 과외라 해도 될 성적이 있고, 안 될 성적이 있지."

칭찬을 하는 건지 아닌지 모를 준영의 말에 그를 노려보는데, 윤이 동그랑땡 하나를 집어 그녀의 밥그릇 위에 올렸다. 눈을 맞추고, 씨익 웃는데 준영이 앞에서 투덜거렸다.

"꼴값 떨기는."

저녁을 먹고, 다 같이 평상에 누워 배를 깎아 먹었다. 별이 예쁘다고 그녀가 감성에 젖은 소리를 하면 준영은 답지 않게 센티하다고 지적했고, 윤은 말없이 그녀의 손에 포크를 쥐어 줬다.

그렇게 평화롭게 지내던 어느 날, 지옥은 빠르게 다가왔다.

"오빠. 윤이 어디 간다는 말 했어?"

그의 집이 텅 비어 있는 걸 확인한 순정이 평상에 누워 책을 보는 준영을 향해 물었다. 그는 보던 책에서 잠깐 시선을 떼고 대답했다.

"아니. 왜."

"점심 같이 먹기로 했는데 없어서."

"전화해 봐."

"해 봤는데 안 받아서. 같이 계곡도 가기로 했는데."

햇빛도 좋고, 날도 점점 선선해지고 있었다. 얼마 전 태풍 때문에 물이 불어난 계곡은 한참 동안 가지 못했다. 지금도 물이 깊긴 하지만 이제 괜찮겠다 싶어 그와 계곡에서 공부도 하고, 낮잠도 즐기기로 이번 주말을 계획했었다. 잠들 때가 아니고선 30분 이상 전화를 안 받은 적도 없었는데.

"아저씨한테 간 거 아니야? 시내에서 일 다니신다며."

"그런가."

전에도 갑자기 아버지가 다치는 바람에 약속을 깨고 급하게 병원으로 갔던 적이 있다. 다행히 부상은 경미했고, 아저씨는 이틀 정도만 쉬고 다시 일터에 나갔다.

"그럼 오빠가 윤이 오면 말 좀 전해 줘. 나 계곡 먼저 가 있다고."

"혼자? 같이 갈까?"

"됐어. 그 계곡은 우리 둘 아지트거든."

그러니 방해하지 말란 뜻으로 순정은 미리 싸 둔 과일 도시락과 책을 챙겼다. 돗자리까지 알뜰살뜰하게 챙긴 다음 윤의 대문 앞에 메모를 붙였다.

나 계곡 먼저 가 있을게. 휴대폰 확인하면 전화해.

그녀는 가방을 품에 쏙 안고 계곡으로 향했다. 허전한 주머니가 평상 위에 그대로 두고 나온 휴대폰 때문인 것도 모르고 발걸음을 재촉했다.

"와, 시원하다."

항상 앉는 고정석에는 얼마 전 내린 빗물 때문인지 조금씩 물이 튀겼다. 그녀는 할 수 없이 더 높은 곳으로 올라갔다. 이쪽은 물이 깊다며 항상 조심하라던 윤이었다. 그의 잔소리를 유념하고 바위 끝에 멀찌감치 떨어져 앉아 돗자리를 펼쳐 앉은 그녀가 기분 좋게 웃었다.

계곡 맞은편에 보이는 메밀밭도 점점 풍성해져 눈이 즐거웠다. 오늘따라 산새 소리도, 간간이 들려오는 풀 소리도 정겨웠다.

"공윤 오기만 해."

가만 안 둘 거야. 물이 많이 불어나긴 한 건지, 평소보다 소리가 세찼다. 그녀는 공부하며 기다릴 요량으로 무릎 위에 책을 펼쳤다. 그리고 얼마 지나지 않아 잊을 수 없는 목소리가 들렸다.

"팔자 좋네."

놀란 그녀가 고개를 돌렸다. 처음에는 믿어지지 않았다. 네가 어떻게 여기에. 순정이 천천히 몸을 일으켰다. 4개월 전보다 마르고, 날카로운 눈매로 순정을 향해 눈을 부릅뜨고 있는 임민아. 홀로 있는 순정을 확인한 임민아가 소리 나게 웃었다.

"오늘은 혼자네. 드디어 혼자야."

"······뭐 하는 짓이야."

"아, 미리 말하지만 공윤은 못 와."

뭐? 증오가 깃든 목소리가 비틀린 웃음소리를 냈다. 임민아는 천천히 그녀 가까이 다가갔다.

"공윤한테 전화해서 당장 오라고, 안 그러면 학교로 찾아가서 네 어깨를 커터 칼로 전부 긁어 놓겠다고 협박했어."

"……."

"마을 입구에서 그 새끼 나가는 것까지 확인하고, 난 네가 혼자가 될 때만 기다렸고."

섬뜩했다. 마치 이 순간만을 기다려 왔다는 임민아의 속뜻을 알 수 없어서.

그와 함께 시내 문구점에서 고른 돗자리가 임민아의 발에 의해 짓밟혔다. 그는 무늬가 유치해서 싫다며 내심 불만을 가졌지만 너무 많이 써서 벌써 끝이 해진 돗자리였다.

가족들과 윤은 이런 상황을 예상하고 그리 불안해했을까. 그래서 임민아의 임시 퇴원 소식을 알았을 때부터 나를 과보호했을까. 더 큰 벌을 받지 않기 위해선 조용히 지내리라 안일하게 생각했던 스스로에게 자책과 후회가 들었지만 이미 늦었다.

"아빠는 나를 버렸어. 그 창녀 같은 년이랑 놀아났을 때도 나는 안 버렸는데, 결국 날 버리고 떠났어. 어디로 갔는지도 몰라. 집도 없고, 부모도 없고, 돈도 없어. 나는 이제 혼자야."

짓이기듯 씹고 있던 임민아의 입술이 다시 열렸다.

"너 때문에."

"……너 때문이겠지."

발끝에 닿는 바위의 끝자락이 무서웠다. 떨어지면 물속이었다. 평소보다 수심이 깊어진 계곡 속은 그야말로 암흑이었다.

하지만 그녀는 임민아가 두렵거나 무섭지는 않았다. 학교에서 자신을 괴롭힐 때도 마찬가지였다. 치욕스럽고, 자존감이 무너지고, 때로는 수치스러웠지만 임민아가 무서운 적은 없었다.

"네가 한 짓들이 있었어. 그리고 넌 그걸 반복했고."

"네가 뭘 알아. 공윤은 나랑 같이 버림받았어. 지 엄마한테, 나는 또 내 엄마한테. 우리가 뭘 나누고, 뭘 함께했는지 네가 뭘 알아."

"……나눠? 누구랑. 너랑 윤이가?"

순정이 비틀리게 웃자 임민아의 표정이 갈수록 더 사나워졌다. 그럼에도 순정은 말을 멈추지 않았다.

"그건 네 착각이겠지."

"뭐?"

"너 혼자만 했던 망상. 윤이는 엄마를 그리워한 적이 없었어. 그러니까 네 가정사는 너 혼자 풀어, 괜히 윤이 갖다 붙이지 말고."

"……왜 책임이 없어. 그 창녀 같은 년이 공윤을 낳았는데. 공윤도 책임을 져야지. 그 여자만 아니었으면 우리 집도 멀쩡했을 거야. 우리 엄마도 안 떠났고, 나도 이렇게 안 됐어! 그럼 공윤도 책임이 있잖아! 그런데 왜 너를 좋아해. 왜 내가 아니라 너를 좋아하냐고!"

앞뒤가 설명되지 않는 비뚤어진 감정이었다. 순정은 똑바로 말했다.

"공윤은 잘못한 게 없어."

"……"

"너를 좋아할 이유도 없고."

임민아를 자극하는 말이라는 걸 알았지만 멈출 수 없었다. 아무도 그녀의 잘못을 짚어 주지 않으니까, 그녀를 무시하고 방치했기 때문에 이렇게 제멋대로 굴고 남 탓을 하며 사는 거다. 너 때문에 공윤이 얼마나 고통받고 있는지 알지도 모르면서. 아니, 알고 싶지도 않으면서.

사납게 번뜩인 임민아의 눈동자에 서 있는 자신이 들어찼다. 그녀는 미친 듯이 빠르게 다가와 자신의 어깨를 붙들었다. 아프다고 소리 낼 수도 없었다. 이를 악물고 벗어나야 한다 생각했지만 몸이 말을 듣지 않았다. 그 와중에 임민아가 괴성처럼 소리쳤다.

"그래, 나 미쳤어. 너 때문에 돌기 직전이야. 내가 다시는 들어가기 싫었던 곳에 너 때문에 다시 갔는데 제정신일 수 있겠어?"

"이, 이거 놔."

"네가 뭔데! 네가 뭐냐고, 대체!"

고작 남자 하나 때문에 시작한 미친 증오. 비정상적인 감정을 상대할 여력은 없었다. 순정은 그녀를 밀어 내고, 계곡 아래로 내려가 도망칠 계획을 빠르게 세웠다. 하지만 어떠한 행동을 취하기도 전에 임민아는 그녀를 계속 계곡과 맞닿은 바위 끝으로 몰았다.

"난 이제 어떻게 살아? 부모도 없고, 아무것도 없는데? 네가 망쳐 버린 내 인생, 어쩔 건데! 어쩔 거냐고!"

아슬아슬, 잘못 디디면 끝이었다. 순정은 있는 힘을 다해 버텼다. 그래, 올 거야. 누가 오고 있을 거야. 그녀가 손에 힘을 주었다.

"나는 이렇게 비참한데 넌 뭘 하고 있어. 공윤이랑 연애 놀음이나 하면서, 가족한테 보호나 받으면서, 넌 뭘 하고 있었냐고! 죽어! 너 같은 거 죽어 버려!"

있는 힘을 다해 순정이 임민아의 팔을 뿌리쳤다. 서로 온 힘을 주고 있었기에 그녀에게 벗어나기 위해 팔을 크게 휘둘렀고, 그 반동으로 몸이 휘청이며 발이 미끄러졌다.

부지불식간에 벌어진 상황. 짧은 비명이 울리다 사라졌고, 커다란 물소리가 이어졌다.

"……."

멍한 시선을 고정하던 임민아는 바위에 주저앉았다. 고성으로 가득했던 주위가 쥐 죽은 듯이 조용해졌다. 시야에서 사라진 순정의 존재가 믿어지지 않아 두 눈을 깜빡거렸다.

이럴 생각은, 정말로 죽일 생각은.

"없었는데……."

두 귀를 틀어막은 임민아가 주변을 둘러봤다. 그때, 길 끝에서 윤이 올라오고 있었다. 다급하게 숨을 틀어막은 그가 순정의 짐과 바위에 주저앉은 임민아를 번갈아 봤다.

"너 뭐야."

"윤아, 나는 아니야. 나는 죽일 생각은 없었어. 진짜야. 너무 순식간에, 그냥 자기 혼자 넘어져서……. 내 말 믿어 줘!"

그의 벌게진 시선이 바위 옆 계곡으로 향했다. 윤은 조금도 망설이지 않고 계곡 안으로 뛰어들었다.

깨어나자마자 엄마는 물었다. 기억나느냐고.

"너 2주 만에 깨어났어. 아이고, 이것아. 너 진짜 엄마 죽는 꼴 보고 싶어서 이래?"

화연이 눈물을 쏟아 냈다. 2주일 만이라니. 약 기운에 머리가 핑 돌았다. 멍한 시선으로 병실을 돌아본 순정이 기억을 더듬었다.

윤과 계곡에서 주말을 보내기로 했던 날, 윤은 임민아의 전화를 받고 마을 밖으로 나갔다. 그와 연락이 되지 않아 먼저 계곡으로 향했고, 임민아는 혼자 있는 나를 노렸다.

하필 나는 휴대폰을 두고 온 상태였고, 윤은 임민아도 나도 연락이 되지 않아 다시 집으로 돌아왔겠지. 그러다 대문에 적힌 메모를 보고 계곡으로 왔고, 물에 빠진 나를 구했을 거고.

분명 기억이 난다. 깊은 물속에서 내 손을 잡고 수면 위로 올라가던 너의 모습이. 그리고 윤이 넌, 또 누군가를 구했다.

또 누군가. 그게 누구지?

그녀는 텅 빈 시선을 들었다. 누군가에게 감사하다며 빌고 있는 아빠, 그녀의 손을 꼭 붙잡고 깨어나 줘서 고맙다 우는 엄마. 윤은 없었다. 그리고…….

"오빠는?"

뭘까. 떠오르는 것도 없는데 불안한 마음부터 앞섰다.

"오빠는 어디 있어."

"……저기, 오빠가 조금 다쳤어."

느릿느릿 이어지는 화연의 말은 쉽게 이해할 수 없었다. 오빠가 다쳐서 중환자실에 있다는데, 조금 많이 다쳤다는데 그게 왜 나 때문인 것 같은지.

그녀는 맨발로 병실을 뛰쳐나갔다. 뒤따라오는 부모님이 순정의 이름을 애타게 불렀다. 하지만 그녀는 멈추지 않았다.

중환자실은 정해진 시간이 아니면 면회가 어려웠다. 그 앞에 주저앉아 숨을 쉬기 어려워하는 그녀를 보며 준영을 담당하던 의료진이 다가왔다.

어렵게 면회를 허락받고, 순정은 화연과 함께 옷을 갈아입었다. 조용히 바라보고만 있던 철운은 제 신발을 벗어 순정에게 신겨 주었다. 중환자실에 들어서고, 화연은 준영의 침대로 천천히 그녀를 이끌었다.

상처투성이의 얼굴, 몸에 달라붙은 수많은 의료 기기들, 목을 감싸고 있는 붕대와 불편한 듯 쭉 뻗고 있는 왼쪽 다리와 팔…….

왜. 대체 뭐 때문에.

"오빠."

느릿느릿 준영을 불렀다. 눈을 뜨고 있던 준영은 천천히 고개를 돌렸고, 깨어난 그녀를 보며 다행이라는 듯 다시 웃었다. 말을 할 수 없는 준영 대신 옆에서 화연이 그녀를 붙잡았다.

"그냥 좀 다쳤어."

"……그냥, 왜?"

아무도 답하지 않았다. 불안감에 심장이 마구잡이로 떨렸다. 숨이 막히는 기분이었다. 그녀가 두 손으로 머리를 붙잡았다. 다급히 다가온 철운이 그녀를 감싸 안았다.

머리가 깨지도록 아파 왔지만, 그녀는 기억을 멈추지 않았다. 윤이가 나를 구했다. 바위 위에 올라와 숨을 쉬는지 확인하며 애타게 이름을 부르던 목소리가 떠오른다. 그리고 넌, 다시 물속에 뛰어들었다. 그래, 계곡에 또 한 사람이 있었다.

황망히 머리를 흔드는데, 화연이 울면서 설명했다.

"윤이가 너 구하겠다고 그렇게 뛰어들어서는, 한참 동안 나오지 않았대. 뒤에 도착한 준영이가 너희를 구하려고 했어. 그런데 준영이가 다쳐서, 못 나오고 있으니까……. 널 데리고 나온 윤이가 다시 준영이 구하겠다고……."

"……."

"그 틈에 어른들이 왔어. 너는 정신을 잃었고, 2주일 만에 깨어난 거야. 오빠 저만큼 다친 것도 기적 같은 거래. 조금만 더 늦었어도 신경이 더 다쳤을 거라고. 윤이 없었으면, 네 오빠 못 깨어날 뻔 했어. 다행인 거야, 저만하니 괜찮은 거야."

기적? 이런 기적이 어디 있어. 이게 무슨 기적이야.

정신 나간 사람처럼, 초점 없는 시선으로 순정은 제 머리를 두 주먹으로 내리쳤다. 기억해 내라고. 아니, 실은 기억해 내지 말라고. 다 잊어버리라고.

"괜찮아, 순정아. 괜찮아. 얘가 왜 이래. 너 때문에 이렇게 된 게 아니야. 순정아, 이러지 마. 응? 이렇게 우리 모두 다 살았잖아. 너희 전부 괜찮잖아."

화연이 그녀를 붙들고 달랬다. 비명을 지르며 정신을 놓으려는 딸을 붙잡고 흐느꼈다. 한참을 괴로워하던 순정은 결국 쓰러졌고, 다시 병실로 옮겨졌다. 의사가 놔 준 진정제를 맞고 나서야 잠에 들었고, 병실에는 우울한 침묵이 찾아왔다.

병실 밖에 있던 윤은 그대로 돌아섰다.

서농 마을 계곡에 있었던 일로 율주가 발칵 뒤집혔다. 지역 방송 뉴스나 신문에도 대대적으로 기사가 실렸다. 보호 관찰 대상이던 임민아는 바로 구속됐다. 혼자 발을 헛디뎌 넘어진 거라며, 그걸 구하러 뛰어든 사람이 다친 건데 내가 무슨 잘못이냐고 패악을 부렸지만 순정은 조사를 나온 형사들에게 또박또박 증언했다.

임민아가 자신을 협박했고, 도망칠 수도 없게 바위 끝으로 몰아세웠고, 위협을 하며 계곡 쪽으로 밀어 냈다고. 어떻게 살인 미수가 아닐 수 있냐고 그녀의 부모님은 주장했다.

일이 점점 커지는 와중에 윤은 지난 한 달간 단 한 번도 순정을 만나지 못했다. 병실 안에서 꿈쩍도 않는 그녀의 목소리라도 들릴까 싶어 병실 밖에 앉아 있은 지 한참이었다. 시야에 휠체어 바퀴가 보였다.

"왜 안 들어가고."

준영이 옅게 웃으며 다가왔다. 이제는 제법 익숙해진 바퀴 놀림이 눈에 들어왔다. 윤은 한 달 전, 평상에서 배를 나눠 먹던 준영을 떠올렸다.

"……저 보기 싫어할까 봐요."

"그럴 리가 있어? 노순정인데."

장난스레 대답한 준영이 더 가까이 다가왔다. 바퀴와 윤의 무릎의 거리가 좁혀졌다.

"그럴까요. 나도 내가 이렇게 싫은데."

어떻게 내 앞에서 웃을 수 있는지, 어떻게 나를 보며 순정이를 만나라고 하는지 이해가 가지 않았다.

"다 이상해요."

"……."

"왜, 전부 저한테 고맙다고 할까요."

나만 아니었다면 임민아는 순정의 존재를 몰랐을 테다. 나만 아니었다면 임민아는 그녀를 협박하고, 계곡 끝에서 그녀를 위협하는 일 따위도 없었을 것이다. 나만 아니었다면 준영이 계곡 안에서 신경을 다칠 일도 없었을 거고, 또 나만 아니었다면. 나만 너를 좋아하지 않았다면.

"고맙지."

윤이 멍한 시선을 들었다.

"당연하잖아. 네가 나도 살리고, 내 여동생도 살렸는데."

"……."

"너 우리 집 은인이야. 설마 몰랐어?"

고작 열여덟짜리 괴물이 한 가정을 박살 냈다. 그 괴물을 이 가정으로 인도한 게 바로 자신인데. 원망도, 미움도 없이 오로지 고맙다는 이 가족을 이해할 수 없었다.

"내가 다친 건 온전한 내 실수야. 바보 같았지. 그때는 무슨 생각으로 뛰어들었는지 모르겠다. 너랑 순정이는 올라올 생각을 안 하지, 마음은 불안하지. 그래서 냅다 뛰어들었는데 지금 생각해 보면 나도 미친 놈 같았어. 너무 컴컴해서 아무것도 못 하겠더라고. 갑자기 몸이 꿈쩍도 안 하더라."

준영은 급한 마음에 바로 계곡물에 몸을 내던졌다. 순정이 떨어진 곳과는 약간의 거리가 있었고, 하필 추락과 동시에 바위에 머리를 부딪혔다. 준영이 뛰어내린 바위는 계곡물과 근접해 있었다고 경찰은 말했나. 맑은 계곡물 탓에 순간 물속이 바위가 멀어 보였다. 명백한 그의 실수가 맞았다.

윤은 그를 구했던 순간을 떠올렸다. 준영은 물에서 오래도록 나오지 않았다. 순정이 숨을 쉬는 걸 확인하고 뒤따라오던 준영이 없다는 걸 깨달았을 때, 비명을 지르던 임민아는 물속을 가리켰다. 그는 망설이지 않고 다시 몸을 던졌다. 물살을 따라 점점 반대편으로 빨려 들어가는 준영을 끄집어내기까지 수분이 걸렸다.

신경을 다친 준영의 진단은 좌측 편마비였다. 왼팔과 왼쪽 다리의 신경 손상으로 그는 한순간에 장애인이 됐다.

"우리 엄마가 맨날 얘기했거든. 계곡 조심해라, 계곡물에서 놀다가 사지 마비 된 사람들도 있다더라."

"……."

"그런데 난 그 정도는 아니잖아. 안 그래?"

겨우 몸 한쪽인데. 담당 의사는 준영의 경우를 기적이라 불렀다. 보통은 사지 전체가 마비되는 경우가 대부분이라고.

그런데 윤은 다행이라고 할 수 없었다. 웃는 준영의 얼굴을 멍하니 바라봤다. 하나뿐인 여동생에게 죄책감을 지우지 않으려는 그의 심정이 느껴졌다.

"그러니까 오늘은 순정이 얼굴 보고 가. 너 어떻게 지내는지 순정이도 궁금할 거야. 지금 혼자 있을걸?"

누가 누구를 위로하는지 모르겠다. 윤은 제 어깨를 토닥거리는 준영을 물끄러미 바라봤다. 준영은 힘들게 바퀴를 구르다가, 한 손을 뻗어 병실 문을 열었다.

"돼지야, 오빠 왔……."

열렸던 입이 서서히 닫히고, 순식간에 얼어붙는다. 윤은 준영을 바라보다, 몸을 일으켰다. 매일 앞에서 배회만 했지, 병실 안을 보는 건 처음이었다. 그리고.

"순정아."

피로 물든 침대, 침대 밖으로 튀어나온 얇은 손목, 반대편 손에 들린 과도, 바닥 위로 툭툭 떨어지는 붉은 핏방울.

윤은 다급히 순정에게 달려갔다. 꿀렁거리며 피가 새어 나오는 손목을 강하게 붙들고 이름을 불렀다. 순정아. 하지만 대답이 없다. 왜. 너까지 왜.

놀란 준영이 휠체어에서 엎어졌다. 때마침 지나가던 의료진들이 그를 일으켜 세우며 병실 안을 바라봤다.

순정을 확인한 사람들은 재빠르게 뛰어다니며 응급 처치를 하기 위해 순식간에 난리가 났다. 그 와중에도 윤은 할 수 있는 게 없었다.

그녀는 다행히 생명을 건졌다. 또한 동시에 기억을 잃었다. 트라우마로 인한 정신적 외상. 오빠의 장애를 향한 죄책감. 그로 인한 결말이었다.

병원에 있는 건 오빠와 함께 교통사고가 났기 때문이라고 가족들은 거짓말을 늘어놨다. 준영이 다친 것 역시 그 때문이라고. 그녀는 달라진 준영의 모습에 힘들어했지만, 자신을 구하다 다쳤다는 죄책감이란 감정을 지웠다.

율주에 이사 왔던 그날부터 그녀의 기억은 사라졌다. 어쩔 수 없었다며 화연은 윤에게 애걸복걸했다. 순정이를 저대로 두자고.

오랜만에 웃음이 났다. 그 역시 다행이라고, 이게 맞다고 생각했다.

너의 기억 속에서 내가 지워져 얼마나 다행이냐고. 네 인생에서 나만 도려낸다면, 네가 다시 웃을 수 있었다. 그는 선택하지 않을 이유가 없었고, 기꺼이 따랐다.

봄에 만나, 여름을 누렸고, 가을까지 함께했다. 그리고 겨울이 오기 전, 너와 이별했다.

단 세 계절의 기억은, 오직 그의 것이었다.

13화

애매한 재회

"얘는 참. 열심히도 들이댄다."

느끼한 멘트가 구구절절인 카드를 확인한 한희가 고개를 저었다. 필라테스를 마치고, 차에 오르기 무섭게 잠에 들려 했던 수현은 한희가 건넨 카드를 단숨에 구겼다. 동시에 버리라 했던 꽃바구니가 눈에 들어왔다.

코끝을 찌르는 진한 장미 향기. 머리가 아파 왔다. 얘는 꼭 꽃을 골라도. 화보 촬영장에 도착한 꽃바구니는 동료 배우인 윤규진의 선물이었다.

"돌려보내."

"뭐, 굳이 그렇게까지?"

"응, 굳이 그렇게까지."

차기작 확정 기사가 보도된 이후로, 수현은 하루도 거르지 않고 얼굴에 두꺼운 가면을 써 댔다.

복귀와 동시와 광고 계약 체결, 밀려드는 인터뷰, 화보 촬영. 소속사에서는 동영상 플랫폼에 올릴 광고 촬영 현장을 담을 브이로그 촬영도 제안했지만, 수현의 컨디션이 거기까지 따라가지는 못했다.

더더군다나 차기작으로 확정 지은 영화에 함께 출연할 윤규진의 추태가 계속되는 바람에 피로는 배가 됐다.

최서린 작가의 드라마로 복귀할 예정이었으나, 수현은 실연의 상처로 보기 좋게 앓아누웠고 덕분에 미팅 자리에 나가지 못했다. 결국 드라마는 다른 배우에게 넘어갔고, 그녀는 모두가 탐내는 이봉환 감독의 영화를 골랐다. 크랭크 인은 한 달 후였다.

"너, 그 백반이랑은 어떻게 됐냐?"

백반. 이태리 가정식을 만드는 남자가 토속적인 백반집 사장이 된 지도 꽤 됐다. 마치 어제 일 같은 이별을 떠올리며 수현은 고개를 돌렸다.

"차였어."

"뭐?"

"차였다고."

건조한 대답에 한희는 들고 있던 휴대폰을 떨어트렸다. 그만큼 충격적이라는 얼굴로 슬쩍 운전 중인 로드 매니저 우진을 돌아보다가, 목소리를 죽였다.

"네가 찬 게 아니라, 차였어? 아니, 제정신 박힌 놈이면 너를 찰 수 있어?"

"그러게, 뻥 차더라고."

"……매달린 건 아니지?"

설마 그렇게까지 했겠어. 불안하다는 얼굴로 미간을 좁힌 한희가 되물었다. 수현은 창밖에 시선을 고정했다.

"아무래도 매달릴걸 그랬어."

그랬다면 후회는 안 했을 것 같기도 하고.

그녀는 다시 수면제를 찾기 시작했고, 먹을 것에 흥미를 잃었다. 정확히는 그와 헤어지고, 세게 앓은 뒤로. 몇 번이나 만났다고 아프고 난리인지.

고작 몇 번의 식사, 몇 번의 눈 맞춤, 단 한 번의 키스. 수현은 아랫입술을 지그시 물었다. 정말 그게 다였느냐고, 그렇게 치부할 수 있는 시간들인지 스스로에게 묻고 싶었다.

"애가 미쳤어! 너 차수현이야! 매달리고 싶어? 레스토랑도 아니고, 아니 미쉐린 셰프도 아니고 백반집 사장한테?"

"직업에 귀천이 어디 있어. 속물이야?"

"아니, 아무리 그래도……."

차였다는 말에 발끈했던 한희가 민망한 듯 입술을 비죽였다. 지금 편들 사람을 편들어야지, 이거 진짜 제대로 코 꿰인 거 아닐까 생각하던 한희는 멈추지 않고 다시 말을 이었다.

"너 진짜 매달릴 건 아니지? 그렇지? 야, 윤규진은 차라리 돈이라도 많지. 돈 없는데 자존심 센 놈은 진짜 답도 없다, 너. 알지?"

"아예 소문을 내지 그래."

그제야 목소리가 조금 컸다는 걸 인지한 한희가 곧장 입을 다물었다. 아닌 척 귀를 쫑긋 세우고 있던 우진에게 음악 볼륨을 높이라 말한 뒤, 다시 수현을 설득해 보려 했지만 그녀는 이미 안대를 뒤집어쓴 채였다.

차 안에서 수현이 안대를 썼다는 건 말 시키지 말라는 뜻이었다. 한희는 대표씩이나 돼서 배우 눈치나 보는 처지를 원망하다가 백반집 남자한테 밀린 제 위치를 실감했다.

"오늘은 일찍 자. 내일 스케줄 없으니까 휴대폰 꺼 놔도 좋고."

"응."

"밥은 챙겨 먹어. 뭣하면 도시락 보낼 테니까."

"내가 뭐 애야. 알아서 챙겨 먹을게."

"뭘 안 먹으니까 하는 소리지. 너 그러다 진짜 큰일 난다?"

집에 도착할 때까지 잔소리는 이어졌다. 한희에게 손을 흔들어 주고, 수현은 곧장 아파트로 향했다. 그녀의 동선은 침실까지 이어지지도 않았다. 거실 테이블에 가방을 내려놓고 시계를 풀었다. 깔끔하고 단정하게 정리된 소파에 드러누운 수현은 한참을 그대로 있었다.

공허한 공기, 한껏 고조됐다가 끊임없이 가라앉는 온도. 모든 사람들의 시선 가운데에 꿋꿋이 버텨 내다, 완전히 혼자가 됐을 때 찾아오는 우울감.

역시나 2년의 휴식이 해결해 주는 건 없었다. 그녀는 2년 전의 그때로 돌아왔고, 다시 무기력해졌다. 삶과 일상의 의미를 찾아야 하는 이유조차 모를 허무함, 지독한 외로움. 공윤이란 남자가 빠져나간 빈자리 때문일지도 모른다.

"이젠 배도 안 고프네."

돌아누워 한강을 내려다보던 수현이 중얼거렸다. 팔을 소파 밖으로 뻗고 있던 그녀의 시야에 왼쪽 손목 안쪽에 자리 잡은 상처가 눈에 들어왔다.

"짜증 나게."

보기 싫다. 가볍게 중얼거린 그녀가 시계를 다시 찼다. 집에서는 가릴 생각도 안 했던 상처가 순식간에 사라졌다.

"와, 이제 좀 한가해졌네요."

"셰프님, 오늘 메뉴 엄청났어요. 고사리 올리브오일 파스타 대박. 먹는 사람마다 난리였다니까요. 이거 메뉴로 자주 내요. 소스도 직접 개발하신 거죠?"

병찬이 기지개를 켜고, 테이블을 정리한 지호가 접시를 주방 안으로 가져오며 말했다. 윤은 말없이 냉장고에서 식재료들을 다시 꺼내 직원들과 함께 먹을 점심을 만들었다.

'오늘, 한 끼'는 SNS 영향력 덕분인지 젊은 세대들의 인기가 꾸준히 이어졌다. 두 달 전에 '거리의 식당'이라는 주제로 잡지에도 실렸는데,

그 덕도 톡톡히 봤다.

그리고 얼마 전에는 미쉐린 가이드에 선정돼 미쉐린 원 스타를 받았다. 처음 소식을 알게 되고, 윤은 몇 달 만에 환히 웃었다. 수현과 헤어진 후 처음이었다.

"우리 다음번에는 별 두 개, 아니 세 개까지 받아요. 저 진짜 셰프님한테 뼈를 묻을 겁니다."

지호에 이어 다들 불경기라고 말하는데 우리만 이렇게 바빠도 되냐고 병찬이 너스레를 떨었다. 윤은 말없이 칼을 손에 쥐었다.

"아, 형. 그건 어떻게 됐어요? 정우 셰프님 연락 오신 거."

"아직 생각 중."

"뭘 생각해요. 당연히 콜이지. 형 그 사업 시작하면 떼돈 버는 거예요, 이제."

바로 2주 전이었다. 홍콩에서 헤드 셰프로 일할 적 수석 셰프였던 정우가 미쉐린 선정 소식을 듣고 사업 제안을 해 왔다. 성수동에 새로 오픈하는 레스토랑의 헤드 셰프 자리와 지분. 고급화된 '오늘, 한 끼'의 2호점이 프로젝트의 큰 그림이었다.

그 레스토랑에 '오늘, 한 끼'의 이름을 걸자는 파격적인 제안은 그의 입장에서는 거절하기 힘들었다. 정우는 솔직하게 얘기해 왔다. 네 레시피가 탐이 난다고.


"우리가 원하는 건 '오늘, 한 끼'라는 식당과 메뉴의 브랜드화야. 이미네가 개발한 메뉴들로 다른 이태리 레스토랑과 차별화를 두고 싶어. 반응들보니 이미 그렇게 되는 것 같고. 신사동 레스토랑 헤드 셰프 자리 거절하고네 가게 오픈한 이유, 왜인지 알아. 네 메뉴에 애착 있는 것도 알고. 네 이름을 내건 레스토랑치고 지분은 적겠지만, 일단 지금 1호점처럼 미쉐린만 달면 지분 조정은 다시 할 거야. 계약서에도 명시할 거고."

이미 건물은 올라가는 중이고, 메뉴 선정과 인테리어 전반적인 분위기를 잡는 것부터 같이하자는 제안은 여러모로 나쁠 것이 없었다.

그가 한국으로 돌아와 대형 레스토랑 헤드 셰프 자리를 마다하고 '오늘, 한 끼'를 차린 건 그만의 메뉴를 만들 수 없어서였다. 정우의 요구는 오직 윤의 머릿속에서 나온 메뉴였다. 사업적으로도 거절할 이유가 없었다.

하지만 아무리 거리가 가깝기로서니 '오늘, 한 끼'에 지금처럼 몰두할 수는 없다. 병찬과 지호에게 아예 이곳을 일임해야 했다.

쓰레기를 정리하던 지호가 뭔가 생각난 듯 박수를 치며 말했다.

"아, 맞다. 셰프님. 런치 타임 전에 어떤 영화 제작사에서 전화 왔어요."

"또 촬영하고 싶다고?"

설거지에 열중하던 병찬이 대신 물었다. 윤은 말없이 팬에 올리브오일을 두르고, 새우와 브로콜리를 볶았다.

"네. 그런데 주연 배우가 누구인지 알아요?"

지호가 뜸을 들일 때는 이유가 있다. 너무 말하고 싶지만 아껴 말하고 싶을 때.

"수현 누나요."

팬의 손잡이를 잡던 윤의 손이 멈칫했다.

"차수현? 차수현 영화 들어가?"

"네. 얼마 전에 복귀 기사 크게 났어요. 한 달 후 크랭크 인이라고. 작은 한식 레스토랑 운영하는 여자 주인공으로 나오는데, 세트 말고 딱 여기서 촬영하고 싶대요. 장소 섭외하는 감독이 밥도 먹고 갔다는데요?"

"와, 차수현이면 홍보 엄청 될 것 같은……."

"거절해."

단 한 마디로 기대감을 일축시킨 윤은 앞치마에 손을 닦았다. 지호가 뭔가 더 말하려 했지만, 병찬이 서둘러 그를 막았다. 아쉬운 듯 지호가 입술을 달싹일 때, 윤이 앞치마를 벗었다.

"밥 먹고 있어. 장 좀 봐 올게."

아침에 필요한 거 다 사지 않았냐고 물을 틈도 없이 그는 식당을 나섰다. 병찬은 말없이 그가 만들어 놓은 식사를 그릇에 옮겨 담았고, 지호는 어깨를 으쓱였다.

"설마 우리 셰프님 차수현 안티예요?"

"글쎄."

병찬이 작게 중얼거렸다.

"나도 모르지."

그 반대인 것 같기도 하고.

브레이크 타임이 끝나 갈 때가 돼서야 윤은 두 손 가득 장을 봐 돌아왔다. 신메뉴 때문에 사 온 거라며 설명하는 윤의 얼굴이 왠지 우울해 보여 둘은 굳이 말을 덧붙이지 않았다.

"2년 만의 복귀시라 팬들의 기대감이 아주 큰데요. 복귀작으로 이봉환 감독님의 영화를 선택한 특별한 이유가 있을까요?"

"휴식기에는 정말 아무런 소식이 없으셨어요. 우스갯소리로 결혼한 게 아니냐, 이민을 간 게 아니냐 말이 돌았을 정도인데 그동안 뭘 하면서 지내셨어요?"

"복귀를 선택하실 때 가장 중요하게 생각하신 게 있으실까요?"

"바로 이전 영화에서 아이를 납치당한 미혼모로 나오셨죠. '새로운 연기 변신을 두려워하지 않는 배우'라는 타이틀에 대해서는 어떻게 생각하세요?"

같은 질문을 하루에 다섯 번씩은 받았다. 똑같은 말을 주절주절, 웃는 얼굴로 대답하는 것도 한계가 있었지만 그녀와의 인터뷰 약속을 잡고 설레어 했을 기자들을 생각하면 허투루 생각할 수 없었다.

스케줄을 끝내고 집으로 돌아오니 늦은 밤이었다. 습관처럼 시계를 풀고, 옷도 갈아입지 않은 채 주방으로 향했다. 냉장고를 열어 잘 정리된 도시락들을 빤히 바라보다 물 하나를 집었다.

종일 먹은 거라곤 김밥 두 알이 전부였지만 뭘 먹을 생각은 들지 않았다. 시금치 리소토라면 몰라도.

그냥 해 먹을까. 넓고, 팬이며 그릇이며 뭐가 많기도 하고, 물만 마시는 주방으로 쓰기에는 아까울 정도이니. 의욕 없이 주방 한쪽에 서 있던 수현은 휴대폰을 손에 들었다. 검색하니 레시피는 금방 나왔다.

"쉽네, 뭐."

아직 집 근처 마트가 문 닫을 시간은 아니었다. 편한 트레이닝복으로 옷을 갈아입고 지갑과 휴대폰만 챙겨 집을 나섰다. 모자 위에, 후드 모자까지 쓰니 밤중에 그녀를 알아볼 이는 없었다.

잘 오지도 않는 마트에서 시금치와 필요한 재료들을 잔뜩 샀다. 이걸 진짜 이 밤중에 해 먹을지는 감이 안 섰지만, 일단 장을 봤다는 것부터 엄청난 발전이었다.

밤공기가 좋았다. 그녀는 곧장 집으로 가지 않고, 약간의 습기를 머금은 지금의 공기를 누려 보기로 했다. 이쪽 길로 가면 사람이 없을까. 무선 이어폰을 양쪽 귀에 꽂았다.

꽤 오랜만의 산책이었다. 한쪽 팔이 짐 때문에 무거웠지만 버틸 만했다. 영화 시작하기 전에 여행이나 다녀올걸 그랬나. 이렇게 원 없이 걷게.

바닥을 보며 걷는 건 자신도 모르는 순간부터 생긴 습관이었다. 그래서 그녀는 몰랐다. 발 가는 대로 걷다 보니 도착한 곳이 여기일 줄은.

이렇게나 많이 걸어왔나. 기가 차서 웃음을 터트렸다.

"이 정도면 병인데."

스토커로 신고를 당해야 정신 차릴 거냐고. 한숨을 삼킨 수현이 불 꺼진 레스토랑을 바라봤다. 하필 시금치 리소토를 해 먹겠다고 나선 유일한 날, 오랜만에 나선 산책에 발끝이 닿은 곳이 여기라니.

"등신."

쉽게 발이 떨어지지 않았다. 그냥 이대로, 여기서 잠깐만 머물다 갈 생각이었다. 불 꺼진 곳을 바라보며, 그때를 후회하는 감정도 나쁘지 않다. 잊어 가는 중에 맞닥뜨린 우연이 있다면 더할 나위 없을 것 같기도 하고.

불현듯 그렇게 우연을 바랄 때였다. 거짓말 같은 일이 벌어졌다. 꾹 닫혀 있던 식당 문이 열리고, 윤이 모습을 드러냈다. 정말 거짓말처럼, 아니 꿈처럼.

"……."

그도 놀랐는지 멈춰 서서는 아무 말이 없었다. 세 달 만에 보는데도 자신을 단숨에 알아봤다는 것에 그녀는 약간의 희열을 느꼈다. 나만 못 잊은 건 아니구나 싶어서. 돌아설까 망설였지만, 왠지 도망치는 것 같아 그녀는 고집스레 말을 걸었다.

"지나가는 길이었어요."

그것도 묻지도 않은 말을.

윤은 아무런 말도 없었다. 말을 건 그녀가 민망할 만큼이나. 더는 견디기 힘들었다. 그녀가 뻔뻔할 수 있었던 건 한마디가 전부라 지나쳐 걸었다. 밤중에 섞인 그의 체향이 아른거려도 무시했다. 바닥에 시선을 내리꽂은 채, 무작정 걷다가 멈춰 섰다.

"자기가 한번 물어보든가."

"아니, 왜 나한테 그래. 아니면 어쩌려고."

"아니면 아닌 거지. 물어도 못 봐? 이리 와 봐, 내가 물어볼게."

근처 건물 앞에서 수군거리던 여자들의 목소리가 한층 가까이 들려왔다. 그녀를 알아본 누군가가 코앞까지 다가왔다. 보통 사람들이라면 맞은편에서 오는 사람을 피할 텐데, 중년의 여자들은 곧장 그녀에게로 걸어왔다.

"어머, 어머. 진짜 차수현이네."

"뭐? 정말?"

무례하게도 모자를 살짝 들춰 수현의 얼굴을 확인한 여자가 손뼉을 쳤다. 그녀는 뒷걸음질 쳤지만, 앞의 다른 여자가 그녀의 팔과 어깨를 동시에 붙잡았다. 놀란 수현의 입에서 소리 없는 비명이 터져 나왔다.

"모자 좀 벗어 봐요, 얼굴 좀 보게. 예쁜 얼굴은 왜 가리고 다니나 몰라."

"우리 사진 찍자, 사진 찍어! 다 같이 여기 모여 봐, 여기 배우가 있어!"

더 일행이 있었는지 그녀의 팔을 붙잡은 여자가 사람들을 불러 모았다. 수현이 숨을 참고 어깨를 움츠렸다. 웅성거리는 목소리가 한곳에 모아졌다. 뿌리치고 가고 싶은데 이상하게 팔에 힘이 들어가지 않았다. 알 수 없는 공포가 밀려오고, 머리가 지끈거렸다.

"죄송합니다."

그 순간 넓은 등이 그녀의 앞을 막아섰다. 공윤, 바로 그였다.

"사진은 어렵습니다."

정중하고도 강한 어조에 중년의 여자 무리는 한바탕 민망해하다 하나둘 사라졌다.

신기한 일이다. 이 남자가 뭐라고 말 한 마디에 안심이 될까.

"매니저 해도 되겠어요."

잠시나마 불안했던 모습을 지우고, 서늘히 말했다. 그가 돌아보는 시선이 느껴졌다. 낮은 숨을 뱉으며 그녀는 몸을 바로 세웠다. 순간 사람들이 앞을 가로막아서인지, 눈앞이 흐려져 몸이 움직이지 않았다.

"괜찮습니까?"

그냥 지나칠 줄 알았던 남자가 말을 걸어왔다. 수현은 물끄러미, 윤을 올려다봤다.

"왜요. 이번에도 무시하지."

"……안색이 안 좋습니다."

그의 말을 듣고 나서야 자신이 식은땀을 흘리고 있다는 사실을 깨달았다. 이마 위에 손을 올린 수현이 나른한 숨과 함께 대답했다.

"그냥 저녁을 안 먹어서……."

갑자기 머리가 어지럽고 눈앞이 뿌옇게 변했다. 몸이 기울어졌다. 그것도 남자의 품 안으로. 정신을 잃기 전의 기억은 다급히 뻗어 오는 그의 손이었다.

쓰러진 그녀를 차 조수석에 태워 곧장 가까운 대학 병원 응급실로 달려왔다. 하지만 순간 깨달았다. 맨얼굴의 그녀를 응급실로 데려가서 안 된다는 사실을.

창백하다 못해 하얗게 질린 수현을 바라보며 윤은 조급한 마음을 달랬다. 앞뒤 생각하지 않고 응급실로 데려가야 하나, 조수석을 완전히 눕힌 윤은 빠르게 결심했다. 아픈 그녀가 먼저라고.

운전석에서 내려 조수석 문을 열었다. 그녀의 다리와 허벅지 사이에 팔을 넣고 안으려던 찰나, 시선이 부딪혔다. 옅은 호흡을 내뱉으며 천천히 눈을 깜빡이던 수현은 윤을 가만히 바라보았다.

"……일어났네요."

그녀만큼이나 창백했던 그의 얼굴이 묘한 안도감을 표출했다. 정신을 차린 수현은 금방 이곳이 어디인지를 깨달았다.

"나 왜 여기 있어요?"

"쓰러졌습니다."

몸을 일으켜 세운 윤은 낮은 숨을 뱉고선 다시 조수석 문을 닫았다.

얼굴을 쓸어내리는 그를 창밖으로 확인한 수현이 미간을 찌푸렸다.

푹 잤다가 일어난 기분. 뭔가 개운했다. 그런데 그렇게 말했다가는 안 될 것 같아 가만히 있었다. 그는 밖에서 한참을 있다가 보닛을 돌아 운전석으로 돌아왔다. 심각해 보이는 표정이 꼭 화난 것 같았다.

뭐, 재회가 이 모양인지. 쓰러졌으면 정말 제대로 아파서 걱정을 끼치든가. 수현은 애매하게 아픈 제 몸을 탓하며 윤을 돌아봤다.

"고마워요. 난 여기서 갈게요."

"병원은요."

차에서 내리려는 그녀를 향해 다급히 물었다. 감정 하나 깃들지 않은 그녀의 얼굴에 반해 윤은 큰일이라도 난 사람처럼 굴었다.

"괜찮아요."

"괜찮으면 보통 쓰러질 일이 없어야죠."

"왜 쓰러졌는지 아니까 괜찮다는 말이에요."

"무슨 소리입니까, 그게."

그녀는 묘한 희열을 느꼈다. 초라해지지 말라는 가시 돋친 말을 했던 남자의 눈에 깃든 걱정이, 자신을 향한 것인가 싶어서. 그런데 우습잖아. 당신이 왜?

"지금 나 걱정하나 봐요."

단조로운 투의 목소리가 조용한 공기 위를 사뿐히 걸었다.

"왜지. 잠깐 갖고 놀다 버린 장난감보다 더 못한 취급을 했으면서."

고작 일주일도 안 되는 시간, 몇 번의 데이트와 몇 번의 만남.

그녀가 깊게 눈을 감았다 떴다. 더 떠올리지 말자. 그의 말대로 초라해지지 말자. 이미 그를 맞닥뜨린 순간부터 초라해졌지만, 얼른 끝내고 싶었다.

더 이상 미련을 떨게 되면 그를 붙잡을 것 같았다. 구차하게 매달려서는 그의 곁에 있고 싶다 말할 것 같았다.

왜. 당신이 뭐라고. 당신이 날 그저 그런 여자 취급한 것처럼 나도 그래야 맞는 건데. 내게도 당신은 딱 그 일주일짜리 데이트 상대여야 맞는 건데. 그녀는 얼어붙은 그의 얼굴에서 시선을 뗐다.

"택시 타고 갈게요. 오늘 고마웠어요."

황급히 차에서 내린 그녀는 후드 모자를 깊게 눌러썼다. 장을 봤던 비닐봉지는 어디로 사라졌는지 모르지만 다행히 주머니 안에는 휴대폰과 지갑이 그대로 있었다. 겨우 시금치 리소토 하나 먹자고 나왔다가 기절을 하다니.

그녀가 신음을 삼키며 빠르게 걸었다. 하지만 갑자기 몸을 움직여서일까, 어지럼증이 핑 돌았다. 큰길에 내려선 수현은 도로 위로 팔을 뻗다가 머리를 붙잡았다. 그 순간, 윤이 그녀를 붙들고 인도 위로 잡아당겼다.

"미쳤습니까? 위험하잖아요."

낮고 감정이 억눌린 목소리가 그녀를 붙들었다. 경고를 하려는 것 같은데, 그녀는 그 속에서 걱정과 불안을 느꼈다. 참았던 숨을 내쉬듯, 그는 화를 참는 사람처럼 그녀를 내려다봤다.

"진료받아요. 쓰러졌었어, 당신."

전보다 더 가느다란 그녀의 손목을 놓으며 말했다. 그녀는 무심히 허공으로 떨어지는, 시계를 차지 않아 상처가 그대로 드러난 제 손목을 내려 보다 다시 그를 돌아봤다.

"괜찮아요. 병원까지 갈 일 아니에요."

"차수현 씨가 의사입니까?"

차갑게 되물어 오는 질문에 대답할 말이 없다. 걱정하는 걸까, 의심도 했었다. 그런데 이제는 화가 난다. 이 사람은 정말 나를 뭐로 아는 걸까. 한 걸음 물러선 그녀의 입술 사이로 옅은 한숨이 새어 나왔다.

"요 며칠 밥을 제대로 안 먹어서 그런 거예요. 다이어트 중에는 가끔 이러고."

구구절절 설명하는 모양새가 우스웠다. 스스로가 한심한지 수현이 짜증 섞인 얼굴로 그를 올려다봤다.

"그런데 무슨 상관이에요?"

날 선 목소리에 가득 담긴 원망, 또는 미움. 이 순간 제 반응이 너무 감정적이라는 걸 알았지만 수현은 멈추지 않고 말했다.

"무슨 자격이 있어서 걱정해요? 가지고 놀다 버린 장난감 A/S라도 하는 거예요?"

"차수현 씨."

"예쁜 꿈은 그때로 족했죠."

"……."

"아니면 모르나 봐요. 작정하고 준 상처가 얼마나 아픈지는."

차갑게 쏟아붓고 그녀는 그대로 돌아섰다. 컴컴한 밤중, 8차선 도로를 옆에 둔 길목에는 아무도 없어 다행이었다.

어딘지도 모를 곳을 향해 그렇게 걷는데 열 걸음도 지나지 않아 급히 뛰어온 그가 긴 팔을 뻗어 앞을 가로막았다. 고작 열 걸음을 견디지 못한 윤은 이번에 함부로 손목을 휘어잡지도 않았다.

"병원 가요, 지금 당장."

그저 나를 걱정할 뿐.

"당신, 진짜……."

잔인해. 잔인하다고. 어떻게 이럴 수 있어? 초라해지지 말라고 사람 있는 대로 상처 줘 놓고, 지금 이런 얼굴로 날 걱정하면 나는 무슨 기대를 하게 되는지 몰라서 이래?

종이 한 장과도 같은 인내심이 폭발하려던 찰나, 휴대폰을 꺼내 들었다. 곧 한희가 전화를 받았다. 병원에 가야 할 것 같으니 빨리 오라고. 그녀는 친절한 설명을 덧붙이지 않고 통화를 마쳤다.

"됐죠, 이제. 이만 가 주시겠어요?"

내가 더한 기대를 하기 전에. 그 순간 갓길에 택시가 멈춰 섰다. 내려선 일행들이 병원과 반대편 방향으로 걸으며 그들을 스쳐 지나갔다.

수현이 고개를 숙였다.

"차에 가 있어요."

윤이 스마트 키를 그녀에게 건넸다. 달갑지 않은 배려에 수현은 손을 뿌리쳤다. 다시 괜찮아요, 또 괜찮아요. 대체 뭐가 계속 괜찮다는 걸까, 이런 몸을 하고서. 그는 억지로 그녀의 손에 스마트 키를 쥐여 주었다.

"밖에 있을 거예요. 온다는 그분, 차에서 기다려요."

"저기요."

"그렇게 합시다."

"……."

"더는 안 바랍니다."

불어오는 바람에 뒤집어쓴 모자 아래로 내려온 머리카락이 흩날렸다. 그 순간 바람이 멈췄다. 그를 보는 그녀의 눈동자도 일순 멈추고야 말았다.

한국 대학 병원 응급실. 한희를 대동하고 나타난 수현은 약간의 관심을 받았지만, 다행히 그게 전부였다. 응급실이 한산한 덕분이기도 했고, 조금 전에 큰 사고가 나서 사람들의 이목이 전부 거기에 쏠린 탓도 있었다.

한희는 다행이라고 해야 할지, 아니라고 해야 할지 모르겠다며 어깨를 으쓱였다. 커튼으로 둘러싸인 침대 곁으로 검사 결과를 들고 온 의사가 말했다. 예상대로였다.

"영양 상태도 조금 부족하고, 탈수 증상도 약간 있으세요. 심각한 건 아닌데, 영양 관리를 조금 하셔야 할 것 같아요. 링거 다 들어가는 대로 퇴원하셔도 좋습니다."

약간의 흥분을 감추지 않은 레지던트의 말이 빨랐다.

말이 끝났는데도 물러서지 않는 남자를 물끄러미 바라보던 한희가 헛기침을 내뱉었다. 그제야 얼굴을 붉힌 레지던트가 주머니를 뒤적거렸다. 업무용 수첩과 5백 원짜리 볼펜.

"팬입니다."

"……네, 감사합니다."

수현이 옅게 웃으며 수첩 위에 빠르게 사인했다.

"아, 여기 제 이름."

가운에 자수로 박힌 이름을 가리키는 레지던트의 뺨이 다시 붉어졌다. 수현은 이름까지 넣은 사인을 내밀었다.

"얼른 쾌차하세요."

두 손을 들어 파이팅을 외친 레지넌트가 커튼 밖으로 사라졌다. 꼼꼼하게 커튼이 다 닫혔는지 확인한 한희가 낮은 한숨을 내쉬며 침대에 걸터앉았다. 잔소리를 대신한 시선이 닿자, 수현이 변명하듯이 말했다.

"봐. 심각한 거 아니라니까."

"쓰러졌다며. 그리고 영양 상태 부족하다는 게 무슨 소리인지 몰라? 영양실조로 너 실려 왔다는 기사 나 봐. 바로 나부터 욕먹는 거야."

"요즘 스케줄 많았잖아."

"밥을 좀 챙겨 먹으라니까. 내가 너 집에 도시락 배달은 괜히 하는 줄 아니?"

배도 잘 안 고프고, 억지로 먹으려 하면 다 토해 내는데 어쩌겠는가.

수현이 벽에 뒷머리를 기댄 채 눈을 감았다. 그 순간 한희가 목소리를 죽여 왔다.

"그런데 있잖아."

"응."

"밖에 있는 남자."

대화의 주제가 윤이라는 걸 깨달은 수현의 눈이 떠졌다. 시선이 마주치자 한희가 뿌듯하니 웃었다.

"백반집 사장이 뭐 저렇게 잘생겼냐. 버릇처럼 명함 줄 뻔? 소속사 있냐고?"

"……직업병 자랑이니."

"엔터테인먼트 대표가 얼굴을 밝히지, 그럼 다른 거 밝히리? 그리고 너도 처음에는 잘생겨서 혹했을 거 아니야."

혹했던 건 사실이지만, 그게 전부는 아니었다. 편안했고, 낯설지 않았고, 그래서 불편하지 않았다. 그렇게 시작한 감정은 그 짧은 새에 끝도 없이 퍼져 나갔다. 이런 걸 운명이라고 하는 걸까, 혼자 얼마나 들떠 했는지 모른다.

"아, 백반집 사장을 한식 셰프로 포장하는 건 좀 그런가? 내가 스타 셰프로 키워 주겠다고 소속사에서 계약을 딱!"

어디 계속 말해 보라는 듯 수현이 바라보자 한희가 씩 웃었다.

"……은 아니고. 절대 아니지."

흠흠 헛기침을 한 한희가 마저 말을 이었다.

"탈수 증상도 약간 있다는데, 병원에서 쉬는 게 낫지 않겠어?"

"괜찮아. 그것도 나이롱이야."

"하루는 나이롱으로 쳐주지도 않아."

"이거 다 맞으면 집에 갈 거야. 그렇게 해 줘."

"그럼 저 남자는?"

손가락을 튕긴 한희가 커튼 밖을 가리켰다. 물끄러미 그녀를 올려다보던 수현의 시선이 손가락으로 가리킨 방향을 따라 옮겨졌다.

"아직도 밖에 있어. 그래도 쓰러진 너 병원까지 데려다 줬으니 고맙잖아. 감사 인사 정도는 전해야지. 네 상태 궁금해할 것 같기도 하고."

"……"

"들어오라고 해?"

좋다, 싫다 대답이 나와도 한참 전에 나왔어야 하는데 수현은 오랫동안 침묵했다. 이윽고 그녀의 마른 입술이 열렸다.

"아니. 그만 가라고 해."

기대앉아 있던 수현이 침대에 누웠다. 병원의 하얀색 시트를 가슴까지 올려 주며 한희는 과연 수현이 진심일까 고민했지만 말았다. 그녀의 생각이 필요한 일은 아니었다.

"그럼 쉬어. 보내고 올게."

"언니."

막 커튼 밖으로 나서려는데, 수현이 그녀를 불렀다. 가느다란 팔에 꽂힌 주사 바늘이 오늘따라 두꺼워 보였다. 그녀는 잠시 망설이다 입을 열었다.

"나 오늘 쓰러진 거······."

"알아. 집에 얘기 안 할게."

수현이 꺼낸 말의 의미를 알아챈 한희가 먼저 대답했다. 물끄러미 한희를 바라보던 수현은 낮게 말했다.

"응. 고마워."

그녀가 눈을 감았다. 아마 잠에 들지는 못할 것이다. 응급실 밖의 남자가 눈에 밟혀서.

한희는 떨어지지 않는 걸음을 뗐다. 소리가 멀어지자, 수현은 스르르 눈을 떴다. 사방이 커튼으로 갇힌 곳에서 혼자가 된 그녀는 길었던 하루를 떠올렸다.

"시금치 아깝다."

버려졌다 한들, 아직 길에 있든, 누군가가 버려 주면 그만이었다. 제발, 이 마음도 그렇게 버릴 수 있다면 좋을 텐데.

참았던 숨을 터트린 그녀가 응급실 문 쪽에 등을 두고 돌아누웠다.

14화

# 걷다 보니, 늘 너였어

"문제는 지금 판매가가 1인분에 2만 원 안짝이잖아. 2호점 레스토랑에서는 아무래도 단가가 배 이상은 높아질 것 같은데. 지금은 한 상 느낌이지만 코스로 기획해서 프리미엄 이름을 붙여도 좋고."

"……."

"반응 보니까 네 메뉴들 중에 인기 있는 게…… 뭐야, 듣고 있어?"

똑똑. 그의 앞쪽 테이블을 두드린 정우가 윤의 바로 눈앞에서 손을 흔들었다. 그제야 정신을 차린 윤이 눈을 깜빡였다.

"네, 셰프님."

"왜 정신 빼 놓고 있어. 무슨 일 있냐?"

윤이 어색하게 웃었다. 창밖을 지나가던 버스 광고판에 가득한 수현의 얼굴을 훔쳐보고 있었다고 어떻게 말할 수 있을까.

"아니요. 괜찮습니다."

"컨디션 별로면 현장만 같이 가 보고 오늘은 찢어지자. 한 3주 뒤면 내부 인테리어 들어갈 수 있을 거야."

정우와 함께 도착한 성수동 공사 현장은 이미 2층짜리 건물을 올리고, 외부 벽과 내부의 세부적인 사항들만 남겨 둔 상태였다. 정우는 와인 셀러와 테이블 위치, 주방 위치를 설명했다.

"아는 소믈리에 있어? 아무래도 와인은 소믈리에를 따로 두는 게 좋을 것 같은데."

"추려 볼게요."

"고정 비용이 늘긴 하겠지만, 소믈리에가 있고 없고는 다르지."

"셰프님 레스토랑은요. 청담동이죠?"

"응, 나야 거기 헤드고 여기는 지분만 가지고 투자하는 거니까 바쁠 건 없지. 지금 1호점은 어떻게 하기로 했어?"

아직 생각 중이라는 말을 끝으로 그들은 현장에서 헤어졌다.

함께 사업을 진행하기로 한 뒤로 그는 '오늘, 한 끼'에 있는 시간보다 밖에 있는 시간이 많았다. 정우는 틈만 나면 그를 불러내 투자자들 미팅과 현장에 데리고 다녔다. 기존의 '오늘, 한 끼' 컨셉을 조금 확장해서 2호점을 오픈하는 것도 아니고 완전히 다른 결의 2호점이라 신경 쓸 것도, 모르는 것도 많았다.

차에 오른 윤이 깊은 한숨을 내쉬었다. 정우의 말대로 컨디션이 별로긴 했다. 그는 버릇처럼 휴대폰을 들었다. 차수현. 부르지도 못할 이름을 검색했다.


"……그래도 쓰러졌었는데요."

"네, 저희는 몇 번 이러다 보니까 적응이 돼서. 원래 저혈압이 있기도 했고, 잠깐만 식사가 불규칙해지면 저렇더라고요. 일부러 운동도 시키고 밥도 먹이는데 요즘은 식사를 게을리했어요. 좀 쉬면 괜찮다니까 너무 걱정 안 하셔도 됩니다."

"자주 이러는 편입니까?"

"활동기에는 더러 있는 일이긴 하죠. 제가 배우 건강 관리에 미흡해서 폐를 끼쳤네요. 저희 수현이 챙겨 주셔서 감사합니다. 수현이도 고맙다는 인사 전해 달라고 했습니다."

행여나 또 쓰러졌을까 싶어 매일 그녀에 관한 기사를 확인했다. 일주일 전, 그렇게 맞닥뜨린 이후로 생긴 그의 습관이었다. 눈을 감으면 제 품으로 힘없이 쓰러지던 모습이 생각났다.

다행히 자신이 걱정하던 기사는 없고 새로운 화보, 광고 촬영, 크랭크 인을 앞둔 영화에 대한 인터뷰 기사만 잔뜩이었다. 그는 휴대폰을 쥔 채 핸들에 이마를 기댔다. 한숨, 또 한숨.

"예쁜 꿈은 그때로 족했죠."

"……."

"아니면 모르나 봐요. 작정하고 준 상처가 얼마나 아픈지는."

그는 할 수 있는 게 없었다. 달려가 밥은 왜 제대로 안 먹냐고 다그칠 수도, 함부로 걱정할 수도 없다. 이제 그의 걱정과 불안은 그녀에게 상처였다. 그가 그렇게 만들었다.

지이잉. 손에 쥐고 있던 휴대폰이 진동했다. 병찬의 전화였다.

"응, 지금 들어가려고."

―아, 저기 형. 빨리 오셔야 할 것 같은데.

다급한 목소리가 평소와 달랐다. 시간을 확인한 윤이 미간을 좁혔다. 아직 브레이크 타임이라 식당이 바쁠 일은 없었다.

"무슨 일 생겼어?"

―영화사 관계자 분들이 오셨는데, 형을 아니, 셰프님을 꼭 뵙고 싶다고.

갑작스레 호칭을 고친 병찬이 소리를 죽였다.

"영화사?"

―네. 근데요…….

병찬의 말끝이 늘어졌다. 설마, 그는 이유도, 명분도 없이 누군가를 떠올렸다.

─차수현도 왔어요.

"이태리 레스토랑이요?"

"응, 마음에 드는데 섭외가 잘 안 돼. 수현 씨가 좀 같이 가 줘. 나 진짜 거기 마음에 들거든."

이봉환 감독과의 미팅 자리였다. 수현은 집에 있었고, 한희가 감독님과 식사하게 됐다며 그녀를 불러냈다. 알고 보니 원하는 촬영지가 있는데 섭외가 잘 안 된다, 라는 게 얘기의 요점이었다.

산미가 심한 아이스아메리카노에 눈살을 찌푸린 그녀가 커피를 테이블 위에 내려놨다. 봉환은 나란히 앉은 한희와 수현을 번갈아 보며 설명했다.

"잡지에 실린 적도 있고, SNS에서 이미 유명해. 규모는 작아도 분위기도 좋아. 얼마 전에는 미쉐린 별도 달았다던데? 일단 식당 인테리어나 우리 영화랑 너무 잘 맞아서 촬영하고 싶은데."

"아. 주인공이 운영하는 식당 말씀하시는 거구나?"

한희가 고개를 끄덕였다. 극본의 여자 주인공, 미소는 작은 한식 레스토랑을 운영하다 어느 날 갑자기 시각 장애를 앓게 되고, 여동생은 성폭행 피해자가 된다. 윤규진은 하루아침에 바닥으로 추락한 두 자매 앞에 나타난 의문의 남자 역할이었다.

"레스토랑이 작긴 해도 셰프가 유명한가 봐. 이태리에서 유학하고, 홍콩에서도 꽤 유명한 셰프였대. 물어보니까 인테리어도 전부 직접 자재 구해서 했다는데."

"와, 솜씨가 좋은가 봐요."

흥미가 생긴 듯 한희가 중얼거렸다. 그때까지도 수현은 아무 말도 하지 않았다. 어디서 많은 들은 스펙이라고 짧게 생각할 뿐.

"그러니까 내가 지금 몸이 닳았지. 세트로 만들면 그 분위기가 안 살 것 같고. 웬만하면 직접 만들자는 주의인데, 이번에는 욕심이 좀 나네."

"식당 섭외하기 힘들죠. 휴무도 얼마 안 되고, 그 날짜 맞춰서만 촬영하는 것도 힘들고. 영화 잘되면 레스토랑 입장에서는 대박이긴 할 텐데."

그래서 보통은 세트를 만드는 게 훨씬 경제적이었다. 하지만 봉환의 의지는 완강했다. 촬영 분량도 많지 않고 대략 5일, 휴무 날만 맞춰서 두 달 안에 끝낼 수 있다고 설명했다.

"제가 간다고 설득이 될까요."

귀찮을 것도, 못 갈 것도 없지만 괜히 마음에 걸려 수현이 말했다.

"그래도 혹시 모르잖아. 감독이 가서 설득하는 거랑 우리 차 배우님이 가는 거랑 또 다르지. 스케줄 없으면 지금 가 볼까 하는데, 괜찮아? 아마 그 레스토랑 지금 브레이크 타임이라 셰프랑 직접 만날 수 있을 거야."

브레이크 타임. 직원들 쉴 때 찾아가면 되게 민폐인데. 직접 당사자가 돼 본 적이 있었던 수현이 마지못해 고개를 끄덕였다.


한희는 어색하게 웃고, 봉환은 열심히 영화 내용에 대해 설명했다. 수현은 굳은 얼굴로 시선을 내리깔았고, 윤은 가만히 봉환의 이야기를 듣고 있었다.

한 테이블에 모여 있지만 모두가 다른 생각을 하는 이 아이러니한 상황.

이래서 불편했을까. 익숙한 동네에 들어섰을 때부터, 차 안에서 한희가 '수현이 동네네요?' 했을 때부터, '레스토랑 이름이 독특해. 이태리 식당 같지는 않아'라고 봉환이 설명했을 때부터 눈치챘어야 하는데.

윤이 직접 블렌딩했다던 원두로 내린 커피는 산미가 없고, 쌉쌀하니

고소했다. 딱 그녀의 취향. 원두 향에 이끌려 커피 잔으로 손을 뻗었다. 그 순간 윤과 시선이 부딪혔다.

"휴무 날만 시간을 내주셔도 좋습니다. 이번 영화가 중반부 들어서면서 어두워지는데, 확실히 그 색감을 차이 주기에 셰프님 레스토랑이 딱인 듯싶어서요. 전에 방문했을 때, 낮 2시쯤인가 들어오는 햇살이 너무 예뻤는데 그때 딱이다 싶더라고요. 두 달 안에 끝내겠습니다. 식당 운영에 지장도 없으실 거고, 당연히 촬영료 명목으로 금액적인 부분도 협의를 볼 거고요."

장소 헌팅을 다니는 매니저가 따로 있는데도 불구하고 봉환이 이렇게 목을 매는 경우는 수현도 처음 봤다.

하긴, 그녀 역시 처음 '오늘, 한 끼'에 들어온 날 인테리어와 분위기에 시선을 빼앗겼었다. 하필 셰프가 공윤이라 관심도가 떨어졌을 뿐.

그녀는 덤덤히 마주 보던 시선을 떨어트리곤 잔을 입으로 가져갔다. 쌉쌀한 원두 맛이 입 안에서 느껴졌다.

"어떠세요, 셰프님. 방해될 일은 없을 겁니다. 장담하겠습니다. 추가 촬영이 필요해도 무조건 휴무 날에만 진행할 거고요."

현장을 주름잡는 카리스마 때문에 배우들조차 벌벌 떨게 하는 봉환이 납작 엎드려 말했다. 의외라는 듯 한희가 눈을 크게 떠도 수현은 별다른 말을 보태지 않았다. 봉환이 그녀를 데려온 건 도와 달라는 의미일 텐데도, 그녀는 달갑지 않은 우연을 피하고 싶었다.

"식사는."

그때 윤이 입을 열었다. 낮고 건조한 목소리에 시선을 드는데 또다시 눈이 마주쳤다.

"하셨습니까."

그걸 왜 내게. 수현은 잠시간 입을 다물었다. 올곧게 닿아 오는 시선이 부담스러웠다. 커피 잔을 만지작거리던 수현이 손을 무릎 위로 내렸다.

얇아진 손목 때문에 맞지 않는 시계 줄이 헐렁거렸다. 여전히 그의 시선은 그녀에게 머물렀다. 피할 새도 없이 숨을 들이켜는데, 눈치를 살핀 한희가 먼저 되물었다.

"아, 저희요? 저희는 일단 셰프님 뵈러 온 거라서요."

그제야 수현을 빤히 보던 윤의 시선이 한희에게 옮겨졌다. 뭐지, 싶은 봉환이 어색하게 웃으며 '그러고 보니 수현 씨는 점심 먹었어? 또 샐러드 먹은 거 아니지?' 라고 물었다. 웃으며 대답을 피한 수현이 다시 커피 잔을 잡았다. 동시에 윤이 입을 열었다.

"드시지 마세요."

식은 원두커피를 마시려 하자, 그가 제지했다. 그들의 시선이 다시 공중에서 맞물렸다.

"식사부터 하시죠. 곧 준비하겠습니다."

"어어, 안 그러셔도 되는데."

"금방 됩니다."

몸을 일으킨 윤이 손사래를 치는 한희를 내려다보며 말했다. 그의 시선이 다시 수현에게 옮겨졌다. 물끄러미 윤을 올려다보며 수현은 싫다, 좋다 그 어떤 말도 하지 않았다.

"식사를 준비해 준다는 건, 촬영도 허락해 주겠다는 뜻인가?"

"글쎄요. 잘 모르겠네요."

"김 대표님도 한번 드셔 보세요. 여기 음식 장난 아니에요."

"그러게요. 백반이 나올 분위기는 아니네요."

"네? 백반이요? 뭐, 이태리 가정식 레스토랑이니 이태리 백반인 것도 맞나?"

뜻 모를 봉환이 우스갯소리를 던졌다. '백반집이라며?' 라고 묻는 듯한 한희의 시선을 무시하고, 수현은 식은 커피를 들다 말았다. 빈속에 마신 커피라 그런지, 약간의 위통이 느껴졌다. 그리고 주방 쪽에서는 연신 바쁜 소리가 났다.

자꾸만 이곳에서의 시간이 떠올랐다. 걷잡을 수도 없게.

"뭐? 백반?"

안심 스테이크와 구운 관자, 올리브 페스토와 통통한 새우가 올라간 파스타가 오늘의 디너 메뉴였다.

"제가 파스타 좋아하는데 질퍽한 소스보다는 올리브 오일에 볶은 걸 좋아하거든요."

설마 그 말을 기억해서? 짧은 의문을 던진 수현이 새우를 포크로 쿡 찔렀다.

"이태리 가정식이니까 이태리 백반이지."

"……유학 다녀온 셰프를 제육볶음 만드는 백반집 사장으로 둔갑시키는 재주지, 무슨."

"제육볶음 무시하지 마. 한국인 소울 푸드야, 그게."

어련하실까. 한희가 혀를 차는데, 수현은 포크로 파스타 면을 돌돌 말아 입에 넣었다.

"음식은 맛있네."

"맞아, 맛있어."

내가 이래서 자꾸 여기 생각을 하는 거잖아. 수현은 애써 공윤 때문이 아니라고 합리화했다. 한희가 의심의 눈초리를 던졌다.

"나 그런데 저 남자 왜 익숙하냐. 전에 병원에서 봤을 때도……."

마른침을 삼킨 수현이 컵으로 손을 뻗었다. 통화 때문에 자리를 비운 봉환이 돌아오기를 바랐다. 한희가 윤을 기억해 내기 전에.

"야, 설마 경찰서 앞에서 봤던 악플러……."

몇 달도 더 된 일을 잘도 기억해 낸 한희가 손가락으로 주방 쪽을 가리켰다. 그때 타이밍 좋게 지호가 쟁반을 들고 나타났다.

"뭐 불편하세요?"

"아, 아니요. 음식이 너무 맛있어서. 하하. 셰프님께 꼭 전해 주세요."

"그럼요. 이건 단골이시니까 서비스요."

지호가 테이블에 갓 만든 오렌지에이드를 내려놨다. 어쭈, 단골? 눈을 부라린 한희의 시선을 무시하고 수현은 지호에게 웃어 보였다.

"잘 마실게요."

"네, 누나."

누나야? 방긋 웃은 지호가 다시 주방 쪽으로 돌아갔다. 봉환은 밖에서 여전히 통화 중이었다. 주변이 다시 조용해졌음을 확인한 한희가 목소리를 죽였다.

"솔직히 말해. 몇 번 왔어? 얼마나 단골인데 너보고 누나래?"

"왜. 귀여운데."

집에만 붙어 있는 줄 알았더니, 얼마나 얼굴을 팔고 다녔던 거냐며 한희가 조용히 잔소리를 쏟아 냈다. 타이밍 좋게 봉환이 다시 식당 안으로 들어왔다.

"규진 씨가 크랭크 인 전에 다 같이 뭉치는 거 어떻냐고 하는데?"

"그런 얘기를 그렇게 오래 하셨어요?"

"하하, 수현 씨 안부 묻던데? 둘이 따로 통화 안 했어?"

수현은 웃음으로 대답을 대신했다. 돌려보낸 꽃바구니가 잘 도착했는지조차 확인하고 싶지 않은데 무슨 통화. 봉환은 규진의 붙임성과 싹싹함에 대해서 칭찬을 늘어놨다. 맞장구는 오직 한희의 몫이었다.

디너 준비 때문에 윤은 주방에서 꼼짝도 하지 않았다. 수현은 몰래몰래 느리게 식사를 하면서 주방 쪽을 흘겼지만 그때뿐이었다.

식사는 금방 마무리됐다. 얼마 만에 한 그릇을 깨끗하게 비운 건지 날짜를 셈하기도 힘들었다. 한희가 눈썹을 들어올리며 '웬일이냐, 한 그릇을 싹싹 비우고'라고 말했다. 어쩔 수 없이 남자가 돋운 제 입맛을 인정할 수밖에 없었다.

"이미 계산하셨는데요."

봉환이 계산하려고 카드를 꺼낼 무렵, 지호가 정중히 말했다. 한희와 수현의 눈동자가 동시에 맞물렸다.

"저희 셰프님이 이미 계산하셨어요."

"아니, 저희가 대접을 해야 하는데요."

"맛있게 드셔 주셨으면 족하다고 하셨습니다. 저희 셰프님이 지금 디너 준비 때문에 바쁘셔서 인사는 제가 대신하겠습니다."

주방 쪽에서 병찬이 바쁘게 왔다 갔다 하는 게 보였다. 하지만 윤은 보이지 않았다. 봉환과 한희가 앞다투어 잘 먹었다, 맛있었다, 우리가 대접을 받아 어떡하냐, 고맙다는 식의 말을 꺼내 놓을 때도 수현의 시선은 주방 쪽에서 움직이지 않았다.

"그럼 좋은 연락 기다리겠습니다."

명함을 남긴 봉환이 아쉬운 듯 주방을 흘기다가 레스토랑을 나섰다. 결과적으로 허락은 못 받았지만 밥은 얻어먹었으니 좋은 징조 아니냐며 어깨를 으쓱였다. 수현은 반대로 여겼다. 식사를 대접한 건, 거절을 돌려 말하는 윤의 뜻이고 얼굴을 보여 주지 않은 건…….

수현이 차게 웃었다. 그래, 얼굴 보여 주면 뭐가 좋다고.

"미련만 남지."

그녀의 중얼거림을 들은 듯 한희가 '응?' 하고 고개를 돌렸다.

"뭐? 뭐라고 했어?"

"아니야."

태연하게 표정을 감춘 수현이 걸음을 뗐다.

─진짜 괜찮은 거야?

"그렇다니까."

—엄마 때문에 복귀 서두르는 거면…….

"시나리오가 좋아서 그래. 걱정 마."

밤중에 소화가 잘 되지 않았다. 오랜만에 윤의 요리로 과식을 한 탓일까. 아파트 내부에 있는 산책로를 왔다 갔다 걷고 있는데 준영에게 전화가 왔다.

누가 누굴 걱정하는 건지. 아무도 없는 산책로 사이사이에 놓인 벤치에 앉은 그녀가 고개를 뒤로 뻗었다. 밤하늘의 별이 꽤 보였다. 오늘 날씨가 좋았던가.

"내 걱정 말고. 오빠 컨디션은 어때."

—괜찮아. 재활도 열심히 다니고 있고.

"연구소는?"

—다닐 만해.

"공부 뭐가 재미있다고."

—재밌어. 원래 의학이 알아 가는 재미가 있는 놈이야.

"……솔직히 말해. 연구소에서 왕따지? 사람들이 되게 재수 없어 할 것 같은데."

—이 오빠 인기 많거든.

의사가 되길 소망했던 준영의 꿈은 산산조각 났다. 그가 열아홉, 자신이 열여덟. 기억도 나지 않는 교통사고 때문에. 한 가지 기억나지 않은 일은 더 있었다. 그녀의 시선이 시계 줄을 차지 않은 손목으로 향했다.

준영은 다쳤던 다음 해에 의대에 곧장 진학했다. 몸은 불편했지만, 그때 그가 할 수 있었던 건 공부뿐이었다. 그러다 다친 지 5년 만에 왼쪽 팔 재활에 성공했다.

화연은 그날 세상이 떠나가라 울었다. 기적을 얻었지만 여전히 장애인인 아들에 대한 절망으로, 또한 희망으로. 의대 졸업 후 대학원 진학과 연구소 취직을 결정한 그는 꽤 괜찮아 보였다. 아니, 괜찮은 척일지도 모른다.

"전에 뭐 이상한 논문 쓰던데. 분자 세포 어쩌고, 융합 세포 어쩌고."

─영어 논문이었는데 그걸 해석했어?

"와, 나 이래 봬도 영어 레슨도 받았거든?"

다음에 둘이 밥 한번 먹자, 약속을 잡고 전화를 끊었다. 사실 준영의 휴대폰 속에서 화연의 목소리가 들렸기 때문에 부리나케 끊은 탓도 있었다.

속이 답답했다. 평소 술을 좋아하지는 않지만 왠지 마시고 싶어졌다. 집으로 올라간 그녀는 냉장고를 확인했다. 뜯지도 않은 도시락, 값비싼 음료수들 사이 술은 없었다. 겉옷을 걸치고 습관처럼 모자를 눌러썼다.

고급 주택이 늘어선 내리막길을 내려왔다. 큰길가에 인접한 편의점은 밤 11시가 넘어서인지 꽤 적막했다. 대충 바구니에 맥주들을 욱여넣고, 좋아하는 과자 하나를 골랐다. 소화가 잘 안 된다고 산책해 놓고 잘하는 짓인가 싶지만 에라 모르겠다는 심정이었다.

"어, 혹시⋯⋯."

계산을 끝마치는데 아르바이트생이 얼굴을 붉혔다. 어린 여자애였다. 스무 살, 데뷔 전 하루에 두 개씩 아르바이트를 뛰던 제 모습이 떠올라 수현이 옅게 웃었다.

"고생하세요."

'대박, 대박'을 연신 외쳐 대던 아르바이트생이 편의점을 나가는 그녀에게 '언니, 팬이에요!' 라고 소리쳤다. 모자를 눌러쓴 그녀가 걸음을 떼려는 찰나였다.

편의점 앞, 간이 테이블이 눈에 띄었다. 아무도 없고, 길을 지나는 사람도 별로 없었다. 밤공기는 시원했으며 답답했던 속은 아직 해결이 안 됐다. 혼자 야외에서 이러고 있다는 걸 한희가 알면 난리를 치겠지만.

"바람이나 쐴까."

대책 없이 자리를 잡은 그녀는 과자를 뜯고 맥주 한 캔을 손에 들었다. 아르바이트생이 눈을 반짝이며 이곳을 훔쳐봤지만 그때뿐이었다. 함부로 사진을 찍진 않아 그녀는 내버려 두었다.

휴대폰이 다시 울렸다. 화연의 이름이 뜨는 것을 확인한 수현은 한숨을 내쉬며 휴대폰을 테이블 위에 뒤집었다.

그녀는 엄마를 싫어하지 않았다. 다만 조금 불편할 뿐. 어릴 때부터 수재였던 오빠와의 작은 차별은 언제나 자연스러웠고, 투정만 부렸지 큰 불만을 가진 적이 없었다.

나름 화목했고, 또 나름 우리는 친했다. 매일 저녁 메뉴를 함께 상의하고, 생일 때마다 아빠가 사 오는 생크림 케이크에 초를 꽂아 넣고, 폭염 주의보 속에서도 화연은 딸이 좋아하는 불고기를 빼먹지 않고 상에 차려 줬다.

엄마는 오빠를 더 좋아해. 하지만 나를 사랑하지 않는 건 아니야. 늘 그런 생각을 하고 살아왔다.

열여덟. 2주 만에 깨어나고 나니, 온통 다른 세상이었다. 엄마의 고향, 외갓집이 있는 작은 마을, 율주의 병원. 온통 낯설었다.

그녀는 분명 서울 학교를 다녔고, 자신을 괴롭히던 아이들에 의해 계단으로 굴러 떨어졌었다. 그런데 벌써 열여덟 늦가을이고, 온 가족이 외갓집에 머무르고 있었고, 오빠와 함께 교통사고를 당했단다.

기억에 없었다. 손목의 상처는 무엇이냐 물었을 때, 화연은 다 괜찮아졌다고만 답했다. 아빠도, 오빠도 누구 하나 제대로 설명해 주는 이가 없었다.

그녀는 스스로 깨달았다. 자살 시도를 했었구나, 내가.

가족들에게 상처를 줬다는 죄책감, 오빠의 장애를 향한 알 수 없는 책임감과 슬픔. 섣불리 물을 수도 없었다. 내가 기억하지 못하는 시간 동안 무슨 일이 있었는지. 그게 또 가족의 상처일까 봐.

교통사고가 나 때문이었을까? 그래서 자살 시도를 했었나? 아니면 따돌림 때문에? 뭐든 결과는 같았고, 변하는 건 없었다. 그녀는 결심했다. 다시는 이런 선택 따위 하지 않겠다고.

그 후로 재활 치료가 필요했던 오빠 때문에 서울로 이사를 가야 했고, 그녀는 다시 서울 고등학교에 다녔다. 감당하기 힘든 재활 치료비 때문에 화연 역시 일을 시작했다. 반지하 전세방에서 다시 시작한 서울살이는 힘들었다. 휠체어가 다니기 어려운데, 빨리 이사를 가야 할 텐데. 늘 화연은 한숨을 달고 살았다.

스무 살, 과연 대학에 가는 게 맞을까. 원서는 써 놓고 합격 결과를 기다릴 즈음 아르바이트하던 카페에서 한희를 만났다. 유명 여배우의 매니저인 그녀는 저에게 기회를 달라 했다. 그때부터 따돌림의 원인이었던 예쁜 외모로 그녀는 돈을 벌기 시작했다.

쉬웠다. 광고를 찍는 것도, 연기를 하는 것도, 조연을 맡은 드라마에서 역할이 커지는 것도, 미니 시리즈 주연이 되는 것도 모두 순탄했다.

그때부터 화연은 변했다. 그녀가 조금이라도 나태해지거나, 일에 의욕을 못 느끼면 우리 집을 일으켜 세울 수 있는 건 너뿐이라고 그녀를 타일렀다. 딸의 망가져 가는 속은 관심도 없이 오로지 돈을 탐했다. 수현에게 전화를 거는 용건의 9할은 돈 때문이었다.

그런데 화연을 나쁘다고 할 수는 없었다. 그녀가 욕심내는 건, 오빠의 온전한 다리와 우리 가족의 여유니까. 그걸 내가 해낼 수 있고 또 해냈으니까.

물끄러미 손목 안의 상처를 내려다보던 수현이 한숨을 삼켰다. 왜인지 모르겠다. 왜 자꾸만 시선이 가서, 왜 자꾸만 알고 싶은 건지.

흉터에서 시선을 든 그녀가 정면을 바라봤다. 편의점 건너편, 오르막길을 시작에 둔 길목에 서 있는 남자가 자신을 보고 있었다.

"……."

시선이 마주쳤다. '이 동네는 무슨 일로' 라고 묻기에 윤은 제가 사는 집을 알고 있었다. 몇 번이나 데리러 왔고, 데려다주며 우리는 시간을 보냈었다. 그가 저곳에 서 있다는 사실에 묘하게 마음이 들뜬다.

초라해지지 말라던 남자니 나를 보러 오진 않았을 테고. 그렇다면 나와 있었던 곳을 들추기 위해 왔을까. 왜? 기억 한 점 남기지 않으려고 잔인하게 상처 줄 때는 인제고.

그녀가 어디론가 전화를 걸었다. 똑바로 윤을 응시한 채.

─응, 차 배우님. 집에는 잘 들어갔어?

한희의 경쾌한 말투에 그녀가 건조한 투로 답했다.

"나 흉터 수술 하고 싶어. 알아봐 줘."

─……하게? 말 나오기 시작할 때부터 하자니까 귀찮아할 때는 언제고.

"할래. 하고 싶어졌어."

이유는 모른다. 왠지 그래야만 할 것 같다는 불안에 참을 수가 없었다.


"여기는 무슨 일이에요."

꼼짝도 않는 남자에게 먼저 다가간 건 수현이었다. 자존심이 상한다 해도 할 수 없지만, 묻고 싶었다.

또 알고 싶었다. 이렇게 남의 동네를 찾아와 놓고, 함부로 나를 걱정해 놓고, 내가 밥을 먹었는지 안 먹었는지를 염려해 놓고, 얼굴 한번 마음 한번 보여 주지 않는 그의 진심을.

윤의 깊은 시선이 수현을 향했다. 불편한 듯 찌푸려지는 미간. 하얗게 질린 얼굴, 이 여자는 왜 볼 때마다 이 모양인 걸까. 그가 짙은 숨을 삼키고 물었다.

"어디 아픕니까. 얼굴이 안 좋은데."

"……걱정 말고 대답이나 해요."

"체한 겁니까?"

"이봐요."

그녀의 목소리가 높아졌다. 짜증 섞인 말투에도 그는 변함이 없었다. 덤덤하고, 태연해서 자신을 걱정하는 모습이 착각이라 여겨질 만큼.

"마주칠 수 있죠. 멀지 않으니까."

"……아, 이게 우연이다?"

만약 우연이라면 더 화가 날 것 같았다. 그가 주장하는 우연에 기대 나는 무슨 생각을 했던가. 수현이 기가 찬 듯 웃었다.

"우연이라고는 안 했습니다."

너 지금 나 갖고 노니? 마치 놀아나는 기분에 수현은 입술 안쪽을 짓씹었다. 우연인 듯했다가, 아니라고 하면 그녀의 기대는 짜증 나게도 커진다. 잔물결이 일렁이는 것처럼 느린 속도가 아닌, 가파른 속도로 마음이 들뜨기 마련이다.

"우연이 아니면요?"

"그럼 차수현 씨는."

"……."

"그때 식당 앞에 왜 있었습니까."

시금치 리소토가 먹고 싶었고, 그런데 당신에게 갈 수 없었고, 혼자 장을 봤고, 걷다 보니 당신 레스토랑이었다.

찾아간 것도, 지나가는 길이었다 구차하게 말을 건 것도, 몰려든 사람들 때문에 놀라 쓰러진 것도 모두 나였는데.

"……."

왜 당신이 상처받은 것처럼 구는 걸까.

"걷다 보니까 거기였어요."

"마찬가지입니다."

"……."

"걷다 보니 여기였습니다."

모르는 사람이 본다면 착각이 들 만했다. 미련이 덕지덕지 묻은 사람은 내가 아닌 당신이라고. 그녀 스스로도 그런 착각이 들었다.

함부로 다정해서, 함부로 키스까지 하더니, 함부로 걱정하는 이 몹쓸 버릇을 어떻게 할까. 그녀가 화를 참듯 숨을 터트렸다.

"나는 그래도 되죠. 난 차였으니까."

"……."

"가진 사람답게 굴라던 그쪽은 이래서는 안 되고."

이미 그녀는 충분히 초라했다. 걷다 보니 여기였다고, 그렇게밖에 말하지 않은 사람에게 화를 내고 괜히 기대했던 자신을 힐난하고 있었다.

원망 어린 시선으로 그를 바라보던 그녀는 시선을 떼고 뒤돌아섰다. 무작정 반대편을 향해 걸었다. 화가 치밀어 올랐다.

"사람을 갖고 놀아도 유분수지."

뭐? 걷다 보니 여기야? 나는 왜 식당 앞에 있었느냐고? 지금 나한테 그걸 확인받겠다는 거야?

고작 열 걸음도 가지 못하고 그녀가 걸음을 멈췄다. 이번에도 열 걸음이 한계라는 사실에 화난 사람처럼 숨을 씩씩 내뱉었다. 괜찮아졌다 생각한 속이 부글부글 끓듯이 달아올랐다.

지난 3개월을 내가 어떻게 버텼는데. 내가 얼마나 나를 깎아내렸는데.

그녀는 다시 뒤돌아섰다. 또 열 걸음. 그는 아직 그곳에 서서 자신을 보고 있었다.

저 사람이 근데, 끝까지. 수현은 빠르게 다가가 그의 바로 앞에 섰다. 계획도, 생각도 없었다. 지금 이 순간만큼은 그가 미웠고, 죽었다 생각한 원망이 되살아났다.

"사람이 왜 그래요. 대체 무슨 생각으로 그래요?"

날 선 목소리에도 그는 반응이 없었다. 굳어진 뺨, 다문 입술. 하지만 시선만은 수현을 향했다. 올곧게 닿는 시선에 또 다른 원망이 생겼다.

"왜 그렇게 봐요. 여기는 대체 왜 왔어요?"

"……."

"나한테 밥은 왜 해 주고, 내 걱정은 왜 하고! 병원도, 또 지금도. 내가 아프든 말든, 밥을 먹든 안 먹든!"

"……."

"그래 놓고 뭐? 걷다 보니 여기였다고?"

격한 감정의 끝이 이렇게 구차하고 보잘 것 없는지 몰랐다. 그녀는 아무 말도 않는 그에게 쏟아 내듯 감정을 토했다.

"그럼 나는 어땠을 것 같은데요."

마지막이라는 생각. 어쩌면 당신을 잡을 수 있을지 모르겠다는 비참함. 이제는 전부 상관없다. 혼자인 것보다, 지독히 외로운 것보다.

"나는 아니었어요."

"……."

"당신 생각하면서 걸었고, 그러다 보니 당신 앞이었어."

그래. 나는 기대했어. 내 눈앞에 거짓말처럼 나타난 당신을 보고, 구차하고, 초라하고. 그런데……. 그런데 그게 뭐 어때서. 조금 초라하면 어때서. 내가 아직 괜찮지 않은데.

"차수현 씨."

내가 아직 당신이 좋은 것 같은데.

"왜 그래요. 괜찮아요?"

그녀가 배를 붙잡고 주저앉았다. 뭔가를 마음먹기 무섭게 그의 손이 마른 어깨를 붙들었다.

15화

기적 같은 너

"차수현이다, 차수현."

"병원에는 왜 왔지?"

"뭐 병문안이라도 왔나 보지. 그런데 진짜 예쁘다. 사람이 어떻게 저렇게 예쁠 수 있지."

"배우는 배우다. 분위기가 와……. 사인해 달라고 하면 해 줄까?"

재활 치료 센터 앞에 앉아 있기를 한참. 답장을 마치고 휴대폰을 가방에 넣었다. 그녀를 알아본 수군거림이 이제는 익숙해져 갈 무렵, 문이 열리고 휠체어를 탄 준영이 나왔다.

스틱을 이용해 걷는 게 보통이지만, 재활 치료처럼 체력 소모가 심한 날에는 휠체어를 이용하고는 했다.

"고생했어."

"오지 말라니까."

"어차피 스케줄 없어. 오빠랑 저녁이나 먹을까 했지."

휠체어 옆에 나란히 서서 걷기 시작하자 닿는 시선들이 꽤 많았다. 선글라스로 얼굴을 가리지도, 평소처럼 모자를 깊게 눌러쓰지도 않았다.

일종의 버릇이었다. 오빠와 함께할 때면 굳이 자신을 감추지 않는 건.

차에 오르는 것도, 문을 닫는 것도 모두 직접 한 준영 대신 트렁크에 휠체어를 실었다. 그들은 송도의 일식집으로 향했다. 직원들이 테이블 아래 의자를 치우고 휠체어가 들어갈 자리를 만들어 줬다. 익숙한 듯 자리를 잡은 준영의 맞은편에 앉은 수현이 대신 주문했다. 모두 준영이 잘 먹고 좋아하는 것들이었다.

"포장 주문했어. 집에 갈 때 가져가."

가족 중에서 일식을 제일 좋아하는 건 화연이었다. 준영이 엷게 웃었다.

"뭐 하러. 알아서 사 드시면 되지. 네 카드 쓰는 게 일상이신 분인데."

"그래도."

"어제 어머니랑 통화하는 것 같던데."

바로 어제, 며칠 내도록 계속 피했던 화연의 전화를 더는 무시할 수 없어 받았다. 짤막한 안부, 그리고 속이 쓰렸던 용건.

"응. 건물 하나 투자하고 싶다고."

"……또?"

"그러게. 아빠는 또 섬 낚시 가셨다며? 일주일은 밖에서 보내시겠네."

바로 화제를 돌린 수현이 밝게 얘기했다. 준영은 물끄러미 동생을 응시했다.

의대를 빚 없이 졸업할 수 있었던 것도, 몇 번이나 실패한 재활 치료에 돈 걱정 없이 다시 도전할 수 있는 것도, 어머니가 비싼 명품을 사들이며 과시를 하는 것도, 아버지가 돈 걱정 없이 좋아하는 낚시를 즐길 수 있는 것도, 반지하 따위 기억나지 않을 넓은 집으로 이사를 간 것도 모두 동생 덕분이었다.

여동생의 속이 쓰디쓰게 후벼 파질 동안, 가족은 그녀를 갉아먹기만 했다. 충분한데도 여동생을 구박했고, 넘치는데도 욕심냈다. 그러면서 멀어진 모녀 사이. 준영은 가운데에서 늘 미안해하고 안쓰러워하는 것

밖에는 할 줄 몰랐다.

수현은 우울해지려는 표정을 감추고 일부러 밝게 물었다.

"재활 치료는 어때?"

"똑같지."

"이번에는 꾸준히 해. 논문 핑계, 공부 핑계 대지 말고."

회복하기 위해 치료를 받는 건 아니었다. 넘치는 부모님의 기대, 그 속에서 자라 왔던 지난날. 이제는 불편한 다리가 제법 익숙했으며, 장애에 관한 사회의 시선 역시 달라지고 있다.

겨우 한쪽 다리. 신경이 돌아온 왼쪽 팔과는 다르게 다리에 대한 기대감은 점점 옅어졌다. 잠들 때마다 아예 걸을 수 없는 사람들을 생각하며 위로를 삼기도 했다. 그럼에도 치료를 포기할 수 없는 건, 여전히 제 다리를 포기하지 않는 화연 때문이었다.

다시 두 다리로 걸을 수 있다면. 보조 기구에 기대지 않고, 스틱 따위 쓰지 않고 온전히 내가 걸을 수만 있다면. 그가 쓴 속을 감췄다.

멋들어진 음식들이 한 상 차려졌다. 뭐부터 먹어야 할지 모르겠다며 웃자 수현이 잘 숙성된 참치회를 들어 그의 접시에 내려놨다.

"나 흉터 지우려고."

그의 눈길이 그녀의 왼쪽 손목으로 향했다. 이제는 그 진하기가 색을 바랬지만 여동생이 자신을 포기했던 그 순간은 마치 어제처럼 또렷했다. 그의 뺨이 작게 경련했지만, 수현은 눈치채지 못하고 말을 이었다.

"김 대표님한테 병원 알아봐 달라고 했어."

"……갑자기 왜?"

"그냥, 지워야 할 것 같아서. 보여 주기 싫은 사람도 있고."

뜻밖의 얘기다. 무슨 일이 있나 했더니, 애초에 다른 일이었나.

"너 남자 생겼어?"

"얘기가 그렇게 돼?"

"보여 주기 싫은 사람 있다며. 그게 그 소리지."

"생길 뻔했는데."

수현이 초밥 하나를 입에 넣고 오물거렸다. 골똘히 생각하는 얼굴이 어딘가 환해지다, 다시 가라앉았다. 아마 그 남자 생각을 하고 있을 것이라고 준영은 함부로 예상했다.

"한 번 차였어. 되게 나쁜 놈이야."

준영의 표정이 묘하게 변했다. 하지만 아주 잠시였다. 여동생이 눈치채지 못하도록, 금방 미소를 그린 입술을 뗐다.

"반가운 소리네. 평생 연애 한 번 안 하더니."

"뭐로 들었어, 차였다니까. 그리고 오빠나 연애해. 들이댄다던 랩실 후배, 결국 찼지? 복에 겨웠어, 아주."

"쓸데없는 소리."

"엄마가 오빠 연구소에 도시락 갖고 갔다가 봤다던데? 되게 예쁘다며. 오빠 보는 눈이 엄청 반짝거린다고 소문 다 났어."

어떤 남자인지, 어떻게 만났는지 궁금했지만 화제를 돌리려는 걸 보면 아직 깊은 얘기를 할 단계는 아닌가 보다. 준영은 조용히 궁금한 것들을 뒤로 삼키고 다른 걸 물었다.

"촬영은 언제부터야?"

"3주 정도 남았어. 왜?"

뒤늦게 젓가락을 든 준영은 여동생이 건넨 참치회를 입에 넣었다. 맛있네. 짧게 내뱉은 준영이 입 안의 것을 삼킨 후 말했다.

"어머니가 알아 오래. 너 한약 지어 먹인다고."

"……너무 쓰던데."

음식은 먹어도 먹어도 줄지 않았다. 뭘 이렇게 많이 시켰냐고 타박하면 수현은 입에 넣으면 다 먹게 돼 있다고 말했다.

"나 전화 좀 받고 올게."

울리는 휴대폰을 확인한 그녀가 몸을 일으켰다. 그 남자일까. 조용히 예상한 준영이 배가 부른 듯 젓가락을 내려놨다. 나한테까지 쉽게 얘기

한다는 건, 진짜 좋아한다는 건데. 준영의 표정이 씁쓸하게 변했다.

넌 잘 지내고 있을까. 묻지 못할 안부를 또 속으로 건네 본다. 온통 차수현의 이름으로 가득한 세상에서, 너는 어떻게 지내고 있을지. 수현의 새로운 사람에 대해 기뻐해야 맞건만, 가슴 어딘가 시큰거렸다. 밖에서 그녀의 인기척이 들려왔다. 준영은 표정을 감추고 태연히 동생을 맞이했다.

송도 본가 앞까지 준영을 데려다줬지만, 정작 집에는 들어가지 않았다. 준영도 들어가란 말까지는 하지 않았다. 어색하게 웃고 돌아선 뒤, 차를 타고 다시 돌아가는데 기막힌 소식을 들었다.

"참, 그 백반집 남자 있잖아. 촬영 허락했대. 감독님이랑 통화했어."

"……뭐?"

"성수동에 다른 지점 오픈하나 봐. 그것 때문에 바빠서 휴무일도 하루 더 생기는데, 일주일에 이틀 비워 줄 수 있다고. 장소료도 필요 없다고."

"그래서 감독님은?"

"뭐라긴, 좋아하시지. 벌써 미술, 촬영 감독님들이랑 같이 다녀왔다고 하시더라. 참 별일이야. 세트 촬영 좋아하시는 분이 그렇게 매달릴 정도면 되게 마음에 드셨나 봐."

어이가 없었다. 걷다 보니 제 집 근처까지 왔다던 남자의 행보가. 전화를 끊은 수현이 한숨을 터트렸다.

"사람을 갖고 노네, 아주."

웃음도 나오지 않았다. 아직 더 갖고 놀 게 남았다고 생각했나? 초라해지지 말라던 남자는 제 초라함을 바라는 듯 굴고 있었다.

일주일 전, 남자의 앞에서 또 쓰러질 뻔했다. 얼굴은 하얗게 질리고, 배는 쿡쿡 찔러 왔다. 남자는 급체인 것 같으니 병원에 가자 했고 그녀는 또 싫다며 고집을 부렸다. 그녀를 다시 편의점 의자에 앉혀 두고 남자는 입고 있던 가벼운 카디건을 벗었다.

"입고 있어요. 약국 금방입니다."
"신경 끄고 가요. 알아서 할 테니까."

서늘한 한기를 느낀 건 그녀였는데, 왜 그의 얼굴이 더 굳어졌는지 알 수 없었다.

"……추워 보입니다. 그러니까 이것부터 입어요."
"싫다는 말 뭐 들었어요."
"약 사 올게요. 잠깐만 있어요."

하지만 그의 고집 역시 만만치 않았다. 수현은 한숨을 내쉬다 테이블에 이마를 기댔다. 놀란 아르바이트생이 나와 괜찮냐 물었다. 그녀는 걸어갈 힘이 없었다. 택시를 불러 달라 부탁했고, 그대로 집에 돌아갔다. 얼마 전은 영양실조에, 이제는 급체라니. 우습지도 않았다.

뒤늦게 도착한 그가 자신을 찾는지 휴대폰이 끊임없이 울렸지만, 그녀는 집에 도착했다는 메시지만 남긴 채 연락을 받지 않았다.

더 초라해질 수 없어서 그런 것뿐인데.

"뭐 하자는 짓이야."

나보고 당신의 공간에서 일을 하라고? 당신을 보면서? 거칠게 핸들을 돌려 차선을 바꿨다. 차분했던 얼굴이 일그러졌다.

여느 때보다 힘든 런치 타임이었다. 성수동 2호점 오픈 소식이 홍보

296

와 입소문을 통해 전해지면서 손님이 배는 늘어났다. 받을 수 있는 손님은 한정적이고, 예약제로 변경하기는 죄송해서 결국 오픈 시간을 1시간 앞당기는 수밖에 없었다. 윤이 피곤한 듯 뒷목을 주물렀다.

"형. 저희 직원 더 고용해야 하는 거 아니에요?"

"그래야지. 홀 직원 늘리고, 주방은 너랑 지호가 맡을 거야."

"그럼 형은요?"

"성수동 지점 오픈하면 여기 신경 못 쓸 거야. 네가 여기 맡아."

예상보다 2호점 오픈 규모는 컸다. 윤이 그곳의 헤드 셰프로 간다면 1호점에는 빨간 불이 들어온다. 그동안 같이 손발을 맞춰 온 병찬에게 온전히 주방을 맡길 수 있는 기회였다.

지호와 병찬이 수산 시장에 디너에 필요한 식재료를 사러 가고, 그는 홀로 레스토랑에 남았다. 주방 바로 앞 바 테이블에 기대 선 윤이 앞치마에서 휴대폰을 꺼냈다.

"몸 관리를 어떻게 하는 거야."

일주일 전 디너 타임을 끝내고 퇴근하는 길이었다. 문득 커피가 마시고 싶었고, 차를 세워 카페를 찾았다. 그러다 익숙한 길목이 눈에 들어왔고, 자꾸만 발길이 그쪽으로만 향했다.

결국 그녀를 만났다. 마치 기회처럼.

아픈 그녀를 두고 잠깐 자리를 비웠었다. 약을 사 들고 돌아온 그는 빈자리를 내려다봤다. 그녀는 없었다. 전화도 받지 않고, 메시지만 보내올 뿐.

"나 같아도 싫지."

짧게 중얼거린 그가 휴대폰을 다시 앞치마에 넣었다. 그 순간 레스토랑 문이 열렸다. 햇빛이 쏟아지는 것과 동시에 그가 돌아봤다. 하지만 말이 나오진 않았다. '브레이크 타임입니다, 손님'. 늘 하던 말인데.

"시간 있죠?"

수현을 본 순간 얼어붙었다.

"얘기 좀 해요."

그는 주방에서 한참을 나오지 않았다. 또 뭘 하나 싶어 짜증이 나 한 숨을 내쉬는데 그가 쟁반을 들고 나타났다. 복숭아 퓌레를 올린 그릭 요거트였다. 먹음직스러워 보이는 디저트를 본체만체한 수현은 입을 열었다.

"촬영 허락했다면서요."

마치 찾아올 것을 예감한 얼굴처럼 윤의 표정에는 변화가 없었다.

"먹어요. 자극적이지 않고 괜찮습니다."

"무슨 생각으로 허락했어요?"

"밥으로 줄까요?"

"설마 내가 기뻐할 거라 생각했어요?"

날 선 표정으로 묻자, 윤은 그제야 고개를 들어 수현을 마주 봤다. 가라앉은 윤의 눈동자가 무엇 때문인지 알 수 없었다. 속이 답답했다.

뭘까, 뭘 잔뜩 놓치고 있는 느낌이다. 분명 다시 만나지 않을 것처럼 굴어 놓고 이러는 그에게 필연적인 이유가 있을 거라 생각되는 건. 그녀가 입술을 짓씹었다.

"체했던 건."

윤이 입술을 뗐다.

"괜찮습니까."

"……또 내 안부를 묻네요, 사람 헷갈리게."

더 화가 나려고 했다. 마음을 줄 것처럼 굴어 놓고 함부로 키스하고 매몰차게 돌아섰던 그였다. 이런 안부는 사치였다.

"영화에 도움이 될 거라고 했습니다."

낮고 무심한 음성은 이제야 제대로 된 대답을 내놓고 있었다. 수현이 비스듬히 고개를 기울였다.

"그러면 차수현 씨한테도 좋은 일이니까."

역시 모를 일이다. 깊은 눈동자 속에 스며든 감정이 나는 왜 걱정으로 보이는 건지. 그녀가 손을 들어 얼굴을 가렸다. 순간 지금 허탈해 보이는 제 얼굴이 얼마나 바보 같을지 그에게 알려 주고 싶지 않았다.

등을 기대고, 눈을 감았다. 착각도 유분수지, 무슨 걱정. 이건 그냥 네 미련이야. 등신이야? 고작 몇 주 알았던 이 남자가, 나한테 뭐라고.

"알 수가 없네."

다시 손을 내린 그녀가 고개를 들었다.

"착한 척하는 건지, 그냥 사람이 그 모양인 건지."

"……."

"설마 내가 고마워할 거라 생각했어요?"

그는 대답이 없었다. 다시금 실망감이 솟아 들었다. 아마 알고 있었겠지. 내가 다시 찾아올 거란 것도, 당신의 이기심 짙은 배려에 실망할 거란 것도.

그녀가 몸을 일으켰다. 윤의 무거운 시선이 그녀의 손목 어딘가에 닿아 움직이지 않았다.

"다시 거절해요."

눈치채지 못한 수현이 그를 외면하며 말했다.

"촬영은 어차피 세트 지어서 하는 게 편해요. 감독님도 그거 모르지 않고, 나도 그게 편하다 우길게요. 거절할 핑계는 그쪽이 대충 생각해요."

굳이 봉환이 윤의 레스토랑을 고집한다면 그녀도 생각을 달리 해야 했다. 출연 번복까지 할 결심이 섰다. 욕을 먹더라도 그를 보며 여전한 제 미련을 확인하는 것보다는 나았다.

그녀는 여전히 고개를 돌린 채 말을 이었다. 하얗게 질리는 그의 낯을 살필 겨를은 없었다.

"초라해지지 말라면서요."

"……."

"그쪽이 한 말 지키게 해 줘요."

이걸로 끝이다. 이대로 돌아서서 여길 나가 버리자. 그리고 다시는 걸음도 하지 말자. 이사를 할까? 아니, 복귀고 뭐고 아예 다 접고 몇 달 해외에 나가 있을까?

별생각이 다 들 때였다. 수현이 막 그를 스쳐 지나갔다. 하지만 손이 붙잡혔다. 손 전체도 아닌 그녀의 손가락을 부드럽게 쥔 이는, 당연하게도 윤이었다.

"손목."

그가 천천히 고개를 들었다. 시선이 부딪히는데 그는 난데없이 말했다. 손목?

"……손목, 왜 그런 겁니까."

굳은 음성은 불안을 얘기했다. 자리에서 일어난 윤이 그녀의 손을 꼭 쥐었다. 그가 간절히 붙잡고 있는 손 위로 보이는 흰색 반창고. 그제 야 조금 전부터 그의 시선이 머물던 곳이 제 손목임을 깨달았다.

"왜."

"……."

"대체 왜."

허망, 후회, 또는 분노, 절망과 좌절 내지 슬픔. 온갖 부정적인 단어들이 나타나는 얼굴로 그가 중얼거렸다.

그의 붉어진 눈동자에서, 떨리는 목소리에서 바닥을 치닫는 무너짐이 보였다. 창백한 낯빛이 더욱 희게 질려 갔다. 내 상처를 제 생채보다 더욱 깊게 받아들이는 그의 고통이 보였다.

적개심 가득했던 그녀의 눈이 깊게 가라앉았다. 왜인지는 몰랐다. 그저 설명해야 한다고 생각했다. 마치 겁을 먹은 듯한 그의 얼굴은, 모른 척이 안 됐다.

"아니에요."

그녀가 서둘러 입술을 뗐다.

"어제 흉터 없애는 수술 받았어요. 소독해서 밴드 붙인 거고."

"……."

"나 안 그랬다고요."

이제야 그가 시선을 들었다. 정말이냐는 듯한 눈빛. 그의 눈가가 젖어 들고 있었다. 그녀는 입술을 깨물었다.

"내가 이런 거짓말을 왜 하겠어요."

그녀가 설명하자 뒤늦게야 그의 얼굴에 안도감이 보였다. 하지만 그녀의 손을 붙든 힘은 거둬지지 않았다.

자해가 취미냐는 댓글도 있었고, 자살 시도에 관한 온갖 루머들도 많았다. 그만 둔 스태프들이 그녀의 흉터에 대해 말들을 전하기도 했고, 실제로 인터뷰상에서 무례한 질문을 받았던 적도 있다.

지금 윤의 오해는 낯설지 않다. 흉터를 제거한 부위에 붙인 흰 반창고. 충분히 오해를 불러일으킬 만도 했다. 하나 다른 부분이 있다면 지금껏 그 말들을 전하던 사람들처럼 호기심 진득한 질문이 아니라는 것.

나를 걱정하고, 불안하고, 내가 이런 선택을 했을까 봐 무섭고, 그래서 또 절망하고. 그녀야말로 묻고 싶었다. 왜. 당신이 대체 왜. 나를 상처 낼 때는 언제고, 왜 자꾸 걱정하는지.

그녀는 한숨 섞인 숨을 내뱉었다. 손을 잡은 남자의 손이 가련하게 떨려 왔다.

"내가 이걸 왜 묻고 있는 건지 모르겠는데."

"……."

"괜찮아요?"

분명 화를 내고 있었는데, 어쩌다 걱정을 하는 건지. 그것도 내가 당신을. 눈이 마주치고, 그의 손이 멀어졌다. 얼어붙었던 그의 뺨이 다시금 굳어졌다. 윤의 입술 틈새로 뜨거운 숨이 뱉어졌다. 그 순간 윤의 눈에 불꽃 같은 빛이 터졌다.

"차수현."

다시 부를 수 없을 거라 생각했던 이름 대신 불러 보는 이름. 그가 한숨처럼 내뱉었다.

"너 진짜⋯⋯."

조용한 공간에 균열과 파문이 동시에 일었다. 수현의 입술이 다물렸다. 머릿속에서 핑, 소리가 나며 무언가 터지는 듯했다.

또다. 또 이런 익숙함. 아릿하게 찾아오는 기시감. 하지만 그런 어지러운 감정들의 행방이 어디서부터인지 생각할 겨를도 없었다. 봐 버렸다. 보고 말았다. 깊은 눈빛 속, 애정과 걱정이 덕지덕지 묻은 미련을.

설마 나 좋아해요? 머릿속에 둥둥 떠도는 말이 입 밖으로 나오려던 찰나였다. 닫혔던 문이 열리고 인기척이 들려왔다. 윤의 고개가 불현듯 뒤를 향했다. 그의 넓은 어깨 너머, 수현의 시선도 그곳을 향했다.

"⋯⋯윤이니?"

그는 닫힌 문을 열고 들어온 여자의 젊었을 적 얼굴과 지금의 얼굴을 대조시킨 뒤 급하게 몸을 돌렸다. 단숨에 수현과의 거리를 좁혔다.

여자가 수현을 보기 직전, 윤은 그녀의 뺨을 붙잡아 내렸다. 저만을 보게 하고 지혜가 수현을 보지 못하도록 품 안에 그녀를 감췄다.

"윤아, 엄마야. 잘못 찾은 줄 알고 깜짝⋯⋯."

"나가요."

분노를 씹어 삼킨 목소리는 그의 것이라 믿기 어려웠다. 수현은 고개를 들지 못하게 저를 꽉 붙잡은 그를 올려다봤다. 키스할 것처럼 가까운 거리. 그는 치솟으려는 화를 억누르고 있었다.

이토록 낭만적인 모습들에, 견딜 수 없는 고통들이 느껴졌다.

"윤아, 엄마랑 얘기 좀. 아, 손님이 있었니? 여자 친구야?"

"나가라고 했어요."

"⋯⋯윤아, 그러지 말고 엄마랑 얘기 좀."

지혜가 한 걸음 그들 쪽으로 다가오려 하자 윤은 등을 틀어 수현을 감췄다. 지금 여기 있는 여자를 보여 주고 싶지 않다는 노골적인 불쾌감. 가녀린 뺨을 붙잡은 그의 손가락이 그녀의 귓불을 스쳤다.

숨을 참은 수현의 시선이 불안해 보이는 그를 떠나지 않았다. 그렇게 잠시의 시간이 흐르니, 짙은 한숨을 내쉰 쪽은 지혜였다.

"그래. 손님이 있는 것 같으니 엄마는 밖에 나가 있을게. 네가 밖으로 나와. 그럼 되는 거지?"

약간의 짜증이 섞인 말투. 엄마라고 했으면서, 지금 당신 아들이 얼마나 불안해 보이는지는 모르나? 지혜가 레스토랑 밖으로 향했다. 투박한 발소리가 점점 멀어지자, 그는 손을 내리고 한 걸음 물러섰다.

"10분만, 아니 5분만 있다가 나와요."

벌어지는 입술이 왜인지 사납게 느껴졌다. 무슨 일이 벌어질 것만 같았다. 차갑게 식은 눈동자가 남자의 감정을 이야기했다.

"공윤 씨."

"그렇게 해 줘요."

"……."

"제발."

이대로 그를 보내면 안 될 것 같았지만 그녀는 고개를 끄덕였다. 여기 이대로 있겠다는 약속을 하고 싶었지만, 말로 내뱉진 않았다.

해준을 통해 지혜의 거취를 확인했던 윤은 한참 후에 그녀를 찾아갔었다. 수현과 헤어진 직후였고, 가는 길에 그녀의 복귀 뉴스가 라디오를 통해 흘러나왔다.

"윤아, 내 아들. 내 아들, 우리 윤이. 이렇게 잘 컸구나, 너무 잘 컸어."

카페에서 약속을 정하고 만난 친모는 혼자가 아니었다. 임민아의 친부. 굳이 누구인지 묻지 않아도 알 수 있었다.

서농 마을에서 아버지와 단둘이 살 때, 시내에서 저 남자와 팔짱을 낀 채 길을 오가던 지혜를 본 게 한두 번이 아니었다. 경멸해 마지않는 얼굴을 떠올리게 하는 남자와 함께인 지혜를 보며 윤은 회의를 느꼈다. 어리석었다. 이딴 여자에게 내 아버지의 죽음을 알리겠다고.

"인사 나누는 건 처음이지? 미친 딸년 때문에 율주에서 야반도주하는 바람에 너 대학 가는 것도 못 봤다고 네 엄마가 매일 울었어."

"……."

"새끼, 째려보기는. 어디 그래서 얼굴이 뚫리겠냐?"

해준의 말이 낮았다. 굳이 만나지 말았어야 했다. 말없이 등을 돌리자 남자가 '싸가지 없는 새끼' 하고 중얼거렸다. 지혜는 곧장 그를 따라나섰다. 막 차에 오르려는 그의 팔을 지혜가 단단히 붙잡았다.

"돈! 돈 좀 해 줘!"

"……."

"가, 가게를 하나 하는데 벌금에 영업 정지를 먹었어. 모아 둔 돈도 월세로 다 나가게 생겼어. 사정이 조금 그래서. 사실 저 사람이 많이 아파. 몸이 안 좋아서 서울에 있는 병원을 다니는데, 치료비가 좀. 벌금이라도 내서 가게라도 열면 그래도 괜찮아지지 않을까 싶어서."

"……하."

"이런 얘기하는 거 얼마나 염치없는지 알아. 그래서 엄마도 고민을……. 아, 윤아. 저기 밥 먹었니? 여기 막국수나 장칼국수 잘하는 집 많은데 엄마랑 시장 쪽에 가서……."

마흔을 훌쩍 넘긴 나이에도 꽤 빼어난 외모를 자랑하던 친모는 평범한 중년 여자가 되어 말했다. 오랜 시간을 떨어져 있던 아들에게 돈을 달라고. 윤은 매몰차게 거절했다. 애초의 용건이었던 오래 전 아버지의 죽음조차 알리지 않고 차에 올랐다.

나중에야 알았다. 찜찜했던 해준이 마저 지혜에 대해 캐냈고, 작은 가게라던 곳은 시골 야산에서 운영하는 비닐하우스 도박장이었다. 임민아의 친부가 도박장을 직접 관리했고, 친모는 그곳에서 일수를 조달하며 사람들에게 돈을 빌려주고 이자를 챙기는 일을 했단다. 십수 년이 지나도 저들은 그대로였다. 제 마음이 여전히 순정에게 머물 듯이.

몇 달이 지나 레스토랑을 찾아온 지혜의 용건은 역시나 돈이었다. 어떻게 알았냐고 묻자, 아르바이트하는 미용실에서 우연히 잡지를 봤고, 이달의 레스토랑이라는 코너에 실린 그의 사진과 인터뷰를 봤다고 했다.

그런 인터뷰를 했던가. 아, 성수동 지점 오픈을 준비하면서 정우가 홍보차 내밀었던 일거리였다.

"전에 네 안부도 제대로 못 묻고, 어떻게 사는지도 궁금하고……. 그렇게 가면 엄마가 뭐가 돼. 그래도 너 못 보고 산 지 10년도 넘었는데. 밥은 먹었어? 레스토랑 참 예쁘게 꾸몄더라. 장사는 잘 돼? 아, 괜한 걸 물었네. 잘 되겠지. 비싼 땅에 크게 건물도 올려서 장사한다던데."

"그거 제 거 아니에요."

"으, 응?"

"셰프로 고용된 거지, 제 거 아니라고요."

"아. 그, 그래? 아니, 그렇게 큰 레스토랑 셰프면 성공한 거지. 나는 네가 요리할 거라고 꿈에도 생각 못 했는데. 우리 윤이가 요리에 재능이 있었네."

너무 노골적이라 웃음이 났다. 바라는 게 결국 돈인 여자가 소매 춤을 내렸다. 한여름에도 긴 옷을 입고 있는 여자를 바라보는 그의 눈이

305

낮게 가라앉았다. 옷 사이로 드러난 어깨죽지에 부어오른 자국이 눈에 보였지만 모른 척했다.

수십 년째 도박을 끊지 못하는 남자가 같이 사는 여자라고 못 때릴까. 비릿한 웃음이 났다.

"이런 말, 정말 염치없는 거 알지만……."

"아버지 돌아가셨어요."

"……뭐, 뭐?"

"8년 전 현장에서 추락하셨어요. 병원에도 오래 계셨고요."

"아니, 그걸 왜 이제야……."

잠남하게 굳어진 지혜의 표정에 그는 알게 모를 안도를 느꼈다. 그게 나랑 무슨 상관이라는 끔찍한 태도를 상상했었다. 그나마 다행일까?

"그걸 나한테 묻네요. 날 낳았다는 사람이."

"윤아."

"찾아오지 마세요. 연락도 마세요. 키워 주지 않았으면 바라지도 말고 그 한심한 인생 가여워나 하면서 사세요."

"……."

"내가 당신을 찾은 건, 최소한의 애도. 그거 딱 하나 바라서니까."

우는 지혜를 내버려 두고 카페를 나섰다. 주인이 힐긋거렸지만 모른 척하고 무작정 걸었다. 레스토랑 근처의 공원에 들어와서는 벤치에 한참을 앉아 있었다. 햇볕이 내리쬐다가, 그늘이 지고, 또다시 햇볕이 쏟아지는데도 가만히 있었다.

폭염이 기승을 부리는 낮, 해가 가장 높이 떠 있을 시간에 공원에 앉아 있는 사람은 그 혼자뿐이었다. 더운 것도 모르고 그렇게 앉아 있는데 갑자기 얼굴 위로 그늘이 졌다.

작은 양산이었다. 그걸 들고 있는 이는 다름 아닌 수현이었고.

한적하고 조용한 공원, 대놓고 얼굴을 드러낸 수현이 살짝 고개를 기울였다. 그는 갖지 못할 꿈을 마주한 사람처럼 그녀를 올려다봤다.

"나 안 갔어요."

"……."

"뭔가."

발끝에 걸린 흙바닥 돌멩이를 단화로 툭 건드리며, 말했다.

"혼자 두면 안 될 것 같아서요."

다시 고개를 든 그녀가 볼에 잔뜩 바람을 넣었다. 물어볼까, 말까. 망설이는 태도에 그는 말이 없었다.

"너 나 까먹었지? 뒤에 있는 거."

"우리 손잡고 있자. 이렇게."

그해 여름에도 넌 무너지려는 내 옆을 단단히 붙들었다. 여자의 존재가 잊혀질 수 있게, 상처 따위 기억하지 못하도록.

"공윤 씨."

이름이 불린 윤은 아득히 상상했다.

"그럼 윤아, 하고 불러도 되나?"

지금의 수현이 열여덟의 말투로 저를 부르는 것을.

다시 그늘이 졌다. 양산을 어깨에 기댄 수현이 말했다.

"나 이런 거 왜 자꾸 묻는지 모르겠는데."

"……."

"진짜 괜찮아요?"

묻고 싶지 않은 걸 물은 사람처럼 수현은 툴툴거렸다. 그러다 양산을 반대쪽 어깨에 걸친 채로, 그가 앉은 벤치에 주저앉았다. 치마가 접히는 것도 모르고 조심성 없이.

윤은 달라진 것 같지만 어쩌면 열여덟 그대로인 수현을 바라봤다. 그녀가 지워 버린 흉터 자국 역시. 그의 깊은 눈동자가 그녀에게 머물렀다. 괜찮냐니까요. 작은 음성이 그를 일깨웠다.

"차인 사람한테 이런 걸 자꾸 묻게 하는 걸 보니."

수현이 그를 돌아봤다. 시선이 마주치고 그녀가 허탈하니 웃었다.

"그쪽 진짜 죄 많은 남자야."

윤은 아득히 먼 곳에 있던 그녀의 존재가 실감 나지 않았다. 혼자라는 사실에 세상이 원망스러울 때가 있다. 바로 지금처럼. 그런데 나 혼자임을 절실하게 깨닫는 순간, 네가 이렇게 옆에 있으면……. 나는 참아지지 않는데.

미워하면서도 외면하지 못하는 다정한 마음이 욕심난다. 갖고 싶다. 곁에 있고 싶다. 네가 이제는 그만 아팠으면 싶고, 밥을 잘 챙겼으면 싶고, 잠을 잘 잤으면 좋겠고. 그런 걱정을 남몰래가 아닌 네 옆에서 하고 싶다. 너의 가까운 곳, 너의 유일한 사람이 되어.

쓰디쓴 마음에서 토악질이 밀려왔다. 이기적이었던 일주일. 너와 함께했고, 너를 버렸던 그 일주일에서 모자랐던 단 하루. 그 하루를 평생으로 보상받고 싶다.

네가 속으로 곪고 있는 동안, 나는 그 시간을 추억하기만 했다. 그래도 이렇게까지 너를 사랑했노라 혼자 위악을 떨었다. 예쁜 마음으로 다시 고백해 오는 널, 밀어낼 용기 따위 없으면서. 비겁하고, 또 그렇게 저열하게.

"내가 널 어떻게 보냈는데."

"……네? 뭐라고 했어요?"

제대로 듣지 못한 그녀가 미간을 찌푸렸다. 윤은 마지막의, 마지막까지 억눌렀다. 하지만 마음이 마음대로 되지 않았다. 내가 널 어떻게 버렸는지 너는 모른다. 내가 너한테, 어떤 사람이었는지. 네 가족들을 구렁텅이에 빠트린 게 누구인지. 너는 아무것도 모른다.

그는 여전히 죄책감에 시달렸다. 나만 아니었다면 하는 생각. 나만 아니었다면 준영의 다리도, 그녀의 자살 시도도, 아니 애초에 임민아 눈에 그녀가 띄지 않았을 것이라는 집요한 죄책감. 그런데.

"어디 아파요? 진짜 아픈 거예요?"

하필 내가 지금 외로워 죽을 것만 같아서. 혼자라는 사실이 끔찍해서. 네가 지금 내 옆에 이렇게 머무는 순간이 그저 기적 같아서. 이 기적을 놓치고 싶지 않아서.

여러 가지 이유들이 있었다. 죄책감을 덮어 줄 말도 안 되는 명분들이. 감정의 덩어리가 저도 모르게 솟아올랐다. 늘 죽으며 살아왔던 마음. 우습게도 욕심이 꺼지지 않는다.

모른 척하고 싶었다. 과거에 연연하고 싶지 않았다. 내 그늘이 되어 준 너에게, 나 또한 쉬어갈 수 있는 존재가 되어 주고 싶다.

성벽이 무너진다. 견고하고 튼튼하게, 긴 시간을 견뎌 온 성벽이 쉽게 허물어진다.

"공윤 씨. 일어나 봐요. 이번에는 그쪽이 아픈 것 같으니까."

그녀가 그의 팔을 붙잡으려 손을 뻗었다. 윤이 허공에서 그녀의 손을 먼저 붙잡았다. 손가락 사이에 힘이 들어가고, 시선이 마주쳤다. 시간이 멈춘 것처럼, 숨 또한 멈췄다. 아련한 남자의 눈빛이 무얼 의미하는지 뒤늦게 깨달은 동시에 남자와의 거리가 좁혀졌다.

"공윤 씨?"

놀라 물었고, 대답 대신 몸이 끌려갔다. 양산을 쥔 손이 가늘게 떨려왔다.

그녀는, 노순정은 어쩌면 하나도 변하지 않았다. 율주에서의 열여덟 여고생과 똑같았다. 자주 아파 속을 들끓게 하고, 매번 겁도 없이 솔직해 사람 마음을 홀려 놓는다.

짝사랑에 밤잠을 설쳤던 열여덟이 떠오르고, 첫 키스에 얼굴을 붉히던 그때가 생각났다. 봄에 만나, 여름을 함께했고, 가을에는 겨울을 약속했었다.

우리에게 그런 이별이 있는지 모르고. 내가 너의 악연인지도 모르고.

의도하지 않았던 몇 번의 우연으로 너를 다시 만났다. '오늘, 한 끼'에 앉아 있는 그녀를 봤던 낮도, 편의점 앞에서 그녀를 봤던 밤도 전부 우연이었다.

우리에게 이토록 많은 우연이 있었는데. 그게 왜 내 기회이면 안 되는 거야.

잡아먹을 듯 시작부터 거친 키스가 이어졌다. 아프도록 그녀의 뺨을 잡아 쥔 윤이 깊게 입술을 묻었다. 억지로 그녀의 입술을 벌리고, 틈새로 혀를 밀어 넣었다. 핥고, 또 깨물었다. 비스듬히 고개를 튼 윤의 혀가 온통 그녀의 호흡을 빼앗았다.

전혀 예상하지 못한 전개에 수현은 얼어붙었다. 밀어내다가도 다시 다가오는 그의 행동이 이제는 헷갈렸다. 매몰차게 돌아설 때는 언제고, 또 나를 걱정하고, 이렇게 키스하고.

뜨거운 혀가 제 혀를 쉽게 옭아매고, 진하게 핥아 내려도 꼼짝 않고 있었다. 내내 다정함을 잃지 않았던 지난 키스가 떠올랐다. 하지만 지금의 그는 낯설었다. 더불어 위험했다.

상체가 가깝게 닿아 왔다. 밀착된 살덩이가, 움직임이, 다시금 찾아온 열기가 억누르고만 있던 그의 진심 같아 그녀는 밀어내지 않았다.

심장이 벅찼다. 지금이 한낮이라는 것도, 폭염 속이라는 것도, 누군가 자신을 알아볼 탁 트인 공간이라는 것도 잊고 싶었다.

양산이 기울어졌다. 맞닿은 입술이 맹렬하게 섞여 드는 사이, 얼굴이 가려졌다. 붉게 달아오른 여린 귓불을 손에 쥔 채 더욱 입 안 깊숙이 파고들었다. 혀를 밀어 넣고 속살을 삼키려 들었다.

"너 나 좋아하고. 나도 너 좋아하고."

"그래서 키스했는데 뭐가 미안해?"

당돌하고 솔직했던 순정의 목소리가 얼핏 떠오른다. 혀끝에서 맴돌던 복숭아의 달큰한 향도, 미치도록 부드러웠던 살덩이도.

다시금 입술이 크게 얽혀 들었다. 언제고 끝나지 않을 것 같은 입맞춤. 그녀는 고개를 저었다. 하지 마요, 하지 마. 응어리진 감정의 굴레가 바닥을 구르다 그의 발밑에 떨어졌다. 그녀가 먼저 가슴을 밀어냈다.

아득하게 멀어진 거리가 못내 서운했다. 제가 밀어 놓고도. 수현은 말없이 숨을 몰아쉬다 몸을 일으켰다. 동시에 양산이 바닥을 굴렀다.

윤이 고개를 들었다. 진득한 열기로 가득했던 눈동자가 어느새 침착하게 변해 있었다. 그녀는 그것조차 짜증 났다. 그의 멋대로 흘러간 키스에 진심인 건 또 자신뿐인 듯싶어서.

"미……."

"사과하지 마요."

미안하단 말이 뱉어지려는 입술을 다물게 하고 그녀가 차갑게 말했다.

"진짜 죽여 버릴지도 모르니까."

날카로움이 가득 밴 수현이 숨을 몰아쉬었다. 도톰히 부풀어 오른 입술은 여전히 떨려 왔다. 하지만 그녀는 연기를 아주 잘했다.

설렘 따위, 두근거림 따위, 그를 원하는 마음 따위 언제든 감출 수 있었고 그래야 했다. 그녀가 서늘히 말했다.

"뭐 하는 거예요."

"……."

"내가 우스워요?"

"아니."

그가 곧장 대답하며 몸을 일으켰다. 수현은 자꾸만 가슴이 에이는 것 같았다. 심장이 뻐근했다. 왜인지는 몰랐다.

뭐가 자꾸 이렇게 애달프고.

"우습지 않았어."

왜 당신이 불쌍해 보이는 건지.

지금 그는 무너질 것 같았다. 아까 찾아온 그 중년의 여자 때문은 아니었다. 나 때문에. 나로 인해서. 갈라진 균열. 결국 흔들린 욕망. 그건 모두 그녀가 있는 방향을 가리켰다.

"너라서 어려웠고."

"⋯⋯."

"너라서 피 터지게 고민했어."

입맞춤이 주는 뭉근하면서도 따뜻한 온도 따위 없었다. 단단한 그의 목소리 끝에 그녀는 바람 빠진 웃음소리를 냈다.

"함부로 너, 너 하네. 뺑 차 버린 주제에."

혼잣말처럼 중얼거린 말끝에 그녀가 고개를 숙였다 들었다. 아주 잠시지만, 그는 대답 없이 그녀의 말을 기다렸다.

덤덤히 바라보는 시선을 보니, 결국 애가 타는 건 또 자신뿐인 것 같았다. 하. 그녀가 숨을 터뜨렸다.

"그럼 더 어렵게 굴어 볼게요. 이제는 내가 고민할 차례니까."

진한 입맞춤에, 다정했던 손길에 녹아 허물어 내릴 것만 같은 몸을 단단히 버티고 말했다.

"기다려요. 내가 전화할 때까지."

16화

상사병과 우렁이 각시

기다리는 건 그가 잘하는 일 중 하나였다. 12년을 기다렸고, 내내 혼자 버텨 왔으니까.

정우와 투자자 미팅이 있어 하루 종일 '오늘, 한 끼'에는 가지 못했다. 다행히 새로 온 홀 직원도 성실했고, 주방에서 병찬과 지호도 제 몫을 다하고 있었다. 물 흐르듯 흘러가는 일상. 조금 더 욕심을 부린다면 이 일상 끝에 그녀가 있었으면 했다.

집에 돌아오자마자 찬물로 피곤함을 씻어 내리고, 소파에 드러누웠다. 기계처럼 리모컨을 들어 어젯밤 결제해 놨던 영화를 또다시 틀었다.

2년 전, 수현이 마지막으로 찍은 영화였다. 홀로 아이를 키우던 미혼모 역할. 아이가 납치당한 후로, 아이를 찾기까지 감정 소모가 큰 장면들이 많았다. 질리도록 봐서 대사와 장면까지 외울 지경인데 그는 버릇처럼 다시 화면 속의 수현을 바라봤다.

"보고 싶게."

한번 마음을 먹으니 지칠 여유가 없다. 끝도 없이 다가가, 결국은 품에 안아 버려 취하고 싶었다. 욕심 없이, 지치지도 않게 앞으로만 가고 싶었다. 노순정의 옆에서. 그저 차수현일지라 해도.

그가 벌떡 몸을 일으켰다. 기다릴 수 있는데, 기다리는 건 잘하는데.

"밥은 먹었나."

자꾸만 마르던 수현의 모습이 떠올랐다.

그가 곧장 주방으로 향했다. 기다리는 틈에, 이 정도는 할 수 있지 않을까 싶어서.

발달 장애인의 날 행사를 위한 홍보 영상을 찍는 스케줄. 숍에서 메이크업 받을 때부터 저조했던 기분은 전혀 나아지지 않았다. 이동 시간에 열다섯 줄이나 되는 대사를 외우고, 따로 인터뷰가 잡힌 잡지사의 질문지를 확인했다.

수현이 미간을 어루만졌다. 운전하면서 제 배우의 심상치 않은 분위기를 느낀 우진이 어색하게 웃었다.

"누나, 홍보 영상 대본 외우기 어려우시면 말씀하세요. 작가님이 프롬프터 연결해 주실 수 있다 하셨거든요."

"괜찮아. 다 외웠어."

"벌써요? 그 많은 걸 다요?"

적어도 어제 저녁까지 보내 달라고 신신당부했던 대본을 숍에서 메이크업 끝난 직후 전달받은 터라 출력도 하지 못했다. 급하게 태블릿으로 대본을 전달했는데 그 짧은 새에 대본을 외웠다는 게 놀라워 우진이 혀를 내둘렀다. 그런데 표정이 왜 안 좋을까.

"그럼 질문지 중에 마음에 안 드시는 거 있으세요? 제가 거른다고 걸렀는데."

"아니, 이 기자님 알아. 내 기사 좋게 많이 써 주시잖아."

"아, 그렇죠. 일부러 저희가 잡지사에서 요청 왔을 때 그 기자님이면 좋겠다고 말씀드렸거든요."

"응, 잘했네."

미적지근한 반응에 우진은 볼에 잔뜩 바람을 넣었다. 기분이 안 좋은 건 분명한데, 왜 그런지 알 수가 없었다.

2년간 휴식기를 가진 수현은 영화로 복귀한다는 소식을 알림과 동시에 바빠졌다. 브랜드 론칭 행사와 각종 영화 시사회, 기업 행사는 물론, 여러 홍보 대사에 위촉하고 싶다며 정부 기관에서도 연락이 쇄도했다.

주변을 떠도는 말들이 많은 만큼, 관심도 지대했다. 공식 SNS 계정에 게시 글 하나만 올려도 수억의 홍보 효과를 나타낼 수 있는 인물이 바로 차수현이었다.

대한민국에 그녀를 대신할 여배우는 없다는 찬사까지 쏟아졌던 와중에 돌연 휴식기를 가진 수현은 존재하지 않으려는 사람처럼 사라졌다.

그는 똑똑히 기억했다. 어제까지만 해도 세상에서 제일 빛나던 배우가 지쳐 쓰러질 것 같은 얼굴로 쉬고 싶다 얘기하던 순간을.

우진은 그녀가 다시 돌아올 줄 몰랐다. 그때의 수현은 정말 많이 힘들어 보였고 카메라 앞에 서는 걸 원하지 않았다. 그런데 왜일까. 왜 다시 돌아왔을까.

"누나. 일 다시 시작하시는 거요."

꽉 막힌 도로에 슬며시 브레이크를 밟으며 우진이 거울 속의 그녀와 눈을 맞췄다.

"진짜 괜찮으신 거예요?"

조심스럽지만 저와 함께 일하는 배우의 컨디션을 확인하는 것도 중요한 일이었다. 평소 수현이 제게 다정한 편이긴 해도 이 순간만큼은 긴장이 돼 마른침을 삼켰다.

우진은 얼마 전 대본을 늦게 줬다며, 제 머리 위로 대본을 던지던 스물둘의 신인 여배우를 떠올렸다. 아니야, 그럴 리 없어. 그에 반해 우리 누나는 1등급 천연 암반수라고. 그가 긴장하는 것도 모르고, 수현은 태연히 물었다.

"안 괜찮은 거 티 나?"

"네."

"그래, 그럴 수 있어."

표정이 심오했다. 우진은 더욱 긴장해서는 되물었다.

"……왜요. 어디 아프세요?"

"아픈 걸 수도 있지."

"네? 어디가요? 오늘 촬영하실 수 있겠어요? 병원 갈까요?"

병원이라. 수현이 입 안에서 혀를 굴렸다.

"상사병은 내과야, 외과야?"

차분하고도 높낮이 없는 질문. 순식간에 분위기가 싸해졌다.

우진의 입술이 힘없이 벌어졌다. 한껏 진지하게 물었더니, 뭐? 상사병? 당황스러움에 눈을 몇 번 깜빡이는데도, 수현은 태연한 얼굴로 그의 대답을 기다렸다.

"……정신과 아닐까요?"

"아, 그러네. 이거 그런 병이구나."

이 누나가 근데. 핸들을 꼭 붙잡은 우진이 아예 뒤를 돌아 수현을 바라봤다. 어제도 예쁘고, 오늘도 예쁜 제 배우의 입에서 나온 단어가 도저히 믿기지 않았다.

"그런데 갑자기 무슨 상사병이에요? 설마 누나 얘기 아니죠?"

"우진아."

"네, 누나."

나는 무슨 얘기든 누나의 이야기를 들어 줄 준비가 됐다는 포부와 다짐을 담아 우진이 대답했다.

"남자가 키스하고 연락 안 하는 건 무슨 뜻이야?"

"……이대로 이 일을 묻고 싶다?"

"먼저 연락하지 말고 기다리라고 한 게 여자 쪽이라면?"

"그럼 그냥 말 잘 듣고 있는 것 같은데요."

팍 구겨지는 얼굴을 보아하니 그의 대답이 썩 마음에 안 든 모양이다. 우진은 불안감에 입술을 깨물었다. 차수현이 상사병이라니, 인정할 수 없고 용납할 수도 없었다. 천하의 윤규진도 거들떠 안 보는 수현이 누구를?

휴대폰을 잔뜩 노려보던 수현이 또다시 한숨을 내쉬고 어깨를 늘어뜨렸다. 어쩐지 분위기가 심상치 않았다.

"그런데요, 누나."

"응."

"제가 이걸 대표님께 말씀을 드려야 할까요, 말까요."

"뭘. 내 상사병에 대해서?"

"네."

창밖을 보던 수현이 고개를 돌려 우진을 바라봤다. 꿀꺽. 그가 다시 침을 삼켰다.

"앞이나 봐. 차 움직인다."


홍보 영상 촬영 후 인터뷰는 바로 이어졌다. 오랜만에 즐거운 상대와 수다를 떠는 느낌이라 한결 기분이 나아졌다. 인터뷰가 마무리되고 사진 촬영까지 마친 뒤 기자는 그녀에게 작은 선물을 건넸다.

이미 그녀가 오랜 제 팬이라는 것도 알고 있지만, 선물은 처음이라 수현은 당황했다. 제가 쓰는 향초라며, 비싼 건 아니니 받아 줬으면 좋겠다는 말에 수현은 다음에 자신이 답례하겠다고 덧붙였다.

차에 오른 수현은 선물 포장을 풀었다. 유칼립투스 향이 짙게 밀려오자 자연스레 입꼬리가 올라갔다. 그녀는 상자에서 카드를 발견하고 손에 들었다. 기자의 손 글씨였다.

당신의 연기에 매번 감동하고, 가슴이 찡해집니다. 좋은 연기 보여 주세요. 이건

"이래서 내가 다시 돌아왔나."

날 싫어하는 많은 사람들 속에서도, 이렇게 날 좋아해 주는 사람들 때문에.

다시 카드를 넣고 곱게 포장한 수현이 뿌듯하니 웃었다. 그러다가도 금방 기분은 팍 식었다. 기자가, 심지어 여자인 사람도 내 팬이라서 가슴이 찡하다는데.

"이 남자는 왜 전화가 없어."

다시금 불만이 수직 상승했다. 기약 없이 기다리기만 하는 제 모습에, 또 조용한 휴대폰에.

우진은 운전 중에도 슬금슬금 그녀의 눈치를 살피느라 바빴지만, 수현은 개의치 않고 윤의 연락만 기다렸다. 그런데도 연락이 없다. 이젠 무슨 일이 있는지 걱정까지 됐다. 기다리라 엄포를 놓은 건 자신이면서.

그의 일상을 궁금해하는 사이 아파트 앞에 도착했다. 밤 9시가 넘은 시간. 그녀는 지하 주차장까지 내려가려는 우진을 말리고 입구 앞에 내렸다. 몰래 편의점까지 내려가 맥주를 살 요량이었다.

밴이 떠나는 걸 확인하고, 막 뒤를 돌아섰다. 그때 에어컨 바람 밑에서 더위를 쫓아내고 있던 경비원이 헐레벌떡 그녀를 향해 다가왔다.

"아이고, 우리 1701호 맞죠?"

손에 들린 뭉툭한 쇼핑백에 잠시 시선을 준 수현이 어색하게 웃었다.

"요즘은 TV에 통 안 나오네. 웬일로 지하 주차장으로 안 내려가고."

"좀 걸을까 해서요."

"아유, 그러면 집에 들렀다가 다시 나와요. 경비실 냉장고가 그렇게 좋은 건 아니라서 이 귀한 음식 상할까 모르겠어."

320

경비원이 내민 쇼핑백 안을 확인했다. 이리 봐도 저리 봐도 도시락 통으로 보이는 물체에 그녀는 설마 싶었다.

"혹시 저희 어머니가……."

"응? 어머니? 아닌데 아주 훤칠한 남자던데?"

"……남자요?"

"잘생겼어. 키도 크고, 피부도 허여멀건하니. 내가 냉큼 받아 챙겨 부렀지. 우리 1701호 주려고. 아는 남자 맞지? 딱 그래 보이던데."

마치 '나 잘했지?'라는 칭찬을 바라는 얼굴로 경비원이 웃었다.

"매니저 양반이랑 같이 왔으면 들고 가라고 할 텐데. 그 얇은 손목으로 가져갈 수 있겠어?"

"괜찮아요. 들고 갈 수 있어요. 감사합니다."

행여나 수다가 더 길어질까 그녀는 무거운 쇼핑백을 들고 서둘러 집으로 향했다.

도망치듯 집에 도착한 그녀는 거실 테이블에 도착하자마자 쇼핑백 안의 내용물을 확인했다. 엄청난 크기의 도시락 통을 찬찬히 여는데, 기가 막혀 웃음이 났다.

육전에 동그랑땡, 불고기에 잡채. 직접 빚은 듯한 손만두, 보온병 안의 사골국까지 확인한 수현이 미간을 좁혔다.

"추석도 아니고 무슨 식혜까지."

이태리 음식을 전공했다는 남자의 손에서 태어난 잔칫상은 어마어마했다. 황당하면서도 웃음이 났다가, 전화는 안 하면서 주방에서 저를 위해 만두를 빚었을 윤의 모습을 떠올렸다.

그녀가 양손에 육전과 만두를 들고 한 입씩 베어 물었다. 심지어 맛도 좋았다.

"설마 이걸 나 혼자 먹으라고 주고 간 거야? 연락도 없이?"

같이 먹어 주지 못할 거면 앞에서 보기라도 하든가. 아니면 놓고 갔다고 전화라도 하든가. 입 안에 잔뜩 음식물을 넣고 숨을 내뱉은 수현이 얼굴을 감쌌다.

그 남자가 했던 키스가, 입술의 감촉이, 그때의 뜨거움이, 식지 않는 열기가 황망히 덮쳐 왔다.

기다리라고 건방진 명령을 쏟아부은 주제에, 그가 보고 싶기만 했다. 속도 없이.

운은 우습게도, 그래, 주구장창 도시락을 배달했다. 혹시나 싶어 깨끗하게 비운 도시락 통을 경비실에 맡겨 놓았더니 다시 저녁 시간에 도시락을 전달해 놓고 빈 통을 수거해 갔다.

경비 아저씨의 말을 빌려 보면, 제 몫의 작은 도시락까지 챙겨와 황송하기까지 했다고. 생각이 깊다 해야 할지, 다정도 병이라고 해야 할지. 이건 무슨 도시락 배달 서비스도 아니고.

하라는 전화는 안 하고 도시락만 배달하는 남자의 우렁이 각시 노릇에 그녀는 결론을 내렸다. 이 남자 진짜 기다리고만 있구나. 기다리랬다고, 또 열심히 만두나 빚으면서.

"살쪘어?"

대본 리딩 날. 영화 제작사에 도착하자마자 한희가 다가왔다. 이미 감독님, 영화 투자자들과 인사를 마친 한희는 어제보다 통통해 보이는 수현의 양 볼을 바라봤다.

"보기 좋네. 지금 딱 좋아. 유지해."

어제 저녁에는 그가 두고 간 월남쌈 한 판을 먹었고, 스케줄 나오기 전에는 남은 도시락 전부를 해결했다. 무슨 이태리 요리하는 남자가 한식에 이렇게 능한지, 그녀는 일주일 동안 체중이 2kg이나 늘었다.

시간이 지나자 배우들이 점점 모여들었다. 오랜만에 만난 배우들, 또는 존경해 마지않는 선생님들과 인사를 나눈 수현은 빈자리 하나를 노려봤다. 윤규진, 그는 리딩 시간 10분이 지나서야 나타났다.

죄송하다는 말 한 마디 없이 고개만 끄덕거리며 안에 들어온 규진은 수현의 옆에 앉았다. 조금 있다 시작하자는 감독의 말에 모두가 대본에 집중하는데 그가 수현의 어깨를 툭 쳤다.

"오랜만이다? 반가운 티 좀 내 주지?"

무시하고 싶지만 보는 눈이 많았다. 수현이 대본을 넘기며 대답했다.

"지각 안 했으면 반가워했지."

"아, 차가 너무 막혀서. 그건 그렇고 내 꽃바구니는. 잘 있어?"

"못 받았어? 돌려보냈는데."

"뭐?"

"확인해 봐. 돌려보냈어."

"야, 야. 너무한 거 아니야? 내가 얼마나 심혈을 기울여서 골랐는데."

"그래. 다음에는 그 심혈 다른 데 기울여."

타이밍 좋게 이봉환 감독이 '에……' 소리를 내며 말문을 열었다.

대본 리딩은 4시간에 걸쳐서야 끝났다. 이봉환 감독은 그녀에게 다가와 혹시나 그동안 연기를 쉬어서 걱정했는데 '역시 차수현'이라며 칭찬을 아끼지 않았다.

"근데 수현 씨, 그새 살 좀 쪘어? 보기 좋은데? 전에는 너무 말랐어. 지금보다 더 찌면 극 초반의 그 명랑하고 싱그러운 분위기가 잘 살 것 같네."

수현이 입꼬리를 올려 어색하게 웃었다. 저놈의 살쪘다는 소리, 오늘만 몇 번째인지.

"저녁 먹고 들어갈래? 너 좋아하는 소고기 어때."

설마 오늘도 우렁이 각시가 왔을까. 수현은 한희의 제안에 고민하는 척하다 이내 고개를 저었다.

"집에 들어가 쉴래."

"요즘 집에 꿀 숨겨 놨냐. 매일이 칼퇴야."

"나 원래 집순이거든."

그녀의 예상대로였다. 경비실에서는 이제 도시락을 전달하는 게 본연의 업무인 것처럼 빠르게 쇼핑백을 건넸다. 이것 때문에 지하 주차장에서 내려도 경비실까지 걸어 올라오는 수고스러움이 생겼지만, 할 수 없었다.

수현은 테이블 위에 찬찬히 도시락 통을 늘어놨다. 오늘의 메뉴는 수육에 겉절이였다. 거기다 직접 구운 듯한 식빵과 유리병에 담긴 복숭아 잼까지. 뚜껑을 열어 잼을 확인한 수현이 시무룩하게 웃었다.

이 남자가 날 살찌워서 잡아먹으려고 이러나.

의도는 칭찬해 주고 싶었으나, 결과는 마음에 들지 않았다.

"내가 보고 싶은 건 그쪽 얼굴이거든."

그녀는 배가 고프지도 않으면서 수육에 겉절이를 듬뿍 올려 입에 넣었다. 기계적으로 씹는 그녀의 멍한 시선이 훤히 드러난 강변의 야경으로 향했다.

이렇게 맛있는 걸 먹어도, 이렇게 예쁜 걸 보고 살아도, 이렇게 큰 집에 살아도 채워지지 않는다. 이 망할 놈의 허기가. 남들은 살이 쪘다는데 배가 부른지도 모르겠고, 매일 남자가 주는 도시락을 잘 먹고 있긴 한데 자꾸만 갈증이 났다.

이유를 알고 있다.

옆에 그 남자가 없기 때문에.

보고 싶다. 보고 싶어 미치겠다. 함께 있고 싶고, 같이 밥도 먹고 싶고, 오늘 윤규진이 어떻게 꼬리 쳤는지 알려 주고 싶고, 대본 리딩 후에 감독님한테 칭찬받은 것도 자랑하고 싶고, 그쪽이 해 준 밥들 때문에 그새 살도 쪘다고 투정도 부리고 싶다.

바로 곁에서. 손을 뻗으면 닿는 곳에서.

이제는 내가 그 남자한테 왜 기다리라고 했을까 후회마저 들었다. 남의 속 애타게 했으면, 네 속도 좀 애타 보라는 유치한 놀음.

테이블에 얼굴을 기대고 있던 그녀가 손을 뻗었다. 헤링본 패턴의 러그 위를 더듬어 휴대폰을 손에 쥐는데, 진동이 울렸다. 당연히 기다리는 남자는 아니었고, 한희였다.

—너 인터넷 봤어?

좋지 않은 징조다. 그녀는 보통 한희나 우진이 전화를 걸어 다짜고짜 이렇게 물으면, 100% 스캔들 혹은 가십성 지라시였다.

"왜. 누가 나 죽었대?"

—얼마 전에 응급실 갔었던 거, 지라시 떴어.

역시.

"그런데."

—좀 황당하게 변질되고 있어. 너 손목에 흉터, 밴드 붙여 놓은 사진이 돌아. 아무래도 숍에서 찍힌 것 같아.

"……알 만하네."

—극심한 우울증 때문에 습관성 자살 시도를 겪고 있다는데.

"왜 다들 남의 손목 가지고 난리인지."

짜증이 솟구치면서도, 머릿속으로는 울 것 같았던 윤의 얼굴이 떠올랐다. 오해를 하고, 갑자기 무너져 내려서는, 사람 마음을 잔뜩 흔들어 놨던.

당신은 그때 왜 그런 얼굴을 했을까? 그러고 보니 엄마라던 사람과는 무슨 사연이 있었던 건지 묻지도 못했다. 인터넷을 뜨겁게 달구고 있다는 제 소문보다 느닷없었던 키스와 그를 찾아온 여자에 대한 호기심이 샘솟았다.

—야, 점점 일 커진다. 방금 네 이름으로 기사도 났어. 지라시 주인공 너라고. 휴식기 가진 것도 그것 때문이라고. 해명 기사 내 봤자 다 묻힐 정도야.

"뭘 일일이 대응해, 내가 언제부터 그랬다고."

─무시하기는 사이즈가 큰 것 같은데. 일단 상황 보고 있을게. 인터 넷 보지 말고 있어. 너 수술한 거 집에서는 아시겠지만, 혹시 모르니까 연락 한번 드리고.

전화를 끊고, 준영에게 메시지를 보낸 그녀는 기사를 확인할까 하다 가 고개를 가로저었다. 굳이 하루를 악몽으로 끝내고 싶지는 않다.

"설마. 오해 안 하겠지."

"······손목, 왜 그런 겁니까."

하지만 세상 절망을 전부 끌어안고 있었던 그 얼굴이 다시금 떠올랐 다.

"할 것 같은데."

무려 남 걱정이 취미고, 특기인 남자니까.

그녀가 벌떡 몸을 일으켰다. 얼굴을 볼 핑계가 필요했다.

곧장 드레스 룸으로 달려간 그녀는 전에 전달해 주겠다고 해 놓고 주지 못한 그의 옷을 챙겼다. 체했던 날, 그녀의 어깨 위에 덮어 줬던 옷은 이미 드라이 세탁까지 마친 상태였다.

그녀는 벌려 놓은 도시락을 확인했다. 손에 쥔 것들을 다 내려놓고 황급히 도시락을 정리해 냉장고에 넣기까지 30초.

서둘렀다. 공윤, 그를 보기 위해서.

디너 타임까지 끝난 시간. 새로 온 홀 직원과 손발도 착착 잘 맞았 고, 주방에서 병찬과 지호의 합도 꽤 괜찮았다. 아직 윤의 빈자리가 컸 지만, 그런대로 1호점은 잘 굴러갔다.

"근데 우리 셰프님은 여기 감시하러 오는 것도 아니고 왜 자꾸 도시락을 싸실까요. 그것도 거의 찬합 수준으로."

브레이크 타임 때마다 주방에서 웬 5첩 반상 도시락을 싸더니, 오늘은 마감 시간이 끝나자마자 내일 만들 도시락 때문에 또 주방을 차지했다. 2호점 오픈 때문에 바쁜 줄 알았더니 웬걸, 도시락 장사를 시작한 걸까.

홀복 대신 주방 유니폼을 입게 된 지호가 어깨를 으쓱였다. 옆으로 병찬이 다가왔다.

"덕분에 우리도 맛있는 거 먹잖아."

"그건 그렇죠. 무려 오늘은 보쌈."

"내일은 뭘 것 같아?"

"장 봐 오시는 거 슬쩍 봤는데, 갈비찜이에요. 무려 한우. 투 플러스. 한식당 준비하시나?"

내일 갈비찜을 먹을 생각에 지호의 입꼬리가 올라갔다. 앞치마를 벗은 병찬이 피식 소리를 내 웃었다. 그의 눈에 지호 손목을 차지한 파스가 들어왔다.

"너 아까 팬 쥐는 법 고치라고 한 소리 들었지? 그거 유념하고 집에 가서 연습해."

"예, 셰프."

지호가 장난스레 대답했다. 한낱 두 명뿐인 주방에서 늘 윤을 향했던 호칭이 제게 붙자 병찬은 괜히 뿌듯해졌다. 명분상 2호점 오픈 덕에 생긴 승진이지만.

"듣기 좋네, 그 소리."

"아, 기분 더 좋게 만들어 드려요?"

휴대폰을 꺼낸 지호가 뺨을 씰룩거렸다.

"우리 수현 누나 오늘 대본 리딩 메이킹 떴던, 헐."

지호가 입을 틀어막았다. 기사를 읽어 내리는 눈동자가 빠르게 움직였다.

"왜 그래?"

"우, 우리 누나 자살 시도 했대요."

"뭐? 진짜?"

"자살 중독증이라고, 우울증 때문에. 헐, 오늘 대본 리딩 영상에서 손목 사진이 찍혀 가지고. 아, 무슨 자살 중독증이야. 미친 거 아니야."

자극적인 헤드라인을 바라보며 지호가 마땅찮은 표정을 지을 때, 주방에서 윤이 나왔다.

"지금 뭐라고 했어."

창백하리만큼 굳은 표정. 지호가 당황해서는 휴대폰을 내밀었다.

"아, 이거. 누나 기사가 났는데……."

연예 면이 온통 수현의 기사로 도배돼 있었다. 윤은 침착하게 내용을 훑었다. 어금니를 악물고, 그녀의 현재 상태를 확인할 기사를 찾았다. 하지만 자극적인 헤드라인만 가득할 뿐, 입장문이나 반박문으로 보이는 건 없었다. 애써 부정하며 불안한 마음을 다잡았다.

"아니야."

"네?"

"전에도 붙어 있던 거야."

"아, 그래요? 아니겠죠, 우리 누나? 아 씨, 그럼 이런 기사는 왜 뜬 거지. 우리 누나 또 지라시 뜬 거야?"

지호가 호들갑을 떨며 다행이라고 가슴을 쓸어내렸다. 하지만 윤의 표정은 나아지지 않았다. 머릿속이 뿌연 상태. 제대로 된 판단을 하기란 힘들었다.

괜찮을 거야. 그러지 않을 거야. 아니라고 했고, 아닐 거야. 오늘도 빈 도시락을 가져왔잖아. 깨끗했어. 일주일 내내. 아닐 거야. 그가 마른침을 삼켰다.

"나 안 그랬다고요."

"내가 이런 거짓말을 왜 하겠어요."

"근데 옛날부터 말은 많았어요. 손목에 있는 흉터 때문에. 진짜 아니 겠죠? 아니면 아니라는 기사가 있어야 하는데 왜 소속사 해명 기사는 하나도 없지?"

지호의 말이 끝나기도 전이었다. 핏빛의 하얀 시트가 머릿속을 지배한 순간, 더는 그곳에 있을 수 없었다.

그는 휴대폰을 붙잡고 계속해서 뛰었다. 그녀는 전화를 받지 않았고, 신호음만 갔다. 몇 번이나 부재중으로만 넘어가니 불안이 증폭된다.

예전에도 이런 적이 있었다. 너는 집에 휴대폰을 두고 나갔고, 나와 길이 엇갈렸고, 계곡 끝에서 임민아를 맞닥뜨렸다. 몇 번의 불운들이 겹치고 겹쳐서 만들어 낸 비극.

마음이 부단히도 떨렸다. 아닐 거라 생각하면서도 마음이 그랬다. 한 번 떠오르기 시작한 불온한 과거의 기억이 궂은 상상까지 만들어 냈다.

그럴 리가 없다고, 또다시 네가 너를 놓을 리는 없다고.

정신없이 뛰던 걸음을 멈췄다. 어디로 가야 할지 알 수 없었다. 병원에 있을까? 아니면 집? 숨을 헐떡인 그가 굽혔던 허리를 폈다.

그때 탁 트인 시야 너머로 그녀가 보였다. 긴 횡단보도 너머였다. 오래 뛰었는지 거친 숨을 몰아쉬던 그녀가 주변을 두리번거렸다. 윤은 멍하니 그녀를 바라봤다.

꿈에도 그리던, 내내 기억 속에만 살던.

"순정아."

늦은 밤, 빈 버스가 그들 사이로 지나갔다. 잠시지만 그녀가 보이지 않아 놀란 윤이 앞으로 다가갔다. 버스가 완전히 지나가고, 드디어 수현이 재차 모습을 드러냈다.

그녀는 무사했다. 아프지도 않았고, 또다시 자신을 놓지도 않았다.

그녀도 그를 보고 있었다. 반가움에 활짝 웃은 수현이 발을 뻗었다. 순간 빨간불임을 확인한 그녀가 놀라 다시 발을 거뒀다.

"진짜."

그가 가슴을 쓸어내렸다. 또 덜렁거려서, 또 넘어지려고.

수현은 크게 팔을 휘둘렀다. 나 여기 있다고. 넘어오겠다고. 그러니 어디 가지 말고 기다리라고. 그렇게 말하는 것 같았다.

발을 동동 구르던 그녀가 다시 발을 헛디뎠다. 심장이 쪼그라드는 기분이었다. 잘 넘어지면서. 매번 넘어져 놓고, 내가 아니면 잡아 줄 사람도 없었으면서.

그래, 나밖에 없다. 노순정 너를 잡아 줄 사람. 너를 포기하지 않을 사람. 네가 날 기억한다면 그렇게 둘 거고, 네가 다시 널 놓으려 든다면 내가 널 포기하지 않을 것이다. 단단히 붙들고, 다시 말할 것이다. 너를 사랑한다고.

재고 따지지 않아도 답은 정해져 있었다. 나 하나만 없으면 네 인생은 완벽할 텐데. 나만 비켜 준다면. 그 생각을 지우지 못하면서도 끊임없이 떠올랐다. 너와의 열여덟, 그리고 바로 몇 달 전의 일주일.

망설임은 길었고, 충동은 늘 그렇듯 갑자기였다. 그렇게 네게 키스했고, 네 손을 잡았다. 충분히 이기적이었다. 네가 너를 놓아 버린 핏빛 바랜 그 순간보다, 너의 말간 웃음이 먼저 떠오르는 걸 보면.

너는 또 나를 선택하려고 한다. 열여덟과 올해의 늦봄, 다시 만난 한여름에도.

이번 겨울은 우리가 함께일 수 있을까. 그래도 되는 걸까.

결심이 섰다. 내가 너를 포기한 건, 12년 전 그때로 족했다.

신호등 색깔이 바뀌었다. 초록불이 되자마자 수현은 사람 하나 다니지 않는 큰길의 횡단보도를 단숨에 뛰어왔다. 내가 가야 하는 건데. 그가 조마조마하는 마음으로 그녀를 바라봤다.

수현은 단 한 번도 넘어지지 않고, 멀쩡한 무릎으로, 손바닥에 생채기 하나 만들지 않고 제게 다가왔다.

그녀가 크게 숨을 몰아쉬다 아랫입술을 깨물었다.

"……이번에는 뛰다 보니 여기였네, 뭐 그런 건가?"

방금 전 신호등 앞에서 온갖 몸짓 팔짓으로 그를 단단히 붙잡아 둘 때는 언제고, 또 눈을 마주치는 건 쑥스러웠다. 그녀가 모자챙을 만지작거렸다. 어떻게 또 이렇게 만나, 운명 같게. 흠흠, 헛기침 뒤에 수현이 말했다.

"수육은 먹던 중이어서 도시락 통은 없고."

뒤에 있던 쇼핑백이 툭, 앞으로 튀어나왔다.

"그때 옷을 못 준 게 생각나서."

상대는 말이 없었다. 그녀가 살짝 모자를 들었다. 지나가는 사람 하나 없는 한적한 길, 그의 또렷한 시선은 수현을 내려다보고 있었다. 민망할 만큼 곧고, 오해할 만큼 설레게.

그런데도 눈동자는 저를 살피고 있었다. 표정, 안색, 어디 아프지는 않은지. 걱정이 많은 남자고, 지금껏 남자의 걱정은 전부 저를 향했었으니까.

"혹시 기사 봤어요? 봐서 알겠지만 나 멀쩡해요. 밴드 좀 붙이고 다닌 걸로 소문이 난 모양이에요. 혹시나 검색 창에 내 이름이나 검색하고 다니다가 봤을까 봐."

"……."

"어, 진짜인가 보네. 많이 놀랐어요?"

"……."

"왜 아무 말도 안……."

그때였다. 아무 말 없이 수현을 바라보던 그가 팔을 뻗었다. 손목이 닿고, 마른 어깨를 휘감은 동시에 그녀의 몸이 으스러지도록 세게 안았다.

실감이 났다. 그녀의 평온이, 살아 숨 쉬는 따스함이.

수현은 당황해서 아무 말도 하지 못하다가, 곧 바람 빠지는 소리를 내며 웃었다. 숨이 막히도록 누군가에게 안겨 보는 건 처음이었다.

"거참, 격렬한 환영이네요."

"……."

"나 이렇게 좋아할 거면서."

대체 왜 찼던 거야.

간절함이 느껴졌다. 왜인지는 모르나, 그런 것들이 자꾸만 가슴을 간질였다. 내가 당신을 원한 것보다, 당신이 날 원하는 마음이 더 컸을 거라는 착각.

마른 어깨에 얼굴을 묻은 윤은 몇 번이고 숨을 몰아쉬었다.

"보고 싶었어."

너 혼자만의 착각이 아니었다고.

"안고 싶었어."

우리의 마음은 같은 곳을 보고 있다고.

"내가 다 잘못했어."

마치 그렇게 말하는 것 같았다. 수현도 힘을 주어 그를 마주 안았다. 몸이 으스러질 정도의 강한 힘은 아무것도 아니었다.

흐느끼는 것처럼 들렸던 소리가 멀어지고, 그가 얼굴을 든 건 한참 뒤였다.

"내가 왜 다시 이 일을 시작했는지 알아요?"

가라앉았던 눈동자가 그녀를 향했다. 수현이 살짝 고개를 기울였다. 더 기다리게 했다가는 제 피가 마르겠다 싶었다. 그런데 아니었다. 정작 피가 말리고 내내 우울했던 건 그였다.

"당신 보라고."

"……."

"당신 눈에 계속 나타나야겠다 싶어서."

처음에는 그를 잊어 보겠다는 발버둥이었지만, 이제야 깨달았다. 왜 그렇게 용을 쓰고 일을 시작하려 했는지. 다 의미 없다고 생각했던 일을, 왜 다시 해 보고 싶어졌는지.

지금 생각해 보니 이유는 하나였다. 공윤. 그가 자신을 다시 움직이게 했다.

"나한테 잘못한 거 많아요. 알죠."

대답 없는 그에게 그녀는 부지런히 말했다.

"처음에는 가진 사람답게 굴라면서 나쁜 말 잔뜩 하면서 찼죠. 두 번째에는 만날 때마다 날 걱정했고. 세 번째는 지금……."

"널 욕심내고 있지."

단정하면서도 힘 있는 목소리. 말문이 막힌 그녀는 물끄러미 그를 올려다봤다.

"자꾸 너, 너 하네."

"……."

"듣는 사람 설레게."

지금만큼은 아무 소용도 없었다. 온통 상처였던 그의 말도, 비겁했던 이별의 순간도, 변명뿐이었던 우연한 만남도.

"나 없이 잘 기다렸어요?"

"아니. 미치는 줄 알았어."

기댈 곳을 찾은 사람처럼 윤은 다시 그녀를 껴안았다. 기다렸다는 듯 그녀는 그의 품에 안겨 얼굴을 가렸다.

그들의 세계는 그렇게 바뀌었다.

어쩌면, 유일한 것인지도 모른다고 생각했다.

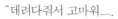

"데려다줘서 고마워—.

"……잘 자요."

"설마 나한테 할 말이 그게 다는 아니죠?"

"……."

"나 전화번호 안 바뀌었어요. 들어가서 씻고 뭐 하고 하면 30분 정도?"

"……."

"뭐, 전화하든지 말든지."

꽤 오랜만에 그녀를 집에 데려다줄 수 있었다. 고개를 돌릴 때마다 보이는 얼굴이 사랑스러워서는, 몇 번이나 붙잡을 뻔했다.

돌아서는 그녀를 계속해서 눈에 담았다. 언제가 마지막일지 모르니 자꾸만 보게 됐던 얼마 전의 습관처럼.

집으로 돌아온 윤은 곧장 소파에 드러누웠다.

"당신 보라고."

"당신 눈에 계속 나타나야겠다 싶어서."

"고백을 받았지."

팔을 얼굴 위에 올린 윤이 낮은 한숨을 쉬었다.

"감히."

나만 아니었다면 하는 생각. 그렇게 찾아오는 지독한 죄책감은 지워지지 않았다. 다만 그녀를 향한 욕심이 더 클 뿐. 거실 테이블에 올려놓은 휴대폰이 진동했다. 순정의, 아니 차수현의 메시지였다.

[설마 지금 나 전화 기다리게 하는 거예요?] 오후 11:29

메시지를 확인한 그가 피식 소리를 내며 웃었다. 분명 마음은 지옥인데, 웃음이 나는 이유를 모르겠다. 결국 너를 얻어서인지 모르겠다. 말도 안 되는 이기심이지만, 그저 좋다. 네 곁에 있을 수 있다는 이유

하나만으로.

"너 나 좋아하고. 나도 너 좋아하고."
"그래서 키스했는데 뭐가 미안해?"

그때의 솔직했던 너를 봐 버려서일까. 여전히 그는 솔직할 수 없다. 그녀에게 자신이 누구인지 알릴 수도 없다. 차수현의 인생에서 가장 피해야 할 사람이 있다면, 그는 바로 대답할 수 있었다. 공윤. 나 자신.

결국 그는 통화 버튼을 눌렀다. 신호음은 금방 끊겼다. 걸어라, 안 걸면 죽여 버릴 거야. 휴대폰을 노려보고 있었을 그녀의 모습이 눈에 선했다.

깊은 수면, 칠흑 같은 어둠. 깊이 빨려 들어가고 있다. 끝도 없이. 나락과도 같은 곳으로.

숨이 쉬어지지 않아. 죽는 건가? 죽는 거야?

그리고 매번 나를 구원해 주는 이 사람. 얼굴을 보고 싶어, 보여 줘. 물 위로 떠오르는 순간 눈이 떠졌다. 꿈이 아닌 현실 속에서. 어딘지 모를 깊은 물속이 아닌, 매일 밤 잠드는 이곳에서.

꿈의 주기가 점점 짧아졌다. 정확히 언제부터인지는 모른다. 3개월? 4개월? 가끔 찾아오던 꿈은 이제 점점 잦아져 매일을 찾아들고 있었다.

시트를 머리끝까지 올린 그녀가 한숨을 내쉬다 몸을 일으켰다. 이른 오전도 아닌 점심이 가까워져 오는 시간. 악몽 때문에 잠을 설쳤다 생각했는데 아니었다.

"대체 몇 시간을 잔 거야."

어젯밤, 집에 돌아와 씻고 침대에 누울 준비를 하니 30분쯤 지나 있었다. 그에게 30분 뒤에 전화를 걸라고 단단히 일러두었으니 전화를 하겠지, 침대에 앉아 휴대폰을 노려봤다.

결국 휴대폰에 공윤의 이름이 떴다. 짧았지만, 그와의 통화 이후 잠에 들었고 무려 10시간 동안 단 한 번도 깨지 않았다.

느낌으로 알았다. 공윤, 그가 만든 변화라는 것을. 눈을 뜨기 무섭게 수현은 베개 밑을 더듬어 휴대폰을 찾아냈다.

뭐라고 쓸까. 한참을 망설였지만, 내용은 꽤 평범했다.

오전 11:36 [나 일어났어요. 출근했어요?]

답장이 뭐라고 올까. 그녀는 메시지를 보내 놓고 잘근잘근 입술을 씹었다.

어젯밤 우리에게 있었던 일 모두 착각이 아니길 빌었다. 우리에게 또 우연이 있었고, 당신은 용기를 냈고, 나는 또 한 번 다가갔다.

분명 어제는 그랬는데, 괜스레 불안했다. 오늘의 공윤은 또 다를까 봐. 한 입으로 두말했던 전적이 있으니 더욱이 그랬다. 그녀가 후우, 숨을 뱉으려던 찰나 휴대폰이 짧게 진동했다. 그의 메시지였다.

[잘 잤어요?] 오전 11:38

꾸욱. 입술을 다물고 그녀는 웃음을 지으며 침대 위에서 뒹굴었다.

악몽 따위 기억나지 않을, 꽤 기분 좋은 아침이었다.

17화

너에게로

준영의 재활 치료 병원에 같이 다녀온다던 여자는 디너 타임이 끝날 시간에 나타났다. 홀 직원이 퇴근하고, 오늘 주방에서 있었던 몇 개의 실수를 짚어 주는데 느닷없이 나타난 차수현에 병찬과 지호가 각자 입을 쩌억 벌렸다.

사태를 파악하기 바쁜 얼굴들을 뒤로하고 그녀는 싱그럽게 '두 분 자주 뵙네요' 인사를 건넨 다음 말했다.

"바빠요? 이제 나랑 놀면 안 돼요?"

얼마 전까지만 해도 자신을 보면 화를 내기 바빴던 여자는 화장기 하나 없는 얼굴로 밤중에 나타나 데이트를 청했다. 남들의 눈치를 보지 않고 당당하게 말을 꺼낸 뒤 뿌듯하니 웃었다.

그러니까, 데이트조차 내가 먼저 하자고 했는데.

"간다고요? 이렇게?"

남들 시선 때문에 고작 강변에 차를 세워 놓고 30분 동안 차를 마신 게 전부였다. 수현은 지하 주차장에서 이대로 돌아가려는 그의 결정이 당황스러웠다.

"설마 농담이죠?"

"……그래 보입니까?"

"우리 일주일 만에 만났어요."

마치 대단한 사실이라도 얘기하는 듯 표정이 비장했다. 윤은 웃음을 참으며 그녀를 돌아봤다.

"가면 안 되죠. 아니, 우리가 이렇게 만났는데? 시간이 이렇게 야심한데?"

콕 집어 '야심한 시간'을 강조한 수현이 아쉬움을 토로했다.

일주일 만에 그를 만났다. 그것도 밤에 짬을 내어. 주로 수현이 바쁜 탓이었지만 그녀가 스케줄이 없을 때는 그가 바빴다.

말을 못 하는 여동생 캐릭터 때문에 수화를 배우러 다니고, 직접 요리하는 장면이 많아 요리 연구가에게 직접 교육을 받고 있었다. 처음 요리 연습 얘기를 들었을 때는 윤을 공략할 계획이었지만, 아쉽게도 그는 2호점 때문에 정신이 없어 보였다.

"지금 나만 이렇게 서운해요?"

"피곤해 보입니다."

"같이 있으면 밤을 새워도 안 피곤해요. 내가 뭘 하자고 했나, 그냥 같이 있자고 했지."

그녀가 입술을 깨물며 슬그머니 노려보자, 윤이 소리 내 웃었다.

"속이 시커매 보이는데."

"그걸 이제 알았어요? 그쪽 때문에 아주 닳아 없어지기 일보 직전이니까 알아서 해요. 책임을 지든가, 이대로 우리 집 가서 붙어 있든가."

그녀가 고개를 들었다. 순간 그를 움직이게 하는 아주 좋은 방도가 떠올랐다.

"나 배고파요."

유독 그는 제 허기에 약했다. 윤이 그러냐는 듯 눈썹을 들자, 수현은 기회를 놓치지 않고 말했다.

"배고파서 그래요. 올라갔다 가면 안 돼요?"

맛있는 것 좀 해 달라고, 그쪽이 해 준 도시락에 길들여져 이런 거라고 그녀가 덧붙였다. 윤은 한적한 엘리베이터 쪽을 돌아봤다. 그가 난처한 듯 미간을 좁혔다.

"집은 좀 그런데."

마지막 기회까지 뺑 차 버리는 윤을 보며 한숨을 내쉬었다. 고집, 엄청난 똥고집.

"그럼 여기서 30분만 더 있다 가요. 차에서만, 둘이. 아무것도 하지 말고. 손도 잡을 필요 없겠네."

팔짱을 낀 그녀가 '차'와 '둘'을 강조했다. 윤의 입가에 조용한 미소가 지어졌다. 억지를 부리는 수현이 못내 사랑스럽고 함께 있고 싶은 건 그녀만이 아니지만, 집은 좀.

그의 마음을 아는지 모르는지 수현이 작은 입을 오물거리며 투덜거렸다.

"순진한 건지, 떠먹여 줘도 받아먹을 줄 모르는 건지."

"……."

"아 씨, 자존심 상하게. 나 그냥 올라……."

갈래요, 라는 말문이 막혔다. 촉, 하고 귀여운 소리를 내며 닿았다 떨어지는 입술 때문에. 그가 멀어지지 않은 채, 고개를 기울였다.

"정작 내가 뭘 하려고 하면 되게 무서울 텐데."

숨 쉬기가 힘들었다. 그는 모른다. 웃음기를 거둔 그의 뚜렷한 시선이 제게 닿아 올 때, 얼마나 설레는지.

그녀가 꾹 다물었던 입술을 열어 숨을 내뱉었다. 가까웠다. 가까워도 너무 가까워서 빨려 들어가는 기분이었다. 미묘한 분위기에 그녀는 그만 살갗과 살갗이 닿는 야릇한 상상을 하고 말았다. 수현이 태연히 웃었다.

"나는 키스 얘기한 건데?"

짙어지는 눈동자에 대고 뻔한 거짓말을 내뱉었다. 윤의 눈썹이 꿈틀, 움직였다.

"키스하고 싶다고요. 대체 무슨 생각했어요?"

"……."

"말 나온 김에 할까요?"

끙, 그가 소리 없이 신음을 참았다. 그 순간 엘리베이터 안에서 사람들이 내리며 그의 차가 서 있는 반대편으로 향하는 게 보였다. 윤이 그녀의 손을 잡았다.

"올라갑시다."


잘못 생각했다. 집과 차, 뭐가 더 위험한가. 그래서 덜 위험한 쪽으로 집을 골랐다. 차는 비좁았고, 손만 뻗으면 그녀를 만질 수 있는 위험한 공간이니까.

그런데 아주 바보 같은 생각이었다. 차수현은, 그녀 자체로도 위험한 존재인 걸 몰랐다.

올라오는 엘리베이터 안에서, 현관 앞 복도에서 몇 번이나 그녀의 입술을 가지는 상상했다. 그리고 현관문이 닫힘과 동시에 상상은 실현이 됐다. 그녀를 붙잡았고, 수현은 쉽게 이끌려 왔다. 순식간에 입술이 겹쳐졌다.

매번 찾아온 갈등도, 망설임도 없었다. 윤은 뜨겁게 입술을 맞물렸다. 그의 단단한 팔이 그녀의 허리를 감쌌다.

좁은 틈새가 무섭도록 좁혀졌다. 뜨거운 남자의 온도, 달큰한 여자의 체향, 거침없는 남자의 손길, 겁먹은 듯 움츠린 여자의 어깨.

뭉툭한 윤의 살덩이가 입술 안을 끊임없이 헤집었다. 시작부터 거침없더니, 뒤가 없는 것처럼 입술을 밀어붙였다. 벌어지고, 닿고, 끊어질 듯 빨아 삼켜서는, 숨을 쉬는 게 어려웠다.

솜털이 오소소 돋아났다. 그는 멈출 생각이 없어 보였다. 커다란 품에 빈틈없이 맞닿아 안겨 그가 움직이는 대로 입술을 따라가고 있었다.

거칠었던 키스 때문인지 입술이 부풀어 올랐다. 도톰한 입술을 한입에 머금고, 혀로 할짝인 그가 입술을 뗐다. 드디어. 아니, 아쉬워.

그의 옷소매를 꼭 붙잡다가, 더 손을 올려 칼을 쥘 때 가장 매력적이던 손을 붙잡았다. 수현은 마른침을 몇 번이고 삼켰다.

뜨거운 숨, 들뜬 얼굴, 하지만 속을 잠식한 불안. 그는 말없이 이마와 이마를 맞댄 채, 가녀린 목덜미를 손에 쥐었다.

"그대로 보냈으면 어쩔 뻔했어."

수현이 우스갯소리로 말했다. 눈동자는 떨렸지만 애써 감췄다. 윤은 똑바로 그녀의 눈을 바라봤다. 이채가 어린 눈동자에 그녀를 향한 열망이 가득할 텐데도, 수현은 열여덟의 노순정처럼 겁 없이 그를 응시했다.

그가 다시 가볍게 키스했다. 입술이 닿고, 떨어지고, 또 닿았다.

"키스하고."

그녀가 숨을 들이켰다. 윤은 수현이 하는 말을 가만히 기다렸다.

"못된 말 하던데."

"……."

"그것도 완전 잔인하게."

장난스레 기울어지는 입꼬리가 완전히 과거의 기억을 떨쳐 낸 것처럼 말했다.

"빌게요, 내가."

윤이 다시 그녀의 목덜미에 입술을 묻었다. 하아. 나른하게 내뱉는 뜨거운 숨이 그녀를 헷갈리게 했다.

"백 번 천 번이고, 다 내가 잘못한 건데."

남자의 말을 곧이곧대로 들으면 행복에 젖기 바쁠 텐데, 그녀는 불안해하기 바빴다. 조금 더 낮아진 그의 목소리를 들은 그녀가 상황과 맞지 않는, 답지 않은 웃음을 지었다.

"그러니까 나한테 잘해요."

무게가 한껏 덜어진 말투. 수현은 발끝을 높게 들어 그의 뒷머리를 부드럽게 쓸어내렸다.

"그래도 이번에는."

시선이 부딪히고, 그의 입술이 그녀의 입술을 따라 내려왔다.

"진짜 같네."

다시 키스, 그리고 또 키스.

윤이 손을 내렸다. 따라온 그녀의 손이 그의 손가락 사이사이 깍지를 끼웠다. 꼭 맞물린 손은 절대 떨어지지 않을 것처럼 힘을 주어 서로를 당겼다.

"약도 안 줄었고."

몰래 수면제를 확인한 한희가 눈썹을 찌푸렸다. 주치의인 강 박사님께 확인해 보니 최근에 약을 타 가지도 않았다. 그리고 약은 열흘 전에 확인한 그대로였고.

냉장고에 채워 놓는 도시락도 꼬박꼬박 빈 그릇이 나오고 있었다. 모르는 반찬도 부쩍 늘고, 쓰레기통에 뭘 먹은 흔적도 많다. 그렇다는 건 요즘 밥도 잘 먹고 잠도 잘 잔다는 건데.

한희가 시선을 돌린 순간 뜻밖의 광경을 목도했다. 마침 드레스 룸에서 나온 수현이 콧노래를 흥얼거렸다. 스케줄 가는데 저렇게 신나 보이는 건 아마 처음인 듯싶었다.

"너 솔직히 말해."

귀걸이를 걸며 수현이 거실 소파에 앉은 한희를 바라봤다. 아직 안 갔냐는 타박 어린 시선에도 불구하고 물어야 했다.

"이태리 백반, 그 남자."

낮은 목소리에 수현은 귀걸이를 마저 채우고 똑바로 한희를 내려다 봤다.

"혹시 만나냐."

90%의 확신을 가진 물음 속에 물음표는 없었다. 수현이 씨익 입가에 미소를 그렸다.

"티 나?"

"어. 너무 티 나."

"어쩔 수 없어. 좋은 걸 어떻게 참아."

한희 옆 소파에 걸터앉은 수현이 말했다. 어제저녁 메뉴를 읊듯 가벼운 말투에 한희는 기가 찼다.

"설마 네가 매달린 건 아니지?"

"처음에는 아니었는데, 요즘은 매일 조금만 더 같이 있자고 조르기는 하지."

"그러지 말라니까. 너는 애가 참."

"내가 뭐."

"……지조가 있다고."

하지만 수현에게 한희의 잔소리는 들릴 터가 없었다.

사실이었다. 옆에 있는데도 더 가까워지고 싶고, 떨어지고 싶지 않았다. 그리고 다 큰 성인 남녀가 만나면서, 아니 데이트하는 장소도 주로 집인데 너무 점잖은 거 아니야? 심지어 집으로 끌어들이는 것조차 쉽지 않은 남자다. 지난번에는 현관에서 키스만 하다가 돌아갔다.

그녀가 뽀로통한 얼굴로 입술을 내밀었다. 고백도 먼저 했고, 한 번 차이기까지 했다. 그의 마음이 어떻게 변할까, 거절당하면 어쩌지 하는 마음에 밤새도록 같이 있고 싶다, 키스 말고 나는 당신과 더 닿고 싶다, 말할 수가 없었다.

아니, 그냥 말해? 멋없게 만리장성이나 쌓아 보자고? 아니, 그걸 어떻게 말해.

"표정 봐라. 무슨 고민을 하길래."

"나 그 남자랑 자고 싶어."

수현이 대뜸 말했다. 마신 것도 없는데 사레들린 한희가 크헉 기침을 했다.

"……아니, 아직 안 잤다는 게 더 놀랍네."

"맞지. 빠른 거 아니지?"

"요즘 세상에 빠르고 말고가 어디 있어. 좋으면 하는 거지. 네가 이러니까 적응 안 되긴 하지만."

"먼저 말할까? 자고 싶다고?"

"아서라. 넌 조절도 못 하고 훅 나갈 게 뻔해. 겁나서 도망가면 어떡하려고."

"……같이 살고 싶으면 미친 거야?"

미친. 한희가 욕을 중얼거렸다.

"넌 안 그러다가 눈이 확 돌더라. 우주 끝까지 도도하던 애가 사랑을 하더니 변했어. 뭐 어떤 수준인데. 너희 만나면 쎄쎄쎄만 해?"

"그 정도까지는 아닌데……."

긍정도, 부정도 하지 않으며 수현은 손목에 팔찌를 채웠다. 수술을 받았으니 흉터를 가려야 할 명분은 사라졌으나 이제는 없으면 허전했다. 한희는 옆으로 앉아 소파에 팔을 걸친 채, 윤의 얼굴을 기억 속으로 더듬었다.

"하긴, 그 정도의 외모긴 하더라. 윤규진한테 안 꿀리겠던데?"

"누굴 갖다 붙여."

수현이 바로 발끈했다. 참 빠른 반응이라 한희는 기가 차 웃었다. 방금 무슨 나를 악플러 보듯 한 것 같은데, 맞아?

가방에서 거울을 꺼낸 수현이 새삼 제 모습을 확인했다. 평소와 달라 보여 물으니 언제 만날지 모르니 늘 준비를 해야 한단다. 이젠 웃음도 나오지 않았다.

"너 그러는 거 네 오라버니가 아니?"

"나 연애하는 거? 글쎄, 알걸?"

뭐? 순간 말문이 막힌 한희가 대답을 못 하자 향수 좀 뿌려야겠다며 다시 드레스룸으로 향했다.

"저게 연애라 그러네."

말리고 싶은 소속사 대표 뻘쭘하게. 짧은 숨을 터뜨린 한희가 몸을 일으켰다. '시간 다 됐어!' 버럭 소리를 질러도 그녀는 감감무소식이었다.

한국 대학 병원의 생명 연구소. 윤은 깔끔한 외관의 건물을 물끄러미 올려다봤다. 여기를 오기까지 몇 년이 넘도록 망설였다. 머뭇대던 그의 걸음을 단숨에 움직이게 만든 건 바로 그녀였다.

며칠 전 수현의 집에서 그녀의 가족사진을 한참 동안 바라봤던 기억을 떠올렸다. 수현이 준영의 재활 치료를 함께 다녀온 날이었다.

"오빠분은 잘 만나고 왔어요?"

"아, 우리 오빠요? 그럼요. 재활 치료 열심히 한 상으로 비싼 참치회도 먹이고 왔죠."

"……."

"우리 오빠 한쪽 다리 저는 거, 사람들은 몰라요. 가족 얘기 잘 안 하거든요. 아마 우리 가족 얘기 아는 사람은 다섯 손가락 안에 들 길요?"

그녀는 준영의 재활 치료 병원에 같이 가게 됐다며, 오빠에 대해 설명했다. 정확히는 그의 다리에 대해. 누구보다 강하고, 누구보다 의젓하고, 누구보다 용기 있는 사람이라 자신에게 가장 자랑스러운 오빠라는 말도 덧붙였다.

그는 소리 없이 웃다가 결심했다. 준영을 먼저 만나 허락을 구해야겠다고. 허락하지 않으면…… 모르겠다. 거기까지는 생각하지 못했으니.

"노준영 연구원이요? 아, 잠시만요. 누구라고 말씀드릴까요?"

긴장된 걸음으로 건물로 들어가 기다리기를 10여 분. 로비 쪽에서 익숙한 형상이 보였다. 스틱으로 한쪽 다리를 절며 천천히 다가오는, 믿기지 않다는 얼굴로 저를 보는 누군가.

"윤아."

준영을 마주한 시선이 버거웠지만, 윤은 웃었다.

얘기는 길지 않았다. 경찰서 앞에서 우연히 만났고, 그가 운영하는 레스토랑에서 두 번째 우연이 있었다. 제 욕심에 몇 번을 더 만났고, 정리하려고 했는데 그렇게 하지 못했다. 오랜 고뇌와 상념은 빠진, 자신을 나쁘게만 만들고 있는 설명이었다. 준영은 아무 말도 없이 듣고만 있었다.

연구원 뒤편에 조성된 산책길. 드나드는 이 하나 없는 한적한 곳. 나누는 말이라고는 그의 목소리뿐이었다.

"죄송해요."

12년을 돌고 돌아 결국 이렇게 됐노라고.

"정말 죄송합니다."

준영은 고개를 숙인 윤을 바라보며 숨을 삼켰다. 놀라지 않았다면 거짓말이다. 충분히 놀랐고, 당황스러웠고, 질긴 인연에 감탄하지 않을 수 없었다.

얼떨떨했던 준영의 표정에 낮은 그리움이 얹히고, 허심탄회한 감정들이 그려졌다. 허무하다기보다 후련했고, 한결 마음이 가벼워졌다.

율주를 떠나게 된 순간부터 마음에 짐을 지고 살았다. 제 장애로

생이별하게 만든 건 아닐까. 윤과 순정은 장애인이 된 자신에게 각각의 죄책감을 갖고 있었다. 바보같이.

어두움이 걷힌 얼굴에 미소를 지었다. 말로 표현할 수 없을 만큼 환하게.

"뭐가 죄송해."

그가 나무라는 목소리에 윤이 고개를 들었다. 눈이 마주치자 준영은 소리 없이 웃었다.

"누가 생긴 줄은 알았는데, 그게 너라고는 상상도 못 했다."

"형."

"한 번 차였다던데, 왜 찼는지도 알겠네. 또 멋없게 막 들이댔겠지, 우리 집 돼지가."

안 봐도 눈에 훤하네. 마치 그 모습이 그려지는 듯 준영이 상상하다가 피식거렸다.

"다 놓을 것 같이 굴었던 애가 왜 다시 연기하는지도 알겠어."

"……."

"네 덕분이야. 이번에도."

연기를 시작한 후로, 큰돈을 벌기 시작한 후로 수현의 삶은 제 것이 아닌 듯 살았다. 멋대로 선택한 적도, 결정한 것도 없었다. 그녀가 배우로 살면서 이기적으로 굴었던 건 딱 한 번, 2년을 아무것도 하지 않고 쉬었던 것뿐이었다.

준영은 여동생이 내내 불안했다. 점점 더 큰 집에 살게 되면서, 필요 없는 것들을 과하게 누리면서 그녀는 표정을 잃었고 웃음을 잃었다. 저는 필요 이상의 부를 누리며 공부할 수 있는데, 여동생은 아니었다. 삶의 목표가 온통 가족의 여유뿐이던 그녀는 얼마 전까지 벼랑 끝에 서 있었다.

그런데 공윤, 그가 여동생의 새로운 목표였다. 삶의 이유였고, 지금을 살아가는 원동력이었다.

윤이 설명한 몇 번의 우연들이 쉽게 설명되진 않았다. 그래도 단 하나만은 명확했다. 너희들 인연이, 서로를 살리고 있다고.

"임민아 소식은 알아?"

"⋯⋯아니요."

"다시 율주에 내려갔다고 하더라. 학교 다닐 때 친했던 놈이랑 연락하다가 말해 주더라고. 우리 꽤 떠들썩했잖아. 가해자가 출소했는데 어디로 갔는지 피해자가 모르는 게 참 그렇지?"

도시 하나를 시끄럽게 만들 전대미문의 일이었다. 얼마 전 지혜를 만나러 강원도에 갔을 때도 임민아의 소식은 듣지 못했다. 임민아는 그 일 이후로 친부와 완전히 연락을 끊고 사는 듯했다.

"어쩌다 약을 건드렸나 봐. 도박장, 뭐 하우스 같은 데서 일했나 본데, 마약 유통까지 건드려서 7년 넘게 실형 선고받았다고 작년에 들었어. 난 딱 거기까지만 알아."

"⋯⋯제 어머니는 아직도 임민아 친부와 살아요."

준영의 눈동자가 가라앉았다. 쓸쓸한 목소리마저 애달픈 윤이 낮게 웃었다.

"그런데 제가 욕심내고 있죠."

"⋯⋯."

"순정이를."

그래서 포기하겠다는 말은 나오지 않았다. 이제는 더 외면할 수 없다고. 억누르지 못하겠다고. 인정받지 못한다 해도 상관없다고 억지를 부려 볼 심산으로 그는 자조했다. 하지만 준영은 한숨을 길게 내뱉으며 말했다.

"그런 마음 가지지 마. 그쪽은 그쪽이야. 끽해야 그런 인생들인 거고."

"⋯⋯형."

"그러니까 우리는 제대로 살자."

내내 의문이었다. 어째서 저를 미워하지 않는 건지. 12년 전에도 그랬고, 지금도 마찬가지였다. 윤이 물끄러미 준영을 바라보자 그가 소리 없이 웃었다.

"반갑다, 공윤."

정말, 상상도 해 본 적 없는데. 형이 날 반가워할 거란 생각. 마음이 울컥했다. 뭔가가 쏟아지려 했지만 꾸역꾸역 참아 냈다.

"형, 다리……."

다시금 날을 세우는 죄책감을 꺼내려는 찰나, 준영이 벤치에 기대 세워 둔 스틱을 손에 잡았다. 말을 잇지 못하는 윤의 맞은편으로 움직인 준영이 똑바로 그를 직시했다.

"나 재활 치료 잘 받고 있어. 왼쪽 팔은 완전히 돌아왔고."

"……."

"두 다리로 걸을 수 있을까, 내내 의심은 들었는데 너희 보니까 더 포기하면 안 되겠어. 한쪽 팔도 다시 찾았는데, 다리라고 평생 이러겠어?"

준영이 힘 있게 말했다. 누구한테도 해 본 적 없는 말이었다. 여전히 희망을 버리지 않는 어머니 앞에서도 할 수 없었던 다짐과 약속. 돌고 도는 인연 속에서 결국 다시 만난 이들을 생각하니 용기 내지 않을 수 없다.

"고맙다."

그가 고개를 들었다. 붉어진 눈자위를 바라보는 준영의 부드러운 눈동자 역시 젖어 들었다.

"내 동생하고 나, 살려 줘서."

윤이 가진 죄책감을 이해할 수 없는 건 아니지만, 이제라도 털어 냈으면 했다. 설마 그 말도 안 되는 죄책감을 12년이나 갖고 있을 줄은 몰랐다. 얼마나 힘들었니, 손을 뻗어 주진 못해도 준영은 제 마음을 표현했다.

"우리 어머니, 아직도 네 생일마다 미역국 끓여. 그것도 한 솥으로."

잡채는 덤이지, 아마? 우스갯소리로 분위기를 가볍게 만든 준영이 웃었다. 윤의 옆으로 앉은 준영이 하늘을 올려다봤다. 오늘따라 구름 한 점 없는 맑은 하늘이 눈에 들어왔다. 그 다정한 눈빛을 따라 하늘을 보던 윤이 말했다. '손은 여전히 크신가 봐요' 하며 조용히 읊조렸다. 준영이 웃으며 고개를 돌렸다.

"다음에는 직접 먹으러 와."

"……네."

"순정이는 아직 너 기억 못 하지?"

끄덕. 윤이 고개를 움직이자 준영은 하늘에서 시선을 뗐다.

"만나면 우리는 처음 만나는 척해야겠네?"

"아마도요."

"같이 있는 시간이 길어지면 하나둘 기억할 수도 있어."

"그렇겠죠."

"힘들어할 수도 있고."

머릿속으로 수도 없이 펼쳐 봤던 순정의 마지막 모습이 떠오른다. 바닥을 적시던 너의 핏방울, 애타게 불러 봐도 열리지 않던 눈꺼풀, 눈물로 인해 잔뜩 젖었던 너의 뺨.

생각해 보지 않은 건 아니다. 너와의 미래를 결심하면서 무엇 하나 허투루 결심하지 않았다.

"붙잡아 볼게요. 다시는 그런 선택 못 하게."

듣고 싶었던 다짐이었다. 공부와 재활 치료뿐이던 제 일상에 선물이 내려왔다. 헛헛함이 가득했던 동생의 일상에는 더 큰 선물이 됐겠지. 우리에게 넌 이렇게나 소중한 존재인데, 자신의 가치를 알아보지 못하고 깎아내리기 바쁜 그가 안쓰러웠다.

"사진 보니까 노순정 살찐 것 같던데, 네 솜씨야?"

"순정이 입맛은 제가 잘 맞추죠."

"어쭈. 이태리 식당 한다고? 다음에 나도 초대할 거지?"

눈이 마주친 윤은 엷은 미소를 그렸다.

"그럼요."

"이제 어디로 가?"

연구소 앞까지 함께 걸었다. 준영이 윤을 올려다보며 물었다. 윤은 담백하게 웃고선 대답했다.

"순정이 보러요."

이미 답하지 못한 메시지가 쌓여 있었다. 그는 준영의 배웅을 받으며 돌아섰다. 휴대폰을 들자 순정이 시간차를 두고 보내 놓은 메시지가 한가득 보였다.

[어디예요?] 오후 1:28
[와, 여자 친구 연락 씹는 것 봐.] 오후 1:49
[심심해 죽겠어요. 지루해서 죽기 일보 직전.] 오후 2:37
[저기요, 똑똑. 공윤 나와라 오바.] 오후 3:14

차에 오르기 무섭게 전화를 걸었다. 하지만 그녀는 받지 않았다. 출발하자마자 빠르게 속도를 높여 큰길에 이르렀다. 그의 차 옆으로 큰 버스가 지나갔다. 버스 옆면을 차지한 광고에 눈길이 갔다.

차수현. 향수를 뺨 가까이에 들고 싱그럽게 웃는 수현의 얼굴이 그의 시선에 짧게 머물다 스쳐 지나갔다.

처음 광고에 나오는 수현을 보고 놀라지 않을 수 없었다. 노순정이라는 이름이 아닌 차수현이라는 이름으로 불리고 있었지만, 그녀가 순정임을 바로 알아챘다.

그녀는 금방 유명해졌다. 어딜 가도 그녀의 이름이 들렸고, 어딜 가도 그녀의 얼굴이 보였다. 그때는 분명 그런 것들로 만족했던 것 같은데.

"보고 싶다."

그 생각을 한번 하니 멈출 수 없었다. 보고 싶다. 얼마 전까지 이런 제 마음이 가당키나 하냐면서 주저앉았던 때와는 달랐다.

너를 보고, 안고, 너와의 시간을 그렇게 누리며 살아가고 싶다. 준영에게 털어놓고 나니 한결 마음의 무게가 가벼워졌다. 그래서일까. 너에게로 자꾸만 마음이 달려 나간다.

마음이 죽기를 바란 적이 있었다. 너를 다시 만날 때, 네가 말갛게 웃으며 다가올 때, 황홀했던 너와의 일주일, 너와 이별했던 날들.

하지만 몇 번이나 죽어 없어지기를 바랐던 마음은 방향을 잃지도 않고, 올곧게 그녀를 향했다.

죽지 않는 마음. 이제 네게 그것만을 보여 주고 싶다.

그는 단숨에 수현의 집까지 향했다. 곁눈질로 눈에 익었던 비밀번호로 출입구를 통과하고, 엘리베이터에 올라 17층에 내렸다.

"그런데 안 궁금해요?"

"뭐가요."

"내 아파트 비밀번호."

"……원래 그런 걸 막 알려 주고 그럽니까?"

"사람을 뭘로 보고. 연애하는 김에 바꿨어요. 우리 대표도 알고, 매니저도 알고, 엄마도 아는 번호라. 그러니까 공윤 씨만 외워요. 다시 바꾸기 귀찮으니까."

머릿속에 뚜렷한 네 글자를 지우고 초인종을 눌렀다. 한 번, 두 번, 세 번. 뚜렷이 긴장한 숨을 내뱉고, 들뜬 마음을 가라앉혔다.

당장 그녀를 보지 않으면 심장이 터질 것 같았다. 아니, 이건 그녀를 봐도 마찬가지겠지.

갑자기 왜 이럴까. 어제도 봤고, 오늘 아침에도 네 목소리를 들었다. 그런데 왜 갑자기 이리 참을 수 없는 건지. 잘 참고 있다 생각했는데.

안쪽에서 인기척이 들려왔다. 그녀다. 노순정, 아니 차수현. 어찌 됐
든 내가 사랑한, 앞으로도 사랑할 여자.

뚜렷한 형체가 떠오르자, 그의 입술 사이로 뜨거운 숨이 흘러나왔다.

"어, 왜 전화는 안 받고……."

그대로 팔을 뻗었다. 좁게 열린 문틈을 비집고 들어가 마른 몸을 껴
안았다. 얼굴을 보는 순간 부풀었던 마음에 여유가 없어졌다.

갖고 싶다. 온전히 그 생각뿐이었다. 그녀의 전부, 그녀의 세상 모두
나로 물들이고 싶었다.

갑작스러운 행동에 놀라 어깨를 움츠려도 그는 그녀를 놓지 않았다.
품에 안고, 힘 있게 끌어안아, 다시 놓지 않을 것처럼 그녀의 허리를 안
고 목에 얼굴을 묻었다.

"차수현."

숨이 쉬어진다. 당연했다. 너는 나의 모든 숨이었으므로.

"보고 싶었어."

이제 나는 그 숨을 온전히 누려야겠다. 날 위해서, 그리고 널 위해
서. 그녀의 몸이 바스러지도록 껴안은 그가 짧은 숨을 터뜨렸다. 쉼 없
이 달려온 마음은 지칠 새가 없었다.

"지난번에는 길에서 이러더니."

키가 큰 그에게 안겨 있는 건 때로 숨을 쉬기 힘든 일이기도 했다.
끝까지 목을 들어 그를 올려다보던 수현은 더 이상 버티기 힘든 자세에
웃음이 났다.

"우리 언제까지 이러고 있어요?"

"떨어지기 싫어."

"그러면 자고 가지 그래요."

"응, 그러려고."

대답이 거침없다. 진심인가? 수현은 입술을 비죽 내밀다가 몸을 뒤로
젖혔다. 허리를 안고 있는 그의 단단한 힘 덕분에 멀리 갈 수는 없었다.

"또 반말하네."

"지금 그게 중요해?"

알고 있다. 뭐가 중요한지는.

"모른 척하고 있는 거 안 보여요?"

"보여."

그가 간단히 대답했다. 그런데도 놓을 생각은 없어 보이는 짙은 눈동자를 빤히 올려다봤다.

새삼 남자의 몸이 크고 단단하다는 생각이 들었다. 이 품에 안기면 제 모습이 보이지 않았다. 뭐든 가려 줄 것만 같아서, 뭐든 다 안아 줄 것만 같아서.

수현은 물끄러미 그를 올려다봤다. 눈이 마주치고, 그가 낮게 말했다.

"맞아, 내 욕심이야. 억지고."

"……."

"그런데 고집부리고 싶어져."

솔직하게 마음을 표현하는 그는 낯설다. 피하고 외면하던 모습이 아직은 익숙했다. 갑자기 그를 이렇게 움직인 계기가 뭘까.

"공윤과 고집이라, 되게 안 어울리는 말이긴 한데."

그녀가 말끝을 흐렸다. 결국에는 미소가 지어졌다. 불어오는 바람처럼, 자연스럽게, 물 흐르듯이.

"들어주고 싶다. 그 고집."

입술이 닿았다. 누가 먼저인지는 중요치 않았다.

18화

기억 속의 남자

오랜만에 스케줄이 일찍 끝났다. 그런데 왜인지 윤은 연락이 되지 않았고, 결국 할 일 없이 집에서 시간을 때우며 빈둥거렸다. 이제 그의 손맛에 길들여진 터라 웬만한 식당 밥은 눈에 들어오지도 않았다.

고픈 배도 무시하고, 하염없이 휴대폰만 노려보다가 천하의 차수현이 뭐 하는 건가 싶어 괜히 시나리오를 손에 들었다. 눈에 들어오지도 않는 대사를 죽어라 외우고 있을 때였다.

누군가 초인종 벨을 눌렀다. 그것도 세 번을 연달아. 화들짝 놀라 시계를 보니 이미 2시간이 지났음을 깨달았다.

문이 열리자마자 안기고, 키스하고, 또 끌어안겼다가, 계속 입을 맞췄다.

그는 유독 평소와 달랐다. 붙잡는 손의 힘도, 입 맞추는 혀의 움직임도. 늘 한 발짝 물러나 사람 속을 애태우기 마련이었는데 지금은 과감히 자신을 드러냈다. 이게 제 욕망이고, 제 욕심이고, 결국은 이 모든 것들이 전부 자신임을 보여 주는 남자처럼.

떠밀리고, 떠밀렸다. 강하게 입을 맞춰 오며 허리를 안는 힘에 그녀는 몸에 힘을 뺐다. 그가 밀면 밀리는 대로 뒷걸음질 쳤다. 입술을 열어 그를 받아들이고, 그의 혀가 움직이는 대로 따라 움직였다.

무슨 일이 벌어질 것만 같았다. 아니, 지금 나 무섭나? 그렇지 않다. 나는 바라 왔다. 닿고 싶고, 자고 싶고, 당신과 살고 싶다는 생각까지 했다.

그저 궁금할 뿐이다. 현관 앞에서 진한 입맞춤을 퍼붓다가도, 집 안으로 들어오면 단정한 표정으로 지저분한 욕망을 감추었던 남자에게 무슨 심경의 변화가 생긴 것인지.

입술이 떨어졌다. 울긋불긋하게 부어오른 입술을 바라보던 그는 그녀의 얇은 목으로 손을 가져갔다. 뒷머리를 붙잡고, 고개가 들린 입술에 다시 입을 맞췄다. 번들거리는 입술을 열고, 타액을 섞고, 혀를 얽었다.

숨이 버거워진다 싶을 때 그는 다시 입맞춤을 멈추었다. 그럴 때면 그녀의 목 언저리로 입술을 옮겼다. 새하얀 피부와 얇은 목덜미 위에 그의 흔적들이 새겨졌다. 그녀는 안 된다는 말도 잊고, 뜨거운 숨을 내뱉었다.

갑작스레 닥쳐 온 이 시간, 저무는 노을이 창밖을 아스라이 번져 왔다.

다시 그의 입술이 위로 향했다. 핥고, 깨물고, 말캉한 살덩이를 휘감으며 그녀가 침대 위로 무너졌다. 아프지 않게 그녀의 등을 손으로 받치고 있던 윤은 다시 입술을 겹쳤다. 뜨거운 열기가 그대로 전해졌다.

기묘한 순간이다. 앞으로 나가고 싶으면서도, 왜인지 무섭다.


"가진 사람이면, 가진 사람답게 굴면 됩니다."

"……."

"초라하게 굴지 말고."


왜 하필, 지금. 그녀가 질끈 감았던 눈을 떴다. 그의 입술이 귓불을 삼켰다. 짙은 한숨을 내쉰 수현이 입술을 열었다.

"나 좀 꽉 안아 줘요."

그가 고개를 들었다. 눈이 마주치고, 수현은 긴장한 표정을 감췄다.

"지금 좀, 불안한 것 같아요."

이 밤이 지나고, 만약 그런 끝이 또 다가온다면 무너지고 말 것이다. 그녀가 마른 입술을 달싹였다. 그새 마른 입술 끝을 바라보며 윤은 조용히 입술을 내렸다. 한 번, 두 번. 부드럽게 입술이 닿았다 떨어졌다.

"사랑해."

늘, 네가 기억하지 않는 그 시간 속에서 매일을.

"사랑하고 있어."

순간 놀라 힘없이 벌어졌던 그녀의 입술이 휘어졌다. 이 고백을 기다렸던 사람이 왜 내가 아닌 당신 같아 보일까. 거짓말같이 불안감이 싹 가셨다. 말도 안 되는 일을 자꾸만 실현하는 남자의 존재가 뚜렷하게 느껴졌다.

"죄 많은 남자 확실하네."

"……."

"불안해서 달래 주랬더니, 롤러코스터를 태워 주네요?"

"마음에 듭니까?"

들고말고. 그녀가 고개를 끄덕이다가 그의 뺨을 감싸 쥐었다.

"지금 다른 사람 같고, 막 이상한 거 알아요?"

"무섭습니까."

수현이 고개를 가로저었다.

"아니요, 알고 싶어요."

그녀의 손이 그의 가슴 언저리로 향했다. 대담하게 단추를 풀 용기는 없어 가슴 위로 손을 올렸다. 쿵, 쿵. 소리 없는 진동이 느껴졌다.

"이 안에서 무슨 일이 벌어지고 있는지."

"……감당 못 할 텐데."

“…….”

“나도, 감당 못 할 마음이라.”

손바닥 아래에서 느껴지는 두근거림. 올곧게 그녀만을 보는 뚜렷한 시선.

고백을 참 멋있게 하는 재주가 있다. 듣는 사람 어쩌지도 못하게. 윤이 다시 얼굴을 내렸다. 입술이 가까워지는 걸 바라보는데 그가 물었다.

“더 할 말 있습니까?”

“……들을 여유는 있어요?”

그녀가 낮게 웃었다.

“아니, 없어.”

다시, 입술이 겹쳐진다.


귓등에 닿는 그의 숨소리가 거칠었다. 그의 열기가 옮겨온 듯 자신의 입에서도 뜨거운 숨이 연신 터져 나왔다. 온몸을 물고, 핥고, 깨무는 그의 입술 때문이었다.

옆구리와 잘록한 허리선을 훑던 그의 입술이 다시 위로 올라왔다. 뜨겁게 맞물린 입술 사이로 부드러운 살덩이가 섞여 들었다. 대화를 나누는 목소리는 존재하지 않았다. 살갗과 살갗이 부딪히는 감촉, 낮고 작은 신음, 시트 자락이 움직이는 소리.

그의 손이 옷 안으로 파고들며 흰 목덜미에 그의 입술이 닿았다. 생전 처음 느껴 보는 열기. 그녀는 과연 이것에 익숙해질 수 있을까, 생각하면서 그의 어깨를 어루만졌다.

단단한 어깨 아래 숨겨진 그의 몸이 궁금해 대담하게 손을 움직였다. 그래 봤자 몇 개의 단추지만, 풀어 내리는 건 그보다 더 오래 걸렸다.

그는 그녀를 도와 셔츠를 벗었다. 어깨 근육이 팽팽하게 달아오르는 것을 보며 그녀는 두 손으로 얼굴을 가렸다. 나이 서른이 돼서 이런 게 부끄럽다니 우스울 일이지. 그 순간 그녀의 입술 새로 신음이 터져 나왔다.

"잠깐."

둥근 가슴을 머금은 그의 입술이 대담하게 움직였다. 도톰한 입술 위에 입을 맞출 때와는 달랐다. 혀를 진하게 핥아 내린 뒤 살며시 깨물다가, 또 달래듯이 혀로 어루만진다.

그의 손이 그녀의 몸을 훑다가 가슴 위로 향했다. 둥근 가슴이 그의 손에서 제멋대로 구겨지는 것을 보며 그녀가 호흡을 멈췄다.

"숨 안 쉬면 힘들 겁니다."

신음조차 내지르지 못하며 그녀가 몸을 비틀었다. 윤은 한입에 머금은 가슴을 다시 핥고, 단번에 삼켰다. 가슴을 훑는 살덩이의 움직임이 세찼다. 빠르고, 성급하고, 하지만 부드러워 신음이 새어 나왔다.

"아."

가슴을 주무르던 윤의 손이 방향을 틀었다. 아래로, 점점 더 아래로. 몸이 자꾸만 바르작거렸다. 가만히 있고 싶은데도, 발끝에서부터 퍼지는 야릇한 기운은 낯설어서 감당하기 힘들었다.

자세가 점점 밀착됐다. 그의 입술은 가슴에, 손은 둔덕 아래로. 다시금 입술이 닿았다. 부끄러운 신음을 내는 대신, 입맞춤은 더없이 좋았다. 그의 목을 감싼 그녀가 그의 입술 안쪽을 쉴 새 없이 더듬거렸다. 참지 못한 열감을 입맞춤으로 흘려보냈다.

흠칫, 그녀의 어깨가 한껏 움츠러들었다. 망설임도 없이 하의를 완전히 벗겨 내린 그는 부드럽게 손가락을 밀어 올렸다. 허벅지 안쪽부터 서서히 올라가는 그의 손길을 따라 이상한 소리가 났다. 질끈 눈을 감은 그녀가 들뜬 숨을 내뱉었다.

수현은 그의 손이 움직이지 못하게 잔뜩 다리 사이에 힘을 주며 다리를 오므렸다. 그러자 남자는 웃으며 입술을 뗐다. 부어오른 입술이 뭐 때문인지 느껴졌다.

그의 까만 눈동자가 뜨겁게 타올랐다. 이내 고개를 기울이며 얄궂은 목소리를 냈다.

"이러면 곤란한데."

"하웃."

힘으로 버텨 내는 건 불가능했다. 시간이 지날수록 멋대로 다리가 벌어지고, 그의 입술이 다시 가슴으로, 손가락은 더 대범하게 움직였다. 몸이 꿈틀거렸다. 은밀히 젖은 곳을 누르고, 쓸어내리고, 따뜻한 숨이 귓불을 스쳤다.

상상이나 했을까. 이만큼 가까이서 윤의 얼굴을 보게 될 거라고.

그는 부드럽고 다정하게 움직였다. 그의 손안에서 값비싼 귀중품이 된 기분이었다. 들뜬 숨을 연달아 뱉은 수현이 윤을 바라봤다. 귓불과 목덜미 사이, 작은 점이 눈에 들어왔다. 그녀가 입꼬리를 올렸다.

"여기 점 있네요."

흠칫. 그가 행동을 멈추고 그녀를 바라봤다. '왜요, 뭐 문제 있어요?' 그녀가 고개를 갸웃거렸다. 윤은 다시 부풀어 오른 그녀의 아랫입술을 물고 키스했다. 허리를 당겨 안고, 긴장이 풀린 그녀의 입술을 베어 물고 혀를 섞었다. 체액이 섞이고, 숨결을 주고받았다.


"윤아, 너 여기 점 있는 거 알아?"

"귓불 아래에 점 있어. 되게 귀여워."


너는 모르겠지. 그 말을 하던 너의 입술이 얼마나 탐스러웠는지.

너라는 여자에게 손을 대지 않는 건 열여덟 그에게는 고역이었다. 서른이 된 지금도 역시.

쿵, 쿵, 쿵. 심장이 바닥으로 곤두박질치고 있었다. 뜨거운 그녀의 몸을 끌어안자, 그녀는 기다렸다는 듯 쉽게 이끌려 와 품에 안겼다. 젖은 밀부에서 야릇하고도, 은밀한 소리가 들려왔다.

"나 봐."

"응."

"노순정."

낮게 갈라진 목소리와 사뭇 어울리지 않는 세 음절. 그녀가 고개를 들어 윤의 입술에 스치듯 짧게 키스했다.

"여기서 그 이름은 좀 안 어울리지 않아요?"

"난 좋아."

어느새 다리 사이에 자리를 잡은 윤이 대답했다.

"네 이름."

천천히 두 사람의 몸이 가까워지자 그녀의 얼굴이 희게 변했다. 아픈가 싶어 그는 곧장 멈추었고, 긴 숨을 내쉰 수현은 그의 팔을 당겼다. 새까만 그의 눈동자가 그녀를 살피다 다시 입술을 물었다. 입술 안을 파고들어 부드럽게 그녀의 치열을 훑었다.

아랫입술을 깨물고, 혀로 진득하게 핥아 내리다가, 다시금 삼킬 듯 키스했다. 아래에서 느껴지는 뚜렷한 고통에 익숙해질 즈음, 처음도 아닌 키스 때문에 온몸이 달아오르고 있었다.

그 어느 때보다 진득하고 끈적하게 이어지는 입맞춤. 그런데 그가 너무 다정해서, 또 너무 느려서 괜스레 심장은 더 타들어만 갔다.

그가 입술을 뗐다. 체액으로 젖고, 금방 부풀어 오른 입술 새로 그녀가 말했다.

"……방금 너무 야했던 것 같아요."

"싫었어?"

수현이 그의 허리로 손을 뻗고, 고개를 저었다.

"전혀."

그가 다시 그녀의 중심부로 손을 내렸다. 이미 부풀어 오른 제 것을 받아들인 그녀의 몸은 준비가 됐는데도 혹시나 아플까, 다칠까 걱정이 됐다.

하지만 제 아래에서 예쁘게 숨을 쉬고 있는 그녀의 몸도 마음도, 모든 것을 가지고 싶은 갈증이 일었다. 좁은 틈새로 그의 몸이 꽉 채워졌다.

"하읏."

타들어 가는 갈증을 이기지 못한 그가 천천히 움직이기 시작했다. 바르작거리는 그녀의 손을 잡고 깍지를 끼웠다.

그녀가 애타게 매달렸다. 다시 입술을 얽자 그의 입술에 매달리고, 그의 어깨에 간절히 기댔다. 서로의 살갗이 닿고, 쓸리고, 깊게 파고드는 사이 그들은 잠시도 떨어져 있고 싶지 않았다.

결합된 부위가 뜨겁게 달아올랐다. 긴장한 탓에 그녀의 몸에 자꾸만 힘이 들어갔다. 그가 허리를 쳐올릴수록, 그녀의 몸이 자꾸만 들썩였다.

언제 끝날까. 끝이 오기는 하는 걸까. 쉼없이 숨을 섞다가, 눈을 맞추고 이마 위에 키스하는 그를 바라보다가, 살이 부딪히는 소리에 눈을 감다가, 파고드는 그의 몸짓에 애타게 매달렸다.

고통, 그리고 연이어 다가오는 쾌락. 그가 허물어지는 것과 동시에 그녀는 더없이 뜨거워지는 열기에 정신을 차릴 수 없었다. 하아, 낮은 숨을 내쉰 그녀가 고개를 돌렸다. 옆으로 돌아누워 있던 윤이 비스듬히 입꼬리를 올리며 수현의 뺨을 감쌌다.

"고통 뒤에 쾌락이라니."

진한 숨과 함께 그녀가 말했다.

"이런 건 누가 만들었을까요?"

어려운 질문이다. 윤은 소리 없이 웃으며 그녀의 뺨을 어루만지다, 귓불을 쓰다듬었다. 몸이 식어야 정상인데, 식지 않는다.

"되게 원초적인 문제인데."

"그건 본능이라는 건가?"

"거기서부터는 접근하지 맙시다."

"그럼요?"

"다른 쪽으로 접근해야지."

그가 몸을 일으켰다. 제정신인 채로 그의 나신을 보는 건 부끄러워 그녀가 눈을 감았다. 이대로 그가 욕실로 갈 것이라 생각했는데 뭔가 이상했다. 몸 위로 드리워지는 그림자, 따스한 숨.

목덜미에 입을 맞춘 그가 그녀의 눈을 바라봤다. 까만 눈동자에 깃든 부드러운 본능.

"두 번째는 안 아플까, 뭐 그런 걸 의미했어요?"

"다행입니다, 이해가 빨라서."

그와 있을 때는 종종 기이하고 이상한 일이 벌어졌다. 분명 처음 맞닥뜨리는 광경인데 익숙하고, 어디선가 본 듯해서 꿈을 꾼 적이 있나 착각이 들 정도였다.

그가 요리하는 뒷모습을 보여 줄 때, 제철이라 맛있는 복숭아나 수박을 먹을 때, 책 읽는 옆모습을 볼 때. 그리고 우스꽝스럽게 넘어지는 바람에 무릎에 난 상처를 치료해 주는 지금도 역시.

"이런 상처는 대체 왜 생긴 겁니까."

외부인이 쉬이 들어올 수 없는 그녀의 아파트는 데이트 장소로 제격이었다. 이것저것을 몰래 하기에도 안성맞춤이고.

그녀는 병원의 알코올 냄새가 얼핏 나는 그를 빤히 바라봤다. 소파에 마주 앉은 채로 그에게 하얀 다리를 드러낸 채였다.

"아까 숍 의자에 부딪쳤어요."

"눈은 감고 다닙니까."

"그건 아닌데 뭔가 이상해요."

"뭐가요."

"나 이 장면 어디서 본 것 같아."

꿈을 꿨나? 이런 걸 데자뷔라고 하나? 면봉으로 넓게 연고를 펴 바르던 그가 고개를 들었다. 주방에 있어도 멋있는데 한 손에는 연고를, 한 손에는 밴드를 들고 있는 지금도 근사했다.

그의 뺨이 굳어지는 것도 모르고 수현은 윤의 무릎 너머로 나머지 다리를 뻗었다. 소파에 옆으로 기댄 자세로 그를 올려다봤다.

"피부과 가야 할 것 같은데."

"일주일이면 나아요. 원래 잘 넘어져서."

윤은 잘 알고 있다는 대답 대신 밴드를 붙였다. 매끈한 흰 다리에 어울리지 않는, 옥에 티 같았다.

"계속 이러고 있을 겁니까?"

"뭐가요?"

"안 불편해요?"

"나는 안 불편해요. 공윤 씨는 좀 불편해 보이긴 한데."

그녀가 장난스레 두 무릎을 움직이며 그의 가슴을 쿡 건드렸다. 그가 웃으며 그녀의 무릎을 잡았다. 쿡, 소리를 내며 수현이 웃자 윤이 몸을 일으켰다.

"과일 좀 깎아 올게요."

그냥 좀 붙어 있으면 좋으련만. 수현은 거실 바로 뒤에 붙은 흰 주방 너머 그를 바라봤다. 냉장고를 열고, 제가 사 온 과일을 꺼내 깎는 그의 움직임이 그대로 보였다.

요즘 들어 윤은 2호점 오픈 때문에 바쁜 시간을 보내고 있었다. 오픈식 날짜가 정해지고, 주방 직원들 역시 출근을 준비 중에 있었다.

슬쩍 설계 도면과 인테리어 구상도를 엿봤는데 규모가 상당했다. 그 와중에도 틈틈이 병찬에게 일임한 1호점도 살피고, 그녀의 냉장고를 채워 놓는 것도 빼먹지 않았다.

지난 한 달, 덕분에 그녀는 또 체중이 늘었다. 물론 그의 성과였다.

차수현 살찐 듯?
보기 좋아요 언니! 지금이 딱 좋아요.
차수현은 진짜 실물 갑. 실물 안 봤으면 함부로 지껄이지 마세요.
보톡스 맞아서 부은 거 아냐?

"보지 말라니까."
테이블에 복숭아를 내려놓은 그가 그녀의 손에서 태블릿을 빼앗아 들었다. 그가 미간을 좁혔다.
"봐요. 나 살쪘다잖아."
"보기 좋습니다."
"뱃살 잡히는 것 같지 않아요?"
"전혀."
그가 자리에 앉았다. 악플은 그만 보는 게 좋겠다며, 한희가 했던 잔소리를 그대로 읊는 그를 보며 그녀가 실실 웃었다.
수현이 다시 그의 무릎 너머로 다리를 뻗었다. 짧은 반바지 덕분에 드러난 시원한 다리에 애써 시선을 주지 않으며 윤은 그녀의 발목을 어루만졌다.
대화는 빠르게 전환됐다. 오늘 있었던 그녀의 인터뷰에서 기자가 꽤 무례했던 이야기, 소속사에 후배들이 들어왔는데 어리고 예쁘더라는 이야기.
그녀는 제가 바쁘게 입을 움직이고 있었다는 걸 깨닫고 그에 대한 것을 묻기 시작했다. 유학 시절의 이야기부터 홍콩에서 일할 때, 그리고 '오늘, 한 끼'를 오픈할 때의 이야기까지.
"형제는요?"
"없어요."

"다른 가족은?"

"없어요."

외로웠겠다, 함부로 말도 못 할 만큼 무거운 주제인데도 그는 표정 변화 없이 그녀의 입술 사이로 한입 크기로 자른 복숭아를 넣어 줬다.

"혼자 컸어요?"

윤은 이전과 다르게 대답 대신 짧게 웃었다. 아주 찰나에 고민하는 기색이 보였지만 모른 척했다.

"엄마는 어릴 때부터 없었고, 아버지는 유학 가기 전에 돌아가셨어요. 사고로."

"엄마라면."

"맞습니다. 전에 본 그 여자."

"……유학 가서 고생했겠어요."

"쉴 틈 없었죠. 배울 건 많고, 시간은 없고."

덤덤하게 설명하는 목소리에는 슬픔조차 없었다. 그것마저 빛이 바랜 걸까. 그는 말없이 복숭아를 포크로 찍어 내밀었다. 그녀는 아기 새처럼 입을 벌려 받아먹었다. 더 이상의 설명은 하지 않으려는 그의 의도 역시 깨우쳤다.

"난 부모님 있고, 오빠 있어요. 오빠 다리 불편한 건 전에 얘기했었고."

"부모님은."

그가 짧게 말했다. 턱을 당긴 그녀가 더 말하라는 듯 눈을 크게 떴다.

"건강하십니까."

"그럼요. 철마다 좋은 것들 잘 챙겨 드세요."

"다행이네요."

안심하는 것처럼 웃는 모습이 꼭 부모님의 안부를 궁금해하는 사람 같았다. 뭘까, 그와 함께일 때마다 문득 느껴지는 이 감정.

이따금씩 떠오르는 묘한 기류가 어디서 오는지, 왜인지 알 수 없어 답답했다. 그저 낯익은 사람에게, 낯익은 감정을 느끼고 있다는 착각이 들었다. 그녀는 표정을 지우고, 옅게 웃었다.

"나 내일 하루 종일 세트 촬영 있어요."

"나도 지방 갈 일 있습니다."

"누구랑?"

"이번에 사업 같이하는 셰프님이요."

"아. 정우 셰프님."

"소믈리에 스카우트 때문에 같이 가자고 해서."

발목 위를 부드럽게 어루만지던 그가 손을 내렸다. 이번에도 또 그녀에게 복숭아를 먹이기 위함이었다. 아, 입을 벌리고 복숭아를 받아먹었다. 입 안에서 과즙이 터지는 것과 동시에 그녀가 턱을 당겼다.

좋아하는 복숭아가 점점 줄어들었다. 아쉬워하는 그녀를 보며 그가 '더 가져올까요?' 하고 물었다. 그녀는 고개를 젓다가, 그의 눈길이 제게 닿자 그 순간을 놓치지 않았다.

"그럼 우리 내일 못 보는 거네요."

"아마도."

뻗었던 다리를 거두고, 그녀는 대담하게 그의 위에 올라탔다. 윤이 조용히 웃었다.

"아쉽다. 이 잘생긴 얼굴을 내일 못 본다니."

"아쉬우면 안 되죠."

"그러니까. 오늘 밤새 지켜보려고요."

대담한 말에 보기 좋게 날렵한 그의 눈매가 일그러진다.

"어떤 식으로?"

사치스러운 질문을 던져 놓고, 그는 먼저 입술을 부딪쳐 왔다. 윤은 제 허벅지 위를 단숨에 차지하는 그녀의 허리를 부드럽게 안았다. 짧은 키스 뒤에 입술이 떨어졌다. 수현이 그의 뺨을 감싼 채 싱긋 웃었다.

"이런 쪽으로."

졸리다며 그녀가 하품을 해 왔다. 침대에 가서 눕혀 주겠다고 하자 칭얼거렸다. 조금 더 얘기하자고, 지금 너무 좋다고. 결국 그녀는 소파에서 잠이 들었고, 그 역시 그 모습을 보다 깜빡 졸았다.

하루 종일 바쁜 날이었다. 새벽부터 일어나 완공을 코앞에 둔 성수동 현장에 갔고, 정우와 함께 2호점 투자자들과 미팅을 소화했다.

런치와 브레이크 타임까지는 디너에 올릴 메뉴를 병찬이 얼마나 잘 소화하는지 테스트했다. 피곤해 당장이라도 잠들고 싶었지만 수현을 만나는 건 미룰 수 없었다.

간절했다. 그녀와 함께하는 순간들이.

내일 지방 출장까지 잡혀 있는 주제에 새벽까지 그녀를 안았다. 내일 촬영 힘들 텐데. 염치없는 걱정은 뒤로 미뤄 뒀다.

눈을 뜬 그가 심상치 않은 소리에 앞을 바라봤다. 식은땀을 흘린 채, 창백하게 질려서는 그녀가 달뜬 신음을 뱉고 있었다.

"차수현."

그가 급하게 몸을 일으켜 다가갔다. 하얗게 질린 뺨을 붙잡고 깨웠다. 괴로움에 일그러졌던 얼굴이 깨어났다. 느리고, 또 천천히. 눈을 뜬 그녀는 급하게 그의 얼굴을 확인했다.

"아."

수현이 낮은 숨을 뱉었다. 늘 있었던 일인 듯, 받아들이는 표정이 빨랐다.

"뭡니까."

"네? 뭐가요?"

"꿈, 꾸는 것 같던데."

그가 힘없이 그녀의 맞은편에 앉았다. 수현은 설명할 생각이 없는지 입술에 호선을 그리다 그에게 두 팔을 뻗었다.

"깨워 주는 사람이 있어서 좋네요."

"차수현 씨."

그는 식은땀이 맺힌 그녀의 얼굴을 바라봤다. 지금 수현이 가진 감정을 읽으려 노력하는 그의 눈동자가 바쁘게 움직였다. 하지만 수현은 그의 품에 안겨 들었다. 뭐 그렇게 정 없이 불러. 작게 속삭이다가 그의 가슴에 얼굴을 묻고, 후 숨을 내뱉으며 안도하듯 말했다.

"잠깐만 이렇게 있을게요."

놀랐겠지만, 미안해요. 잠깐만요. 눈이 다시 감기려고 해요. 다시 잠드는 건 싫은데. 그녀가 두서없이 말을 덧붙였다. 그는 제게 기댄 그녀의 뒷머리를 말없이 쓸어내렸다.

왜. 대체 무슨 꿈을 꾸는 거야.

물을 수 없는 것들이 입 안에서 피가 되어 맴돌았다.

촬영이 시작됐다. 이봉환 감독과 그의 뮤즈, 차수현의 의기투합이라는 타이틀로 크랭크 인 기사가 연예면 베스트 순위에 올랐다. 한희는 릴리즈된 기사와 반응들을 캡처해 휴대폰으로 보내 줬다. 나쁜 반응보다야 낫겠지 싶어 고개를 끄덕였다.

그의 레스토랑 휴무 날. 일주일에 딱 이틀뿐인지라 오전 이른 시간부터 장비 세팅 때문에 바빴다. 일찍이 준비를 마친 수현은 스타일리스트인 진주가 골라 온 앞치마들을 살폈다.

그녀는 어쩐지 눈에 익은 아이보리 톤의 앞치마를 골라 놓고, 그에게 메시지를 넣었다.

오전 8:24 [나 지금 공윤 씨 구역. 오늘 와요?]

답장은 금방 왔다.

[점심 즈음. 오전에 투자자 미팅 있어서요.] 오전 8:25

오전 8:25 [셰프 아니라 사업가 같네.
나는 앞치마 고르고 있었어요.]

[잘 골랐습니까?] 오전 8:25

오전 8:25 [네. 근데 공윤 씨 생각나서.
그쪽 앞치마 입은 거 보고 첫눈에 반한 것 같은데,
알려 주려고요.]

빨랐던 답장이 배로 느려졌다. 뭐지? 휴대폰 보다가 졸기라도 하는
건가? 그녀가 액정을 노려봤다.

[빨리 갈게요.] 오전 8:27

뭐야. 이게 다야? 짧은 단문에 그녀가 눈썹을 찌푸렸다. 하지만 이내
그녀의 입꼬리가 길게 그려졌다. 빨리 갈게요, 이 다섯 글자가 왜 보고
싶다는 말로 보이는 건지.
"언니?"
진주가 무슨 일이냐는 듯 그녀를 불렀다.
"아무것도 아니야."
첫 테이크는 순조로웠다. 요 며칠 집에서 그에게 칼질하는 걸 배웠
는데 봉환이 칭찬을 해 왔다. 윤의 솜씨라고 자랑하고 싶은데, 할 수 없
어 아쉬웠다.
동선을 확인하고, 촬영본을 모니터링하느라 시간 가는 줄도 몰랐다. 중

간에 대사가 입에 붙지 않아 봉환과 상의해 대사를 자연스레 수정했다.

"메모리 갈고 가겠습니다."

촬영 감독이 우렁차게 말했다. 진주가 다가와 그녀의 메이크업과 머리를 손질했다. 동시에 레스토랑 입구 쪽이 소란스러웠다. 윤이 온 걸까, 반가움에 나서려는데 그가 아니었다.

"쟤가 왜 왔어."

제작진들과 봉환이 규진에게 반갑게 인사하며 나섰다. 크랭크 인 첫날인 오늘을 축하하기 위해 왔단다. 분량도 없으면서.

"오랜만이네."

장비 체크 때문에 봉환은 인사만 대충 하고 다시 바삐 움직였다. 얘기할 상대가 없어진 규진은 곧장 수현에게 다가왔다. 머리를 만져 주던 진주에게 웃어 주자, 스태프들이 물러갔다. 심상치 않은 시선들을 보내는 걸 보니, 촬영장 곳곳 오해하는 눈빛들이 가득했다.

"역시. 오늘도 예쁘네?"

"느끼하니까 좀 가 줄래."

"어딜 가. 나 너 보려고 왔는데."

"쓸데없었네. 보여 주고 싶은 사람 따로 있는데."

칼질 때문에 손목에 힘을 줬는지 좀 저려 왔다. 그녀가 한쪽 손목을 주무르며 입구를 확인했다. 아직 윤은 보이지 않았다.

"뭐야. 너 누구 생겼어?"

"그래 보이지? 연애하면 예뻐진다잖아."

어깨를 으쓱인 수현이 싱그럽게 웃었다. 옅은 화장기에 풋풋한 스무 살 같아 보이는 옷차림. 하나로 올려 묶은 머리가 정말 시골에서 작은 식당을 운영하는 여자 같았다.

규진은 주머니에 손을 꽂은 채, 몇 달을 짝사랑으로 애달프게 하는 여자를 바라봤다. 그녀의 철벽은 이미 질리도록 들어왔고, 유명했다. 만약 그걸 깨부수는 남자가 있다면 그건 바로 자신이 될 거라 생각했었다.

"내 꽃바구니 걷어차게 한 그놈이 누군데?"

알려 줄 생각은 없었는데, 타이밍 좋게 주인이 나타났다. 그녀의 미소가 짙어졌다.

"왔다."

동시에 규진의 시선이 제가 방금 들어왔던 입구 쪽으로 향했다. 그녀는 새삼 오늘따라 더 잘생겨 보이는 윤을 보며 감탄했다. 밝은 그레이 톤의 슈트를 입은 그는 평소와는 달랐다. 하긴, 앞치마도 잘 어울리는 남자가 뭔들 안 어울릴까.

"셰프님!"

촬영 감독과 앵글 체크를 하고 있던 봉환은 윤을 발견하고 버선발로 달려왔다. 세상에, 칸의 감독을 굽히는 남자라니. 뿌듯한 웃음이 났다.

"허락해 주셔서 감사합니다. 그림이, 와 진짜 너무 잘 나와요."

"다행입니다."

"배경이랑 상가 건물은 CG로 전부 지우고, 다른 그림 입힐 거예요. 벌써 기대가 된다니까요."

봉환은 묻지도 않은 그림에 대해 설명하고 또 설명했다. 한번 꽂혔으면 무조건 밀고 나가고, 상대를 설득하고야 마는 봉환은 제 머릿속에 펼쳐 놓은 상상에 윤이 이입하기를 바랐다.

윤은 요령도 없이 그 말을 다 듣고 있었다. 그녀는 그를 구해 줄 타이밍을 기다렸다.

"저 남자라고?"

수현의 시선이 계속 윤에게 머무는 것을 심상치 않게 바라본 규진이 미간을 구겼다.

"응. 그러니까 아는 척 말아 줄래?"

새침하게 대답한 수현이 입구 쪽을 향해 걸었다. 주방에서 고작 몇 걸음.

"왔어요?"

윤의 등 뒤에서 밝게 인사하자 봉환이 눈을 크게 떴다. 흘긋흘긋 보기만 하던 제작진들도 수현의 처음 보는 모습에 일순 조용해졌다. 그녀는 태연히 말했다.

"칼질을 해 본 적이 없으니 전문가한테 배우면 더 좋겠다 싶더라고요. 저번에 만나고 우연한 기회로 친해졌거든요."

윤이 놀란 듯 큼, 헛기침을 내뱉었지만 수현은 그의 옆에 더욱 바짝 붙어 섰다.

"감독님. 얼마나 더 걸려요?"

"어…… 구도 다시 잡고 있는데 좀 걸릴 것 같은데. 부를게, 쉬고 있어요."

"감사합니다."

환히 웃은 수현이 그를 이끌고 밖으로 나왔다. 모두의 시선이 따라붙었지만 상관없다는 듯, 밴에 그와 함께 올랐다. 대기 중이던 매니저 우진이 놀란 눈을 키웠다.

"누나, 저기……."

"내 매니저. 인사해요."

윤이 짧게 묵례했다.

"공윤입니다."

"저는, 네, 저는 강우진입니다. 어, 누나 저는, 엇, 저기 커피라도 사 올게요."

허겁지겁 밴에서 내린 우진이 밖에 있던 진주와 뭔가 떠드는 모습이 보였다. 차창 블라인드를 전부 내린 수현은 씨익 웃으며 그를 바라봤다. 졸지에 사방이 막힌 곳에 오게 된 윤이 큼, 다시 헛기침을 내뱉었다.

"이래도 됩니까?"

"뭐가요?"

"소문 날 것 같은데요."

"공윤 씨는 걱정 안 해도 돼요. 지인처럼 포장 잘했고, 소속사에서 마킹 잘할 거니까. 그리고 나는 뭐 소문나 봤자 어차피 스캔들도 많은데."

한두 번도 아니야. 말을 덧붙인 뒤, 어깨를 으쓱인 그녀의 얼굴에서 웃음기가 사라졌다. 제가 한 말이 무엇인지 뒤늦게 깨달은 탓이었다.

"나 뭔가 제 무덤 판 것 같아요. 맞죠."

윤이 비스듬히 턱을 치켜떴다. 작은 불만이 배인 얼굴이 묘하게 섹시해 그녀는 입을 맞출 뻔했다.

"이미 유명하던데."

"……뭘요. 내 스캔들?"

"어마어마하셨고."

"맹세하는데 거기서 사실인 건 하나도 없어요."

"그건 모르는 거지."

뭉툭하게 대답한 윤은 조금 전 좁은 주방에서 수현에게 밀착해 붙어 있던 남자를 떠올렸다.

윤규진. 워낙 유명하기도 했지만, 지호 덕분에 자주 들은 이름이었다. 무슨 사이인지 물어볼까 고민하는 그의 뺨이 단단해졌다. 그사이, 그녀가 앞으로 얼굴을 쭉 내밀었다.

"듣기 좋아요."

"……뭐가 말입니까?"

"반말."

'더 해 주면 안 돼요?' 애교를 부리듯 고개를 기울인 그녀가 옅게 웃었다. 그가 부드러운 시선으로 수현을 응시했다.

"잠은."

"잘 잤어요. 꿈도 안 꿨고."

순간 무슨 꿈을 꾸느냐 물을 뻔했다. 하지만 그녀가 답하지 않으리란 걸 알기에 애써 다른 주제로 말을 돌렸다.

"밥은."

"김밥 두 알."

"그건 마음에 안 드는데."

"어쩔 수 없어요. 요즘 누구 때문에 인생 최대 몸무게 달성 중이라."

그는 미간을 찌푸리다 뒤에 감추고 있던 쇼핑백을 내밀었다. 안에서 나온 건 작은 도시락 통이었다.

"도시락 싸 왔어요?"

"복숭아. 이건 먹을 수 있겠다 싶어서요."

무슨 과일을 이렇게 예쁘게 잘랐을까. 평소라면 촬영 전에 물 마시는 것도 조심하는 수현이다. 전에도 그렇게 복숭아를 먹이더니.

"나 이런 거 처음 해 봐요."

그가 고개를 기울였다. 무슨 뜻인지 묻는 눈으로.

"나 아는 언니가 촬영할 때마다 남자 친구 데리고 다녔거든요. 자꾸 어디 도망간다고. 밴 안에 숨겨 두고 쉬는 시간마다 차에 가서 둘이 놀았죠."

"……"

"이게 이렇게 좋은 거구나."

도시락 뚜껑을 연 수현이 입맛을 다셨다. 포크까지 챙겨 온 그의 센스에 감탄한 그녀는 복숭아를 크게 베어 물었다.

"맛있다."

달큰한 과즙이 입 안에서 터졌다. 순간 머릿속이 새하얘졌다. 혀를 씹었나. 너무 달아서 그런가. 그런데 아니었다. 순식간에 수현의 표정이 얼어붙었다.


"와. 이거 네가 깎았어?"

"응."

"내가 좋아한다 그래서?"

"······싫으면 버리든가."

"말을 해도 꼭. 나 복숭아 진짜 좋아하거든?"

이게, 대체. 손에 쥐고 있던 포크가 바닥에 떨어졌다. 대신 포크를 주워 든 윤이 그녀를 바라봤다.

"왜 그래요."

"······."

"수현 씨."

허공을 헤집던 그녀의 시선이 윤을 향했다. 그녀가 떨어지지 않는 입술을 뗐다. 연기, 그래. 연기가 필요했다.

"아니요, 그냥······ 맛있어서요."

헛것을 보았나. 아니면 졸기라도 한 걸까. 그녀는 어색히 웃고 고개를 저었다. 결국 복숭아를 다 먹지 못했고, 그는 집에 사다 놓겠다고 말했다. 다시 촬영장에 복귀하는데 그녀의 휴대폰이 울렸다. 한희의 메시지였다.

[너 죽을래? 크랭크 인 첫날인데 소문내고 다녔니?] 오후 1:36

그녀는 답장 대신 생각에 빠졌다. 문제가 무엇인지 파악할 수도 없다. 당연히 답을 내릴 수도 없다. 아니, 무엇보다 불현듯 떠오른 주인 없는 그 기억. 그 속의 남자.

그게 왜 나는 공윤, 당신 같은 건지.

카메라 앞에 선 수현이 고개를 들었다. 제작진 뒤편에 선 윤의 존재가 더욱 또렷하게 빛났다.

19화

가치 없는 기억

다시 떠올려 보니 바보 같을 만큼 이런 순간들이 많았다.

"아무리 봐도 어디서 본 것 같아서요."
"고등학교 어디 나왔어요? 중학교도 좋고."

분명 낯선 그인데, 왜인지 익숙한 느낌.

"괜찮습니까?"
"아, 네. 괜찮아요."

그와 처음으로 영화를 보러 간 날이었다. 불현듯 눈이 마주쳤는데, 기억 속에서 그의 목소리가 들려왔다. 지금과 같은 착각을 했었다. 그가 자신의 기억 속에 존재했었다고. 어쩌면 착각이 아니었을까?

"알고 있어. 네 이름."
"노순정."

이러면, 정말 진짜 같잖아.

"미친 건가."

"네, 언니?"

낮게 중얼거리는 목소리를 들은 진주가 옆자리에서 그녀를 돌아봤다. 아, 나 이동 중이었지. 감고 있던 눈을 뜬 수현이 고개를 저었다.

"아니야. 뭐라고 했어?"

"다음 주 촬영 의상 포트폴리오요. 윤규진 씨랑 붙는 신에서 튀지 않게 준비했어요."

"감독님은 보셨어?"

"컨펌하셨어요. 여동생 의상이랑도 맞춰 봤고요."

"좋네. 협찬사 다니느라 고생 좀 하겠다."

"제 일이잖아요. 그런데 언니 잠 못 주무셨어요? 좀 부었는데."

아무래도 안 되겠다며 진주는 편의점에서 급하게 얼음 컵을 사 와 손수건으로 둘러싼 다음 내밀었다. 급한 상황에 써먹는 그녀만의 처방인데, 어젯밤 이 문제로 고민하느라 간밤에 맥주 한 캔을 마신 탓이었다.

"왠지 정신 차리라는 뜻 같네."

"……설마 저한테 하시는 말씀은 아니죠?"

"아니. 나한테 하는 말이야."

얼음을 뺨 한쪽에 대자 찬 기운이 올라왔다. 정신이 조금은 또렷해지자 다시 윤이 떠올랐다.

공윤. 보고 싶지만, 이상하게 알 수 없는 남자. 그의 과거 속에 자신이 없는 건 확실한데, 어째서 내 과거는 당신으로 가득하단 착각이 들까. 아니면, 그저 그랬으면 하는 나의 바람이 만들어 낸 기억일까?

무슨 연애하는데 과거까지 들이밀어. 모태 솔로 티 내는 거야? 아니면 그 남자가 너무 좋아서 그래?

슬며시 입술을 베어 무는데, 휴대폰이 울렸다. 진주와 우진이 다음 스케줄에 대해 얘기하는 걸 반쯤 흘려들으며 그녀는 메시지를 확인했다.

[투자자들하고 회식 중.] 오후 4:53

회식. 뭔가 마음에 들지 않는다. 물론 나도 오늘 저녁은 스케줄이 있다만.

오후 4:55 [여자도 있으려나?]

답장은 금방 도착했다.

[차수현보다 예쁜 여자는 안 보이는데.] 오후 4:56

"······말 참 예쁘게 한단 말이야."
"누가요, 언니?"
진주가 새초롬하니 호기심을 담은 얼굴로 물어 왔다. '설마 그 잘생긴 셰프님?' 하고 묻는 목소리에 운전석에 앉은 우진의 귀도 쫑긋거렸다.
"네가 봐도 잘생겼어?"
"그럼요. 솔직히 윤규진은 눈에도 안 들어오던데요?"
언니가 왜 꽃바구니 거절했는지 알겠다며 칭찬을 늘어놨다. 수현은 꽃바구니 사건은 윤에게 비밀이라며 입단속을 시키고서는 답장을 써 내려갔다.

오후 5:00 [회식 끝나면 전화해요.

우리 집이 더 가까우면 자고 가도 좋고.]

제 메시지를 받고 웃음 짓고 있을 윤의 얼굴을 상상하며 눈을 감았다. 하지만 좀처럼 마음은 편해지지 않았다.

평생 칼만 잡아 본 손으로 투자자들을 상대하는 건 쉬운 일이 아니었다. 억지로 자리에 붙어 있는 걸 눈치챈 정우가 슬며시 그를 빼내 주었다. 윤은 거절하지 않고 곧장 자리에서 일어났다.

애초에 사업적인 미팅과 역할은 정우의 차지였다. 그는 주방을 잘 꾸리고, 메뉴 개발에 힘쓰고, 미쉐린 가이드에 선정되어 그의 브랜드를 넓혀 가는 것으로 족했다.

더운 바람이 뺨에 닿았다. 그는 한참을 서 있다 어디로 가야 할지 방향을 잡고 걷기 시작했다. 술 탓인지 더운기가 가시지 않았다. 한참을 걸어야 했지만, 그는 술을 깰 겸 걸음을 늦추지 않았다.

수현이 사는 아파트는 경비가 꽤 삼엄했다. 온갖 정치인, 재벌, 연예인들이 사는 곳이라 하는데 언젠가부터 그의 출입이 자유로워 의문을 갖자 수현은 설명을 덧붙였다.

"아마 회사에서 내 영양사라고 설명해 놨을 거예요."
"······영양사, 말입니까?"
"네. 개인적으로 식단 봐주는 사람이라 집에 자주 드나들 것 같다고."
"아."
"영양사는 좀 그러니까 개인 트레이너라고 하면 안 되냐고 했는데 이미 대표님이 처리했더라고요."
"······."

"왜 그렇게 봐요?"

"아니, 그냥. 일 처리가 너무 확실한 것 같아서."

"설마 마음에 안 들어요? 막 나랑 공개 연애, 그런 거 하고 싶어요? 그러면 말만 해요. 나는 너무 좋은데? 기자 섭외해서 사진도 직접 고를 거야, 내가."

이미 그녀가 감출 생각이 없다는 건 촬영장에서 보여 준 몇 번의 행동으로 알았다. 회사에서 불안해하는 것도 당연했다. 이렇게 티를 내고 다니는데.

도착한 층은 적막했다. 자고 있을까. 그는 고민하며 문 앞에 선 다음, 차가운 문에 이마를 기댔다.

"잘 잤어요?"

―잘 잤죠. 아침마다 그거 물어보려고 전화해요?

그는 요즘 일어나 눈을 뜨면 그녀의 안부를 확인했다. 새로 생긴 습관이었다. 또 악몽은 꾸지 않았는지, 깨워 줄 사람이 필요하진 않은지.

기억이 없어 괜찮다고 생각했는데, 오판이었다. 기억하지 못하면 그것대로 그녀는 버텨 냈다. 그 길고 무서운 꿈을, 홀로.

"별거 아니에요. 물에 빠지는 꿈인데, 그냥 온통 까매요. 물속에서 자꾸만 가라앉다가, 그러다가 그냥 깨요."

생각이 무거워졌다. 한두 번이 아닌 것처럼 보였다. 익숙함이 밀려오는 허탈함과 우울감. 그 속에 스치던 체념.

무거운 줄다리기를 하는 기분이었다. 별밤 아래서 나눈 입맞춤, 푸른 수국, 짧았던 일주일. 지치지도 않았던 너의 고백, 몇 번의 우연. 또 너를 열망했던 숱한 밤들.

오늘은 헤어져, 헤어지자고 해. 아니, 못 헤어져. 그럼 언제까지 만날 수 있을 것 같은데. 상관없어, 내가 놓지 않을 거야.

전부 기억하면, 그 여자가 널 만나 주겠어? 빌 거야, 애원할 거야. 이제 내가 그 여자 없이 못 살아. 그러기로 했잖아. 다시 번복하지 마, 고민하지 마. 이기적인 새끼, 넌 너만 생각하는 거야. 그 여자를 끝내 죽일 거야. 아니야. 그 여자도 나를 원하고 있어.

주먹을 쥔 그의 손등 위로 핏줄이 솟아났다. 나른한 한숨이 터져 나왔다. 머릿속은 이미 엉망진창. 진흙 바닥을 끝도 없이 굴러다닌 갈등이 자꾸만 모습을 드러냈다.

분명 다짐했는데. 너를 놓지 않을 거라고.


"수영 다녀요? 와, 물 좋아하는구나."

"좋아하는 건 아니고, 그냥 어쩌다 보니."

"나는 물 싫어하는데."

"······언제부터요?"

"몰라요. 원래는 안 그랬는데 물 근처에만 가도 식은땀이 나더라고요. 수중 촬영하다가 기절한 적도 있었어요. 그래서 그런 꿈을 꾸나?"


벌써 버거워져서는 안 된다. 미련을 떨어서는 안 된다. 그녀가 솔직했던 만큼 그는 물러서지 않기로 했으니까.

짧게 숨을 터뜨린 그는 도어 록 기계를 열었다. 비밀번호를 입력하고 안에 들어섰다. 벌써 잠에 들었나, 하는 생각이 들려던 찰나였다.

다다다다, 다급한 소리와 함께 복도 쪽에서 그녀가 달려 나왔다. 그를 발견하고 환히 웃고선 또 급하게 다가와 그에게 뛰어들었다. 그녀의 엉덩이를 받쳐 안은 윤이 낮게 웃었다.

"뛰면 다친다니까."

"어떻게 왔어요?"

"보고 싶어서 왔죠."

"술 마시고 내 생각났구나?"

아니라고는 말 못 하고 윤은 현관에 들어섰다. 그녀를 안은 채로. 고개를 든 수현이 그의 뺨을 두 손으로 붙잡고 입술을 내렸다.

"나도 좋아해요."

짧게 입술을 스친 그녀가 씨익 웃었다. 그의 품에서 빠져나와 바닥에 내려선 수현이 반짝거리는 눈으로 그를 보았다. 윤은 멍하니 그녀를 내려다보다 목덜미를 잡아당겨 급하게 입술을 섞었다. 입술을 벌리고, 혀를 밀어 넣고, 살덩이가 섞이는 행위가 농도 짙게 유지됐다.

밀착된 몸이 더욱 달라붙었다. 그는 버둥거리는 그녀의 손을 잡아내리고, 꼭 붙들었다. 입술을 더 깊게 묻고, 그녀의 안에 그를 새기듯.

그래. 나는 너를 놓지 않아. 결국에 네가 날 놓는다 해도 나는 절대.

그가 보고 싶었다. 이유도 없이 그냥 맹목적으로.

마음이 이런 거구나. 사랑이 이런 거구나. 내가 정말 사랑을 하고 있구나.

하루 종일 기분은 바닥을 기었다. 떠오르는 낯선 기억들 속에 희미한 형체. 기억인지, 망상인지 모를 덩어리들을 꺼내 보일 때면 그녀는 머리를 잡아 뜯고 싶었다.

그 남자를 그만큼 좋아해서 만들어 낸 결과라고? 이렇게 생생하고, 또렷한데?

원인 제공을 한 남자는 연락이 없었다. 조용한 휴대폰이 보기 싫어 베개 밑에 숨겨 놓고, 눈을 감고 죄 없는 양의 머릿수를 세다 말고 또 세다 말았다. 초인종 소리도 아닌, 도어 록 소리가 들려왔을 땐 기분이

널뛰었다.

이 집에 누군가 멋대로 비밀번호를 누르고 들어오는 건 가족과 한희뿐이었는데 제 인생에 그럴 만한, 그래도 되는 다른 사람이 생겼다는 게 좋았다.

달려 나가 품에 안겼다. 보고 싶었다는 그의 말에 좋아한다는 말로 화답했다. 단단한 어깨에 팔을 걸치고, 저 하나쯤은 거뜬하게 들 수 있다는 남자에게 종일 혼자 주인을 기다렸던 강아지처럼 매달리고 입을 맞췄다. 한 번, 두 번, 세 번. 어느새 침대 머리맡이었는데 어쩌다 이렇게 됐을까.

뜨겁고, 깊고, 내일이 없을 것처럼 입을 맞추다가 침실로 향했다. 그와 자연스럽게 몸을 섞는다는 것 자체가 어색하고, 여전히 신비로웠지만 그녀는 부끄러움을 감추지 않았다.

서로 걸치고 있던 옷을 벗겨 주다가, 그녀가 웃음을 참지 못하고 터뜨렸다. 그는 벌주듯이 그녀의 입술을 깨물고, 다시 혀를 섞었다. 달빛 아래 끝나지 않을 것 같은 키스가 이어졌다. 스르르 빠져나가는 것도 잠시, 깊이 닿은 살덩이들이 한데 얽혔다.

혀가 저리고, 숨 막히도록 버거운 입맞춤 뒤에 그는 입술을 옮겨 얇은 귓불을 입에 물었다. 아프지 않도록 깨물다가 핥아 내렸다. 간질거리는 느낌에 그녀가 발끝을 비비며 신음했다.

그는 멈추지 않고 그녀의 온몸을 핥을 작정으로 움직였다. 직각으로 이어지는 어깨 위, 반듯한 쇄골 위와 턱에서 목으로 이어지는 곳곳까지.

그의 입맞춤 때문에 온몸에 열기가 돌았다. 이래도 되는 걸까 싶을 정도로 가파르게 심장이 뛰어 댔다. 달콤하고, 뜨겁고, 몸 여기저기가 마구 떨려 왔다.

좋은 건가? 좋은 건가 봐. 어떡해, 나 진짜 좋아하나 봐.

매번 깨닫고 수긍했던 사실에 새삼스레 부끄러워진 그녀가 달아오른 얼굴을 두 손으로 가렸다.

"왜 그래요, 아파요?"

"아니요. 안 아파요. 그냥."

그녀가 말끝을 흐렸다. 이 순간 모든 행위를 멈추고 그녀의 말에 집중한 그가 걱정스레 수현의 머리칼을 쓸었다. 그녀는 지금 이 순간 자신을 휘몰아치게 만드는 열정을 감추고 싶지 않았다. 종일 정신을 이 잡듯이 뒤집어 놨던 불안도 잊은 채였다.

내가 당신을 얼마나 좋아하면, 있지도 않은 기억에 자꾸 당신을 끼워 맞추고 있을까.

"이렇게 좋아해도 되는 건가 싶어서."

이제 상상이 안 돼, 공윤이 없는 내 세상이.

느닷없는 고백에 미소를 그리던 수현이 과장되게 미간을 좁혔다. 윤은 물끄러미 그녀를 내려다보다가 그녀의 얼굴 위로 자잘한 키스를 뿌렸다. 농밀한 욕망을 잠시 뒤로하고, 다정한 마음을 내보였다.

눈을 감고 있던 수현이 다시 눈을 뜨고선 열기를 머금은 그의 얼굴을 바라봤다. 그가 귓가에 대고 속삭였다.

"마찬가진데."

매번 이렇게 가까이 있을 때마다 사랑을 깨닫고 마음을 알아 버리면, 나중에는 어떡하지. 더 깨달을 마음 따위가 있을까? 지금도 이렇게 좋은데.

그녀는 쓸데없는 걱정을 뒤로했다. 더 많은 것을 원하는 제 욕심 따위, 어차피 그가 채워 줄 것이다.

공윤, 그는 그런 남자다. 아무것도 없었던, 지루했던 제 일상을 채워 주기 시작한 남자. 해소되지 못한, 공허한 무언가를 가득 채워 주려는 남자.

그가 나타나면서 제 일상은 변했다. 사랑을 깨닫는 건, 그 일부였다.

"그리고 다음부터."

윤의 단단한 음성이 말했다.

"그런 고백은 내가 먼저 합시다."

이제 선수 좀 그만 뺏기고 싶으니까.

방황은 끝났다. 목을 감싸고 있던 그의 손이 그녀의 유려한 몸의 선을 타고 내려갔다. 그의 입술이 가슴 언저리를 배회하다, 유두를 깊게 삼켜 물었다. 반대편 가슴은 그의 손안에 사로잡혔다.

비틀고, 맘껏 주무르다가, 이내 부드럽게 만지는 손길이 이어졌다. 아웃. 신음이 애달팠다. 가슴을 움켜쥔 그의 손이 델 듯이 뜨거웠다. 뜨거운 체온이 맞닿자, 머릿속이 하얗게 비워졌다.

술기운이 남아서인지 그는 평소보다 거칠었고, 또 성급했다. 비부를 만지는 손길이 애처로울 만큼. 질퍽거리는 야릇한 소리가 끊이지 않았다. 그는 한껏 물어 삼켰던 가슴을 놓고 다시 입을 맞췄다.

그녀는 다급히 그의 목을 감아 매달렸다. 더 가까이 닿고 싶었다. 입술이, 살결이, 얼른 하나가 되고 싶어 허리를 들었다. 그와 있을수록 마음이 더욱 간절해졌다. 오늘 하루 떨어져 있던 시간을 보상받으려는 사람처럼.

아프게 빨렸던 입술이 놓이고, 그가 부드럽게 그 위를 할짝거렸다. 자신이 아픈 건 죽기만큼 싫어하는 공윤. 그녀가 피식 웃으며 그의 입술을 벌려 혀를 밀어 넣었다. 적극적으로 변한 입맞춤도 찰나, 그는 단숨에 그녀의 몸을 가득 채웠다.

순간 잔잔해졌던 호흡이 멈추고, 수현은 그의 어깨에 이마를 묻었다. 그의 손이 하염없이 그녀의 뒷머리를 쓰다듬었다. 젖은 틈을 가르고 채워진 그의 욕망. 그녀는 그의 손을 찾았다. 어디든 잡고 싶었다. 어디든 그와 연결되고 있다는 걸 느끼고 싶었다.

기다렸다는 듯, 윤은 그녀의 손에 깍지를 끼워 잡았다. 달뜬 호흡이 뒤섞이는 순간, 그가 움직이기 시작했다. 드러난 살갗이 다시 부끄러울 찰나도 없었다.

윤의 입술이 다시 수현을 찾았다. 손끝과 발끝에 모인 욕망들이 서로를 탐하는 시간이었다.

"우리 말 놓을까요?"

난데없는 말이었다. 간단히 씻고 나와 허기진 마음에 그가 만든 닭 가슴살 샌드위치를 입에 물었다. 그가 직접 구운 버터도, 설탕도 들어가지 않았다는 빵은 이미 냉동실에 한가득이었다. 그녀는 칼로리를 대충 설명으로만 듣다가 다시 물었다.

"어떨 것 같아? 내가 윤아, 하고 부르면."

이미 불렀으면서. 윤은 말없이 그녀의 손을 만지작거렸다. 손 모델을 해도 될 정도로 반듯하고, 하얀 손을 쥐고 또 잡고, 또 쓰다듬었다. 그녀는 대답하지 않는 그를 보며 불퉁거리며 대답을 보챘다.

"감격할 것 같아."

"……."

"네가 그렇게 부르면."

이 순간만큼은 솔직하고 싶어 말을 해 봤다. 물끄러미 그를 바라보던 수현이 낮게 웃었다.

"뭘 감격까지 해요. 이름 하나에."

그저 이름 하나가 아니라는 걸 너는 몰라야 한다. 12년 전 네가 선택한 것도, 그 이유도.

그는 말없이 샌드위치가 담긴 그릇을 치웠다. '나 더 먹을 건데요?' 의사를 밝히는 그녀에게 그는 고개를 저었다.

"아침, 점심, 저녁 하루 세끼 먹어요. 그러면 밤에 안 고픕니다."

"……아니, 밤중에 사람을 막, 어? 그러니까 배가 고프지."

그 말에 내포된 의미를 알아듣긴 했지만 그는 조용히 웃으며 그녀의 손을 잡아당겼다. 허리를 와락 껴안자 그녀는 쉽게 품에 안겨 왔다.

그래서 말을 놓겠다는 거야, 마는 거야. 감격까지 한다던 남자와는 은근히 말을 놓는 게 쉽지 않았다. 그녀가 입을 삐죽거리다 뭔가 생각난 듯 고개를 들고 말했다.

"나 모레 지방 촬영 가요. 1박 2일. 아마 하루 전날 갈 것 같아요. 그러면 2박 3일인가?"

"알아요."

"어떻게 알아요?"

"우진 씨가 얘기하던데."

"우진 씨? 내 매니저? 둘이 친해졌어요?"

"몇 번 보다 보니 친해졌습니다."

그 몇 번이라 해 봤자 촬영장까지 직접 윤이 데리러 왔을 때나, 윤의 집에서 촬영장으로 이동할 때 스치듯 마주쳤던 것뿐이다. 그 짧은 틈에 언제.

"진주랑은 친해지지 말아요. 내 스타일리스트. 공윤 씨 잘생긴 거 다 알아."

"그거 모르는 사람은 없죠."

"와."

그녀가 낮게 감탄했다. 장난스레 기울어지는 그의 입꼬리 위에 갑자기 입을 맞추고 싶어져 입술을 내렸다.

"재수 없는데, 잘생겨서 봐준다."

맞닿은 입술이 열리고, 다시금 얽혀 든 살덩이가 뜨겁게 달아오른다. 밤이 깊어지기 직전, 그들은 다시 함께였다.


두 번의 관계 후 지칠 대로 지친 그녀는 억지로 씻은 뒤에 침대에 누웠다. 이미 씻고 나온 윤은 주방에서 뭔가를 만들고 있었다. 내일 그녀가 먹을 간단한 아침이라고 했다. 아까는 샌드위치를 뚝딱 만들어 내더니. 하루 종일 주방에서 사는 남자가, 유독 이 집의 주방을 좋아했다.

"확 줘 버릴까. 주저앉히고 싶은데."

마음 같아서는 이 침실도, 드레스 룸도 전부 같이 쓰고 싶었다. 그런 날이 올까? 오겠지? 아니지, 주방은 그의 취향대로 전부 바꿀 용의도 있다. 그녀는 고작해야 닭 가슴살 정도만 삶던 주방이다.

생각만으로도 좋은지 수현은 씩 웃으며 시트를 몸에 돌돌 말았다.

윤과의 미래를 상상하며 눈을 감았다. 그를 기다려야 한다 생각이 들면서도 자꾸만 눈이 감겼다.

어느새 잠에 들었다. 또 꿈속이었다. 이번에는 좀 달랐다. 칠흑 같은 어둠, 발버둥 치는 몸, 그 손을 잡아끄는 누군가. 얼굴이 보일 것 같았다. 조금만 고개를 돌려. 내 눈을 봐. 얼굴을 보여 줘.

숨을 쉬기 어려웠다. 물이 나를 옥죄이는 느낌. 그녀가 다시 발버둥 쳤다. 현실에서 깨어난 건 그때였다.

"괜찮아요?"

젖은 머리칼 끝에 물기가 어린 채로, 걱정스레 저를 보는 그가 보였다.

"꿈꾼 겁니까?"

그 사람. 때마다 나를 구해 준, 그 사람.

그녀는 순간, 꿈속에서 고집스레 얼굴을 보이지 않던 누군가와 그를 겹쳐 봤다. 말이 안 되는데, 자꾸만 가슴이 설득됐다.

종일 그녀를 괴롭혔던 문제가 다시 엄습했다. 내 착각이라고 100% 확신했는데. 아니, 정말 확신할 수 있을까? 조금의 의심도 없어?

그녀가 급한 숨을 몰아쉬었다. 입술이 달싹거렸다. 묻고 싶었다. 말도 안 되는 얘기인 걸 알지만, 혹시 나를 구해 준 적이 있느냐고. 아니, 우리 정말 만난 적이 없느냐고. 나도 이런 질문을 하는 내가 정말 어처구니없지만, 나는 왜 자꾸 우리가 아는 사이였다는 착각이 드는지 모르겠다고.

하지만 그는 이미 그런 적이 없다고 대답했었다. 그러니까 내가 이상한 게 맞다. 100% 확실하다는 건, 그런 의미였다. 이미 확인받았고, 납득도 했으니까.

그런데 혹시 내 과거에 당신이 정말 존재한다면, 그건 내가 잊은 기억 속이지 않을까.

윤을 보기 위해 그녀가 시선을 들었다. 입술이 닫히고, 표정에서 긴장이 사라졌다.

"왜 그래요?"

"……뭐가 말입니까."

"꿈은 내가 꿨는데, 공윤 씨가 울 것 같은 얼굴이라."

한숨처럼 웃음을 내뱉자, 거짓말처럼 불안이 사라졌다. 자꾸 불안하게 하다가, 안심하게 하는 남자라니.

그녀가 진한 한숨을 내쉬고서는 그의 가슴에 이마를 기댔다. 꿈 때문에 들떴던 열이 가라앉기 시작했다.

"나 걱정돼요?"

"자꾸 걱정을 끼치니까."

"그럼 나 뭐 하나 물을게요."

"물어요."

"나 열여덟일 때, 몇 달 정도 기억이 없어요."

그녀는 뚫어져라 그의 눈을 보고, 관찰했다. 동요는 하지 않는지, 굳어지진 않는지.

"찾으려고 노력도 안 해 봤어요."

하지만 그는 미간을 조금 좁힐 뿐, 다른 반응은 없었다. 의심이 꺼질 만큼 평온한데, 그게 또 마음에 들지 않았다. 그녀가 마른침을 삼키며 물었다.

"찾을까요, 그 기억."

"······찾고 싶어요?"

"살면서 불편한 게 없으니까 내가 기억 상실증에 걸렸다는 것도 잊고 살 때가 많았는데."

"······."

"요즘은 그래요. 찾고 싶어요."

나는 그때 무슨 생각을 했을까. 뭘 바라고 물었을까.

그는 한참 동안 대답이 없었다. 무엇을 생각하는지 알 수 없었다. 기억 상실증이란 단어에 충격을 받은 걸까. 내가 정신적으로 불안하다고 생각하는 걸까.

하지만 그는 아무것도 묻지 않고 대답했다. 짧고, 강하게.

"찾지 마요."

머리를 한 대 맞은 것처럼 그 순간은 멍했다. 이유를 물을 것이고, 그렇다면 설명해야 하고, 오빠와 사고가 났다는 대답을 준비하던 수현은 당황했다. 늦었지만 손목의 상처도 설명할 기회라 여겼다. 그는 단 한 번도 그녀 스스로 그은 손목에 대해 물은 적이 없었으니까.

"이유, 물어봐도 돼요?"

"잊었고, 지금까지 기억 못 한다면."

"······."

"가치 없는 기억입니다."

대화의 끝이었다. 그는 그렇게 말하고선 아침 도시락을 마저 싸야겠다며 주방으로 향했다. 어색한 밤을 함께 보내고, 그는 새벽녘에 돌아갔다.

아무렇지 않은 척 아침에 일어나 씻고, 스케줄 나갈 준비를 했다. 옷을 갈아입고 거울 앞에 서서 그에게 짧은 동영상을 보냈다. 지난밤의 어색함을 잊게 해 줄, 우리의 살결이 닿았던 뜨거움만 기억될 환한 웃음으로 아침 인사를 전했다.

그런데도 마음은 허했다. 분명 그가 내 기억에 있을 리 없다는 결론을 수십 번 내렸음에도 단 하나의 열망으로 향해 가고 있었다.

찾고 싶다. 찾고 싶어. 내가 잃어버린 무언가. 해소되지 못한 끔찍한 이 덩어리.

언젠가 나를 갉아먹기 전에, 털어 내고 싶었다. 그래야 그를 온전히 바라볼 수 있을 것 같았다. 자꾸만 내 기억 속에 존재하는 것 같은 공윤의 존재를, 허상이었다고 인정하고 현실의 공윤만을 사랑하고 싶었다.

상담을 받아 볼까도 고민했다. 그런데 그녀도 스스로를 설명할 수 없었다. 이런 나를, 대체 뭐라고 설명해야 하지?

잃어버린 기억. 그 속에 존재하는지, 허상인지도 모를 사람. 나와 만난 적이 없는 공윤. 나도 날 납득하기 어려운데.

"언니. 잠 설치셨어요?"

휴게소에서 잔뜩 먹부림을 할 예정으로 두 손 가득 차로 돌아온 진주가 그녀를 보고 물었다. 때마침 우진도 운전석에 올라탔다.

"피부 결이 엉망인데. 팩이라도 하실래요?"

"괜찮아. 오늘 촬영 없는데, 뭐."

그녀가 안대를 손에 쥐며 고개를 저었다. 시동을 건 우진이 그녀를 돌아봤다.

"좀 주무세요. 아직 가려면 멀었어요. 누나 상태 보아하니 가자마자 호텔에서 쉬시는 게 좋겠어요."

"그럼 좋고."

수현이 안대를 뒤집어썼다. 핫도그와 감자를 나눠 먹으며 진주와 우진이 수다를 떠는 목소리가 잠결에 들려왔다. 그녀는 낮은 숨을 내쉬며 잠에 들려고 노력했다.

"그런데 우리 어디로 가는 거야? 너 내비 제대로 찍은 거 맞아?"

"아, 맞다니까. 아까 몇 번이나 확인했는데 날 못 믿어?"

투덜거리는 우진의 목소리를 끝으로 그녀는 선잠에 들었다.

공사가 어느 정도 끝난 2호점. 내부 인테리어까지 마친 레스토랑 안은 통유리로 들어오는 볕에 의해 꽤 훌륭한 풍경을 자아냈다. 사장인 정우와 투자자들도 모두 이 인테리어를 마음에 들어 했다.

1호점과 비슷하면서도 조금 더 고급화된 전략이 우선이기 때문에 자재부터 테이블 위치 선정까지 신경을 많이 썼다. 여기 수현을 세우면 어떨까. 윤이 상상했다.

수현은 내일 아침부터 있을 촬영을 위해 오늘 일찍 지방으로 내려간다고 했다. 어디로 가는지 물어볼걸 그랬나. 지난밤에 푹 재웠어야 하는 건데. 지금쯤 도착했으려나? 전화를 해 볼까?

오픈 날짜가 다가오면 더 바빠질 것이다. 1호점을 완전히 일임하고 당분간 2호점에만 몰두하는 것 또한 나쁘지 않지만, 1호점만의 레시피 개발도 부지런히 해야 했다. 그 전에 수현과 여행이라도 다녀올까. 스케줄이 괜찮으려나.

테이블에 앉아 소믈리에가 직접 작성한 와인 리스트를 확인하는 중에 누군가 다가왔다. 정우의 후배로 2호점에 스카우트돼 주방 수셰프를 맡은 영훈이었다.

"주방 정리는 얼추 끝냈습니다."

"그래? 수고들 했어."

"그런데 좀 허기지지 않으세요? 애들 팬 잡고 싶어서 난리인데. 마침 식자재 마트도 근처고요."

새것으로 반질반질한 주방의 유혹을 참지 못한 목소리였다. 윤이 조용히 웃으며 지갑을 건넸다.

"아무거나 꺼내 긁어."

"아, 그래도 됩니까?"

"응, 적당히 말고 왕창 긁어."

영훈이 주방으로 돌아가자 주방 안에서 왁자지껄한 목소리가 들려왔다. 활짝 문을 열어 놓고 있었는지 소리가 다 들렸다. 레스토랑을 나가면서 '적당히 쓰겠습니다, 셰프!' 라고 외치는 막내를 보며 윤이 웃었다.

휴대폰을 만지작거리던 윤은 괜히 수현의 사진을 꺼내 봤다. 그녀는 꽤 부지런했다. 제가 예쁜 걸 너무 잘 아는 그녀는 새로운 머리를 할 때마다, 새로운 옷을 입을 때마다, 입술 색을 바꿀 때마다 제 사진을 보내오곤 했다.

미팅 중에 넋을 놓고 바라본 적도 있었고, 운전 중인 차를 세워 한참을 보기도 했다. 이건 어제, 이건 3일 전에, 이건 또 일주일 전에, 그리고 이건 오늘 아침.

집에서 나가기 직전 짧은 동영상을 보낸 그녀가 환히 웃고 있었다. 이렇게 예쁜데, 이렇게 밝은데.

"찾을까요, 그 기억."

"어떻게 욕심내겠어."

우리가 함께했던 온전한 기억을.

가치 없는 기억. 기억하지 않아도 충분한 시간. 나는 너에게 그런 존재여도 괜찮다. 지금의 네가, 날 이토록 사랑해 주고 있으니.

갑자기 그녀가 제게 그런 걸 왜 물었는지 모른다. 설마, 하는 생각이 들지만 아예 가능성이 없는 건 아니었다.

의심을 하는 걸까. 날, 조금씩 떠올리는 걸까? 어떻게 해야 할지 마음이 무거웠다. 준영에게 상의를 해 볼까. 순정이가 조금씩 기억을 찾는 것 같다고.

지금까지의 평화가 얼마나 갈까. 아침에 일어나 통화를 하고, 함께 식사하고, 떨어져 있다면 무얼 먹었는지 물어봐 주고, 밤에 시간을 보내고, 또 서로의 일상을 공유하는 그런 평범함. 열여덟의 세 계절이 그랬다.

뭐든 해 주고 싶었다. 가능하다면 악몽도 대신 꾸고 기억하지 못한다는 부채감에 시달리는 마음 또한 덜어내 주고 싶었다.

행복하다가도 불현듯 과거에 부딪히고는 했다. 나만 괜찮으면 되는 문제라 생각했는데 아니었다. 그녀는, 기억하지도 못하는 과거에 갇혀 스스로를 갉아먹고 있었다.

무엇이 너를 위한 건지 오랜 시간을 고민하고 생각하게 된다. 그러면서도 그녀가 자신을 기억하지 않기를 바랐다. 그때의 상처를 다시 떠올리게 하고 싶지 않았다.

한참 동안 수현의 사진을 바라보고, 또 바라봤다. 시간 가는 줄도 모르고.

햇볕의 기울기가 조금씩 달라질 때였다. 무작정 목소리가 듣고 싶어 전화를 걸었다. 뚜뚜, 몇 번의 신호음이 연결되고 곧 끊어졌다. 음성 사서함으로 넘어가는 안내 멘트에 그가 미간을 좁혔다.

한 번 더 전화를 걸었지만, 역시 받지 않았다. 매니저에게 전화를 해 볼까? 수줍게 제 연락처를 알려 주던 우진이 떠올랐다. 마지막으로 해 보자는 생각에 윤이 다시 통화 버튼을 눌렀고, 곧 연결음이 끊어졌다.

여보세요, 낮은 목소리가 울렸지만 들려오는 대답은 없었다. 그가 한 번 더 입을 열었다.

"수현 씨."

―……차수현 씨 휴대폰은 맞는데, 차수현 씨 지금 여기 없습니다.

"누구십니까?"

―보호자세요? 뭐, 저장된 이름이 심상치 않아서 그래 보이기는 한데.

연예인이 이래도 되는 건지. 웃음기 섞인 목소리가 왠지 모르게 친근해 보였다.

그런데, 보호자? 병원에서 쓸 법한 단어가 나오자 그가 몸을 일으켰다. 따갑다 못해 눈부신 햇빛이 눈을 찔렀다.

―환자분이 갑자기 사라지셨어요. 매니저분도 급하게 찾으러 나가시느라 휴대폰을 안 챙기신 것 같은데.

"……."

―여기 율주 병원 응급실입니다.

20화

너 나 몰라?

"너는 진짜! 내가 내비게이션 확인하라고 했잖아! 단톡에 버젓이 장소가 있는데, 여기 어디냐고 대체!"

소란스러움에 잠이 깼다. 평소 애교 많고 수다스러운 진주가 화를 내는 걸 본 적이 없었다. 수현은 미간을 좁히며 안대를 벗었다. 눈이 부셔 잠시 미간을 찡그리다 차창 커튼을 올렸다. 웬 시골 논밭이 펼쳐져 있는 2차선 국도 위였다.

그녀는 이마를 좁히며 표지판을 확인했다. 전라북도 율주.

"어라."

여기 우리 외갓집인데.

앞좌석에서 아옹다옹하는 둘을 두고 그녀는 차에서 내렸다. 한적한 2차선 국도를 지나다니는 차는 없었다. 시골의 예스러움이 그대로 담긴 버스 정류장 앞에 선 커다란 밴은 이질적이기까지 했다.

서농 마을 앞 버스 정류장

그녀는 멍하니 정류장 이름을 바라봤다. 서농 마을, 서농 마을. 입 안에 담아 보며 혀를 굴렸다. 찌릿, 조용하기만 했던 머리가 울리고 갑자기 두통이 일었다. 하지만 그도 잠시, 머릿속을 스치듯 건드렸던 통증이 순식간에 사라졌다. 운전석에서 내린 우진이 다가왔다.

"아. 누나. 저기 촬영지가 강주 소농 마을이래요. 아, 제가 헷갈려서. 한 글자 차이로 제가 여기까지 왔네요. 정말 죄송해요, 누나."

"……."

"누나?"

"나 여기 아는 것 같아."

"네? 여기를요?"

"응, 외갓집 동네 이름이 이랬어."

"진짜요? 최근에 오신 적은 없고요?"

"옛날에도 많이 안 왔어. 외할머니가 나 어릴 때 돌아가셨거든."

12년 전에는, 내가 분명 여기 있긴 했는데. 흐릿한 머릿속을 더듬어 봤다. 기억을 잃은 직후, 병원에서 깨어난 다음 며칠 만에 서울로 올라왔다. 외갓집에 머물렀다던 부모님이 짐을 정리하는 동안에도 그녀는 오빠와 병원 안에 있었다. 단 한 번도 병원 밖으로 나온 적이 없었다.

그래서 익숙할 수가 없는데. 눈에 익으면 안 되는 건데.

율주, 그리고 여기 서농 마을. 물끄러미 정류장을 바라보던 그녀가 미간을 좁혔다.


"그건 안 고쳐지냐."

"뭘?"

"그렇게 넘어지는 거."


또다, 또. 흐릿한, 아니 모르는 기억이 다시금 집어삼켜 들기 시작했다. 그녀는 반대편으로 시선을 돌렸다. 낡은 버스가 이곳을 향해 천천히 다가오고 있었다. 또다시 뭔가가 떠오르고, 스쳐 지나갔다. 누군가의 손길, 목소리, 다정한 말투. 여전히 허상과도 같지만 마치 실재하는 듯한.

"누나? 어디 가세요?"

"어, 어? 언니?"

부름에도 그녀는 무작정 걸었다. 서농 마을, 서농 마을. 집에 전화를 걸어 외갓집이냐 확인해 보면 될 것을 괜히 걸음이 앞섰다.

"언니 말려야 하는 거 아니야?"

"아, 네가 따라가 봐. 내가 일단 촬영 팀에 전화 좀 할게."

한참을 걸었다. 뒤에서 진주가 종종걸음으로 따라오며 '언니, 너무 빨라요'라고 투덜거렸지만 그녀는 뭐에 홀린 사람처럼 걸었다.

드디어 마을 입구가 드러났다. 큰 바위에 새겨진 '서농 마을'이라는 흰 글씨와 함께 흙길로 이어지는 입구를 바라보는 그녀의 눈이 불안하게 떨려 왔다.

"와, 정류장 이름 잘못 지었네. 마을 입구라더니, 한참 걸었어요."

"……."

"언니, 괜찮아요? 안색 창백해요."

"아니. 안 괜찮은 것 같아."

그녀는 돌아서지 않았다. 어제 비가 온 탓인지 흙길은 질퍽질퍽한 상태였다. 뒤에서 진주가 '언니, 신발 그거 비싼 건데'라고 하는 소리가 들렸지만 수현은 멈추지 않았다.

떠오르는 기억. 마구잡이로 뒤섞이는 목소리.

그녀는 불안함에 입술을 떨었다. 심장이 가파르게 뛰고, 숨이 거칠어진다. 그래, 나는 여기서 분명.


"계속 그렇게 구경할 거야?"

"……뭐 맡겨 놨냐."

너를 만났어. 공윤, 너를.

숨을 제대로 쉬기 힘들었다. 다시금 머리가 깨질 듯이 아파 오고, 눈앞이 흐려졌다. 하지만 이대로 멈춰서는 안 된다고 생각했다.

착각도, 망상도 아니었다. 그녀는 과거의 윤을 알았고, 그 사실을 윤은 제게 감췄다.

그런데 어째서. 왜 날 모른 척했던 거야? 혼란스러움에 그녀가 머리를 흔들었다.

기억해 내. 기억해 내라고. 네가 잊고 있는 것들. 그 속에 공윤이 있어. 그러니까 무조건 기억해 내.

"언니…… 울어요? 얼굴 진짜 안 좋아요. 얼른 돌아가야 할 것 같은데."

비틀거리는 수현의 팔을 붙잡은 진주가 말렸지만 그녀는 끊임없이 질퍽한 흙길을 걸었다. 서 있는 것조차 위태로울 정도로 불안해 보여 진주가 돌아가자고 했지만, 그녀는 멈추지 않았다. 그리고 다시금 떠오르는 기억.


"넌 꼭 그러더라."

"뭘?"

"불리할 때 말 돌리는 거."


동구나무가 있는 마을 정자로 이어지는 길목에 있는 작은 오르막길이 보였다. 익숙한 목소리가 들리고, 머릿속이 부서질 듯이 아파 왔다. 조각조각처럼 떨어졌던 기억들이 한데 모이는 와중에도 어지럽게 섞이고 얽혔다.

"내가 여기, 여기를……."

그녀는 혼돈 속에 혼자 떨어진 것 같았다. 여기저기 흩뿌려진 장면들이 마구잡이로 그녀의 머릿속에 들어찼다.

진주의 부름도 무시하고, 수현은 무작정 오르막길을 올랐다. 얼마 지나지 않아 드러난 탁 트인 계곡. 비가 와서인지 물은 불었지만, 꽤 평화로워 보였다. 그녀의 마음과는 다르게. 바위에 올라가 평온한 물줄기를 내려다보던 수현은 부들부들 입술을 떨었다.

"밤에 오면 어때? 예뻐?"
"응."
"반딧불이도 있어?"
"뭐, 가끔."
"데려와 줄 거야?"
"……공부 좀 하면."

다가오는 가을, 계곡 반대편으로 넓게 펼쳐진 메밀밭의 메밀꽃들이 아직은 만개하지 않은 채 흐드러지게 잎을 날렸다. 그녀의 멍한 시선이 잔잔한 물줄기를 따라 천천히 주변을 돌아봤다. 숨이 떨리고, 심장이 뻐근했다. 곤두박질치듯 마음이 내려앉는다.

그녀가 두 손으로 머리를 붙잡았다. 고통으로 일그러진 마음들이 선명해지며, 잊고 있었던 것들이 점점 색을 짙게 밝혀 왔다. 덜덜 손이 진동했다. 숨을 쉬는 이 순간이 역겹게 느껴졌다.

버티고 서 있고 싶은 몸에 좀처럼 힘이 들어가지 않았다. 몸에서 힘이 주륵 빠져나가고, 그녀가 바위 곁에 주저앉았다. 한여름의 무더운 날씨, 계곡의 찬기가 곧장 몸을 덮쳤다.

젖은 눈꺼풀이 파르르 떨려 왔다. 그녀가 두 주먹으로 쉼 없이 머리를 내리쳤다.

제발, 제발. 그녀가 눈을 감았다. 동시에 귓속을 찌르듯 이명이 울렸다.

"좋은 것 같아."

"뭐가."

"나한테 궁금한 게 많아지는 네가."

여기서 나는 내 마음을 드러냈고.

"가을에도 오자."

"아니, 가을이 올 때까지. 계속 오자."

영원할 것 같은 너의 약속을 받았다.

"너 나 좋아하고. 나도 너 좋아하고."

다만 그게 너라는 걸. 줄곧 너였다는 걸.

"그래서 키스했는데 뭐가 미안해?"

새까맣게 잊었을 뿐.

"네가 뭔데! 네가 뭐냐고, 대체!"

"죽어! 너 같은 거 죽어 버려!"

"윤아."

손가락 끝에 바위의 날카로운 기슭이 긁혀 피가 맺혔다. 눈을 뜬 그녀가 두 손을 이용해 바위 쪽으로 기었다. 느릿느릿 그녀는 신음하며 물줄기를 눈에 담았다.

날 구해 주던 네가 더 선명히 떠올랐으면 해서. 날 집어삼키던 이 물속을 봐야겠어서.

그 순간 계곡 위로 올라온 진주가 소리쳤다.

"언니!"

동시에 수현의 눈이 감겼다.

그는 날 사랑한 탓에 내 아픔과, 슬픔마저 사랑했다. 12년을, 한결같이.

참 바보 같은 남자였다.

눈을 떴다. 시트 위에 새겨진 낯익은 병원 이름을 발견하고, 상황을 파악했다. 사방이 커튼으로 가려져 있는 공간은 응급실이 분명했다.

익숙한 곳이었다. 오빠가 저를 구하려다 다쳐 입원한, 그녀가 손목을 그었던 병원.

쓰러졌구나. 나 쓰러졌어.

난리가 났을 진주와 우진을 걱정하다가, 팔에 꽂힌 링거 바늘을 무심히 바라보다가, 또 그렇게 생각 없이 한참을 앉아 있었다. 마치 생각하는 법을 잊은 사람처럼.

그때였다. 차락, 소리 나게 커튼이 쳐지고 흰색 가운을 입은 여자가 나타났다.

"일어났네."

서늘한 목소리에 수현이 천천히 고개를 들었다.

아. 작게 그녀의 입술이 벌렸다. 기억을 잃은 채였다면 몰랐을 얼굴, 이름.

"오랜만이야. 물론, 나는 너 자주 봤지만."

"……"

"놀러 온 거면 잘 먹고 잘 쉬다 가면 되지. 갑자기 왜 쓰러져?"

최서윤. 임민아에 대해 경고를 해 주고, 사건이 터진 후 임민아에 대해 제일 먼저 증언해 줬던. 의사가 된 서윤은 수액이 잘 들어가고 있는지 확인하고서는 체온계를 꺼냈다.

"피 검사 수치가 괜찮아서 다른 검사는 안 했어. 열이 갑자기 올랐었는데, 뭐 이제는 내려갔네. 돈 많을 테니 서울 가서 종합 검진 한번 받든가."

"……."

"……어, 나 모르나?"

"……."

"기억 잃었다는 소문, 진짜였나 보네."

민망하다는 듯 머리를 쓰다듬던 서윤이 어색하게 말했다. 수현은 건조한 투로 말했다.

"의사 됐네."

"……소문이 과장됐었나 보네? 기억 잃은 건 아니구나?"

찾았다. 불과 2시간 전에. 뭔가 현실성이 없었다. 기억을 잃었을 때와 별반 다르지 않은 것처럼, 무슨 일이 벌어진 것 같지는 않았다.

공윤, 그의 존재가 뚜렷해진 것 빼고는.

찾고자 했던 기억은, 그녀의 바닥이었고 그의 마음이었다. 앞으로 뭘 어떻게 해야 할까. 수현이 멍하니 시선을 돌렸다.

"이거 계속 맞아야 해?"

"1시간이면 다 들어가."

"가고 싶은데."

"안 돼. 맞던 건 다 맞고 가."

답지 않게 단호한 모습이 제법 의사다웠다. 누군가 앉아 있었던 것만 같은 의자를 보니, 서윤이 설명을 덧붙였다.

너 업고 온 남자랑 옆에서 울던 여자는 지금 밖에서 여기저기 통화 중인 것 같더라, 급하게 통화할 곳이 많아 보였다. 쓰러진 탓에 내일 촬영을 취소하려고 진주와 우진이 여기저기 전화를 돌리고 있을 게 뻔했다. 대답 없이 있는데 서윤이 입을 열었다.

"잘 지냈어?"

"……."

"뭐, 시도 때도 없이 인터넷이며 TV며 네 얼굴로 도배가 되긴 했으니. 질문이 너무 뻔했나?"

서윤이 어깨를 으쓱였다. 질문에 의도는 없어 보였다. 어쩌면 지난 일로 후유증은 없었는지에 대한 걱정과 조금의 반가움.

아이러니했다. 서로 걱정을 주고받을 만큼 친했던 것 같진 않은데, 시간이 주는 간극이란 그런 것일까. 그렇다면 공윤 너는 왜 아직 그대로일까.

"의사 될 정도로 공부 잘했나 보네."

"……뭐, 결국 지방 병원에서 일하고 있지만 의사는 의사지."

"있잖아."

다정히 이름을 불러 본 적이 없어 부름이 어색했다. 서윤이 눈을 동그랗게 떴다. 그녀가 서늘히 물었다.

"임민아. 여기 있어?"

"……."

"몰라?"

"……없어. 소문에 의하면 약쟁이 노릇하다 실형 선고받았다던데."

"……."

"몇 년 전에 약물 중독으로 응급실에 실려 온 적 있어. 서울에서 레지던트하다 여기 봉직의로 왔을 때였는데, 그때 봤어. 전과자로 소문난 애가 이 좁은 동네에서 무슨 일을 할 수 있었겠어."

서윤이 다시 어깨를 으쓱이는데, 실감 나는 내용은 아니었다. 보고 싶은 것도 아니었고, 어떻게 지내는지 궁금한 것도 아니었다.

잘 지낸다면 화가 날 것 같아서. 그러면 조금 억울할 것 같아서. 화려해 보이지만 무엇을 위해 참고 견디며 살았는지도 몰랐던, 그만큼 바보 같았던 내 시간이 허무해지니까.

"나 네 영화 다 봤다?"

느닷없는 말에 수현이 다시 서윤을 올려다봤다.

"미안하고, 궁금해서."

"……."

"미안해. 임민아 일, 계속 모른 척해서. 도와주고 싶었던 적 많았는데, 너무 무서웠어. 내 친구도 그런 일을 당했었는데, 또 내 가까이 있는 사람한테 똑같은 일이 반복된다는 게 너무 무서웠어. 사과할게, 늘하고 싶었어. 이건 진심이야."

수많은 가해자와 방관자들이 있었지만 누군가에게 사과를 받는 건처음이었다. 그것도 12년이나 지난, 흐릿해진 세월을 기억하는 이도 없을 만큼 긴 시간 후에.

그 시절, 서윤의 선택지에는 그게 유일했다는 것을 알기에 그녀에 대한 악감정은 없었다. 오히려 미안함을 가져 줘서 고마운 일이었다.

수현은 웃으며 장난 투로 말했다.

"사과를 뭐 맨입으로 해."

"……나한테 뭐 바라는 거라도 생겼어?"

"일단 바늘 좀 빼 주고."

갈라진 목소리와 함께 수현이 팔을 들어 보였다. '야, 너 팔 들면 안돼' 서윤이 급하게 달려들었지만 이미 바늘이 빠진 자리에서 피가 살짝새어 나왔다.

"택시비 좀 빌려줘."

그래야 사과를 받아 주겠다는 말에 서윤은 일단 되는 대로 현금을쥐어 줬다. 청담동 아파트에 살며 회당 출연료가 억에 가깝다는 여배우가 제게 돈을 빌릴 이유가 뭔가.

서윤은 심상치 않은 느낌에 밖으로 나가 우진과 진주를 불러왔다.

그런데 웬걸, 침대는 비어 있었다. '해지기 전에 올게. 저녁 먹고 놀고 있어'라는 메모와 함께. 누군가에게 전하는 메모인지 알 만도 했다.

간호사들은 일제히 '여배우 차수현이 응급실 뒷문을 묻더라. 그래서 알려 줬다'고 친절히 답변했다.

메모를 전달하자, 우진과 진주가 호들갑을 떨며 뒷문으로 향했다. 서윤은 수현이 누워 있던 침대 베개맡에서 휴대폰을 발견했다. 휴대폰이 울렸다 끊기고, 또 울리기를 반복했다. 그녀가 휴대폰을 손에 들었다.

잘생긴 내 남자.

액정이 쉴 없이 반짝였다.

"⋯⋯응급실에는 왜."

"아아. 서농 마을이라고, 거기서 약간의 호흡 곤란과 탈수 증세로 쓰러져서 응급실로 오셨고요. 열이 잠깐 올랐는데 다행히 금방 내렸고, 대화 나눴을 때도 상태는 괜찮았습니다. 검사 결과도 이상 없고요."

더는 망설이고 있을 이유가 없었다. 그는 남은 스케줄도 모두 뒤로 하고 무작정 서농 마을로 차를 몰았다.

율주. 그놈의 징글징글한 율주. 그가 태어났고, 자랐고, 친모가 집을 나갔고, 순정을 만났고, 임민아와의 악연이 시작되고, 아버지가 죽었고, 그가 결국에는 떠나올 수밖에 없던 곳.

2년 전쯤인가. 헤드 셰프로 일하던 홍콩 레스토랑을 정리하고, 한국에 돌아온 직후 율주의 집에서 아버지의 제사를 올렸었다. 그게 율주에서의 마지막 기억이었다.

핸들을 잡은 손에 힘이 들어갔다. 그녀가 어쩌다 율주에 있는 걸까. 왜 하필 서농 마을에. 오늘 간다던 지방이 거기였을까? 그가 힘 있게 입술을 깨물었다.

최악의 순간들이 떠올랐지만, 그는 필사적으로 버텨 냈다. 아닐 거라고, 아니어야 한다고.

"찾을까요, 그 기억."

어쩌면 그때가 내가 널 놓치지 않을 마지막 기회였을지도 모른다.

노을이 내려앉을 시간. 누군가는 황혼의 시간이라 부르는 때, 어스름한 빛을 거슬러 그는 서농 마을의 거친 흙길을 올랐다. 고령화가 심각한 농촌의 마을은 한적했고, 어느 때보다 고요했다.

마을 어르신 누군가 그를 유심히 보는 게 느껴졌지만 무시했다. 그는 가장 먼저 파란색 대문을 열었다. 그녀는 없었다. 곧장 옆집으로 향했다.

담 너머 매일 불고기를 외쳐 대던 그녀의 외갓집. 지붕은 내려앉고, 거미줄이 잔뜩 쳐져서는, 벌컥 연 대문도 곧 떨어질 듯 아슬아슬했다. 그의 집과는 꽤 다른 모습이었다. 하지만 마찬가지로 그녀는 없었다.

온몸에 힘이 빠진 그의 한쪽 무릎이 접혔다. 어디로 연락해야 할까. 어디서 그녀를 찾을 수 있을까. 혹시 매니저가 찾았을까? 소속사에 전화해서 매니저 전화라도 알아볼까? 방법이, 방법이.

"혹시 젊은 처자 찾아?"

그가 고개를 들었다. 구부정한 허리 때문에 보조 보행기를 앞에 끌며 걷는 이는 아까 자신을 유심히 보던 어르신이었다. 시간이 많이 변했지만, 그가 마을 부녀회장님이라는 걸 깨달은 윤이 숨을 터트렸다.

"너 윤이 아니냐?"

"네. 아주머니."

"아이고, 네 아비 죽고 서울 올라가더니. 이게 얼마 만이야 그래."

"죄송한데, 아까 보셨다는 그 여자 어디로 갔습니까."

다급한 목소리에 보행기를 한 팔로 지탱한 부녀회장이 반대편을 가리켰다.

"저짝, 계곡 쪽으로 기어들어 가는 것 같던디."

그 순간 윤의 낯빛이 차게 식었다.

에메랄드빛을 뽐내던 계곡은 노을의 빛을 받아 은은하게 물들었다. 두 무릎을 세우고 한참을 앉아 있던 그녀는 멍하니 하늘을 내려다봤다.

여름이 짧아진다는 신호. 해가 빠르게 기울고 있었다. 이제 복숭아는 못 먹겠네. 낮게 웃은 그녀가 무릎에 턱을 괴었다.

서농 마을, 그 안에서 유난히 그녀가 좋아했던 곳.

조용히, 혼자만의 시간이 필요했다. 행여나 놓쳐 버린 기억들이 있는지 알고 싶고, 다시는 잊지 않기 위해 자꾸만 눈에 담아야 했고, 그러다가 또 지난 시간 자신을 부정하던 윤의 마음을 이해할 시간이 필요했다.

12년을 까막눈처럼, 새까맣게 그를 잊고 있었다. 제가 저지른 행동들과 그가 왜 그토록 제게 매몰차게 굴었었는지 이제야 이해가 됐다.

"이름은 계속 공윤이었어요?"

"……네."

"하긴, 보통은 그렇죠."

"바보가."

"가진 사람이면, 가진 사람답게 굴면 됩니다."

"……"

"초라하게 굴지 말고."

"멍청이."

"……손목, 왜 그런 겁니까."

"못 잊었으면서."

"잊었고, 지금까지 기억 못 한다면."
"가치 없는 기억입니다."

"죽을라고."

두 손으로 박박 얼굴을 닦아 낸 수현이 눈물을 삼켰다. 흐르는 눈물을 훔치고 눈에 힘을 줘 봐도 변함이 없었다. 심장에서 구멍이 난 것처럼 눈물이 쏟아졌다. 지난 12년의 벽이 허물어지길 기다렸던 것처럼.

이유가 있었다. 죽도록 자신을 밀어낼 수 밖에 없었던 마음. 나를 볼 때마다 걱정 가득하던 시선. 손목 안의 상처를 묻지 않았던 것도 당연했다.

기억이 났다. 피가 흐르는 손목을 부여잡고, 내 이름을 애타게 부르던 목소리를.

시간이 얼마나 지났는지 모르겠다. 병원으로 돌아가야 한다. 우진과 진주가 난리가 났을 게 빤했다. 지금쯤 그가 서울에서 내려오고 있을지도 모르지. 최서윤한테 좀 전해 달라고 말이라도 남기고 오는 건데.

멍하니 아래를 내려다볼 때였다. 낙엽이 밟히고, 흙길을 구르는 소리가 들려왔다.

누군가 왔다. 누군가.

등을 돌리지 않은 채 그녀가 숨을 참았다. 알 수 없는 공포가 밀려왔다. 새까만 암흑, 물속에 갇혀 꼼짝도 할 수 없었던 무력함. 그때 벌어졌던 일이 다시 벌어질까. 가쁘게 숨을 몰아쉰 그녀의 안색이 창백하게 굳어졌다. 그리고.

"차수현."

알 수 없는 안도감이 전신에 휩싸인다. 그녀가 천천히 등을 돌렸다.

공윤, 그 역시 이곳에 돌아왔다. 무엇을 염려하고, 또 걱정하는 채로.

차수현, 나를 그렇게 부르면서.

"거기서 뭐 합니까."

윤의 불안한 시선이 그녀의 발끝과 등 뒤의 배경으로 향했다. 지금은 그때와는 다르다. 임민아는 사라졌고, 아직 만개 전인 메밀꽃이 흐드러지게 흩날렸으며, 그녀는 아직 눈앞에 존재했다. 마치 꿈처럼. 윤이 천천히 다가갔다.

"이리와요."

그가 손을 내밀었다. 수현은 말없이 그를 바라보다 바위 끝에서 걸음을 뗐다.

"나 그럴 생각으로 여기 있는 거 아닌데."

"……아니까, 더 가까이 와요."

거리가 좁혀졌다. 수현은 이곳을 아지트라 부르며 그와 밤마다 산책을 하고, 복숭아를 나눠 먹고, 반딧불이를 보며 다음 해의 가을을 약속하던 때를 떠올렸다.

"네가 와."

"……."

"차수현이라 부르지 말고."

그의 표정이 삽시간에 얼어붙었다. 수현은 꿈쩍도 않는 그를 향해 한 걸음을 내디뎠다.

"자꾸, 자꾸 상상이 되는 거예요."

"……."

"우리가 교복을 입고, 나란히 걷고 있어요. 자주 넘어지는 나한테 잔소리도 하고, 손수건으로 상처를 닦아 주고."

"……차수현 씨."

"평상에 둘러앉아 백숙을 먹는데 우리 엄마가 공윤 씨한테 아주 큰 닭 다리를 주고, 나한테는 날개를 주는 거예요."

"……."

"자꾸 그런 상상을, 아니 기억이 떠올랐어요."

생각해 봤다. 지금까지의 공윤, 넌 분명 내가 기억을 찾기를 바란 적이 없다. 오히려 이대로 살아가기를 원했다. 그래서 넌 처음부터 내 옆에 있으려 하지 않았다.

납득도, 이해도 이제는 할 수 있었다.

"내가 물은 적 있죠. 나, 어디서 본 적 없냐고."

결국 내가 널 옆에 붙들었을 때 너는 내내 불안했겠지. 내가 이렇게 기억을 찾게 될까 봐.

"내 이름 어떻게 알았어요."

대답 없는 그에게 그녀가 몰아붙이듯 물었다.

"혹시 원래부터 알고 있었어요?"

그녀의 본명을 모르는 사람이 아예 없는 건 아니었다. 미디어에 직접적으로 노출된 적은 없어도 가족들, 소속사 사람들, 일부 오래된 팬들은 잘 알고 있었다. 왜 이상하다 여기지 못했을까. 공윤은 그중에 아무도 속하지 않는 사람인데.

미동도, 동요도 않는 그의 얼굴을 바라보며 수현이 낮은 숨을 터트렸다. 왜 아무 말도 하지 않아. 왜 가만히 있는 거야. 질끈 눈을 감았다 뜬 수현이 그를 똑바로 바라봤다. 허공에서 시선이 물리고, 그녀가 입술을 열었다.

"공윤."

부르고 싶어 염원했던.

"너 나 몰라?"

하지만 기억하지 못했던 그 이름을.

"나는 네가 누구인지 이제 아는데."

"……."

"너는 나 몰라?"

꾹 다문 입술이 괜히 원망스럽고 미련스러웠다. 왜 이렇게까지 감추냐고, 뭐가 두렵냐고. 그래서는 안 되는데 그를 질타하고 싶은 마음이 마구 치솟았다.

내 주제에. 새까맣게 잊은 건 나면서.

"언제까지 말 안 할 생각이었어요. 언제까지 숨길 작정이었어요? 끝까지 말 안 하면 내가 모를 거라 생각했어요?"

"……."

"묻잖아요, 계속 속이려고 했냐고."

그런데 그는 생각지도 못한 말을 꺼냈다.

"미안합니다."

하. 기막혀 웃음이 났다. 누가 누구에게 사과를 하는 건지. 끝까지 바보같이 굴 작정인가. 그녀가 허망한 듯이 말했다.

"사과를 들을 줄은 몰랐네요."

"차수현 씨."

"내가 나를, 나였던 걸 기억했다는데."

차수현이 아닌, 노순정이라는 걸 이제 네게 알렸는데. 미안하다고?

"그럼 난 뭐라고 할까."

피 날 듯이 입술을 깨물었다. 하고 싶은 말이 너무 많았다. 내가 지금 무슨 생각을 하는지, 어떤 말을 하고 싶은지 마음 같아서는 심장을 꺼내 보여 주고 싶었다. 그녀가 낮은 숨과 함께 울먹였다.

"살려 줘서 고맙다고."

"⋯⋯."

"네가 그렇게 살린 목숨, 너무 쉽게 버리려 해서 미안하다고."

그녀가 순간 비틀거렸다. 너무 울어 지쳐 버린 몸에 힘이 들어가지 않았다. 하지만 악착같이 버티고 섰다. 해야 할 말들이, 아직은 남아 있었다.

"너 새까맣게 까먹어서."

"⋯⋯순정아."

"하나도 기억 못 해서 너무너무 미안하다고."

애절한 시선이 그에게 닿았다. 한 걸음 다가오기도 벅차서 그 자리에 꿈쩍도 않는 그를 향해, 그녀가 한 걸음을 내딛었다.

"나 이렇게 쉽게 말해도 되는 거야?"

가여웠다. 모두 떠나고 그 혼자였을 그 시간들이 억겁처럼 다가왔다.

"말해 봐."

어떻게 그 시간 내내 혼자였느냐고.

"네가 정말, 나한테 가치 없는 기억이야?"

그런 시간을 보낸 네가, 어떻게 내게 그런 말을 하느냐고.

"윤아."

이름을 불렀다.

"공윤."

고개를 들어, 이제는 나를 봐 달라고.

"너 어떻게 살았어. 그동안 너 어떻게 지냈어."

"⋯⋯."

"나 안 보고 싶었어?"

윤의 입술이 힘없이 벌어졌다. 고작 몇 걸음. 다가가 힘 있게 안으면 바스러질 것 같은 가녀린 몸의 그녀가 흔들린다. 아이처럼 얼굴을 일그러뜨리고, 울부짖는다. 나 때문에. 나를 기억해서.

"아니."

굳게 입을 다물고 있던 윤이 낮게 말했다.

"보고 싶었어."

뜨겁게 눈시울이 젖어 갔다. 이 말을 얼마나 하고 싶어 했는지, 몇 번을 삼켜 냈는지 그녀가 알까 두려웠던 시간들이 스쳐 지나갔다.

"보고 싶었어, 노순정."

지금껏 단 한 번도 그녀를 원망한 적이 없었다. 모두 나 때문이고, 나만 없으면 네 인생이, 네 가족이 이렇게 불행하지는 않을 거라고 늘 그렇게만 시간을 보내 왔다.

홀로 버텼다. 후회하는 시간도, 죄책감에 숨죽여 사는 시간도. 원한 적 없이 그렇게, 그냥 혼자였을 뿐인데.

"그러게, 나를 왜 잊었어."

수현이 고개를 들어 그를 응시했다. 크게 일렁이던 눈동자가 붉게 물들었다. 낭떠러지 끝에 위태롭게 매달린 사람은 그녀가 아닌 그였다. 고장 난 브레이크처럼, 그는 혼자 삭였던 감정을 토했다.

"어떻게 나를 잊어, 네가."

그럴 수 있다고 자위했다. 오히려 다행이라고 생각했다. 네가 날 기억하지 못하는 건 오히려 신이 너에게 준 마지막 배려라고 여겼다.

"고집도 못 부리잖아. 네 옆에서 우길 수도 없잖아. 넌 내 이름도 모를 텐데, 너한테 어떻게 그래."

너의 20대를 함께해 주지 못한 시간도 아깝고, 네게 날 기억해 달라 필사적이지 않았던 것도 후회스럽다.

일주일이면 충분하다며 자만했고, 널 잊을 수 있을 거라 단념했다.

그런데 지금은 전부 원망스럽다. 대상도, 형체도 없이 그런 마음만 들었다.

"아무렇지도 않았어?"

"……."

"고작 열여덟이니까, 나는 괜찮을 거라 생각했어?"

"……."

"어떻게 그런 널 보게 해. 어떻게 날 두고, 네가 널 버려."

생각도 하지 못했다. 마치 열여덟, 그때로 돌아가 피 흘리는 널 붙잡고 소리치는 것 같았다. 하루도 잊은 적이 없었다. 마지막, 그녀의 모습을.

"그거 너무, 진짜 나한테 너무."

"……."

"잔인하잖아."

낭떠러지 끝에 있는 건 그녀만이 아니었다. 그녀는 기억하지 못해 괴로웠고, 그는 선명한 기억 때문에 때론 지옥 속에 살았다.

오롯이, 혼자.

난 너를 기억하지 못하는 채로 너를 좋아했고, 넌 여전히 내 마음에 남아 나를 움직이게 했다.

우리는 그렇게 서로에게 유일했다.

21화

유일한 순정

―누나, 진짜 제가 얼마나 걱정을 했는데요! 휴대폰도 두고 가시고! 저 진짜 죽는 줄 알았어요!

너무 울어 아팠던 골이 우진의 흥분된 목소리가 울리자 다시 지끈거리는 것 같았다. 그녀가 미간을 좁히자, 옆에 서 있던 윤이 대신 휴대폰을 건네받았다.

"네, 저 공윤입니다, 수현이 괜찮아요. 촬영이 미뤄졌어요? 아, 비가 와서요. 다행이네요. 수현이 컨디션도 별로인데, 제가 같이 올라갈게요. 먼저 올라가시고 휴대폰은 수현이 집에 두시면 어떨까요."

길어지는 그의 목소리가 웅웅 들려왔다. 수현 씨 아니고 수현이. 달라진 호칭에 눈을 뜬 수현이 정자 위에 앉아 불그스름하게 물든 동구나무를 바라봤다.

조용하고, 예쁘고, 마냥 좋았다.

"여기가."

통화 중이던 윤이 그녀를 돌아봤다. 눈이 마주치고 수현이 엷게 웃었다. 한참을 쏟아 낸 눈물 덕분에 눈이 무거우리만큼 부어올라 있었다. 지금 내 모습은 예쁠까, 웃길까.

"네. 걱정 마세요. 제가 책임지고 집에 데려다주겠습니다."

그가 전화를 끊었다. 기다렸다는 듯 그녀는 넓은 어깨에 얼굴을 기댔다.

"우진이 화났어?"

"아마."

"걔 화나면 은근히 무서워. 3일 동안 말 안 할 때도 있었어."

"내가 대신 석고대죄하지 뭐."

"네가 뭘 잘못했다고. 다 내 잘못이지."

저녁노을이 내려앉은 서농 마을의 한적함은 익숙했다. 차가우면서도 먹먹한 공기, 시골의 촌스러운 소리들. 풀벌레가 울고, 서걱거리는 나뭇잎이 흩날리며 무릎 위에 내려앉았다. 그가 손을 뻗어 눈을 가리려하는 그녀의 머리칼을 치워 줬다.

"괜찮아?"

"그냥 조금 어지러워. 너무 울었나 봐."

우린 내일이 없는 것처럼, 탈진해 죽을 수도 있겠다는 생각이 들 것처럼 울었다. 누굴 원망해야 하고, 누굴 미워해야 하는지 몰라 더욱 그랬다. 모두가 불쌍해서. 나로 인한 모두가.

"안 되겠다. 병원 가자."

"이렇게 좀 쉬면 돼. 이제 병원 그만 가고 싶어. 지겨워, 아주."

"……그러게, 그만 좀 아파."

"응. 이제 안 아파."

긴 대화가 이어지지는 않았다. 아까 계곡에서도 그랬다. 서로를 알고, 또 깨닫고, 서로 왜 그랬냐 미안하다 난리를 치면서도 그간의 후회 섞인 대화는 짧았다.

어떻게 살았어, 그녀가 물으면 그는 답했다. 그냥 살았지, 하고 쓸쓸하게.

"다시는 그러지 마."

그녀의 눈을 감은 채 말했다.

"가치 없는 기억. 나 진짜 그 말 자꾸 생각나. 다시 그런 말 하면 용서 안 할 거야."

"……응."

윤의 담담한 대답 이후로 둘은 한참을 침묵했다. 이제는 어둑해질 시간이었다. 정말 병원에 안 가도 될까. 걱정스럽게 윤이 그녀를 살피는데, 수현이 말했다.

"이상하네. 아프진 않은데 꼼짝도 못 하겠어."

"……하루가 길었으니까."

"눕고 싶다. 정자에 누우면 모기한테 살 뜯기겠지? 너랑 같이 있으면 모기는 꼭 나만 물던데."

수현이 피식 웃으며 말했다. 윤이 그녀의 손을 꼭 붙잡았다. 망설임은 짧았다.

"안 되겠다. 들어가자."

"어디? 여기 모텔도 없는데."

그녀가 물끄러미 그를 올려다봤다. 호텔만 다닐 것 같은 애 입에서 모텔이라니. 지금 이 상황에 가당키나 한 말인가. 윤이 낮게 웃었다.

"모텔 들어갈 생각이 들어?"

"난 또, 어디 들어가자니까 감히 상상해 봤지."

그녀가 장난처럼 어깨를 으쓱였다. 이제 장난도 치고 우스갯소리도 하는 걸 보면 좀 괜찮은 건가. 그가 문득 수현의 이마 위에 손을 올렸다. 다행히 열은 없었다.

수현의 손을 잡고 일으킨 윤은 제집으로 향했다. 율주에서 제가 나고 자라 왔던 곳. 그녀의 외갓집을 지나 파란색 대문을 열었다.

"여기 있자고?"

"기다려. 걸레질만 하면 괜찮아질 거야."

그는 빠르게 움직였다. 마당에 있는 세숫대야 안에 물을 받고, 아무

곳에나 널어져 있던 걸레를 손에 들었다. 깨끗해진 걸레로 평상 위를 닦아 그녀를 앉혔다.

수현이 발을 교차시키며 물끄러미 그를 관찰했다. 해가 짧아져 이제는 어둑해졌는데도 그는 부지런히 움직였다. 마루와 안방을 깨끗하게 쓸고 닦다가 어디론가 전화를 걸었다. 그러다 또 걸레질을 시작했다. 순식간에 욕실 청소까지 마친 그는 다시 마당으로 나왔다. 수현이 짧게 웃었다.

"집 깨끗하네. 온 적 있어?"

"2년 전에. 아버지 제사 올리러."

"작년에는?"

"그냥 집에서 드렸어. 내려올 시간도 없었고."

윤이 평상으로 다가와 옆에 앉았다.

"이따 외갓집 가 볼래? 내가 미리 청소해 놓을게."

"살짝 보니까 청소만으로 감당 안 될 정도던데, 뭐."

그다지 그 집에 애정이 있진 않아서 여기 있는 것만으로도 충분했다. 율주에서 살았던 열여덟의 봄, 여름과 가을. 뻔질나게 드나들었던 파란색 대문. 윤의 집인데도 이상하게 강한 충족감이 들었다.

잊고 살았던 추억, 찾아야 했던 기억. 아직은 너를 이토록 가까이에서 보고 있는 것만으로도 실감이 나지 않는다.

"집에 얘기할 거야. 나 기억 찾았다고."

"……."

"어디서부터 어떻게 얘기해야 되는지 그건 잘 모르겠다."

무릎 위에 올려놓은 손이 아주 잠시 떨려 왔다. 그가 마른 그녀의 손을 꼭 붙잡았다.

"내가 할까?"

"응?"

"먼저 씻어. 내가 형이랑 통화할게."

"지금? 아니, 우리 오빠랑? 노준영이랑?"

"응."

쉽게 고개를 끄덕인 윤이 이해되지 않았다. 아니, 지금 무슨 소리를 하는 거야? 그녀가 눈을 크게 떴다.

"……오빠랑 만났어?"

"응."

이제 감출 게 없으니 대답이 빨랐다. 헷갈리는 것투성이인 머릿속을 정리하지 못한 채, 수현이 다시 물었다.

"오빠는 언제 만났어?"

"얼마 전에. 내가 연구소 찾아갔었어."

더한 비밀을 감췄던 전적 때문인지, 고작 작은 비밀을 들킨 얼굴에는 당황한 기색 하나 없었다.

"……진짜 들을 말 너무 많은데 대답을 길게 하는 법이 없네."

짧게, 짧게 뚝 끊어지는 설명에 그녀가 불만을 표했다. 그때 파란색 대문이 철컹철컹하고 울렸다. 그가 잠깐 문을 열더니 누군가와 이야기를 주고받았다. 목소리가 걸걸한 것이, 이 마을에 사는 어르신 중의 한 분인 듯했다.

"누구야?"

"이장님. 우리 있을 때도 이장님이셨는데 아직도 이장님이시래. 더 젊은 놈이 이사를 안 온다나 봐."

윤이 미리 부탁을 한 모양인지 어르신은 그에게 깨끗한 수건과 간단히 입을 옷가지, 그리고 보자기 하나를 내밀고 돌아갔다.

"다행이다. 나가서 편의점이라도 다녀와야 하나 싶었는데."

보자기 안은 따뜻한 쌀밥과 함께 높게 쌓인 반찬 통으로 가득했다. 음식들을 확인한 윤이 낮게 웃으며 그녀에게 수건과 옷가지를 내밀었다.

"씻어. 욕실 깨끗하게 청소해 놨어."

내켜 하지 않는 얼굴로 서 있던 수현은 느릿느릿 욕실로 향했다. 욕실 앞에서 뒤돌아 마당을 보는데, 그가 어디론가 전화를 걸고 있었다. '네, 형' 하는 목소리를 끝으로 그녀는 욕실 문을 열었다.

"오빠 놀랐겠지."

"응."

"부모님한테도 말한대?"

"그러겠대. 너무 놀라시지 않게."

씻고, 이장님 댁 반찬과 밥을 먹는 둥 마는 둥 하다가, 마을 회관에서 빌려온 깨끗한 이불을 펴고 나란히 누웠다. 단단한 가슴에 이마를 기대자, 그는 두 손으로 그녀를 꼭 껴안았다. 한 손으로는 등을 감싸고, 한 손으로는 머리를 쓸어내렸다. 마치 오늘을 위로하려는 것처럼.

"지금 올라간다고 했어?"

"너 조금 아파서 여기서 쉬다가 새벽에 올라간다고 했어."

"……와. 대놓고 같이 외박한다고 한 거네."

수현이 우스갯소리처럼 말했지만, 목소리가 밝지는 못했다. 그녀가 그의 가슴에 깊게 이마를 묻었다.

나눌 얘기가 많고, 하고 싶은 말도 많았다. 함께 있는 지금이 너무 믿어지지 않아, 차마 무슨 말을 해야 할지 모를 뿐.

"경찰서에서 나 보고 놀랐겠네."

"심장 떨어질 뻔했지."

"브레이크 타임에 밥 달라고 찾아갔을 때는?"

"그냥 봐서 좋았고."

"……내가 계속 보자 그럴 때는."

"흔들렸지. 그래도 되나 싶어서."

그가 쓸쓸히 대답했다.

"내가 감히."

그의 말은 아프게 심장을 쿡쿡 건드렸다. 나라면 못 그랬을 텐데. 나
라면 기억해 내라고 멱살도 잡고, 발도 차 보고, 매일매일 찾아가 나를
알아 달라고 말했을 텐데. 수현이 그의 옷깃을 잡아 쥐었다.

"말을 하지. '나 기억해 내, 이 나쁜 년' 욕하면서."

"괜찮아. 나는 계속 너 봤어."

윤이 웃으며 말했다. 우연히 광고에서 본 너를 보고 얼이 빠졌었고,
네가 첫 주연을 맡은 영화를 거짓말 보태지 않고 영화관에서 스무 번은
봤으며, 네가 나오는 드라마의 대사를 줄줄 외울 정도로 너를 지켜봤
다. 몰래몰래, 네가 세상에 예쁜 얼굴을 보일 때마다.

"치사해. 나는 너 못 봤어."

"누가 보지 말래?"

"그러니까 앞으로 매일 볼 거야. 나랑 매일 만나."

수현이 그의 가슴에 콕 턱을 기댄 채 고개를 들었다. 눈이 마주치고,
그녀가 얼굴을 들어 올렸다. 마주 고개를 내려 준 윤의 입술이 그녀의
입술을 부드럽게 삼켰다. 입술 안쪽이 마주 닿고, 서로의 입술을 베어
물다 멀어졌다. 깊지 않고 얕게만 머물다간 입술이 원망스러운지 수현
이 입술을 샐쭉하니 내밀었다.

"사랑한다고 하고 싶은데."

"응."

"꼴이 너무 우스워."

"뭐가."

"꽃무늬 배 바지에 이런 블라우스. 부녀회장님 스타일 너무 오색찬
란한 것 같아."

"그럼 난 뭐 할아버지게?"

그가 다시 그녀의 얼굴을 품에 안고 뒷머리를 쓸어내렸다. 여자가

아닌, 아이를 대하는 것처럼. 나는 여자이고 싶은데. 그녀가 속으로 투덜거렸다.

"조금만 자. 새벽에 깨워 줄게."

자고 싶지 않다. 눈을 맞추고, 얘기하고, 더 가까이 닿고 싶었다. 지나간 시간을 보상받을 수는 없겠지만 눈을 감고 옆에서 잠드는 것보다는 그게 하고 싶었다.

"잠이 안 올 것 같아."

"이장님한테 우유라도 얻어 올까? 데워 줘?"

"내가 애냐."

옷깃을 슬며시 쥔 그녀가 나무라는 투로 말했다. 그저 가까이 닿고만 싶은 건 욕심일까? 그에게 안겼을 때 얼마나 행복했는지 안다. 그걸 아니 더욱 욕심이 났다. 모든 걸 기억하는 지금인 채로, 네게 또 안기고 싶다.

그건 또 얼마나 행복할지, 느껴서 실감하고 싶다. 다시 되찾은 공윤을.

"졸려?"

"나는 별로."

"피곤해?"

"괜찮아."

"그러면 옷 좀 벗어 봐."

목이 다 늘어난 흰색 반소매 티는 이장님이 입던 옷이었다. 상체를 일으킨 수현은 대담하게 티셔츠 아래쪽을 들췄다. 놀란 윤이 그녀의 마른 손목을 붙잡았다.

"너 왜 그래."

"뭘 왜야. 처음도 아니면서."

대담하기보다 황당하기 짝이 없는 말이었다. 윤이 허, 소리를 내며 웃었다.

"갑자기 전개가 이렇게 된다고?"

바로 몇 시간 전에는 계곡에서 서로 부둥켜 껴안으며, 눈이 붓도록 울어 젖혀 놓고 지금 한다는 게 낡은 티셔츠 자락이나 들춰내는 거라니. 하지만 당사자는 태연히 고개를 기울였다.

"응. 안 돼?"

"될 것 같아?"

"왜 안 되는데?"

"너 오늘 쓰러졌었어."

"그게 이유가 돼?"

돌아오는 반문이 지나치게 빨라 윤은 혹시나 제가 잘못 말을 꺼냈나 싶었다.

"설마 이유가 안 될 거라 생각한 건 아니지?"

"……무슨 남자가 이렇게 건전해. 12년을 참아 온 욕정, 그런 거 없어?"

"있어. 그래도 오늘은 안 돼."

윤이 그녀의 손목을 다시 잡아당겨 눕혔다. 그녀가 칭얼거렸다. 하지만 윤은 끓어오르는 욕망을 억누르며 그녀의 머리를 쓰다듬었다.

"새벽에 깨워 줄게. 자."

"너 후회할 거야."

"알았어. 자."

"너 진짜 후회할 텐데?"

"그래. 후회할 테니까 자."

"……연애는 자고로 육체야. 육체적 관계가 소홀한 연애는 있을 수 없어. 너 그거 몰랐지?"

알 턱이 있나. 나는 너밖에 없었는데. 윤이 낮게 웃었다. 하지만 그녀는 노순정이자 차수현이었다. 첫 키스를 한 후에도, 다시 한번 하자며 대담하고 사랑스럽게 조르던.

그녀는 집요하게 그의 턱 밑과 목 언저리에 쪽쪽거리며 입을 맞췄다. 피하는 데도 한계가 있었다. 너 진짜 몸 안 좋아. 그가 타일러도 그때뿐이었다.

"그럼 어떡해."

막 입술에 입술이 닿으려던 찰나, 그녀가 시무룩한 얼굴로 말했다.

"실감이 안 나는데."

"……"

"이렇게 같이 있어도 나는 아직 네가 실감이 안 나. 네가 공윤이고, 여기가 율주고, 이제 네가 나를 순정이라 불러도."

"……"

"나보고 어떡하라고. 너랑 더 가까워져야 실감이 날 것 같은데."

명치끝이 아려 오며, 더운 숨이 터져 나왔다. 그는 일순 공기가 멈춘 것 같았다. 부끄럽게 얼굴을 붉힌 그녀는, 더 이상 낮의 창백함을 가지고 있지 않았다.

"……너는 참 말을."

"예쁘게 해?"

살포시 웃는 제 얼굴이 얼마나 예쁜지 아는 것처럼, 그녀가 웃었다. 그가 옴짝달싹도 할 수 없게 만들어 놓고, 또 웃는다. 어쩌지도 못하게.

"아니."

그가 낮게 대답했다.

"사람을 꼼짝도 못 하게 해."

"……그래서 싫어?"

마른 손목을 쥔 그의 손에 힘이 들어갔다.

"좋아. 그래서 미치겠어."

그녀의 몸이 당겨지고 입술이 닿았다. 벌어진 입술 틈새로 뜨거운 살덩이가 섞여 드는 건 당연한 수순이었다.

달큰하게 공기가 달아올랐다. 뜨거운 숨결을 쉴 틈 없이 나눴다. 눈이 부은 것처럼 입술도 붓겠다, 그녀가 우스갯소리로 얘기하는데도 그는 끝없이 입을 맞췄다.

아랫입술을 깨물고, 그녀의 입술을 벌려 말캉한 혀를 집어넣었다. 혀를 얽고, 그녀의 입술 안쪽을 쉼 없이 핥아 내렸다. 마치 이 밤을 먼저 시작한 게 그인 것처럼.

어둠 속에서도 그녀의 뺨이 불그스름하게 달아오르는 게 보였다. 입맞춤 때문인지, 숨 쉬는 게 어려웠던 그녀가 더운 숨을 뱉었다.

"숨, 쉬어."

부드럽게 밀려왔던 입맞춤 대신 그가 말했다.


"숨."

"쉬어요."


지나가는 오토바이에게서 구해 줬을 때, 또 뒤이어 입을 맞출 때. 몇 번이나 제 숨을 걱정했던 그가 떠올라 그녀가 웃음을 터트렸다.

"이 세상에 내 숨을 걱정해 주는 건 너밖에 없을 거야."

"코가 빨개지도록 참으니까."

"내 코가 빨갰어?"

"응, 삼키고 싶을 만큼."

그가 다시 입술을 부딪쳐 왔다. 그의 혀가 입술 안쪽을 쉼 없이 간질였다. 심장이 쿵쿵거렸다.

조용한 시골은 작은 소음 하나 없이 적막했다. 그 속에는 살갗이 맞닿는 소리, 입술과 타액이 쉼 없이 섞이는 소리, 그녀의 신음만이 전부였다.

그는 아주 정성스럽고, 부드럽고, 느리게 그녀를 만졌다. 뜨거운 살 갗들이 마주 닿으니 느껴졌다.

그녀가, 순정이 되어 내게 왔다.

두려웠던 일이 벌어졌는데, 이제는 두렵지 않았다. 아이러니했다. 그녀를 되찾은 순간, 여실히 느껴졌다.

너 없이 살 수 없다는 걸.

"이 세상에 내 숨을 걱정해 주는 건 너밖에 없을 거야."

수현을 향한 미친 듯한 걱정. 내내 걱정되는 너의 안위. 너를 잃을지 모른다는 상실감. 또 너로 인한 기쁨과 이 말도 안 되는 충족감.

왜 자만했을까. 멀리서 지켜보는 걸로만 족하다고.

그가 얼굴을 들었다. 목의 혈관을 타고 내려간 그의 손길이 그녀의 곧은 등을 어루만지다, 가슴을 쥐어 잡았다. 부드럽게 잡힌 가슴이 그의 손안에서 어지러이 변하면 그녀가 신음했다. 다시 입술을 얽었다. 파르르 떨리는 입술 새로 촉촉한 혀를 집어넣어 제 것인 양 휘저어 댔다.

참아야 한다. 참아야 해. 미친 것처럼 달려들다가도 윤은 다급히 정신을 차렸다. 전신이 맞닿고 있는 지금, 윤은 이 순간에도 수현이 걱정됐다.

"너 오늘 쓰러졌어. 기절했다고."

이 상황에서도 너는 내 걱정이 앞서나. 수현이 웃음을 터트렸다. 노골적인 욕망을 한없이 드러내다가도, 단정한 얼굴 뒤로 진심을 숨긴 그가 좋았다. 좋아 미칠 만큼.

"지금은 안 아파."

"내가 지금 너 안으면 개새끼야."

"그럼 난 뭐, 꽃뱀이야?"

"……너는 진짜."

물러서지 않는 사랑스러운 그녀를 보며 그가 한숨을 내쉬었다. 이성과 욕망이 충돌해 자꾸만 갈등을 일으켰다. 심지어 청소도 제대로 안 된 낡은 집구석에서. 새삼 잠깐 누워만 있다 가려던 공간의 현실이 눈에 들어온 윤이 미간을 좁혔다.

"여기는 진짜 아닌데."

"처음도 아니면서 왜 자꾸 튕겨?"

사람 할 말 없게 하는 그녀 앞에서는 무용지물이지만.

윤은 그녀의 마른 어깨에 얼굴을 묻었다. 그녀의 손이 더욱 대담하게 움직였다. 무엇보다 자신을 향해 드러낸 그의 욕망을 향해.

"차수현."

멈칫한 그가 낮게 이름을 불렀다. 수현이 씩 웃었다. 둥글게 어루만지다, 용기 내 쓰다듬어도 보고, 그의 손을 힘주어 잡은 것처럼 쥐어 잡아 보기도 했다. 그의 표정이 미묘하게 변해 가는 걸 지켜보며 수현이 속삭였다.

"지금은 순정이고 싶다."

"……."

"공윤의 유일한 순정."

이성이 끊어지는 건, 한순간이었다.

그가 다시 입술을 파고들었다. 그녀가 윤의 목을 감아 안으면, 그는 그녀의 몸을 쉼 없이 어루만졌다. 한참 동안 집요하게, 그녀의 가슴을 넓적한 배 위를 괴롭히던 손가락이 다리 사이로 옮겨 갔다.

은밀하고, 부드러운 피부 위를 톡톡 건드리던 손가락은 더욱 대담히 움직였다. 한참을 쓸어내리다가, 그 사이를 비집고 밀어 넣었다. 온몸에 간지러운 소름이 돌았다.

"읏."

낯선 신음이 어색한 수현이 손등으로 제 입을 가렸다. 그가 손가락을 움직이면 움직일수록 몸이 뜨거워졌다. 감당할 수 없는 감각이 밀려왔다. 그와 처음도 아닌데 노순정이 된 지금, 마치 그와 첫 경험을 나누는 것처럼 떨리고 두근거렸다.

윤이 입술을 내렸다. 제 입술이 아닌 가슴 한쪽을 물어 삼킨 그의 정수리가 흐릿하게 보였다. 수현이 눈을 꼭 감으면, 윤은 그녀의 다리 사이에 자리를 잡고 삼킨 가슴을 빨고 핥아 내렸다.

그가 입술을 대면 붉은 동백이 피어오르는 것처럼 자국이 났다. 그는 거기서 더 만족하지 않았다. 가슴, 목 언저리, 쇄골 위. 귓불을 물어 삼키면서도 그는 좁은 내부에 물기가 차오를 때까지 멈추지 않았다.

그녀가 신음하며 아랫입술을 깨물었다. 상처가 날 듯 제 입술을 괴롭히는 그녀 대신 그가 수현의 입술을 다시 삼켰다. 버거운 숨이 그에게로 넘어오며, 뜨겁게 혀를 얽었다. 수현이 흥분을 참지 못하고 팔을 버둥거렸다. 그는 간단히 그녀의 손을 쥐어 잡았다.

"너 아까 뭐라고 했는지 기억 나?"

입술을 뗀 그가 들뜬 숨과 함께 말했다.

"12년을 참은 욕정."

탁해진 목소리가 뜨거운 공기 속에 흩날렸다. 수현이 숨을 헐떡거리며, 더운 숨을 내쉬었다.

"……내가 그랬나?"

"그랬지. 겁도 없이."

그가 그녀의 목을 깨물었다. 수현의 다문 입술 새로 신음이 터져 나왔다. 머리가 희게 변하고, 하체로 몰린 욕망이 머리끝까지 치솟는 느낌이었다.

수현이 단단한 그의 손목을 붙들었다. 그만, 이라고 외치는 것과 동시에 다시 입술이 부딪혔다. 그녀의 숨을 걱정하던 공윤이, 이제는 그 숨마저 앗아 갈 것만 같은 입맞춤을 퍼부었다.

그 순간 맞닿았던 둘의 살갗이 떨어졌다. 다리 사이에 잡은 그는 여

실히 드러낸 제 욕망을 감추지 않고 서서히 그녀의 안에 자리를 잡았
다. 조금 더 깊게, 더 깊게. 완전히 자리 잡을 때까지 그는 입맞춤을 멈
추지 않았다.

부드럽고 말캉한 살덩이가 뜨겁게 섞여 들었다. 입술을 뗀 둘의 시
선이 공중에서 맞물렸다. 윤의 부드러운 손길이 그녀의 이마를 쓸어내
렸다.

"꿈같다."

다정히 내뱉는 말에 수현이 옅게 웃었다.

"꿈이면 손해지."

윤은 천천히, 또 느리게 움직였다. 하지만 그 시간은 짧았다. 그가
빠르게 움직일수록 호흡은 거세졌다. 수현은 애타게 매달렸다. 저를 순
정이라고, 귓가에 뜨겁게 속삭이는 윤에게.

그렇게 이 밤이 다 할 때까지. 새벽이 여물 때까지.

우리가, 드디어, 우리를 찾았어. 내가 너를 찾은 것처럼, 너 또한 나
를. 그렇게 우리가.

수현의 손끝이 흥분으로 파르르 떨려왔다. 윤은 놓치지 않고 그녀의
손을 꼭 움켜쥐었다.

"나 진짜 괜찮아."

"어떻게 혼자 보내."

"너 가서 죄인처럼 앉아 있을 거잖아. 그거 싫어."

같이 가겠다, 혼자 가고 싶다 실랑이를 벌인 것만 30분. 결국 집 앞
에 그를 혼자 두고 그녀는 본가로 걸음을 옮겼다.

이른 아침의 공기가 차갑게 뺨을 훑었다. 결국 새벽 중간에 깨어 있

던 윤이 그녀를 흔들어 깨웠다. 이제 그만 출발하자고. 집에서 기다릴 것 같다고.

싫었다. 잘못한 것도 없으면서, 고개 숙이고 있을 윤이 상상됐고 그것만으로도 미안했다. 모든 걸 다 알아 버린 지금, 윤의 존재를 납득시키는 건 그녀 홀로 해결하고 싶었다.

그녀가 부모님께 선물한 송도의 단독 주택은 모든 게 몸이 불편한 준영에게 맞게 설계돼 있었다. 방과 복도 사이의 단차를 없애고, 세면대의 높이를 준영에게 맞추고, 모든 복도는 휠체어 통행이 가능하도록 만들었다.

한쪽 다리를 저는 것뿐이지만, 준영은 가끔 찾아오는 다리 통증에 휠체어를 쓸 때가 있었다. 당시 건축 설계와 시공을 맡은 담당자들이 화연의 깐깐함에 혀를 내둘렀다.

수현은 그럴 줄 알았다고 말하며 서운함을 감췄다. 몰랐었는데, 지금 생각해 보니 섭섭했던 것 같다. 언제나 오빠가 1순위였던 엄마에게.

어렸을 때부터 잘났던 오빠와의 차별은 익숙하고 당연했다. 한 번은 엄마가 자신을 미워하나 생각했었다.

때마다 제 서운함을 책망했다. 분명 엄마도 나를 좋아해, 오빠를 더 좋아하고 신경 쓸 뿐이야, 그렇게 생각하면서도 오빠만 돌보는 엄마에게 섭섭했다. 나도 망가지고 있는데. 나도 지금 정상이 아닌데.

가끔 힘들다 토로해도 그때뿐이었다. 네가 그러면 어떡하니. 늘 책임감을 씌우는 말에 환멸을 느낀 적도 많았다. 그렇게 해서 우리는 멀어졌다.

엄마는, 또 오빠는 얼마나 곪고 있었던 걸까. 내가 기억하지 못하는 사이.

화연은 비밀번호를 누르고 들어온 그녀의 존재를 눈치챘지만 주방에서 나오지 않았다. 무얼 하나 했더니, 넓은 식탁과 조리대가 음식으로 꽉 차 있었다.

이 이른 아침부터 온갖 나물 반찬들, 소고기 장조림에 달걀말이, 새우튀김에 갈비찜까지. 커다란 양푼에 뭘 치대고 있나 했더니 잡채였다.

분명 오빠가 다 얘기했을 텐데. 다 알았으면 집에나 올 것이지, 남자랑 밤을 보내 놓고 들어와 뭘 잘했냐고 혼내지도 않고 화연은 묵묵히 음식을 만들고 있었다.

"엄마."

그녀가 주방 입구에 선 채로 화연을 불렀다. 멈칫한 그녀는 잠깐 동요할 뿐, 다시 손으로 당면과 볶은 채소들을 섞었다.

"나 왔어."

맛을 보더니 싱거운 것 같다며 간장을 쏟아부었다. 색깔이 진해진 잡채는 한층 더 먹음직스러워 보였다. 그 순간 방에서 준영이 한쪽 다리를 절며 나왔다. 고개를 돌린 수현의 눈동자가 준영의 시선과 부딪혔다.

순간 아무 말 없던 남매가 동시에 웃었다.

"나 왔다니까요."

무시하고 싶은 건지, 모른 척하고 싶은 건지 화연은 한참을 말이 없었다. 마저 잡채를 다 버무린 화연이 수현을 돌아봤다. 끝끝내 눈물을 참느라 붉어진 눈동자가 화연답지 않았다.

엄마가 우는 걸 본 게 언제가 마지막이었을까, 기억나지 않는다. 오빠의 아픈 다리 덕분에 화연은 누구보다 강해야 했으니까.

"왔으면 앉지, 뭐 그렇게 서 있어. 벌 받는 것도 아니고."

"⋯⋯벌 받아야지."

수현이 낮게 말했다.

"벌 받을 짓 했잖아, 나."

작은 목소리가 또렷이 들려올 만큼 무거운 침묵. 가슴이 베이고, 무거운 돌덩이가 내려앉았다. 다시금 스쳐 지나간다. 제게 일어났던 모든 일들이. 모든 걸 회피하고 잊을 작정으로 손목을 그었던 순간이. 그런데 그때의 감정은 기억나지 않는다. 더는 오빠를 보지 못할 것 같다는 죄책감. 버티기 힘들었고, 충동적이었다.

"엄마, 그래서 나 미워했어?"

"……."

"오빠 아픈 거. 전부 나 때문이라서."

아닌 걸 알면서도 물었다. 화연은 딸을 미워한 적이 없었다. 미워하지 않으려고 애를 썼을 뿐. 그녀의 말에 고개를 숙였던 화연이 눈을 부릅떴다.

"그게 왜 너 때문이야!"

버럭 소리를 지른 화연이 동시에 눈물을 쏟았다. 잊고 싶었지만, 잊을 수 없는 가족의 참극. 그 후로 고향 땅에도 발 한번 딛지 못했던 억울함이 원통함으로 변해 쏟아졌다.

"이럴까 봐 그랬어. 네가 이럴까 봐! 네가 그때처럼, 또 너 때문이라고 엄한 생각할까 봐! 너 그런 생각하면 엄마 억장이 무너져, 억장이!"

"……."

"그래서 비밀로 하려고 했던 거야. 잊고 잘 살았잖아. 여태 우리, 잘 지내고 있었잖아, 순정아."

잡채를 버무리느라 엉망이 된 손 대신 화연이 팔뚝으로 대충 눈물을 훔쳤다. 수현은 말없이 엄마를 바라봤다. 저를 미워한 적도 없는, 오빠의 아픈 다리를 제 탓으로도 돌리지 않는, 그저 다시 딸을 잃을까 두려워만 보이는 엄마를.

이랬구나. 이랬던 거구나, 엄마의 진심은.

"내가 널 왜 미워해. 그때 너 어떻게 될까 봐, 내가 윤이한테 무슨 짓을 했는데. 내 자식 살리겠다고, 남의 자식 가슴에 대못을 박았는데, 내가. 그 외로운 것한테 내가, 내가 아주……."

잊어 달라고, 우리 순정이에게 아무 말 말아 달라고. 잔인했던 제 말에 다행이라 말하던 윤의 목소리가 떠오른 화연의 눈이 다시금 붉어졌다. 화연은 울지 않으려고 눈을 크게 뜨며 뒤돌아섰다.

손을 씻고, 주방에서 나온 화연이 거실로 향했다. 준영은 말없이 엄마의 곁을 따랐다. 그녀가 휴지로 얼굴을 벅벅 닦고서는, 어느새 가까이 다가온 수현을 향해 말했다.

"재수가 좀 없었던 거야. 네 오빠도 알고, 우리도 다 알아. 그러니까, 그러니까 너 다시는……."

"나 안 죽어."

평온한 목소리. 또한 편안한 얼굴. 수현이 고개를 저었다.

"다시는 안 그럴 거야."

"순정아."

"이렇게 나 걱정하고, 좋아해 주는 사람들이 많은데 왜 죽어."

이제는 알았다. 윤이 왜 제게 모진 말을 내뱉으며 멀어지려 했는지. 왜 제게 사실대로 얘기하지 않았는지. 그녀의 잘못된 선택이 가져온 결과였다. 가족에게는 두려움이었고, 윤에겐 지옥이었다.

"그런데 엄마."

천천히 고개를 든 수현이 화연을 똑바로 바라봤다. 눈가를 적실뿐, 아무 말도 못 하는 엄마와 그 옆에 애틋하게 저를 바라보는 준영을 번갈아 보다 그녀는 바닥에 무릎을 꿇었다. 놀란 화연이 가슴을 부여잡고, 준영은 말없이 고개를 돌렸다.

"윤이는 없어."

"……."

"나는 가족도 있고, 언니도 있고, 팬들도 있어. 그렇게 계속 사랑만 받았는데, 나는 그 사랑이 얼마나 대단한 건지도 모르고 받기만 했는데……."

그 긴 시간 내내 외로웠을 너를 생각하면 가슴에 사무쳤다. 돌아가셨다는 아버지, 여전히 굴레이고 족쇄 같은 친모. 미칠 것만 같았다. 그를 기억하기 무섭게 깨달은 사실들이.

"윤이는 아무도 없잖아."

그의 외로움이라는 것에 대해.

"그런데 내가 어떻게 걔를 안 봐. 내가 어떻게 걔를 또 버려."

그녀가 무너졌다. 바닥에 수현이 흘린 눈물이 뚝뚝 소리를 내며 떨어졌다.

"엄마, 나랑 윤이 한 번만 봐줘. 응? 윤이가 나 살려 줬잖아. 나 걔 덕분에 살았잖아."

부르르 떨리는 화연의 입술이, 억누르고 있는 엄마의 감정들이 감당할 수 없을 만큼 밀려왔다. 그런데도 수현은 멈추지 못했다. 밖에서 또 저를 홀로 기다리고 있을 윤이 가여워서. 외로웠을 그의 세월이 아파와서.

그녀가 고개를 돌려 준영을 바라봤다. 까막눈으로 살았던 긴 시간. 단 한 번도 저를 원망하지 않았던 오빠는 무슨 마음으로 살았을까. 꿈도 잃고, 다리 한쪽마저 잃은 오빠는 어떻게 나를 보며 살았을까.

"오빠 다리, 내가 너무너무 미안한데. 내가 그건 진짜 할 말이 없는데……."

온전히 딛고 설 수 없는 준영의 다리가 눈에 들어왔다. 평생 화연의 약점이고, 제게 죄책감이 될.

오빠는 나를 구하기 위해 계곡물에 뛰어들었다. 얼마나 깊고 위험한 곳인지 모르고.

내가 계곡에만 가지 않았더라면, 휴대폰만 들고 갔더라면, 임민아를 피할 수 있었더라면, 계곡물에 빠졌더라도 스스로 빨리 나왔더라면.

"오빠, 미안해."

"……."

"몰랐어. 오빠가 나 구해 주려다 다친 거."

"……."

"지금 내 선택이 이기적인 거 맞아. 결국 나는 멀쩡하게 살았고, 오빠는 날 구하려다 다쳤고, 윤이도 제대로 살지 못했어. 그런데 내가 욕심부려서 윤이 안 놓고 싶은 거야. 오빠 생각 안 하고. 윤이 잘못 아니야. 내가 안 되겠어. 나 때문이야, 엄마."

그러니 한 번만 봐달라고, 괜스레 가여운 윤의 핑계를 대 보며 그녀가 애원했다.

준영은 말없이 동생을 내려다봤다. 가여운 인생들이, 서로 이 망가진 다리를 제 탓하기 바빴다. 정작 나를 지금까지 살게 한 여동생이, 물속에서 저를 구해 준 윤이도.

"괜찮아. 그냥 오빠가 미안해."

"……오빠."

"오빠가 구했어야 하는데, 그 죄책감을 윤이가 지게 했네."

그녀는 아무 말건 삼켜 냈다. 그는 괜찮다는 듯, 그래도 다 이해한다는 얼굴로 몇 번이나 고개를 끄덕였다. 왈칵 다시 울음이 치밀었다. 몸에서 힘이 빠져나가며, 그녀는 두 손을 바닥에 짚어 버티고 버텨 냈다.

그 순간 조용히 창밖을 바라보던 화연이 입을 열었다.

"엄마는 네가 기억 못 했으면 싶었어."

시리도록 낮은 목소리. 뭔가 생각을 정리하고, 체념이 아닌 강한 의지가 엿보였다. 수현이 쓰디쓴 숨을 삼켰다.

"……알아."

"다시 또 그런 선택을 하면 어쩌나 그래서 윤이한테 못난 부탁했어. 윤이가 내 새끼들 둘이나 살렸는데. 너도 살리고, 죽을 위험 무릅쓰고 다시 그 물속에 들어가 쓰러진 준영이도 끌어냈어. 그 은혜 평생 가도 못 갚아. 엄마도 알아. 윤이가 우리한테 얼마나 고마운 사람인지."

"엄마."

"고마워. 평생토록 그런 마음 가지면서 살 거야. 그런데 마음만 가지고 살자. 엄마는 윤이 못 보겠어."

화연이 똑바로 딸의 눈을 바라보며 말했다. 멍한 채로 입을 열지 못하는 수현 대신 준영이 화연을 타이르듯 불렀다. 하지만 그녀는 그렇게나 아끼는 아들에게 시선 한번 주지 않고 수현을 향해 다시 입을 열었다.

"준영이 저렇게 된 거 마음 추스르기도 전에 너도 잃을 뻔했어. 그걸 어떻게 잊니. 어떻게 생각이 안 나니. 윤이 보면 당연히 내 새끼들 숨넘어가는 꼴 떠오를 텐데 내가 윤이 얼굴을 어떻게 봐."

"……엄마."

"윤이는 안 돼. 내 자식새끼들 살려 준 윤이, 너무 고맙지만…… 윤이랑은 악연이 맞아."

수현이 무릎걸음으로 화연에게 가까이 다가갔다. 화연은 이를 악문 채 딸을 외면했다.

"엄마, 윤이는 아무 잘못 없잖아. 그거 엄마도 알잖아."

"……알지. 사람이면 어떻게 윤이 잘못이라 하겠어. 그 일이 어떻게 윤이 때문이야. 너 이렇게 만든 애, 걔만 미워. 윤이는 절대 안 미워."

"그런데, 그런데 왜."

"엄마가 그 애를 못 보겠어. 볼 자신이 없어. 윤이 보고 웃을 수 있을지 모르겠고, 그럴 수 있다면 평생 안 보고 살고 싶어. 너는 이제 기억 찾았다지만, 엄마 아빠랑 오빠는 이제야 다 잊고 살 수 있게 됐어. 그러니까 윤이는 안 돼. 엄마 말 들어."

애타게 손을 부여잡자 화연은 몸을 일으키며 딸의 손마저 내쳤다. 의지할 곳을 잃어버린 사람처럼, 수현은 멍하니 화연을 올려다봤다.

"연기 싫으면 때려치워. 아무것도 안 하고 살아도 돼. 너한테 뭐 하라고 안 할게."

"……."

"윤이만 만나지 마. 엄마 부탁이야."

이토록 슬픈 부탁과 모정이라니. 수현이 아랫입술만 깨물 때, 화연은 모질게 뒤돌아서서 안방으로 향했다.

딸의 배우 인생을 마치 제 것처럼 아끼던 화연이 이제는 놓아도 된다고 한다. 공윤, 그 한 사람을 반대하기 위해. 그녀는 자신을 기다리고 있을 윤을 떠올리며 아프도록 눈을 크게 뜨며 눈물을 참았다. 엉망인 얼굴을 보일 수는 없었다.

"너 기억 나?"

그녀가 고개를 들었다. 저를 내려다보는 준영과 아프도록 시선이 부딪쳤다.

"1년에 하루, 엄마가 무슨 잔치할 것처럼 미역국 많이 끓이는 날. 잡채도 하고, 불고기도 하고."

모를 수가 없었다. 스케줄 때문에 바쁘다고, 다이어트 중이라는데도 꼭 그날만은 불러 밥을 먹이고는 했었다. 누구 생일도, 명절도, 기념할 날도 없는 그날에 꼭.

"기억 나. 무슨 날이냐고 매년 물었었는데."

"윤이 생일이었어."

공윤. 내가 잊고 산 그의 생일.

매해 먹이지도 못할 생일상을 차려 놓고 제게 고봉밥을 내주며 많이 먹으라던 화연의 목소리가 스쳐 지나간다. 매몰차지만, 더는 잔인하지도 못할 우리 엄마, 내 엄마.

"저러다 마실 거야. 엄마 설득은 내가 할게. 지금은 너무 놀라서 그런 거고. 이해하지? 엄마 마음."

"응."

그녀가 아프도록 고개를 끄덕였다. 기다려야 한다면, 시간이 필요하다면 얼마든지 내던지고 내어 줄 시간과 기다림이다.

"밖에 윤이 기다리고 있어? 얼굴 보자. 지금 너만 내려가면, 네 눈보고 공윤 기절하겠다."

그러면 안 되지, 그러면 안 돼. 그녀가 고개를 거칠게 흔들며 손등으로 눈물을 박박 닦아 냈다. 너무 세게 닦아 뺨이 불그스름하게 달아올랐다.

수현은 그것도 모르고 준영을 올려다보며 물었다. 나 부었냐고. 준영이 피식 웃었다.

"돼지가 따로 없네."

"……예뻐 죽을라 하거든?"

"살 좀 쪘다. 공윤 작품이야?"

"응, 윤이 셰프 됐어."

"나도 알지. 공윤 셰프님인 건. 미쉐린 스타라며?"

시시콜콜 주고받는 윤의 근황이 믿어지지 않았다. 준영은 윤에게 인사하겠다며 함께 내려갔다. 미끄러지듯 제 앞을 앞서는 그를 바라보는데, 차에서 윤이 내려섰다. 가까이 다가온 그와 준영이 인사를 나누는 모습을 바라보던 수현이 고개를 돌렸다.

2층 창문의 틈새로 보이는 그림자를 발견한 그녀의 어깨가 미세하게 흔들렸다.

참 다사다난한 이틀이었다. 마을 이름을 착각한 매니저 덕분인지 그녀는 완전한 기억을 되찾았고, 윤과 두 번째 재회를 했다. 가족에게 윤의 옆을 떠나지 않을 것을 통보했으며, 지난밤에는 윤과 함께 있었다. 이틀 연속, 자고로 연애는 육체라는 그녀의 말을 충분히 실천하며.

수현은 그와 조금도 떨어져 있으려 하지 않았다. 그가 밤참을 만들 때도, 씻을 때도, 설거지를 할 때도 등에 달라붙어 떨어지지 않았다. 그를 잊고 살았던 시간을 보상받듯이.

분명 공윤과 연애하고 있었지만 이제야 진짜 공윤을 찾은 것만 같은 지금이 꿈같아서. 시도 때도 없이 입을 맞추고, 사랑한다고 속삭였다.

수현은 그가 꼼짝도 하지 못하게 두 팔로 부둥켜안았다. 그러면서 물었다.

"내가 기억 찾아서 좋아?"

자기 자신을 가치 없는 기억이라 힐난한 그를 벌주듯이. 그러면 윤은 뒤돌아 웃으면서 그녀의 어깨와 허리를 꼭 안아 줬다.

"응, 좋아."

"얼마나 좋아?"

"네가 기억을 안 찾았으면 했는데……."

그는 갑자기 진지하게 대답했다. 몇 번이나 좋냐고 물었던 그녀가 민망해질 만큼.

"원했나 봐. 이런 너를."

결국 이래도 좋고, 저래도 좋다는 말. 그녀는 눈물을 꾹 참았다. 이미 퉁퉁 부어 버려, 못난 꼴이지만 더 못난 모습을 보일 수는 없었다.

윤이 입술을 내렸다. 설거지하다 말고 입맞춤이라니. 그녀에게는 엄청난 낭만이었다.

"오늘 집에 가지 마. 내일 눈 뜨자마자 보고 싶을 거니까."

그런 낭만과 함께 느끼한 말도 내뱉어 봤다. 잠시 고민하던 윤은 곤란하다는 듯 미간을 찌푸렸다.

"어머님 싫어하실 텐데."

"괜찮아. 엄마 좋아하는 것만 하고 살지는 않았어."

"……."

"그리고 우리 엄마도 너 좋아해. 그건 알지?"

결국 둘은 다음 날 나란히 늦잠을 잤다. 그녀의 고집이 반, 그 고집을 이기고 싶지 않은 그의 마음 반이었다. 긴 하루였던 덕에 해가 한낮에 걸리고 나서야 그들은 침대 밖으로 나왔다.

준영에게 전화가 온 건 알몸을 담요로 칭칭 가린 그녀가 샐러드를 만드는 윤의 등에 달라붙어 방해할 때였다.

―경비실에 반찬 맡겼어. 물론 엄마 심부름.

그녀가 올라가는 입꼬리를 꾹 다물며 단단히 담요를 붙들었다. 어제 그렇게 안 된다 할 때는 언제고.

"……왜 오빠를 시켜. 직접 오지. 몸도 불편한 사람한테."

―운전도 하는데, 이깟 게 뭐라고.

"안 올라오고 그냥 가?"

―나 올라가도 돼? 나 보면 민망하고, 뭐 그럴 상황 안 만들어지냐?

"아, 오빠!"

놀란 그녀가 얼굴을 붉히며 담요를 쥐고 있던 손을 놓았다. 덕분에 담요가 바닥으로 스르르 떨어지고, 그녀의 하얀 나신이 드러났다. 차갑게 닿는 피부에 윤이 그녀를 돌아봤다. 눈이 마주치고, 쑥스럽다는 듯 웃은 수현이 빠르게 종료 버튼을 눌렀다.

"오빠가 엄마 반찬 갖다 놨대. 경비실에."

"……가지러 가려면 옷 입어야겠다."

"안 추워?"

그가 다정히 물으며 바닥의 담요를 주워 다시 그녀의 몸에 둘러 줬다. 헤실거리며 웃은 그녀가 따뜻한 그의 품에 안겨 들었다. 시도 때도 없이 안겨서는, 시도 때도 없이 사랑을 확인하려는 어린애처럼.

슬금슬금 티셔츠 속으로 들어오는 그녀의 손이 심상치 않았다. 그가 그녀의 어깨에 턱을 묻고선 입을 열었다.

"반찬 가지러 가야 한다며."

"응, 맞아. 가야 해."

"손이 불순한데."

"그것도 맞아. 나 지금 불순해."

키득거리며 웃은 그녀가 발끝을 들었다. 다시 입맞춤, 또 키스. 해가 떠오른 것도, 지는 것도 보지 못한 그와의 시간. 화가 나고, 악에 받친 건 그때만으로 족했다. 그녀는 바보처럼 12년 전의 일로 도망가지 않는 걸 선택했다. 죄책감에 땅굴을 파며 그를 외면하지 않고, 그와 함께 있는 걸 선택했다.

엄마가 조금 울겠지만, 나는 오빠 때문에 또 울겠지만. 하나씩 차근차근, 이렇게 묵은 짐을 풀어 버리면 언젠가 우리, 그저 웃는 날만 있지 않을까.

"사랑해."

가벼운 입맞춤 뒤에 그녀가 말했다. 그는 입꼬리를 올린 채 다시 입술을 부딪쳐 왔다. 그 순간, 그가 속삭였다.

나도 사랑해. 별거 아닌 한마디가, 왜 이렇게 별거 같은지.

정말 알다가도 모를 사랑이었다.

눈이 떠졌다. 샐러드를 나눠 먹고, 허기진 배는 베이글로 채웠다. 낮잠이 고프다는 그녀와 소파에서 잠이 들었다. 눈을 뜨자 잠든 그녀가 바로 코앞에 있었다.

이제는 마음껏 순정이라 불러도 되는, 나의 순정.

"……."

이래도 되는 건가, 싶을 정도로 꿈만 같았다.

이기적이 아닐 수 없다. 우리 사이에 누가 있는데. 너희 가족들이 있고, 내가 너희 가족을 엉망진창으로 만든 것도 사실인데. 그녀는 자신을 원망하지 않고, 기꺼이 제게 웃으며 다가와 제 손을 잡았다.

무너지려는 심장을 단단히 붙들고, 담담히 약속했다. 늘 곁에 있겠다고. 이제는 희미해진 손목의 흉터를 보여 주며 올해 겨울을 약속했다.

"노순정."

아무리 불러도 믿어지지 않았다. 정말, 네가 기억을 찾은 건지.

한없이 좋다가도, 또 한없이 미안하다가도, 또 그렇게 죄책감에 심장이 조여 오면서도 그녀가 영원히 이렇게 곁에 있었으면 했다. 그는 지난밤 내내 약속했다. 네가 힘들어하면 내가 힘이 되어 주고, 네가 울면 내가 닦아 주고, 그렇게 우리 함께 있어 보자고.

그녀는 웃음과 입맞춤으로 화답했다. 너무 울어 퉁퉁 부은 눈으로, 키스를 좋아하는 그녀는 쉼 없이 입술을 섞으며 말했다. 사랑한다고. 밤이 새도록, 낮이 저물도록.

그의 품 안에서 수현이 뒤척거렸다. 설마 또 악몽을 꾸는 걸까. 하지만 걱정은 기우였다. 그녀는 새근새근, 평온한 얼굴로 잠에 빠져들었다.

윤은 팔을 뻗어 그녀의 목을 받친 채 수현의 등을 토닥거렸다. 하나, 둘. 또 하나, 둘. 그 순간 거실 테이블에 올려 둔 휴대폰이 진동했다. 윤은 조심스레 팔을 뻗어 휴대폰을 확인했다. 동시에 그의 눈동자가 흔들렸다.

화연의 전화였다.

22화

매일 봐도, 보고 싶고

촬영을 끝낸 그녀의 기분은 급격히 저조해졌다. 갈 곳이 있다며, 오늘 저녁은 혼자 먹어야 할 것 같다는 윤의 메시지 때문에.

"내가 매일 보자니까."

무서워서 도망을 다니는 건가. 아니, 그게 아니면 벌써 권태기야? 우리가, 다시 우리가 된 지 꼭해야 열흘인데?

지난 열흘. 그녀는 날씨 때문에 취소된 지방 촬영도 다녀오며 잡힌 스케줄을 소화했다. 지방 촬영에도 그를 데려가려고 했지만, 바쁜 그의 일정 탓에 그럴 수는 없었다. 꼭 붙어 있자고 약속한 게 겨우 열흘 전. 촬영도 같이 못 가고, 매일 저녁에는 어디를 가는지 영화 촬영 중인 그녀보다 더 바빠 보였다.

"누나, 오늘 촬영 너무 좋았어요. 와, 어떻게 그 많은 대사를 한 방에. 감독님도 놀라셨어요. 원 테이크로 가서 며칠은 걸릴 거라 예상하셨다는데."

밴에 오른 우진이 쉼 없이 떠들었다. 뒷자리에 앉은 채 수현은 다리를 꼬았다. 휴대폰을 노려보는 눈이 반짝거렸다.

"집으로 가시죠?"

"아니."

"그럼 어디요? 회사 가실래요?"

"내가 거길 왜 가. 나 윤이네 갈래. 거기 앞에 내려 줘."

"어…… 제가 셰프님을 누나 집으로 모셔 오는 건 어때요?"

"안 돼. 그럼 언제 볼지 몰라. 조금이라도 더 빨리 봐야지."

곤란하다는 우진의 기색에도 수현은 고집을 부렸다. 우진이 진한 한숨을 내쉬었다. 노발대발할 한희의 잔소리가 떠올랐다.

"우리 누나 진짜 큰일 났네."

"그러다 결혼이라도 한다 그러면 너 뒤집어지겠다?"

놀란 우진이 급하게 돌아봤다. 여전히 휴대폰을 만지작거리던 수현의 표정은 꽤 심드렁해 보였다.

"설마, 누나 결혼하게요?"

턱을 괸 그녀가 고개를 들었다. 삐딱하게 이맛살을 구기던 수현이 허, 소리를 내며 웃었다.

"그럼 나는 뭐 평생 혼자 사니."

마치 별소리를 다 듣겠다는 듯이.

그때 그녀의 휴대폰이 진동했다. 그가 보낸 건 사랑한다거나, 보고 싶다는 메시지가 아닌 겨우 사진 한 장이었다.

[사 주고 싶어.] 오후 5:53

뭐야, 일 있다더니 쇼핑 중이야? 사진을 확대한 그녀가 입술을 삐죽였다. 그가 보낸 건 그녀가 꾸준히 활동하던 브랜드의 팔찌였다.

"반지나 사 줄 것이지."

그녀가 옅게 웃으며 답장을 써 내려갔다. 봐. 이제는 내가 더 좋아하는 거 맞다니까.

그는 두 손 가득 장을 봐 온 채 집에 들어왔다. 비밀번호를 누르는 순간부터 현관에 대기하고 있던 수현은 문이 열리자마자 달려들었다. 장바구니를 놓친 윤이 팔을 뻗어 그녀를 단단히 받쳐 안았다.

수현은 무작정 해맑게 웃던 입술을 내렸다. 그는 마주 웃으며 화답했다. 입술을 열고 매끄러운 혀를 밀어 넣었다. 장난처럼 혀를 섞다가, 또 진득하게 입을 맞췄다.

그녀의 두 손끝이 윤의 목덜미를 감쌌다. 혼자 있어 서늘했던 체온이 급격하게 달아오르고 있었다. 가볍게 시작했던 입맞춤은 끝이 날 줄 몰랐다.

말 그대로 그녀의 입술을 집어삼킨 그는 그녀를 안은 채 벽으로 밀어붙였다. 행여나 머리가 부딪힐까, 받쳐 준 그의 손등이 벽면에 부딪혀 발개졌지만 그는 신음 하나 내뱉지 않았다.

뜨거운 쾌감, 전신을 감싸 오는 나른함, 손에 잡히지도 않는 열기. 집에 기다리고 있는 이가 있다는 게 바로 이런 거였나.

"보고 싶었어."

생경한 이 감각을 선물한 이는 아무렇지 않게 말했다. 누구보다 사랑스럽게. 이마를 부딪친 그가 더운 숨을 뱉었다. 작은 입맞춤에 너무 과하게 답했나 후회가 들었지만 그도 잠시였다.

"나도."

"그런데 전화도 없었다 이거지?"

"미안. 바빴어."

"백화점 쇼핑하느라?"

그가 입꼬리를 올렸다. 바닥에 그녀를 내려놓은 그의 손이 이번에는 수현의 양 볼을 감쌌다. 그녀가 발끝을 들어 올렸다. 입술이 부딪혔다. 달콤했다. 그래서 미칠 만큼, 또 미쳐서 좋을 만큼.

절정부터 시작된 키스에 아찔한 기분마저 느껴졌다. 더 이렇게 있고
만 싶다고.

그들은 천천히 움직였다. 그가 움직이면, 그녀도 따라 걸었다. 입술
은 떨어지지 않은 채로. 어느새 침실 앞이었다. 방문 앞에 그녀가 등을
기댄 채 숨을 헐떡였다.

여유는 잠시였다. 다시 고개를 내린 윤이 그녀의 입술을 삼켰다. 혀
를 밀어 넣고, 말캉한 혀를 잡아당기고, 치열을 쓸어내리는 발끝까지
간지러운 입맞춤 뒤에 그가 말했다.

"너 밥해 주려고 장 봐 왔는데."

밥은 무슨. 사람을 이 지경으로 만들어 놓고. 그녀가 들뜬 숨을 뱉었
다.

"그게 중요해 보여, 지금?"

요즘 그의 티셔츠 들추는 취미를 가진 수현은 눈앞의 단추에 열중했
다. 하나둘 그의 셔츠 단추를 풀어내자 단단한 가슴이 드러났다.

"나는 내가 벗을까?"

이쯤 되면 그가 두 손 두 발 들 수밖에 없었다. 그녀의 더운 숨이 드
러난 살갗에 자꾸만 부딪혔다.

"나 하루 종일 밖에 있었어. 씻어야 해."

"그럼 같이 씻어."

그는 확신했다. 어쩌다 보니 이 연애는, 그녀의 주도대로 흘러가고
있다고.


그가 고른 핑크 골드 색상의 얇은 팔찌는 가는 손목을 더욱 돋보이
게 했다. 흉터가 있던 자리에 팔찌를 채워 준 윤이 뿌듯하게 웃었다. 침
대 위에 마주 보고 있은 지도 벌써 한참, 침대 밖으로 나가고 싶지 않은
건 그녀만이 아니었다.

"그렇게 좋아?"

"예쁘네."

"나한테 이런 거 왜 사 주는데?"

"보다가 예뻐서."

뭘 그런 걸 묻냐는 듯 그가 담담히 대답했다. 듣고 싶은 대답이 따로 있던 수현은 흐음, 신음을 흘렸다.

"일 있다더니 백화점 갔었어?"

"뭐, 투자자들 선물 사러."

"사업가 다 됐네. 너는 요리가 딱 적성인데."

그녀가 팔찌를 만지작거리며 말했다. 팔을 뻗어 그녀의 목을 받친 윤이 수현의 부드러운 머리카락을 만지작거렸다.

"준영이 형, 레스토랑 오픈식에 초대했어."

"둘이 통화했어?"

"응. 오겠대."

"흠, 같이 올 여자가 있을까. 랩실 후배랑 뭐 있는 것 같긴 하던데."

"난 부모님 모시고 오라고 초대한 건데?"

의외였다. 당장은 그가 피할 줄 알았는데. 수현이 팔찌에서 시선을 떼고 그를 마주 봤다. 흔들림 없는 단단한 눈동자가 눈에 들어왔다.

"엄마 봐도 괜찮겠어?"

"약속드려야지. 내가 더 잘하겠다고."

"⋯⋯그런 건 나한테나 해. 요즘 왜 그렇게 바빠? 매일 보자니까, 이게 매일 보는 거야?"

적어도 이틀에 한 번은 보고 있는데도 수현은 부족하다는 듯이 말했다. 그가 웃으며 노력하겠다고 답하자 수현은 다시 불만을 터트렸다.

그것도 그때뿐이라며, 하루 24시간을 붙어 있어야 하는데 이럴 줄 알았으면 영화 안 했다는 주제까지 뻗어 나갔다. 하지만 그도 잠시였다. 그의 입술이 그녀의 입술을 덮는 바람에 말은 더 이어지지 못했다. 대신 다른 게 이어졌을 뿐.

예를 들면 신음과 비명, 그 사이에 있는 어느 것.

오픈식 당일. 준영은 오겠다고 했는데, 딱히 부모님을 모시고 온다는 말은 없었다. 윤과 약속했다. 실망하지 않고, 조급하게 굴지 않겠다고. 화연의 이해를 바라기까지 오래 걸리겠지만, 그는 기다릴 수 있다고 자신했다. 네가 기다리겠다면 나 역시.

전신 거울 앞에서 귀걸이를 채운 수현이 제 모습을 바라봤다. 적당히 단정하고, 적당히 무난했다. 자신이 얼마나 튈지 알기에 최대한 무채색 톤의 옷을 골라 입었다. 톤 다운된 컬러의 슈트를 입은 그녀는 재킷을 입을지 말지 한참을 고민했다.

"벗는 게 예쁘겠다."

거실에서 열린 문틈으로 그녀를 지켜보던 한희가 훈수를 뒀다. 그녀는 고개를 끄덕이며 파우치를 손에 들고 재킷을 팔에 걸쳤다.

"언제 왔어?"

"방금. 네가 부탁한 것도 알려 줄 겸."

무슨 소리인가 싶어 수현은 거실로 나와 한희를 마주 봤다. 그녀는 갈색 서류 봉투를 내밀었다. 얇은 봉투 안에는 단 한 장의 인쇄된 종이가 있었다.

"아, 이거."

"어렵게 알아냈어. 곧 나온다더라."

수현은 인쇄된 몇 글자를 훑어 내렸다. 임민아, 나이 만 29세, 수감 번호 13311, 형량 7년 3개월······.

"말기 신부전 판정, 형 집행 중지의 사유로 판단하여······."

"응. 나온대."

허무한 웃음이 터졌다. 그때도, 지금도 이 아이는 죄에 대한 벌을 모두 받지 않는다. 병으로 평생을 고통받는 게 그녀에게 주는 새로운 벌일까.

"누군데, 아는 여자야? 뭐 이런 여자를 알아?"

한희가 껄끄럽다는 듯이 미간을 찌푸렸다. 수현은 차갑게 굳은 얼굴로 물끄러미 임민아의 병명을 내려다봤다. 인생 참, 뭐 같다니까.

"이제 몰라. 더 알고 싶지도 않고."

"……이렇게 싱겁게 끝난다고?"

"응, 그거 찢어 버려."

다시 말간 얼굴로 돌아온 수현은 파우치를 내려놓은 채 얼마 전에 선물 받은 팔찌를 손에 채웠다. 미련이나 잡념 따위 사라진 얼굴로. 그녀를 관찰하던 한희가 건네받은 민아에 관련된 서류를 손안에 구겼다.

"꼭 가야 하냐, 그 오픈식."

"같이 초대받아서 가는 건데, 왜 내빼?"

"나는 못 가. 협찬사 미팅 있어."

기분 좋은 소식이다. 방금 전 서류를 확인할 때의 찬기는 어디로 가고 콧노래마저 흥얼거리는, 얼마 전의 차수현과는 너무나도 달라진 그녀의 모습에 한희는 고개를 저었다.

"잘됐네. 그럼 나 혼자 가지 뭐."

"너 백반집 그 남자 일반인인 거 기억해라? 어?"

샐쭉 입술을 내민 수현이 고개를 끄덕였다. 다시 파우치를 손에 든 그녀가 한희를 내려다보며 물었다. 그것도 너무 당당하게.

"스킨십하면 안 돼?"

"남들 안 보는 데서 해."

"반말도 안 돼?"

"말도 섞지 마."

"같이 밥 먹는 건?"

"되겠니?"

"아예 못 가게 하지 그래."

"그러고 싶은 심정이다, 왜."

되는 것만 하고 살아 본 적 없기에 수현은 한희의 잔소리를 흘려들었다. 소파에 팔을 걸친 그녀는 연애한다 티 내고 싶어 환장한 제 배우를 한심하다는 듯 올려다봤다.

"너 부모님은 아시니, 이러는 거?"

"알아. 엄마는 반대하는 중."

"……벌써 집에도 알렸단 말이야? 대체 왜?"

만난 지 얼마나 됐다고? 한희의 눈동자가 커지는 것도 모르고 수현은 손목 위 이제는 희미해진 흉터를 가린 팔찌를 내려다봤다. 웃음이 지어졌다.

한희와는 함께 집을 나섰다. 지하 주차장까지 내려가는 엘리베이터 안. 1층을 지났을 즈음 수현이 한희를 돌아봤다.

"아, 그리고 언니."

"왜."

"나 시집갈 거야."

"뭐?"

타이밍 좋게 문이 열렸다. 그녀가 싱긋 웃은 채 엘리베이터에서 내렸다.

"그렇게 알아."

뒤통수를 한 대 세게 가격당한 것처럼 할 말을 잃은 한희가 허, 소리를 내며 웃었다. 유유히 주차된 자리 쪽으로 멀어지는 수현을 바라보며 그녀가 고개를 저었다.

"저게 연애하더니 제대로 눈 돌았네, 눈 돌았어."

한희가 이마 위에 손을 올렸다. 아무것도 안 한다던 2년 공백기를 끝내게 해 준 장본인이 그 백반집 남자라는 걸 안다. 내 배우 정신 좀 들게 해서 이제는 예뻐해 주려고 했더니, 뭐?

"아이고, 두야."

세상만사 소속사 대표 뜻대로 되는 배우는 역시 없었다.

1호점의 소박함과는 다른 럭셔리하고 화려한 분위기에 수현은 잠시 혀를 내둘렀다. 바쁜 이유가 이거였나 싶을 정도로 인테리어나 정원 외경이나 윤의 손길이 안 닿은 게 없어 보였다.

오픈 첫날인데도 불구하고 레스토랑은 이미 만석이었다. 절반은 알음알음 알고 온 손님들과 절반은 레스토랑 투자자나 대표의 지인들이었다. 윤의 지인은 그녀뿐이었다.

미리 준영과 만난 수현은 그와 함께 레스토랑으로 들어섰다. 매니저가 나타나 예약된 테이블을 안내해 주고, 준영이 앉기 편하도록 의자를 빼 줬다. 힐긋힐긋 그녀를 알은체하는 시선들이 느껴졌지만 수현은 태연히 준영을 챙겼다.

"이러다 나랑 스캔들 나는 거 아니야?"

"꿈도 크셔."

분위기에 걸맞은 음식은 당연히 맛도 좋았다. 온통 윤의 레시피였다. 레시피를 개발할 때마다 그가 직접 만들어 줬던 요리들을 새록새록 떠올리니 먹는 재미가 꽤 쏠쏠했다.

"이게 다 윤이 레시피야?"

"응, 엄청나지. 윤이 천재 아닐까? 요리 천재."

"……네 팔불출이 더 엄청난 것 같은데."

식사를 이어 가면서도 그녀는 내심 자꾸만 문 쪽을 힐긋거렸다. 준영은 스테이크를 작게 썰어 그녀 쪽으로 밀어 줬다.

"안 오실 거야."

"……알아."

"기다렸어?"

"그런 건 아니고. 근데 알긴 아셔? 윤이가 초대한 건?"

"아버지는 오시려고 했는데, 엄마가 고집을 부려서."

서운했지만 할 수 없는 일이었다. 무작정 우길 수도 없고. 수현은 실망했지만 여상한 척 다시 식사에 열중했다.

주방에서 나온 윤이를 본 건 레스토랑 런치 타임 2부가 끝났을 즈음이었다. 블랙 톤 셔츠의 조리복을 입고, 흰색 앞치마를 두르고 나타난 그는 정우와 함께 투자자들과 인사를 나누고 있었다.

이 사람, 저 사람과 악수를 하는 그를 뿌듯한 눈으로 바라보자 준영이 그녀의 얼굴 앞으로 손바닥을 펼쳐 흔들어 보였다.

"그렇게 좋냐? 눈 빠지겠어."

"응, 막 빛이 나."

"얼씨구."

준영이 웃음을 터트렸다. 열여덟 노순정은 공윤을 향해 직진밖에 몰랐다. 세상에 공윤이 있어 그저 즐겁기만 했던 여동생.

율주에 내려가기로 결정한 당시만 해도, 온 가족은 그녀의 걱정뿐이었다. 그런데 그 걱정을 송두리째 뽑아 버린 게 공윤, 파란색 대문 집 아들이었다. 여러모로 제 가족의 인생을 쥐락펴락하는 놈인 건 분명했다.

턱을 괴고 한참 윤이를 몰래 바라보던 수현이 준영에게로 시선을 돌렸다. 어색하게 웃는 눈동자가 왜 그러는지, 너무 잘 알 듯싶어 준영은 말을 삼켰다.

"나 너무 뻔뻔했지, 오빠 앞에서."

"더 뻔뻔해도 돼. 오히려 환영하는 바야."

"나 이제 사는 거 재미있어."

얼마 전까지만 해도 집 안에서 두문불출하며 세상과 담을 쌓았던 동생이다. 준영은 물끄러미 동생을 바라봤다.

"내가 뭔가를 이룰 때마다 목적을 잃은 것처럼 되게 허무했는데 이제는 안 그래."

"그것도 공윤 때문이야?"

"덕분이고, 가족들이 있어서지."

그녀가 싱그럽게 웃으면, 준영 역시 마주 웃어 줬다. 테이블에 올려 놓은 그의 휴대폰이 진동했다. 행여 화연일까 휴대폰을 눈짓으로 바라본 수현이 미간을 좁혔다. 그런데 준영은 전화를 거절하더니, 휴대폰을 뒤집어 시야에서 치워 버렸다.

"누군데 안 받아?"

"안 받아도 돼."

"누군데? 분명 여자 이름이었는데."

"잘못 본 거야."

"누가 좋아한다 그러면 만나. 재고 따질 시간에 조금이라도 얼굴 더 보고."

"……연애한다고 훈수도 두네, 이게."

"나 같으면 진작 포기했지. 벌써 1년 넘었잖아, 그 후배가 오빠 쫓아다닌 거."

"너, 뭐 알고 하는 소리야?"

"몰라, 내가 어떻게 알아. 그런데 지금 오빠가 바보 같은 건 알아."

답지 않게 조언하는 여동생의 목소리에 준영은 옅게 웃다가 말았다.

"윤이 온다."

손님들에게 맛에 대해 묻던 윤이 그녀의 테이블에 차츰 가까워졌다. 수현이 얼굴을 붉히며 윤을 바라봤다. 반말 금지, 스킨십 금지. 한희의 당부를 마음에 새긴 그녀는 그 어느 때보다 화사하게 웃었다.

런치 타임 2부가 끝난 브레이크 타임은 빠져나간 손님들로 꽤 한산해졌다. 레스토랑 대표인 정우는 투자자들을 이끌고 자리를 옮겼고, 주방 조리사들과 홀 직원들이 점심 식사를 위해 홀로 나왔다. 그 사이로 수현의 팬 사인회가 벌어진 건, 어쩌면 당연했다.

처음 식사를 마친 손님들의 몇몇 사인을 해 주다 보니 브레이크 타임까지 일어나지 못했다. 손님들 사인을 기분 좋게 마무리 할 즈음, 직원 중에서는 주방 막내가 용기를 냈다.

줄줄이 이어진 조리사복을 입은 앳된 얼굴들을 바라보던 수현은 맞은편에 팔짱을 끼고 앉은 윤을 힐끔힐끔 바라봤다. 셔츠 소매를 걷어 올린 탓에 팔뚝이 드러나 있었는데, 위로 솟은 힘줄에 자꾸만 시선이 갔다.

아, 나는 변태가 분명해.

같이 앉아 있으면 분명 오해하는 눈이 많을 텐데도 불구하고 윤은 의도치 않은 사인회가 이어지는 내내 자리를 지켰다. 그녀는 괜히 기분이 좋아져 입술을 꾸욱 깨물었다.

그런 사색에 빠져 있을 즈음 줄은 짧아졌다. 윤은 다가온 상대를 보고 의외라는 듯이 웃었다.

"우리 주방 수석 셰프."

"아아, 안녕하세요."

"저는 두 분 사이 눈치챘습니다."

윤이 눈썹을 위로 들면, 수현이 환하게 웃었다. 영훈이 목덜미를 쓰다듬으며 윤을 한 번, 수현을 한 번 바라보며 말했다.

"셰프님 지갑이요. 지갑 안에 차 배우님 증명사진이 있던데요? 저는 그냥 셰프님이 덕질하시는 줄 알았습니다."

"아. 증명사진이요?"

그렇다면 그게 몇 년 전 거야. 그걸 아직까지.

부끄럽다는 듯 웃는 윤을 보며 수현이 입꼬리를 올렸다. 그렇게 기특한 짓을 했었다니. 다시 영훈을 바라본 수현은 종이 위에 전보다 더 큰 사인을 남겼다.

"성함이 어떻게 돼서요?"

"김영훈입니다."

"근데 저희 아직까지는 비밀이에요."

"예. 저 입 무겁습니다. 대신 사인 한 장 더 부탁드려도 될까요? 제 여동생이 진짜 팬이에요."

"왜 안 되겠어요."

주거니 받거니 오가는 대화가 꽤 정겨웠다. 윤은 물끄러미 수현을 바라보다 조용히 휴대폰을 보고 있는 준영에게 시선을 돌렸다. 표정이 사뭇 진지하니, 일이 생긴 듯싶었다. 윤의 입술이 열렸다.

"형, 무슨······."

"문 열어 드려야겠다."

알 수 없는 말이었다. 느긋하게 웃는 준영의 입꼬리에 수현이 '문?' 하고 되물었다.

"응, 앞에 오셨대. 아버지 문자."

윤과 수현의 시선이 마주쳤다. 동시에 얼어붙은 둘 사이에 걱정과 비슷한 미묘한 것이 스쳤다.


"식사는 하셨어요?"

윤은 식사가 끝난 직원들을 물린 뒤, 화연과 철운을 창가의 넓은 자리로 안내했다. 수현과 준영이 얼떨결에 부모님 앞에 합석했고, 윤은 마치 주문을 받는 것처럼 자연스레 물었다.

"식당 오는데 밥 먹고 왔을까. 윤이 오랜만이다."

"네, 아저씨."

"잘 지냈지? 얼굴은 그때보다 더 훤칠하네."

"그치, 아빠."

철운의 칭찬에 좋다고 반응한 건 수현이었다. 마치 억지로 끌려온 사람처럼 앉아 있던 화연이 눈을 부라리며 딸을 노려봤다.

"당신은 왜 순정이를 노려봐."

"쟤 하는 짓이 어이가 없어서 그래. 기사 안 나는 게 용하다, 용해. 김 대표 칭찬해 줘야겠어. 일을 얼마나 잘하면 이렇게 대놓고 다니는데 기사 한 줄이 안 나?"

"그래서 나랑 같이 온 거잖아요. 좀 누그러뜨리세요."

약간 언성이 높아지려던 화연에게 제재를 가한 건 준영이었다. 아들에게는 유독 약하신 분. 화연이 한숨을 삼켰다. 윤은 그들의 앞에 메뉴판을 내려놨다.

"제가 직접 할 거니까 말씀만 하세요."

"……네가 지금 내 밥 챙길 때니? 허구한 날 내 밥만 챙길래? 어제도, 그제도 네가 갖다 놓은 음식 때문에 냉장고 한 개를 더 살 판이야."

"제가 사 드리면 되죠, 그 냉장고."

"누가 냉장고 사 달래? 네 몸 간수나 잘하란 말이야. 그 해괴망측한 것도 어미라고 찾아오는 판국인데, 백화점에서 내 스카프 살 정신은 어디 있어."

"더 못 찾아오게 할게요."

울분에 차 분통을 터트리는 사람에게 말하는 것치고 윤의 목소리는 부드러웠다.

속상한 화연이 눈물을 훔쳤다. 수현이 다녀간 후로, 하루가 멀다 하고 집 앞에 음식을 해다 나르는 윤을 모르는 척하는 것도 이제는 힘들었다.

어쩌다 마주치면 이렇다 할 말도 없이 꾸벅 인사를 하고 가지를 않나, 들고 온 음식은 맛있었냐 물어보지도 않고 같이 먹을 생각도 안 했다. 마치 아무것도 욕심 안 내겠다는 윤의 침묵이 더 화가 나고 짜증스러웠다.

요 며칠 남편과 아들은 저를 보면 설득하기 바빴다. 제 마음이 어떻게 기울어지고 있는지도 모르면서.

그러다 어느 날은 준영의 입을 통해 직접 들은 윤의 레스토랑 이름을 기억해 알아봤다. 찾아보니 딸의 집에서 멀지 않았다. 그저 멀리서만 보다 올 작정으로, 집에서 한 반찬이나 전해 주자 싶어 보러 갔다니 황당한 꼴을 마주했다.

지혜가 있었다. 윤의 친어미. 무슨 대화를 하는진 모르겠지만 윤을 버렸으면서 뻔뻔하게 찾아온 낯짝을 마주하자 참을 수 없이 화가 났다. 감히 누구한테.

"아줌마 뭐야. 이거 안 놔?"

"안 놓는다, 이 미친년아! 여기가 어디라고 찾아와, 찾아오기를! 썩 안 꺼져?"

"내 아들 내가 보겠다는데 당신이 무슨……!"

"네 아들 같은 소리하네. 애 버리고 야반도주했던 것들이 무슨! 너 내가 모를 줄 알아? 다친 내 아들이랑, 내 딸! 합의금이라도 달라고 할까 봐 도망갔던 거! 오늘부터 윤이는 내 아들 삼을 테니까 썩 꺼져!"

순간 이성을 잃고 레스토랑 안에서 머리채를 쥐어 잡고 넘어뜨렸다. 다행히 손님이 없는 시간이었고, 직원들은 주방에서 이리저리 눈치를 보고 있었다. 버럭 소리를 지르는데 윤은 가만히 화연을 바라보고만 있었다. 행여나 화연이 다치기라도 하면 달려들 태세였지만, 꼼짝없이 당하고 있는 쪽은 지혜였다.

악을 쓰던 지혜가 합의금이라는 말에 눈을 크게 떴다. 이제야 기억해 냈다. 민아의 사건 때문에 몇 번이나 경찰서에서 마주했던 피해자의 부모.

놀란 그녀가 도망치듯이 레스토랑을 빠져나갔다. 고작 이따위 싸움에도 질 거면서 내 아들이라는 말을 올리다니.

씩씩거리는 그녀의 옆에 조용히 온 윤이 자리로 안내했다. 의자에 앉아서도 화가 가라앉지 않아 거친 숨만 내쉬는데 상비약 통을 가져온 그는 무릎을 꿇고 앉아 조심스럽게 화연의 손등에 난, 실금 같은 상처를 살폈다.

"뭐 때문에 저치가 왔어? 이제 와서 널 버린 게 미안하기라도 하다니?"

"돈 때문에요. 가게를 하는데 영업 정지도 당하고 벌금도 내야 해서 찾아온 거예요."

속이 썩어 문드러질 만한 사연인데도, 토해 내는 목소리가 담담하기 짝이 없어 화연은 더 속상했다. 윤은 내일 되면 잘 보이지도 않을 상처를 정성스레 보살폈다.

"참 나. 염치도 없는 사람이지. 어디 찾아올 곳이 없어서 여길 와, 여길 오기를."

"······저 걱정하시는 거예요?"

"네가 그러고 사니까! 내가 네 걱정을 안 하니까 주변에서 이러는 거 아니야. 순정이도 너만 봐달라 그러고, 제 속은 엉망일 텐데. 그러니 너도 그 모양이지. 이 와중에 이깟 상처가 뭐라고 연고를 발라, 바르길."

"흉 남으면 안 되잖아요."

가슴이 바늘에 콕 찔린 것처럼 화연은 애가 닳았다.

얼마나 외로웠을까. 얼마나 힘들었을까. 너처럼 외로운 애를, 내가, 내 욕심에.

그녀는 꾸역꾸역 눈물을 삼켜 냈다.

472

"윤아."

"말씀하세요."

"……네 가슴에 흉은 안 졌어? 아줌마 원망은 안 했어? 아버지 돌아가신 거, 시골 이장님한테 들어 알고 있었어. 그런데도 아줌마 너 안 찾았어. 이런 아줌마, 밉지는 않아?"

윤은 말없이 웃으며 화연을 올려다봤다.

"그냥 감사하죠. 저 이렇게 걱정해 주시니까."

그게 바로, 3일 전의 일이었다. 그날 저녁 윤은 백화점에서 직접 골랐다며 스카프를 집 앞에 놓고 갔다. 그것도 밤새 만들었다는 고기 산적과 함께.

지금도 마찬가지였다. 낳아 준 이에게 험한 꼴 당하느라 마음 상한 건 저인데도, 윤은 자식들보다 허락을 받겠다며 제 마음 챙기기 바빴다. 화연이 한숨을 내쉬는데, 수현이 눈을 동그랗게 떴다.

"무슨 소리야, 그게?"

밥을 챙겨? 갖다 놓은 음식? 수현은 이제야 요즘 들어 묘연했던 윤의 행방을 알아챘다.

"찾아와? 그때 그분? 또 왔던 거야?"

쏟아지는 질문에도 윤은 부드럽게 웃다가, 화연을 향해 말했다.

"더 잘하겠습니다. 제가."

"……뭘 더 잘해. 너보다 내 딸이 더 문제지. 또 팔푼이처럼 나대고 있는 게 다 보이는구먼."

"제가 더 팔푼이 하겠습니다."

"그렇게 속이 없어? 뭐가 좋다고 매일 웃어?"

"모르겠어요. 오신 것만으로도 좋아서요."

"……하이고, 참 나. 사윗감 우렁이 각시 노릇에 넘어갈 줄이야, 내가."

화연이 윤의 손을 붙잡고 물었다. 그동안 어찌 지냈나, 요리는 어떻게 시작했냐, 이렇게 큰 레스토랑 셰프면 힘들지는 않냐, 우리 수현이가 너 힘들게는 안 하냐.

병풍이나 다름없어진 남편과 자식들은 저마다 눈을 마주치며 빠르게 바뀌는 상황을 눈치챘다. 준영이 고개를 기울이며 입꼬리를 올렸다.

"오픈식이 아니라 상견례였네."

그 말에 수현이 낮게 웃으며 동의했다.

"내 말이."

엔딩

마치 운명과도 같았다

　브레이크 타임이 끝나 가는 내내 화연은 윤의 손을 붙잡고 그간 살아온 그의 소식을 묻고, 또 물었다. 철운이 중간에 말리며, 나중에 정식으로 집에 초대하자고 몸을 일으켰다.

　디너 타임 때문에 다시 주방에 돌아가야 했던 윤은 그들을 배웅했다. 몰래 손 한번 잡아 보지 못한 수현은 아쉬움을 뒤로하고 가족들과 함께 본가로 향했다.

　"그 여자 또 찾아오기만 해, 가만 안 둘 거야 내가."

　"운전하는 애 놀라겠어, 여보."

　"행여나 또 돈 달라고 찾아오면 신고해. 뒷일은 다 엄마가 알아서 할 테니까."

　내가 가만 안 둬, 그것들. 운전하는 그녀 대신 조수석에 앉아 쉴 새 없이 지혜를 욕하는 화연의 목소리는 송도 본가에 도착할 때까지 끝나지 않았다.

　아까부터 화연은 목에 두른 스카프를 연신 만져 대고 있었다. 힐긋 곁눈질로 살핀 수현은 손목의 팔찌로 시선을 내렸다.

　"잠깐 내려. 윤이한테 전해 줄 거 있으니까."

화연은 조수석에서 먼저 내리며 말했다. 함께 차에서 내린 준영이 그녀를 돌아봤다.

"걱정 마. 지금 부끄러워서 저러시는 거야."

"……오빠도 놀랐겠다."

"너네만 할까. 가서 윤이나 잘 봐줘. 마음이 아마 마음이 아닐 거야."

부자는 묵은 게 많은 모녀를 위해 자리를 피했다. 홀로 화연을 따라 집에 들어선 수현은 도착하자마자 주방 식탁 위에 윤의 것으로 추정되는 찬합 통을 한 아름 올려놨다.

"그 큰 레스토랑에서 일하는데, 음식 할 시간이 어디 있어? 이제 그만 해 오라 그래."

낸들 알았을까. 멋대로 키스하고, 제가 기다리라고 엄포를 놨을 때도 말없이 음식 조공을 바치던 공윤이다.

음식으로 여자 꼬시는 법은 대체 어디서 배워 와서 모녀를 꼼짝달싹 못 하게 만드는 건지.

"너무 얻어먹지만 말고, 너도 윤이 밥해 먹여. 할 줄 아는 건 있어?"

"괜찮아. 사 주면 돼."

"해 줘! 평생 남 먹는 것만 했을 텐데, 본인이 먹고 싶은 건 하겠어? 영화 촬영 틈틈이 요리 수업이라도 받든가."

"……나는 뭐 놀아? 자꾸 왜 화를 내?"

"윤이는 일 없고 한가해서 이런 거 해 오겠어? 딸년은 허락해 달라고 질질 짜는 게 끝이었는데. 이런 정성이 없어, 정성이."

혼을 내는 건지, 윤이를 칭찬하는 건지 알 수가 없다. 주방 식탁에 선 채로 기댄 수현은 이어지는 화연의 화법이 그렇게 나쁘지는 않은 듯 슬쩍 웃었다.

화연은 윤의 빈 찬합을 그대로 줄 생각이 없는지 냉장고에서 또 음식을 잔뜩 꺼냈다. 절반은 김치 종류였다.

"김장했어?"

"아직 배추 덜 달 때야. 김장 김치는 나중에 11월에나 가져가. 남자 혼자 사는데 김치는 안 담가 먹을 거 아니야."

"이렇게 편들 거면서."

"머무르는 건 쉽지. 마음 돌아서기가 쉽나, 어디."

덤덤히 내뱉은 화연은 그 후로도 계속 뭐 줄 게 없나 열어 보고 뒤져 보기만 했다.

그녀는 뒤늦게야 깨달았다. 집에 들어와 엄마가 저를 한 번도 보지 않았다는 것을.

쇼핑백 두 개 치의 먹을 것을 잔뜩 싼 화연은 아직도 만족스럽지 않다는 듯 냉장고를 열어 보다가 직접 담근 자두청을 꺼내 넣어 줬다.

"뭘 이렇게 많이 줘."

"먹으러 오지 말고, 알아서 먹으라고. 이제 바쁘잖아."

"엄마."

"가. 내일부터 또 촬영이라며."

"……미안해, 엄마."

두서없는 말이었다. 화연이 그제야 고개를 들어 딸을 마주 봤다.

"그리고 고마워."

"……별게 다."

화연이 눈물을 참으려 입술을 깨물었다. 지난 2년간 사람 사는 것 같지 않게 지내던 딸의 변화가 윤이라는 게 새삼 다시금 느껴졌다.

그때도, 지금도 내 딸을 살리는 게 윤이 같아서.

"엄마도 미안해."

화연이 숨을 들이켰다.

"엄마 대신, 가족들 대신 열심히 살라고 너한테 채찍질만 했어."

"……."

"너 미워서 그런 거 아니야. 오빠 아픈 거, 너 때문이라서 모질게 대한 거 아니야. 그냥, 잘살아 보겠다고 너한테 그런 건데 그게 너한테 상처였어. 엄마가 잘못한 거 맞아.”

부족한 설명이었다. 충분하지 않다는 것을 수현 역시 알았다. 겨우 몇 문장의 말로 묶은 갈등과 감정을 해결하기엔 10여 년의 세월이 너무나 길었다.

하지만 진정 서로를 미워하는 것은 아니니 언젠가는. 수현이 허리를 바로 세우며 씨익 웃었다.

“괜찮아. 윤이 만났잖아.”

“……하여튼. 이 팔푼이를 어쩌면 좋아.”

“윤이가 책임지겠지.”

그녀는 마지막으로 이걸 내가 다 어떻게 드냐며 불평을 쏟아 내다가, 오랜만에 화연에게 등짝 한 대를 맞고 집을 나왔다.

이렇게 속 시원한 말을 엄마와 해 본 게 언제더라.

차에 올라타 잠시 그 생각을 하다 말았다. 사이드 미러에 비치는 엄마의 모습을 바라보는데 저도 모르게 울음이 터질 것 같았다.

멋대로 윤의 집에 들러 몰래 들어가 냉장고에 화연이 준 음식들을 채우고, 그녀는 시간을 보냈다.

할 일 없이 소파에 드러누워 있다가, 차에서 대본을 가져와 확인도 했다. 하지만 혼자 있는 시간이 길어질수록 그가 그리웠다.

이걸 어떻게 해소하지.

그녀는 대본을 보다 말고 몸을 일으켰다. 이동할 때마다 그녀를 알아본 사람들이 수군거렸지만 모른 척했다. 언젠가부터, 그냥 모른 척이 됐다.

“어머. 오셨어요.”

늦은 저녁, 그녀가 도착한 곳은 좋아하는 브랜드의 주얼리 숍이었다. 늘 한희와 함께 오던 곳에 혼자 온 건 처음이었다. 수현을 알아본 직원들이 신기한 듯 입가에 미소를 띠다가, 실장이 그녀를 응대했다.

“신상품으로 먼저 보여 드릴까요? 이번에 신상 라인이 전부…….”

"저 이것 좀 보여 주세요."

수현이 진열장 안을 유심히 살피다 손가락으로 가리켰다.

"손님. 이건 웨딩 링으로 나온 건데요?"

"제가 끼려고요."

어깨를 으쓱인 수현이 옅게 웃었다. 잠시 멈칫한 실장은 금방 당황한 얼굴을 거두고, 신상으로 나온 웨딩 링을 꺼내 그녀에게 소개했다.

그녀가 숍을 나온 시간은 어둑해진 밤이었다. 막 운전석에 오른 그녀의 휴대폰이 울렸다. 오픈식 기념으로 회식을 한다던 윤이었다.

"회식 끝났어?"

—아니. 그런데 이만 가려고. 피곤해.

주변에서 샴페인을 터트리고, 왁자지껄하게 떠들다가, 윤에게 달려들어 '셰프님 어딜 가요!' 라는 목소리가 들려왔다. 수현이 숨을 죽이며 입꼬리를 올렸다.

"내가 데리러 갈까?"

—안 돼. 너 오면 또 난리 나.

"밖에서 몰래 기다릴게. 빨리 봐야겠어. 하고 싶은 얘기 너무 많아."

우리에게 놓인 미래와, 또는 우리가 함께하는 게 당연할 시간에 대해.

디너 타임까지 꽤 성공적인 첫날이었다. 찬물 아래에 한참을 서 있던 윤이 욕실을 나섰다.

젖은 머리를 털며 밖으로 나온 윤은 제 침대에 누워 콧노래를 흥얼거리는 수현을 바라봤다. 그녀는 번쩍 상체를 일으키더니 그를 응시했다.

"다 씻었어?"

"응."

"그럼 이리 와. 내가 머리 말려 줄게."

그는 말 잘 듣는 아이처럼 침대에 걸터앉았다. 수현은 눈을 감은 그의 얼굴을 바로 맞은편에서 바라보며 천천히 수건으로 그의 머리를 털었다.

"술 많이 마셨어?"

"별로."

"나른해 보이는데."

"씻었더니."

"냉장고에 반찬 채워 놨어. 엄마가 해 주셨어."

"오늘 스카프 하고 오셨더라."

그 난리 통에도 그걸 봤는지 윤이 기분 좋게 웃었다. 수현은 오늘따라 풀어진 그의 얼굴을 살폈다.

괜찮아 보이는데, 그게 연기는 아닌지 괜히 마음이 쓰였다. 워낙 참고 산 게 많았던 그의 삶인지라 지금도 뭔가를 억누르고 있는 건 아닌지.

"알아, 네가 선물한 거지? 난 그것도 모르고 어디를 그렇게 쏘다니나 했지."

"우리 허락받은 거지?"

"그렇게 좋아? 나한테 거짓말하고 다녔으면서?"

그가 눈을 뜨고 그녀를 바라봤다. 생각보다 가까운 거리에 있는 수현의 말간 피부가 눈에 들어왔다. 걱정으로 물든 검은 눈동자 또한. 윤은 그녀가 걱정하는 게 제 친모라는 걸 알았다.

"걱정 마. 다신 못 올 거야."

"그걸 어떻게 장담해."

"접근 금지 가처분 신청 알아보고 있어. 계속 오면 또 신고하지, 뭐."

"……그런 일을 벌이기 전에 나한테 털어놓을 생각은?"

세상에. 거기까지 혼자 알아보고 있었다니, 생각도 못 했다. 그런데 나한테 말을 안 했단 말이야? 수현이 미간을 좁혔다. 전과 다르게 흘러가는 분위기에 윤은 당황했다.

"아, 나 혼나는 거야?"

"응. 너 지금 혼나는 거야."

"……왜?"

"나한테 말을 안 하니까."

윤의 양 볼을 붙잡은 수현이 단호히 말했다.

"말을 했어야지. 나 너 안다고, 내가 너 살려 줬다고. 그냥 네가 날 기억 못 하는 거라고."

"……"

"그것도 말 못 했으면 이런 거라도 말했어야지."

나무라는 뜻으로 한 말인데, 그는 어쩐지 반대로 알아들은 듯하다. 기울어지는 입꼬리를 보니 꽤 기분이 좋아 보였다.

"왜 웃어?"

차마 정색할 수는 없어 그녀 역시 웃으며 물었다. 윤이 그녀의 손목을 붙잡아 올렸다. 좁은 손바닥 위에 얼굴을 기대고, 엄지손가락으로 희미해진 흉터를 쓰다듬었다.

"좋아서."

"뭐가."

"그냥. 계속 좋네, 우리 순정이가."

늘 혼자였던, 지치고 외로운 삶에 날아든 한 줄기 빛.

수현은 아무 말 없이 그의 새까만 눈동자를 바라봤다. 가끔, 잠들 때마다 생각나 가슴을 치게 하는 얼굴이 있었다.

네가 나를 어떻게 잊어.

사무침과 외로움이 쌓이고, 쌓여 결국은 토해 내게 했던 말.

"어라, 울라고 한 말 아닌데."

어느새 눈가가 젖어 있었던 모양이다. 그녀가 고개를 흔들었다.

"안 울어."

"그래."

"나 이제 꿈도 안 꾼다? 알아?"

"알아. 맨날 옆에서 일어나잖아."

"이제 우리만 생각할 거야."

"그래."

"그런 의미에서."

이제 준비한 반지를 꺼낼 차례였다. 근데 내가 그걸 어디에 뒀더라? 그녀가 몸을 일으켜 침대 위를 벗어나려 할 때였다. 그는 그대로 그녀를 침대 위로 밀어 쓰러트리곤 그 위에 올라탔다.

찬 기운이 남은 손바닥이 그녀의 옷자락을 들추고, 맨 허리를 쓰다듬었다.

"뭐, 해?"

그녀가 띄엄띄엄 물었다. 윤은 그녀의 목과 턱선 사이 깊게 입술을 묻으며 말했다.

"하자. 하고 싶어."

무드도 없고, 낭만도 없게. 그저 목적에 확실해서는.

"술기운에 하는 건 별로 좋지 않은 생각인데."

"찬물에 10분 넘게 서 있었어. 괜찮아."

딱히 꺾고 싶지 않은 의지라 그녀는 더 말을 잇지 않았다. 그는 더 깊게 입술을 묻고선, 그녀의 온몸을 더듬기 시작했다. 그가 옷을 벗기면 그녀 역시 따라 몸을 일으켜 그의 옷을 벗겼다.

단단한 근육을 쿡쿡 찌르며 수현이 웃자, 윤은 기울어지는 입꼬리 위에 입을 맞추다 혀를 얽었다.

야릇하고, 농밀한 소리 뒤로 웃음은 삽시간에 거두어졌다. 살갗이 마주 닿고, 시트 자락이 몸에 감겼다. 벌린 입술 사이로 혀를 밀어 넣고,

윤은 차분하지만 다급해 보이는 말캉한 살덩이를 휘감았다.

느리게, 혹은 부드럽게.

억눌린 신음이 재차 터져 나왔다. 혀끝이 스칠수록 몸 어딘가가 자꾸만 달아올랐다.

입술을 뗀 윤이 그녀의 어깨 위의 여린 살을 잘근 깨물었다. 그의 손가락이 가슴 위를 스쳤다. 발끝이 간지러워 그녀가 나른한 숨을 뱉으면, 그는 또 웃으며 입술을 내렸다.

가슴 위를 삼킬 것처럼 굴던 입술이, 유두 근처를 할짝이다가 둥글게 솟아난 살덩이 위를 핥고 깨물기를 반복했다. 온몸이 타들어 가는 느낌. 그녀가 두 손으로 얼굴을 가리며 신음했다.

뭔가 평소와 달랐다. 얄궂게 움직이면서, 또 심술궂게 그녀의 살갗을 지분거렸다. 다 줄 것처럼 굴다가, 정작 중요할 때 빠져나가는 꼴이 얄미웠다.

술기운 때문일까? 다문 입술에 힘을 준 그녀가 그의 얼굴을 양손으로 들어 올렸다.

수현은 성급하게 입술을 부딪쳤다. 웃음기 섞인 입술 틈새로 혀를 밀어 넣자, 그다음부터는 그가 주도하는 대로였다.

자극하면 자극할수록 솔직하게 움직이는 그녀는 느리게 움직이려는 그의 배려를 기다리지 못했다. 저릿하게 입술과 혀를 차례로 빨아 당겼다.

"하웃."

윤은 한 손으로는 그녀의 가슴의 정점을 쓰다듬고, 또 한 손으로는 허벅지 사이를 더듬었다. 허리를 휘는 움직임에 따라 손가락을 밀어 넣었다. 입술 새로 그녀가 신음을 뱉었다.

기분 좋은 소리였다. 경련하듯 몸이 떨리는 몸을 안고, 그는 입술을 뗐다. 촉촉하게 젖은 입술을 다시 삼키고 싶지만.

"뭐 하는 거야."

놀란 그녀가 다리를 버둥거렸다. 너 진짜 취했어? 취한 거 맞지? 다급하게 묻는 목소리를 무시하고, 다리 사이에 얼굴을 묻었다. 순식간에 깊은 곳에서 뜨거운 열기가 피어올랐다.

입을 맞추는 것처럼 삼켜 물다가, 깊게 빨아들인 다음 혀를 밀어 넣었다. 그녀가 억눌린 신음을 꾹 참다 결국 거친 숨을 몰아쉬었다.

이게 뭐야. 갑작스러운 자극에 붉어진 그녀의 눈가가 촉촉이 젖어들었다.

그는 그녀의 상태를 아는지 모르는지 관심 없다는 태도로 눈앞의 것을 빨아들이고 삼켰다. 그 위에 혀를 굴리다가, 밀어 넣어 쓰다듬고, 다시 삼키며 괴롭혀 댔다.

그녀가 허벅지에 힘을 주면, 윤은 가볍게 허벅지를 누르며 제압했다. 꼼짝도 할 수 없어 다리를 벌린 채로, 그에게 제 모든 것을 보여 주게 된 수현의 몸에 힘이 빠져나갔다. 신음이 나올 힘도 없었다.

"아직 시작도 안 했는데."

너 때문이잖아. 너. 얄궂게 웃는 얼굴을 드디어 올린 윤이 나긋하게 말했다.

"공윤. 너 다음부터 술 마시지 마."

"왜, 싫었어?"

"그게 아니라……."

수현의 턱을 쥔 윤이 입술을 내렸다. 다시 뜨거운 숨결을 나누며, 그는 자유로워진 양손으로 그녀의 온몸을 괴롭혔다.

가슴 위를 힘주어 주무르다가, 부드럽게 쓰다듬고 또 다른 손은 제 혀가 붉게 물들여 놓은 곳을 쓰다듬었다.

그는 위에서 지켜봤다. 달뜬 신음을 뱉으며 부끄러워하는 그녀를. 옆집 사는 여자애를 짝사랑하던 시절부터 이러고 싶어 애가 닳았던 몸이, 이제는 더욱 솔직하게 그녀를 원했다.

그녀의 아랫입술을 핥고, 윗입술을 동시에 삼키며, 다시 혀를 밀어 넣었다. 이미 그 때문에 예민해질 대로 예민해진 그녀의 몸은 솔직히 반응했다.

그녀는 탄탄한 그의 가슴 위를 어루만지다가, 그의 어깨를 꼭 붙잡았다. 매달리는 쪽은 그녀였다. 윤은 말없이 그녀의 허벅지를 넓게 벌렸다. 자리를 잡고, 제 것을 밀어 넣기까지의 시간은 짧았다.

동시에 숨이 가빠졌다. 그가 거칠게 움직일수록, 그의 등을 감싼 손이 미끄러졌다. 온몸을 적신 땀이 그의 것인지, 그녀의 것인지 알 수 없었다.

더욱 깊게 그녀를 원했다. 그는 그녀의 마른 다리 한쪽을 제 어깨에 걸쳤다. 빠르고, 거친 움직임이 계속됐다.

파정까지는 길었다. 부드러운 쾌감과 손끝이 저릿할 정도의 흥분. 싹을 틔웠던 욕망이 사그라드는 건 느렸다. 얕아진 숨결 사이로 억눌린 신음을 내뱉는데, 윤은 그녀의 여린 살갖 위로 자잘한 키스를 뿌렸다.

"꼼짝도 못 하겠어."

"어, 안 되는데."

습기를 머금은 것처럼 몸이 무거워졌다. 그런데 허벅지 사이를 툭툭 건드리는 건 뭐지. 그녀가 미간을 좁혔다. 설마, 진짜로?

"……차라리 술을 많이 마시지 그랬어."

"그냥 네가 오늘 예뻐서 그래."

"나 안 예쁜 날 없었거든?"

"괜찮아. 좋아하는 거 다 알아."

분명 모든 기운을 다 썼다고 생각했는데. 그는 다시 입술을 내렸다. 포개진 입술 사이로 은밀한 살덩이가 엉켜들었다.

그녀의 숨결이 흩어지고, 다시 몸이 겹쳐졌다. 좀 더 뜨겁고, 좀 더 가깝게.

나이 서른 넘어, 연달아 두 번의 섹스는 과연 평범한 결과를 가져다 주지는 못했다. 씻을 기운도 없다는 그녀를 대신해 그는 미지근한 물에 수건을 적셔 오겠다며 욕실로 향했다. 다정도 하시지.

시트로 몸을 칭칭 감고 한 바퀴 구른 수현이 나른한 표정으로 눈을 감았다. 잠에 들락 말락 하는 얼굴에 평온함이 어렸다.

"……아. 반지 못 줬는데."

결국 그가 수건을 들고 왔을 즈음, 그녀는 잠에 빠져들었다. 가방 속에 고이 모셔 둔 반지는 꺼내 보지도 못한 채.

이거 끼고 나랑 결혼할래? 내가 너 책임질게!

윤은 냉장고에 붙은 포스트잇을 바라봤다. 그 옆에 앙증맞은 자석에 붙어 있는 손바닥만 한 지퍼 백, 그리고 그 안에 들어 있는 동그란 반지 역시.

처음엔 잘못 본 건가 싶었다. 이게 뭐지, 혹시 촬영하다 소품을 들고 왔나.

침대의 빈자리가 느껴져 눈을 떴다. 그녀는 벌써 촬영장에 도착했을 시간까지 잠에 빠졌던 탓이다. 그는 거실과 주방을 오며 가며 이 귀여운 짓을 꾸몄을 그녀를 떠올리며 웃었다.

"이 귀한 걸, 겨우 지퍼 백에."

그가 반지를 빼 조심스럽게 약지에 꼈다. 반짝이는 게, 마치 그녀와도 같아 한동안 눈을 뗄 수 없었다.

고백이든, 프러포즈든 그녀는 뭐든 저보다 한발 앞서 있었다.

메이크업 피부 톤을 한껏 다운시키고, 피부를 푸석하게 보이도록 분장하느라 지루해질 참이었다.

"언니."

세트장 한편에 앉아 눈을 감고 메이크업을 받던 수현이 눈을 떴다. 진주가 꽃다발 하나를 들고 다가왔다.

"이거 언니한테 온 거라는데요?"

"……또 윤규진이야?"

"글쎄요. 보낸 사람 이름은 없고."

진주가 카드를 찾느라 뒤적였다. 팔짱을 낀 수현이 미간을 찌푸렸다. 2시간 있으면 세트장에 올 놈이 이런 걸 보냈을 리는 없고, 윤을 소개한 뒤로 작은 집적거림도 없는 놈이었다.

그녀는 그제야 백색의 포장지에 둘러싸인 꽃을 제대로 살폈다. 화사하니 절로 따뜻해지는 메밀꽃이 한가득이었다. 수현이 옅게 웃으며 꽃다발을 손에 들었다.

"줘. 내 거 맞아."

그녀가 꽃다발 속에서 카드를 손에 쥐었다. 커피를 들고 다가온 우진이 진주에게 물었다.

"누구야? 설마 윤규진이 또 보냈어?"

진주는 대답 없이 고개를 저었다.

카드를 확인한 수현이 입술을 앙다문 채 웃음을 참았다.

"아, 어떡해. 언니 지금 웃으면 안 돼요."

메이크업 담당자가 말려도 소용없었다.


*YES.*


이걸 보고 어떻게 웃지 않을 수 있겠어.

"윤규진 이 자식은 우리 누나가 촬영장에 남자 친구 데리고 온 거 빤히 알면서. 누나, 주세요. 제가 갖다줄……"

"우진아. 누나 시집간다."

누군가는 사색이 되고, 누군가는 놀라 눈을 크게 떴다. 정작 당사자는 구름 위를 걷는 기분이었다.

〈트라우마〉가 개봉되고, 그야말로 대박을 터트리며 차수현의 화려한 복귀를 알렸다.

2년의 공백기 동안 그녀를 기다렸던 팬들을 비롯한 수많은 사람들에게 얼굴도장을 찍으며 다시금 연예계를 들썩이는 인물로 자리매김했다.

복귀를 준비하며 바쁘게 움직였던 건 비교도 되지 않을 만큼 밀려드는 광고와 인터뷰, 차기작 연락에 휴식기를 가졌던 시간이 없었나 싶을 정도로 이전과 같았다.

하지만 수현은 잠도 제대로 자지 못하고 이동하는 스케줄 속에서 늘 웃음꽃을 피웠다. 그런 그녀의 모습을 보면서 누군가에게는 안도를, 또 누군가에게는 의아함을 주었다.

이렇게 바쁜 두 사람에게도 잠시의 바람이 불었으니, 그것은 수현에겐 익숙하고 윤에게는 낯선 스캔들 기사였다.

[단독] 차수현, 연애하나? 비연예인과 은밀한 데이트.

우리나라의 유행을 선도하는 여배우 중 한 명인 수현의 열애설은 예상보다 큰 파급력을 몰고 왔다.

연예인으로서, 다시금 터진 열애설은 수현의 입지를 흔들려 했으나 그녀는 담담하게 말했다.

"그냥 인정하면 안 돼?"

"뭐? 너는 괜찮아? 아니, 백반집 사장은 어쩌고?"

"윤이도 괜찮대. 연애한다고 기사 내. 어떻게 만난 사람인데 숨겨."

"……이 언니가 설득해도 안 통할 거지?"

"당연하지. 그 잘생긴 얼굴이 숨겨진다고 숨겨지겠어?

결국 그녀의 단호함에 이기지 못한 한희는 열애 인정 기사를 보냈고, 나쁜 반응이 이어질 거란 예상과는 달리 많은 사람들이 응원을 보냈다.

헐, 수현 언니 연애? 대박. 진짜 언니 너무 축하하고 행복하세요ㅠㅠ!

우리 누나도 연애할 때가 되긴 했지.

누나는 우리들의 공공재였는데…….

혹시 언니 남자 친구님 싸움 잘하세요? 저는 잘하는데……. 아니 뭐 어쩌려는 건 아니고 그냥 물어보고 싶어서요.

한희도, 수현도 반응을 보며 얼떨떨한 표정을 지었다. 물론 나쁜 반응이 아예 없다고는 할 수 없겠지만 그보다 더 많은 응원과 축복에 안도의 한숨을 내쉬었다.

"그런데 공공재가 뭐야?"

"뭐긴. 너는 시집가지 말고 평생 우리의 스타로 남아야 한다, 뭐 그런 뜻이지."

"……나 시집갈 건데?"

"설마 너 결혼도 할 거야? 이렇게 금방? 이제 복귀작 하나 찍었는데?"

"해야지. 공개 연애 오래 하면 안 좋아. 말만 많이 나오고."

"말은 잘해요, 진짜."

"심심하면 와서 사회 보든가."

쇠뿔도 단김에. 하늘이 아주 파랗던 어느 날, 그녀는 차기작 대신 웨딩드레스를 골랐다.

―배우 차수현 씨가 결혼식을 올린다고 깜짝 발표했습니다. 비연예인인 배우자를 배려해 오늘 가족들과 가까운 지인들만 초대해 조용한 예식을 치른다는데요. 소속사 SOON은 차수현 씨가 평생의 동반자를 만났으며, 결혼을 축하한다는…….

"조마조마했네. 그 여자 쳐들어올까 봐."
"당신은 이 좋은 날 무슨 그런 끔찍한 말을 해. 접근 금지까지 당한 사람이 여기를 어떻게 알아? 전 국민이 오늘 알았는데."
"당신은 목소리 좀 죽여. 딸 결혼하는 날에."
"마음에 안 들어서 그래. 소박해도 너무 소박하잖아. 아무리 그래도 호텔 예식이 최고인데, 배우가 돼서 무슨 레스토랑 정원에서 결혼을 한다고. 내가 이러라고 점집에서 비싼 돈 주고 날 받아 온 줄 알아?"
고작해야 50명 남짓한 하객이 모인 작은 결혼식.
혼주석이라고 부르기도 민망한, 맨 앞자리에 앉은 철운과 화연이 말을 주고받았다.
신랑 신부가 나란히 선 모습 위로 늦봄의 눈부신 하늘이 눈에 들어왔다. 준영은 '날씨 기가 막히네' 중얼거리고서는 부모님 옆에 앉아 서약서를 읽는 둘의 모습을 바라봤다. 그의 옆에 꼭 붙어 앉은 미소가 속삭였다.
"진짜요. 날씨 너무 좋아요."
"……낯도 두껍다. 결혼식 끝나고 밥만 먹고 가."
"어? 저 어머님이랑 이미 커피도 한잔하기로 했는데?"

"야, 김미소."

"걱정 마요. 아드님을 주십시오, 이런 소리는 안 할 테니까. 와, 그런데 너무 선남선녀다. 스몰 웨딩도 나쁘진 않네요. 어떻게 생각해요, 선배?"

생각은 무슨. 대답을 삼킨 준영은 이제 부부가 되는 여동생 내외를 고집스럽게 응시했다. 치이. 입술을 비죽거린 미소도 곧 앞으로 시선을 돌렸다.

둘이 하나가 되는 길을 축복하듯, 하늘에서 눈부신 햇빛이 쏟아졌다.

"기자들 난리 났어요. 지금 휴대폰 터질 것 같습니다."

"난 진즉 꺼 놨어."

"홍보 팀만 죽어나겠네요."

"고등학교 때 만난 첫사랑이랑 결혼이라니, 얼마나 로맨틱해. 쟤는 결혼식도 장사가 된다. 난 년은 난 년이야."

저녁 즈음에 웨딩 사진 몇 장을 보도 자료에 추가하기로 한 뒤, 그들은 결혼식에 집중했다.

신랑 신부가 서로를 보며 섰다. 성스러운 혼인 서약을 마치고, 반지를 교환했다. 하객들의 박수가 쏟아졌다.

레스토랑 직원으로 보이는 주방 막내가 '키스해야죠!' 라고 소리쳤다. 왁자지껄해진 분위기 속에서 웃음소리가 연신 터졌다.

하객 쪽을, 정확히는 신부 쪽의 가족들을 힐긋 바라본 윤이 고개를 내렸다. 메밀꽃으로 장식한 부케를 들고 입술을 가린 수현이 놀라 눈을 떴다.

"진짜 할 거야?"

"응, 네가 예쁘잖아."

"······나 원래 예쁘거든?"

"알아. 그런 여자가 이제 내 아내야."

"너는 내 남편이고."

입술이 마주 닿고, 다시 박수가 이어졌다. 윤과 수현은 입술을 맞닿은 채로 웃었다.

축복받지 못한다고 생각했던 우리. 험하고, 두려운 길을 되돌아왔던 우리.

누가 알았을까.

우리가 이렇게나 운명이라는 것을.

외전

윤의 이야기

시골의 밤은 고요하다. 아니, 순정을 만난 후로 이 집이 이토록 적막했던 적이 있었나. 그는 아무 일도 없던 것처럼 일상으로 돌아갔다. 아니, 그런 척이었지만 아무도 알아채는 사람은 없었다.

가을이 가고, 네가 없이 보내는 첫 겨울이 왔다. 열여덟을 하루 남겨놓은, 냉한 칼바람이 시골을 에워싼 올해의 마지막 날이었다. 가끔 차가운 칼바람이 방을 지나 온몸을 스치고 지나갈 때면 혼자 집에 있는 것조차 견디기 힘든 날이 있었는데, 오늘은 더욱 차가웠다.

스스로를 학대하듯 맹렬한 추위와는 어울리지 않는 가벼운 차림으로 옆집 대문을 열었다. 어둡고, 조용한 서농 마을은 해가 바뀔 텐데도 변하는 게 없었다.

그녀와 그녀의 가족이 빠져나갔을 뿐인데 인생이 송두리째 저당 잡힌 기분이었다. 노순정. 너는 내 일상을 이렇게 뒤흔들어 놓고 있었구나.

자연스럽게 빈집에 들어가 마루를 차지하고 누웠다. 어둠에 눈이 익숙해지자 순정의 외갓집 형상이 곳곳에 눈에 들어왔다. 먼지가 가라앉은 마룻바닥도, 금방 거미줄이 생긴 천장도, 곰팡이가 생긴 벽지도.

그런데 노순정은 없다. 그녀는, 이제 이곳에 없다.

나를 잊은 채로. 나를 몰랐던 때로 돌아가 너의 하루를 보내고 있겠지. 잘 있을까. 밥은 잘 먹을까. 혹시, 율주를 기억하진 않을까.

덧없는 생각에 떠밀리다가 결국 고개를 젓곤 눈을 감는다. 순정에게 자신은 독이었다. 다가설 수도, 품을 수도 없다. 그렇다고 삼켜서는 더더욱 안 되는 독.

바로 어제였다. 익숙한 번호로 전화 한 통이 걸려 왔다. 준영이었다. 모두가 잘 지내고, 순정이도 잘 지낸다는 이야기. 그리고 잠시 적막이 흐르고 형은 조심스럽게 말을 꺼냈다.

"넌 잘 먹고 잘 있는 거지?"

서러움이 솟구쳤다. 잘 있다 대답하면서도, 왜 안부를 묻는 이가 내가 아닌 형인 건지. 형의 다리는, 형의 팔은 모두 나 때문에 다친 건데.

그리고 오늘, 이른 저녁이었다.

[미안해, 윤아. 준영이랑 통화한 거 이제 알았어. 앞으로 준영이 전화는 안 받았으면 좋겠다. 힘들겠지만, 우리 이렇게 멀어지자. 잘 지내고, 밥 잘 먹고, 잘 살아. 고맙고 미안하다, 윤아. 평생 날 원망해. 아줌마가 이렇게 빌게, 정말 미안하다.] 오후 6:06

서운하다가도 당연한 일이라 여겼다. 마음으로는 이해했다. 그럼에도 더러 참아지지 않는 것들이 있었다. 그녀의 부재가 고통이라 정의 내렸을 즈음, 휴대폰 번호를 바꿨다. 그녀를, 제 유일한 순정을, 삶에서 걷어 낸 순간이었다.

열아홉의 네 계절을 보내고, 서울에 있는 대학에 입학했다. 친구들을 사귀며, 평범하게 학교를 다니다 광고에 나오는 순정을 봤다. 처음 그녀를 본 순간 숨이 막혔다. 하지만 넌 노순정이 아닌 차수현으로 살고 있었다.

차수현은 드라마에도, 영화에도 나왔다. TV만 틀면, 인터넷만 들어가면 그녀의 얼굴을 볼 수 있었다. 좋았다. 이렇게라도 그녀를 볼 수 있어서.

그녀의 첫 주연 영화를 영화관에서 스무 번째 볼 때였다. 상영 시간 내내 휴대폰이 울려 결국 중간에 나와 전화를 받았다. 율주 병원, 그리고 아버지의 추락 사고. 온몸의 뼈가 으스러졌다고 해도 과언이 아닌 아버지는 병원에 세 달을 누워 있었다.

율주로 내려와 하루도 빠지지 않고 아버지의 곁을 지켰다. 불안했다. 이대로 혼자 남겨질까 봐.

역겨운 이기심이었다. 눈앞의 아버진 사경을 헤매는데, 난 혼자 남겨질 것만 두려웠다.

"저 아이, 그 아이 아니냐? 우리 옆집에 살았던, 순정이."

장기를 관통한 갈비뼈 때문에 목소리는 쉬었고, 호흡은 느렸다. 주삿바늘이 꽂힌 팔을 든 아버지가 가리킨 곳은 병실 TV였다. 드라마 안에서 순정이 화사하게 웃고 있었다.

"알아보시네요."
"……탤런트가 됐나 보네, 그려."
"좀 됐어요."
"여전히 곱네, 고와. 그때도 참 예뻤는데. 너는, 저 아이 안 보고 싶냐."

아버지는 이곳저곳을 옮겨 다니며 막일을 하느라 아들을 홀로 오래 내버려 둔 시간, 아들이 마음을 주고 온기를 나눴던 순정과의 일에 대해 듣고 늘 자신에게 미안해했다.

어떤 죄책감인지 알고 있었다. 나만 아니었다면. 그도 매일 밤 그런 생각 속에 잠들고는 했다. 아버지도 마찬가지였다. 일찍이 그 여자와 담판을 지었더라면 그런 일은 안 벌어졌을까. 늘 회의감에 젖어 중얼거리곤 했다. 그만큼 엉망으로 살았다. 자주 만날 수 없는 아버지조차 제 서글픔을 알아챌 만큼.

아버지가 누워 있는 3개월 동안, 살면서 가장 많은 대화를 나눴다. 대부분 순정의 이야기였다. 그리움을 토할 사람이 없던 윤은 좋았고, 아버지 역시 그의 이야기를 듣는 걸 좋아했다.

당신은 알았던 걸까, 아들의 해묵은 아픔을. 그래서 이렇게라도 썩지도 않는 그리움을 달래 보려고 했던 건지도 모른다.

결국 그는 세상에 혼자 남겨졌다. 봉안당에 유골을 안치하고 홀로 서농 마을로 돌아간 날이었다. 함께 슬퍼해 주는 마을 분들을 뒤로하고 파란 대문을 열었다. 스무 해를 살았고, 그 시간 내내 함께였던 아버지는 이제 없다. 집으로 돌아온 순간 실감이 났다.

울컥 멎었던 숨이 터지듯 그대로 무릎을 꿇었다. 검은 상복이 흙더미에 엉망이 되는 것도 모르고 주먹으로 땅을 내려쳤다. 망가진 가슴을 쥐어뜯고, 목이 터져라 오열했다. 지난 시간들에 대한 서러움이 해일처럼 밀려왔다. 그리운 이들로 가득 찬 머릿속을 뜯어내고 싶었다.

벼랑 끝에 선 기분이었다. 아무도 날 기억하지 않으려 하는 세상에 홀로 내던져진 지금, 미치도록 끔찍했다.

보고 싶다. 보고 싶어. 네 곁에서 숨을 쉬며 허물어질 마음을 그대로 너에게 바치고 싶었다. 열여덟에 기억 잃은 너를 보내고, 벌써 4년이란 시간이 지나 우린 스물둘이었다. 이제는 너를 완전히 내보내도 될 텐데, 잊을 수 있다 생각했는데 아무것도 변하지 않았다.

매달릴걸 그랬어. 붙잡을걸 그랬어. 나를 기억해 달라고 네 앞에 무릎이라도 꿇을걸 그랬어.

그는 바닥에 엎드린 채 눈물을 토했다. 입 밖으로 쏟아진 우는 소리가 담장 너머 그녀에게 전해졌으면 싶었다. 그럼 달려올 텐데, 무슨 일이냐 내게 와서는 함께 울어 줄 텐데. 아버지가 돌아가셨어, 그 한마디에 있는 힘껏 나를 안아 줄 텐데.

"가지 마, 가지 마 순정아……."

수년이 지나서야 그때 필사적이지 않았던 것을, 네 곁에 있기 위해 안간힘을 쓰지 않았던 것을 미치도록 후회했다.

돌아와, 내 옆에 있어. 보고 싶어. 지금 어디 있어? 내가 가면 안 될까, 아직도 나를 기억 못 해? 어떻게 그럴 수 있어. 나잖아, 공윤이잖아, 우리였잖아. 메밀꽃도, 복숭아도, 함께하기로 한 겨울도 어떻게 다 잊을 수가 있어.

먹먹한 가슴이 쉴 없이 짓눌렀다. 잡고 싶은 손이 있는데 잡을 수가 없다. 이보다 끔찍한 현실이 어디 있을까.

왜 이제야 깨닫고 마는 건지, 벌써 몇 년이나 지났고, 너는 이미 나와 다른 세계에 살고 있는데. 그것도 노순정이 아닌, 차수현이 되어.

더는 하고 싶지 않다. 여전히 기억나는 너의 번호를 입력하고 통화 버튼을 누를까 말까 망설이는 짓도, 네가 나오는 영화와 드라마를 보며 하루를 보내는 것도, 그리움을 쫓아 덜떨어진 놈처럼 사는 것도.

너는 날 기억하지 못한다. 네가 살았던 나날 중, 가장 끔찍했던 기억이 곧 나였으니 나를 잊었을 뿐이다. 그러니 날 기억해 달라 애원할 수도 없다.


며칠 후, 서울로 돌아간 윤은 아버지 사망 보험금 계약서에 사인을 했다. 몰랐다. 아버지가 그 오랜 시간, 혼자가 될 자신을 걱정하며 이런 큰돈을 남겨 놨으리라고는. 이런 데 돈 쓰지 말고 일이나 줄이시지. 뒤늦은 후회와 함께 통장에 꽂힌 거액을 말없이 응시했다.

버스 정류장에 한참을 앉아 있는데, 순정의 얼굴이 보였다. 이제는 차수현이란 이름으로 사는 여자. 대한민국에 사는 모두가 차수현이라 부르는 여자. 어딜 가도 보였고, 어딜 가도 그녀의 이름이 들렸다.

"순정아."

낮게 불러 보고는, 빌딩 광고판에서 시선을 뗐다. 그즈음, 그는 유학을 결정했다. 같은 하늘 아래가 아니라면 그리움이 덜할까. 그는 결국 그녀로 가득 찬 세상에서 도망쳤다.

너를 만났다. 높고 화려한 곳에 있으면서도 죽어 가는 삶을 사는 여자처럼 웃지 않았다. 너로부터 도망쳐 망가진 건 나인데, 넌 왜 행복해 보이지 않을까. 그러기 위해 나까지 잊어 놓고.

처음이자 마지막이라 생각한 우연한 만남. 악플러로 오해한 그녀의 엉뚱함에 바람 빠진 웃음이 났다. 하지만 두 번째가 있었고, 세 번째가 있었다.

내 요리를 먹일 수 있어 좋았고, 널 볼 수 있어 벅찼다. 돌연 죽여 놨던 감정들이 생기를 띠우며 살아났다. 꽃보다 예쁜 네가, 푸른 수국을 들고 나타나 물을 땐 심장이 멈춘 듯했다.

"우리 다시 볼까요?"

결국 난 염치도 없이 네 설렘을 이용했다.

일주일. 악마에게 영혼을 바친다 해도 난 그 일주일을 얻어 냈을 것이다. 그녀가 혼자 울 걸 알았어도, 손잡아 주지 못할 걸 알았어도.

"가진 사람이면, 가진 사람답게 굴면 됩니다."

"……."

"초라하게 굴지 말고."

안아 주지도 못할 주제에, 보고 싶으면 보고 싶다 말도 못 할 주제에 고르고 고른 말로 널 할퀴어 냈다.

끔찍한 시간들이었다. 다시 널 원래의 세계로 돌려보낸 뒤, 난 다시 가면을 썼다. 감정을 죽이고, 그리움을 감추고, 가짜로 살기 시작했다.

아버지의 죽음 이후, 그는 아슬아슬한 외나무다리 위에 홀로 선 기분으로 살아왔다. 결국 떨어지고 말 것을 알지만 하루는 더 버텨 보자, 이틀은 버텨 보자, 이러다간 말라 죽겠다 싶었어도 사는 대로 살았다.

너의 영화 복귀 소식이 들려왔다. 윤규진이란 남자 배우와 함께한다고. 같잖지도 않게 질투가 났다. 미친 듯한 합리화에 빠져들었다. 이런 이별이야말로 바로 우리의 엔딩이라고. 우리에게 있을 수 있는 가장 필연적인 장면일 것이라고 생각했다.

길지 않은 시간, 잠깐 네 곁을 머물렀을 뿐이다. 그런데 나는 왜 여전히 열여덟에 갇혀 있는가. 중독된 사람처럼 기억을 더듬고, 네 곁에 머물던 일주일을 회상했다.

"내가 우스워요?"

"아니. 우습지 않았어."

"……."

"너라서 어려웠고. 너라서 피 터지게 고민했어."

난 내 유일한 길을 선택했다. 살아갈 수 있는 유일한 이유. 나의 세계이며, 나의 숨이고, 나의 의미가 될.

결국은 나의 순정.

네가 기억을 찾고, 완전한 너를 얻게 됐을 때 나는 비로소 완성된 기분을 느꼈다. 너로 인해 결핍을 채웠으며, 나 스스로를 완성했다.

어차피 네가 아니면, 나도 없었다.

"무슨 생각을 그렇게 해?"

이른 아침. 더 자도 된다는 말에도 불구하고 그와 함께 일어나 씻고, 그의 출근 준비를 돕던 수현이 물었다. 이렇게 돌리고, 또 저렇게 돌리고. 그 와중에도 혼잣말이 이어지는 게 신기해 윤은 눈을 뗄 수가 없다.

"예뻐서."

"진짜?"

"응."

"나 예쁘다는 말 진짜 자주 듣는데, 네가 예쁘다고 할 때는 매번 설레. 어떻게 이러지?"

처음 동영상을 보고 따라 할 때만 해도 30분이 넘게 걸렸는데, 이제는 웬만큼 손에 익은 건지 날렵하기까지 했다. 마무리까지 완벽하게 끝낸 수현이 타이를 정가운데에 맞춰 조절했다.

"다음 주 월요일에 시간 비울 수 있어?"

"왜?"

얼마 전 드라마 촬영을 끝마친 수현은 요즘 집에 있거나, 집에 있고, 또 집에 있었다. 가끔은 일찍 일어나 그와 새벽 수산 시장에 함께 가기도 했고, 브레이크 타임 때 맞춰 찾아와 한가롭게 산책을 할 때도 있었다. 집 앞 편의점 가는 것도 그와 함께가 아니면 잘 나가지 않는 그녀의 요즘 스케줄은 온통 공윤뿐이었다.

"오빠랑 새언니, 정식으로 인사 오는 날이래. 엄마가 그날 저녁에 시간 되면 오라고 하셨어. 일부러 엄마가 네 레스토랑 쉬는 날로 고른 것 같아."

그런 그녀의 일상에 준영의 결혼은 희소식이었다. 아내가 기분 좋으면 그 역시 그랬다. 아내가 우울하면 그도 마찬가지였다. 윤에게도 분명 반가운 소식이었다.

"그럼 가야지."

"새언니 선물이라도 준비할까 싶은데 뭐가 좋을까?"

"오후에 나올래? 브레이크 타임 맞춰 오면 같이 백화점은 갈 수 있어."

"그럼 나야 좋지."

작게 중얼거린 수현이 엷게 웃으며 안겨 왔다. 두 팔을 벌려 그의 품에 꼬옥 안긴 수현이 다시 웃음을 터뜨렸다. 윤이 부스스한 그녀의 머리를 쓰다듬었다.

"그렇게 좋아? 형이 결혼한다니까?"

"응, 좋아. 새언니가 좋은 사람이라서 더 좋아."

얼마 전까지만 해도 짝사랑 3년 차, 랩실 후배에 불과했던 미소는 당당하게 집에 준영을 소개시키고 허락을 얻어 냈다.

편견도 있었고, 고난도 있었다. 장애로 얻은 불편한 다리가 딸의 앞길을 가로막을 수 있다는 두려움. 당연하면서도 이해가 됐다. 많은 우여곡절을 지나 미소가 앞장서서 부모님의 반대도 해결했다 들었다. 이제 그 집에서도 준영을 버선발로 나와 반긴다고 하니 좋은 일이었다.

"아무래도 우리 남매는 결혼을 해서 인생이 풀리는 것 같아."

얼굴을 든 수현이 아침부터 잘생긴 그를 빤히 올려다보며 말했다. 촉. 대답 대신 가까워진 입술에 입을 맞춘 윤이 웃었다.

"나도 너랑 결혼한 다음에 악플도 없어지고, 기사도 좋은 것만 나고. 우리 오빠도 새언니 만난 후로 다리도 점점 좋아지잖아. 이거는 무슨 길조 아닐까? 우리 집안의 길조?"

황송하기 그지없었다. 고작 사람 하나를 길조까지 만들어 주는 노씨 남매의 수완은, 확실히 칭찬할 만했다.

떨어지고 싶지 않은지 수현은 그의 허리를 둘러 안은 팔에 힘을 주었다. 여전히 신혼인 그들의 오전은, 헤어지고 싶지 않다는 이유로 밤보다 더 힘들었다.

"내가 왜 좋아?"

"글쎄. 생각 안 해 봤는데."

낮게 갈라지는 목소리에 수현이 미간을 찌푸렸다. 툭, 손등으로 그의 허리를 치자 그가 바람 빠진 소리를 내며 웃었다.

"진짜야. 생각해 본 적 없어."

"하. 말이 돼? 그런 게 어디 있어?"

"그럼 넌 내가 왜 좋은데."

오히려 윤이 되물었다. 수현은 입술을 비죽이다가 결심한 듯 고개를 끄덕였다. 대답 못 할 것도 없다. 둘러 안은 팔을 풀고 한 걸음 뒤로 물러선 수현이 열 손가락을 활짝 펼쳤다.

"요리 잘해, 다정한데 나밖에 몰라. 말도 예쁘게 하고 내가 오라면 와, 가라면 가. 우리 부모님한테 잘해. 키 크고 잘생겼어. 손도 예쁜데, 눈동자는 더 예뻐. 목소리도 좋고, 말투도 좋아."

하나씩 접기 시작한 손가락이 끝을 보였다. 그녀는 다시 열 손가락을 펼쳤다. 어디까지 하나 싶어 윤은 웃음을 꾹 참았다.

"잠결에 나 안아 주는 것도 설레고, 퇴근할 때마다 뭐 먹고 싶은 건 없는지 물어봐 주는 것도 다정해. 뭘 입든 잘 어울리니까 옷 사 주는 재미가 있고, 아침에 눈 뜨면 뽀뽀해 주는 것도 좋아."

긴긴 이유를 설명하는 내내 행복에 겨워하는 표정이었다. 말없이 윤의 입꼬리가 올라가자, 수현은 발끝을 들어 그의 입술에 짧게 입을 맞췄다. 떨어지는 입술이 못내 아쉬워 윤은 한숨을 터트릴 뻔했다.

"말하고 보니까 재수 없네. 싫어할 이유가 없잖아."

"그래, 그거."

다시 윤이 팔을 둘러 그녀의 허리를 껴안았다. 빈틈없이 맞닿은 몸에서 낯익은 열기가 퍼졌다.

"네가 아닐 이유가 없었어."

"……."

"그래서 좋아한 거고, 사랑하고 있고."

또 하나. 말 한마디에 이런 감동을 주는 남자라니.

부끄러운 듯 시선을 내린 수현이 예쁘게 맨 그의 타이를 만지작거렸다. 타이를 붙잡은 채로 시선이 마주쳤다. 마치 기다렸다는 듯 윤은 장난스럽게 고개를 기울였다.

"풀고 싶어?"

짧은 물음. 수현이 새초롬하게 되물었다.

"그래도 돼?"

"원한다면야."

"……마음은 굴뚝 같은데."

"내가 도와줘?"

"오늘 중요한 미팅 있는 거 아니었어?"

"아직 여유 있어."

판을 깔아 줘도 고민이 되는 듯 수현은 아랫입술을 말아 모으며 망설였다. '손에 쥐고 있는 이 타이를, 직접 공부해 매 준 이 타이를 풀어? 말아?' 하는 얼굴로.

"오늘 계약서 새로 쓴다며. 그래서 타이도 골라 줬는데."

"말이 길어, 노순정."

윤이 지적했다. 얼굴을 내린 그가 입술을 가까이 부딪쳐 왔다. 닿을 락 말락, 어제도 닿고 눈뜨자마자 닿고 방금 전에도 몇 번이나 입을 맞췄던 입술을 바라보는데 마음이 몽글몽글했다.

"맞아. 시간 아꼈으면 키스 한 번은 했을 텐데."

"알면 해야지?"

그녀가 팔을 들어 그의 목을 감았다. 발끝을 들어 입을 맞추자, 윤은 기꺼이 얼굴을 마주 내렸다. 고개를 비틀고, 콧날이 스치며, 입술이 닿았다. 그의 손이 부드러운 수현의 뺨을 어루만졌다. 짙게 내리누른 입술이 평소보다 조급했다.

드레스 룸은 침실과 곧장 이어졌다. 그는 천천히 뒤로 이동하며 그녀의 허리를 부둥켜안았다. 맞닿은 가슴 위로 부부의 심장 박동이 느껴졌다. 부드러운 입술 위에 쪽쪽 입을 맞춘 수현은 어느새 풀어낸 타이를 곱게 손에 쥐었다.

"타이 구겨지면 안 돼. 다시 매야지."

애정이 듬뿍 묻은 눈을 접고 웃은 수현이 침대 옆 협탁에 타이를 내려놨다. 실컷 차려입고, 다시 벗고 있는 꼴이 우습지만 어쩔 수 없다. 이 아침부터 우리는 솔직해질 작정이니.

햇빛이 침실 위로 가득 쏟아졌다. 신혼집에서 윤이 가장 좋아하는 장소였다. 이토록 밝은 햇살 아래에서 눈을 뜬 다음, 가장 먼저 보는 이의 얼굴이 그녀라니.

그녀와의 시간은 여전히 꿈같다. 나만의 순정인 게 믿어지지 않은 하루를, 귀하게 보내고 있었다.

"옷은 구겨져도 되고?"

"솔직히 안 돼. 오늘 너 진짜 멋있는데."

그러니까 곱게 벗겨 주겠다고, 수현이 속삭였다. 다시 입술이 부딪히고, 그의 혀가 달콤한 입술 위를 핥아 내렸다. 입맞춤은 쉽고, 빠르게 깊어졌다. 침대 위에서 그를 올라탄 수현이 슬금슬금 손을 올려 단추를 풀었다.

아침부터 진한 애정 행각 때문인지 심장이 터질 것 같았다. 왜 너와 닿는 건 이토록 익숙해지지 않는 건지. 입술을 뗀 그녀가 웃었다.

"아까 무슨 생각했는지 알려 주면 안 돼?"

이런 순간조차 질문을 할 수 있는 넌 퍽이나 여유롭다고. 윤은 아무 말 없이 그녀의 쇄골 위로 입술을 내렸다. 옷을 들춰내 맨살을 쓸어내리자, 그녀가 주먹으로 그의 가슴을 밀었다.

쓸데없이 힘을 쓸 정신까지 있던가. 윤은 그녀의 입술을 깨물어 벌린 다음 혀를 밀어 넣었다. 말랑한 살덩이를 삼킬 듯이 핥아 내리자 그녀가 신음했다. 좋다. 그녀의 이런 순간, 나와 함께인 것도.

"알려 달라니까."

이다음으로 넘어가려면 대답이 필요한 모양이다. 윤은 그녀의 허리를 안은 채 상체를 일으켰다. 침대 헤드에 등을 기댄 채, 허벅지에 그녀를 앉히고선 마른 어깨에 입술을 묻었다. 자국을 새기려는 목적인 듯, 여린 살을 핥고 깨물었다.

"뭘 물어. 어차피 네 생각인데."

너를 다시 만난 후로, 내 머릿속은 온통 너뿐인데 그걸 꼭 알려 줘야 아는 걸까. 움츠리는 어깨의 살갗에서 얼핏 그의 냄새가 풍기는 듯했다.

앞으로 평생, 그녀에게는 제 냄새가 날 것이다. 아, 이런 생각은 너무 짐승 같은가.

"너는 진짜. 말을 너무 예쁘게 해."

불현듯 그의 양 볼을 붙잡은 수현이 말했다. 어깨에 만들어진 붉은 자국을 뿌듯하니 내려다보던 윤이 속삭였다.

"노순정."

응? 고개를 기울인 수현이 그의 귓불을 살살 어루만졌다.

"우리 이럴 시간 없어."

윤이 다시 키스를 하자 수현이 쿡 웃음을 터트렸다. 언제는 차수현이었다가, 또 언제는 노순정인 여자. 누가 되었든, 그를 향해 오는 여자.

도망가지 못하도록 품에 꼭 끌어안고, 맨살을 더듬어 내렸다. 장난스러운 어투가 사라지고, 뜨거운 신음이 내뱉어졌으며, 뺨이 붉게 물들었다.

　뜨겁게 달라붙은 남녀의 그림자 위로 따스한 햇살이 훑고 지나 갔다. 다시금 입술이 포개어졌다. 그리고 사랑을 속삭였다.

　어쩌면 평범하고, 또 유일한 일상이었다.


—*fin*

작가 후기

윤,
너의 가까운 곳, 너의 유일한 사람이 되어.

순정,
우리는 그렇게 서로에게 유일했다.


아들의 세상과 함께해 주셔서 감사합니다.


—2022년 3월,
문수진 드림.